Tres deseos y una Maldición

LAURA WOOD

Tres deseos y una *Maldición*

Traducción de
Anna Valor Blanquer

PLAZA JANÉS

Papel certificado por el Forest Stewardship Council®

Penguin
Random House
Grupo Editorial

Título original: *Under Your Spell*

Primera edición: enero de 2025

© 2024, Laura Wood
Publicado originalmente en Gran Bretaña por Simon & Schuster UK Ltd.
© 2025, Penguin Random House Grupo Editorial, S. A. U.
Travessera de Gràcia, 47-49. 08021 Barcelona
© 2025, Anna Valor Blanquer, por la traducción

Printed in Spain – Impreso en España

ISBN: 978-84-01-03371-1
Depósito legal: B-19224-2024

Compuesto en Comptex&Ass., S. L.

Impreso en Black Print CPI Ibérica
Sant Andreu de la Barca (Barcelona)

L033711

Para las soñadoras que leen seis libros a la semana, que siempre se dicen «una página más», a las que les encantan los tropos, tienen el carnet de la biblioteca, escuchan audiolibros picantes en público y buscan los finales felices.

Esto es una carta de amor

Primera parte

1

Un dato sobre cómo va mi vida ahora mismo: tengo a mi hermana en el umbral de mi puerta aferrándose a un pájaro muerto y eso ni siquiera es lo peor que me ha pasado hoy.

—Clemmie. —Los ojos de Lil se llenan de lágrimas con facilidad. La raya de ojos negra y gruesa ya empieza a emborronarse de forma alarmante mientras ella levanta el montón de plumas grasientas—. Se ha estampado contra mi coche... ¿Crees que se pondrá bien?

Miro el pájaro. Es más que evidente que está muerto.

—No lo creo, no. —Intento ser delicada, pero no lo consigo ni de lejos.

Ya he dicho que ha sido un día largo.

—Lil, ¿qué coño...? —Nuestra hermana Serena aparece a mi espalda bebiendo a morro de la botella de champán que trae en la mano—. ¿Qué haces con eso? ¡Qué asco!

Lil la fulmina con la mirada.

—Intento salvarle la vida. ¿Crees que se le puede hacer el boca a boca a un pájaro?

—Será boca a pico, ¿no? —digo pensativa mientras oigo bien alto las arcadas de Serena.

—No puedo dejarlo morir así, sin más —insiste Lil terca, y yo sigo plantada en la puerta porque sé muy bien que, si le doy un atisbo de oportunidad, el pájaro terminará dentro de mi piso.

—Creo que ya has perdido ese tren. —Serena señala al pájaro con una uña bien cuidada—. Estoy bastante convencida de que no debería estar así de plano en el medio.

Lil mira hacia abajo.

—Madre mía —dice por fin—, qué mala pinta.

—Sí, bueno, igual puedes dejar el pájaro muerto en algún sitio y entrar —propongo.

—¿Dejarlo así en el suelo? —contesta Lil horrorizada.

Ya veo por dónde va esto y estoy demasiado hecha polvo para organizarle el funeral a un pájaro. Le lanzo una mirada desesperada a Serena, que pone los ojos en blanco.

—¿Por qué no lo tiras a la basura? —sugiere.

—¡¿A la basura?! —La voz de Lil se vuelve más aguda.

—A la orgánica —contesta Serena enseguida—. Clemmie tiene unos dieciséis cubos diferentes, ¿no?

Me mira y yo me encojo de hombros.

—Hay uno para los restos de jardinería.

Llamar jardín al trozo de césped que venía con el piso es pasarse. Siempre he querido plantar algunos bulbos, tenía visiones grandiosas de mí misma moviéndome con gracia, con una cesta de mimbre colgando del brazo, y sonriendo con modestia cuando la gente alabara mi buena mano con las plantas, pero nunca tenía tiempo. Y ahora ya da igual.

—Pues ya está. —Serena se aparta el pelo hacia atrás—. Perfecto. Puedes devolverlo a la tierra.

Serena es una maestra cuando se trata de conseguir que la gente haga lo que ella quiere y ahora está usando el lenguaje de Lil en un tono persuasivo.

Ella duda.

—No parece muy solemne.

—Es «la naturaleza con sus garras y sus colmillos sangrientos», Lil. —Serena hace un gesto para quitarle importancia al asunto—. De ahí la expresión «naturaleza muerta».

—Una naturaleza muerta es un bodegón, no tiene nada que ver —apunto—. Y no creo que morir atropellado por un Toyota Yaris con una mujer diminuta que lleva un abrigo rosa enorme al volante sea el tipo de acto violento poético que Tennyson tenía en mente al escribir aquello.

—Qué más da —responde Serena pasando de mí. Ahora ya

se le ha calentado la boca—. Naturaleza viva, naturaleza muerta, es todo parte de un mismo ciclo, ¿no? Venimos de la tierra y a la tierra hemos de volver. Polvo eres y en polvo te convertirás. Es el ciclo sin fin... que lo envuelve todo...

Veo que está a punto de arrancarse con una versión sensual de la banda sonora de *El rey león* y creo que eso podría minar la impresión de que se está tomando la situación con la seriedad con la que a Lil le gustaría, por lo que me doy prisa por intervenir.

—Venga, Lil, que fuera hace mucho frío y tenemos pizza en casa. Tu pizza vegana favorita. Y vino. Mucho vino.

—Está bien. —Asiente vacilante—. Pero creo que debería decir unas palabras.

—Que sean rápidas —pide Serena—. Clemmie nos necesita más que ese pájaro muerto. Cabe la posibilidad de que para ella sí que haya esperanza.

—¿Era necesario? —musito.

Serena no me contesta, se limita a dar otro trago con las cejas arqueadas, pero me queda claro lo que quiere decir: mi vida es como un pájaro muerto. La verdad es que tiene razón.

Al cabo de cinco minutos estamos reunidas en torno a mi cubo de residuos de jardinería.

—Aquí yace Peter el palomo —recita Lil.

Yo no estoy muy convencida de que el pájaro que yace muerto en el cubo sea una paloma, pero no me parece el momento para discutirlo.

—No sabemos cuánto has vivido —continúa Lil—, pero has formado parte de este gran y maravilloso mundo y es triste que te hayas ido. Espero que, estés donde estés, sientas el sol en la espalda y el viento en las alas. Espero que seas feliz y libre.

Siento unas lágrimas inesperadas en los ojos e intento esconderlas de Serena.

—Sois tal para cual —gruñe, pero oigo un afecto reacio en su voz—. ¿Podemos entrar ya? No sé si os habéis dado cuenta de la rasca que hace. Olvidad el dichoso pájaro, la que va a morir soy yo. De hipotermia.

Lil cierra la tapa del cubo y con un suspiro de alivio las llevo a las dos dentro de casa.

—¿Qué ha pasado aquí? —pregunta Lil mirando el piso que, a decir verdad, tiene un aspecto bastante austero.

Serena pone mala cara.

—Leonard, eso es lo que ha pasado.

—¿Se ha llevado todas tus cosas? —dice Lil horrorizada—. ¿El sofá? ¿Y la tele? Y... ¿dónde está todo lo de Atún? ¿Y Atún?

Ah, sí, el gato. No debo pensar mucho en eso o volveré a echarme a llorar.

Lil me mira mientras asimila los hechos.

—¿Se ha llevado a tu gato?

—Len dice que estará mejor en la casa nueva —respondo intentando no darle demasiada importancia—. Y tiene razón, es un chalet, no un piso, y está alejado de las calles principales. Es mucho más seguro.

—¡Se ha llevado a tu gato! —repite Lil, esta vez con un brillo asesino en sus grandes ojos azules—. ¡¿Te ha dejado por otra, se ha llevado todas tus cosas y a tu gato?! Lo odio.

Miro la cocina americana abierta al salón y casi vacía. Ayer estaba llena de los mejorcitos muebles de Ikea montados a mano, limpia y ordenada. Vale, puede que no fuera del todo de mi gusto, que todas esas líneas simples y modernas y la falta de trastos me hacían pensar que le faltaba alma, pero estaba más que bien y era un hogar. Ahora, con el sillón solitario que me encontré por la calle (le dije a Len que lo había comprado en una feria de antigüedades, si no, nunca habría permitido que entrase en casa), la librería de estantes encorvados medio vacía y la lámpara de mesa en forma de sirena sujetando una concha, pero sin mesa en la que ponerla, parece más bien lo que queda al final de un rastro.

—Eran sus cosas —digo encogiéndome de hombros—. Las eligió y las pagó él. Lo que pasa es que yo no me he dado cuenta de cuántas eran suyas hasta que han llegado los de la mudanza y se las han llevado.

Ha sido hoy mientras estaba trabajando. En un trabajo que

pronto dejaré de tener. Al pensarlo, el dolor de cabeza contra el que he estado luchando arrecia.

—Siempre he sabido que era lo peor —dice Serena con un tono grave mientras se deja caer sobre la encimera de la cocina y abre la enorme caja de pizza—. Llevo diciéndotelo años.

—Me dijiste que era aburrido —replico—, lo cual, para ser justas con él, es algo que ahora no se le aplica.

Len y yo llevábamos juntos cuatro años y, de pronto, hace diez días, me dijo no solo que me dejaba por Jenny, una compañera de la asesoría en la que trabaja, sino que además llevaban viéndose dieciocho meses y ella estaba embarazada de tres. Len, Jenny, el bebé y mi gato se irían a vivir a una casa de campo de cuatro habitaciones en Oxfordshire, junto con todos nuestros muebles. Y él sería tan amable de dejarme a mí el piso en la ciudad cuyo alquiler no podía permitirme pagar yo sola. Estaba todo atado y bien atado.

Antes de vivir esta experiencia, siempre había dudado de las personas que no se daban cuenta de ese tipo de cosas. «¿Cómo iban a no saberlo?», pensaba. Pues no miento si digo que yo no tenía ni idea. No había tenido ni un atisbo de sospecha.

Cuando Len me presentó los hechos, de pie, portentoso, delante de la chimenea como si fuera un detective en una mala adaptación de Agatha Christie desvelando quién era el asesino, lo primero que pensé fue que bromeaba.

El pensamiento no duró mucho, porque Len no era muy bromista y la verdad es que ninguna de las palabras que salieron por su boca resultaba demasiado graciosa.

«Es que me parece que llevamos mucho tiempo repitiendo una rutina como zombis», me dijo. Y sus palabras tenían el tono rígido de un discurso ensayado. (Más tarde descubrí que eso se debía a que, en efecto, Jenny le había escrito un discurso, lo cual demostraba sensatez, porque Len tiende a la vaguedad y nuestra ruptura fue de lo más clara). «Somos demasiado diferentes. No es algo que sorprenda a nadie, dado tu pasado...». Eso me pareció retorcer demasiado el cuchillo que me estaba clavando. «Ya no estamos enamorados de verdad, Clemmie. Solo acostumbrados a estar juntos. Ya verás como todo esto es para mejor».

Justo en ese punto vomité en la lata de bombones vacía a la que me aferraba.

Que tuviera razón en lo que decía no me consolaba mucho. No lo echaba de menos a él tanto como la familiaridad de tener a otra persona al lado, la rutina manida de nuestras vidas que parecían estrechamente unidas. Y sí que echaba de menos al gato. Y el sofá.

—Reconozco que al principio me distrajo lo aburrido que era —reflexiona Serena—, es posible que no me diera cuenta de que su personalidad de huevo hervido ocultaba un corazón malvado, pero ahora lo veo. —Su voz suena peligrosa, prometiendo venganza, y echa chispas por los ojos. Se hace con un corte de pizza y le clava los dientes con una violencia innecesaria.

Lil se sienta sobre la encimera de un salto y empieza a abrir el precinto de otra de las botellas de champán con las que había llegado Serena.

—Pero sí que era aburridísimo, Clemmie. —Descorcha la botella de un tirón bien ensayado y el corcho suena al salir—. Ahora ya puedes admitirlo.

—No era aburrido —protesto—. Era estable, se podía confiar en él. Eso me gustaba.

—Por Dios, Clem —exhala Serena exasperada—. Era tu novio, no un Volvo. Te merecías mucho más de una relación. —Hace una pausa enfática antes de asestarme el golpe final—. Además, todas sabemos que todo este rollo de Leonard fue por… la palabra que empieza por «p».

—Pues no —salto enseguida. Ha metido el dedo en la llaga—. Y no digas «la palabra que empieza por "p"».

—En eso estoy de acuerdo con Clemmie —dice Lil mientras asiente y sirve con cuidado el champán en tres tazas de desayuno a pesar de que Serena sigue bebiendo de lo más feliz de su botella casi vacía—, que parece que la «palabra que empieza por "p"» sea «polla».

—Qué asco —responde Serena.

Acepta una taza en la que pone LOS CONTABLES TIENEN BUE-NOS CÁL-CULOS, un regalo mío al que Len no parecía tenerle tanto apego como, por ejemplo, a la cristalería buena o a la aspiradora.

—Si quisiera hablar de penes, hablaría de penes sin más —continúa mi hermana, altanera—, pero vale. —Se aclara la voz y me lanza una mirada severa—. Clemmie…, sabes que toda tu relación con Leonard en realidad fue por papá.

—Hablando de gili-pollas —musito, y doy un largo trago de mi taza.

El champán está frío, fresco, y las burbujas van directas a mi corriente sanguínea. Serena solo compra el mejor.

Cada una tiene su propia relación con nuestro padre. En mi caso podría describirlo como un tío al que conozco de vista. Cuando tu padre es un viejo dios del rock que se las apañó para dejar embarazadas a tres mujeres en cuatro meses, las cosas son complicadas.

—Es verdad que Len era todo lo opuesto a papá —reflexiona Lil—. No hay nada menos rockero que un contable de Surrey.

—¿Y tú qué sabes de rock? —se mofa Serena.

—Soy música. —Lil se cruza de brazos—. Sé de todos los tipos de música.

—Solo de la que está escrita por mujeres que parecen fantasmas victorianos —dice Serena con una sonrisa burlona mientras Lil farfulla algo.

La verdad es que parece que debajo del enorme abrigo rosa lleva un voluminoso camisón blanco.

—Pues la mierda prefabricada que sacas en tu sello apenas puede llamarse música —suelta Lil indignada.

Serena se pasa la melena con un sutil *balayage* detrás del hombro.

—Tener éxito no es un delito. Cuidado, no vayas a sacar una canción con ritmo que la gente pueda bailar.

—No empecemos, por favor —intervengo cansada.

Esta discusión ya me la conozco.

Mis dos hermanas siguieron los pasos de mi padre y trabajan en la industria musical, pero en un diagrama de Venn son dos círculos que apenas se tocan: Serena es una productora ejecutiva de lo más eficiente en una de las discográficas más grandes del mundo —elegante, despampanante, siempre repiqueteando con las uñas en la pantalla del iPhone—, mientras que Lil es una chica delgaducha, pequeñita y angelical que se gana al público de los festivales con su voz dulce y algo áspera, su guitarra acústica y su aura hippy.

—Tú no te metas, doña No Escucho Música Nueva Desde Hace Veinte Años —espeta Serena.

—Perdona, es «doctora» No Escucho Música Nueva Desde Hace Veinte Años —contesto negándome a picar.

No tiene sentido que nos enredemos en mis problemas paternos cuando hay muchas otras cosas por las que cabrearse.

—Y no sé por qué pensaba que habíais venido a ayudarme con mis problemas —termino de decir con tristeza, encaramándome a uno de los taburetes de la barra americana.

—¡Y hemos venido a ayudar! —exclama Lil—. Eso no lo dudes. Cuéntanos qué ha pasado. Pensaba que habías dicho que iban a ampliarte el contrato.

—Eso creía yo, eso es lo que me dijo el jefe de departamento, pero ha habido recortes y…

Se me apaga la voz y me aprieto el puente de la nariz para que no caigan las lágrimas. No puedo seguir llorando o terminaré desintegrándome.

—Si te dijeron que ibas a quedarte, deberías poder hacerlo —dice Serena indignada—. Eres genial, una experta en tu campo y todos los estudiantes te adoran. Menuda mierda.

—Supongo que las expertas en literatura medieval desconocida no están tan demandadas como una esperaría —digo llevándome la taza a la boca.

Desde que terminé el doctorado hace cinco años, he encadenado un contrato mal pagado y de poca duración con otro, siempre con la esperanza de que desembocasen en un trabajo permanente. Aquí, en Oxford, pensaba que por fin lo había conseguido, pero parece que el universo no había terminado de cagarse en mí. Justo cuando pensaba que por fin podía respirar tranquila y empezar de una vez la vida adulta a la avanzada edad de treinta y dos años, me encuentro con que me quedaré sin trabajo cuando se acabe el trimestre, antes del verano. Sin trabajo. Sin novio. Pronto, sin hogar. Menuda vida adulta.

Apuro la taza de champán y la levanto para que me la rellenen. Lil obedece.

—Bueno, pues hay que hacer un plan —dice Serena con firmeza—. Hay que encontrarte un trabajo.

—No surgen vacantes en puestos académicos muy a menudo —contesto—. Y, por eso, encima, se presentan tropecientos mil candidatos. Créeme, lo he vivido. Y, aunque ocurriese un milagro y surgiese algo para este año, hasta otoño no empezaría, lo cual me dejaría cuatro meses sin sueldo.

Ahora siento autocompasión.

—¿Y un préstamo a corto plazo? —pregunta Serena—. Hasta que encuentres algo.

Yo estoy ya negando con la cabeza.

—No puedo aceptar tu dinero.

—Sabes que siempre está papá —sugiere Lil, y se encoge cuando le lanzo una mirada asesina—. Ya sé que no quieres, pero estoy segura de que...

—No quiero su dinero —digo intentando que las emociones no se me cuelen en la voz.

—Estás siendo cabezota sin necesidad —dice Serena—. Va a ser un padre de mierda, tanto si aceptas su dinero como si no. ¿Qué más te da dejar que el viejo inútil te ayude? Además, no es tan malo como...

La corto con un gesto de la mano. Mis hermanas me miran un instante y suspiran al unísono. Saben que es una discusión que no van a ganar.

—Entonces ¿qué harás? —pregunta Lil—. ¿Se lo has contado a tu madre?

Hago una mueca.

—Todavía no, querrá que vuelva a casa.

Las tres bebemos más champán, calladas y pensativas. Apenas siento ya las burbujas. Un zumbido agradable me recorre el cuerpo.

—Ya sé lo que deberíamos hacer —dice Serena por fin, y las palabras le salen emborronadas por el alcohol, algo desdibujadas por los bordes.

—¿Qué? —pregunto.

Sonríe.

—Lanzar un hechizo para corazones rotos.

2

—¿Un hechizo para corazones rotos? —Arrugo la nariz—. ¿Como cuando éramos pequeñas?

Algo que se parece sospechosamente a una carcajada sube hasta los labios de Serena.

—¡Las Hermanas Fatídicas vuelven a subirse a las escobas!

Suelto un gruñido y entierro la cara en las manos. Las Hermanas Fatídicas era un juego al que jugábamos cuando teníamos unos diez años y se basaba en nuestra configuración familiar... poco usual.

Empezó con un comentario en un periódico que decía que nuestra familia era un «aquelarre» y mi madre se rio y apuntó: «A mí me parece que los gorros puntiagudos nos quedarían bien». Petty y Ava también se rieron, así que las tres niñas nos sumamos, aunque luego tuvimos que buscar la palabra en el diccionario.

En aquella época salíamos bastante en la prensa. Cuando se supo que Ripp Harris había dejado embarazadas a tres mujeres casi a la vez, resultó ser justo el tipo de noticia impúdica que a la prensa le encantaba. Mi madre, Dee —de veintitrés años y también una cantante emergente—, tenía la dudosa distinción de estar casada con Ripp en aquel momento, de modo que el interés por ella era incesante. «¿Qué iba a hacer?», se preguntaban con ansia. «¿Se quedaría con él? ¿Lucharía por su hombre? ¿¿¿Se pelearía de verdad, a poder ser delante de una cámara, si las otras dos mujeres se acercaban a menos de quince metros???».

Al final mi madre no hizo nada de eso. Metió sus cosas en maletas y se fue (con poca oposición por parte de Ripp) y, con el dinero que le correspondió del divorcio, se compró una granja en Hertfordshire.

Entonces invitó a Petty y a Ava a irse a vivir con ella y los tabloides se volvieron locos.

«La ex de Ripp monta una comuna de bebés» era el titular preferido de mi madre. Tenía aquella página de periódico enmarcada en el baño de la planta baja. A ninguna nos quedó muy claro nunca cómo sería una comuna de bebés, pero nuestra vida real no era ni de lejos tan escandalosa ni emocionante como querían creer los paparazis que había al otro lado de la valla.

Mi madre abandonó la música y el interés de la prensa amainó, pero nunca desapareció. La casa era un refugio. Mi madre dejó de actuar y fundó una organización benéfica en favor de las artes que dirigía desde el despacho que tenía en casa. Nosotras dos vivíamos en la parte central del edificio alargado, bajo y destartalado que había ido ampliándose de aquella manera a lo largo de varios siglos. Petty y Lil vivían en un ala reformada de la casa y Ava y Serena en la otra. Todo el mundo tenía su propio espacio, pero las puertas solían estar abiertas y nos reuníamos en la enorme cocina central o en la desgastada sala de estar.

No sé cómo mi madre, Petty y Ava forjaron una relación como aquella, y menos en sus circunstancias, pero, desde que tengo memoria, ellas tres —mejores amigas— y luego nosotras —hermanas— hemos entrado y salido de casa de las demás, corrido por las hectáreas de campos descuidados y crecido juntas en un embrollo de felicidad y cariño.

Ripp no formaba parte de nuestras vidas. Cuando le preguntaban sobre lo de las tres niñas en un año, él se encogía de hombros y respondía: «Eran los ochenta, tío», con una sonrisa de arrepentimiento, como si eso lo explicara todo, como si la caída del Muro de Berlín y la proliferación de los calentadores lo hubieran obligado a tirarse a todo lo que se movía y a esparcir su semilla. («Qué asco, no digas semilla», me había dicho Lil cuando yo había expresado aquel pensamiento en voz alta).

Habíamos nacido todas en un plazo de cuatro meses en 1990 y, aunque Ripp hubiera podido achacarlo al cambio de década, no tuvimos la suerte de tener más medio hermanos. Es difícil no tomarte como algo personal que tu padre conceda una entrevista en portada para hablar de su vasectomía la semana después de que nazcas. («¡Lo de los tres bebés no se *rippite*!»). Eso le había dado buen material a mi psicóloga.

En fin, el consenso general era que nuestra casa parecía una especie de mezcla entre una secta, una comuna y un lugar en el que practicar la magia negra. La realidad, claro, era mucho más mundana, pero mis hermanas y yo terminamos algo obsesionadas con la idea de que éramos brujas, como las tres hermanas de *Macbeth*.

En el papel de las Hermanas Fatídicas nos disfrazábamos con el vestuario a lo Stevie Nicks de mi madre y, pisando los largos vestidos negros de lentejuelas, «lanzábamos hechizos» en torno a una vieja olla de Le Creuset, maldiciendo a nuestros enemigos y bendiciéndonos unas a otras con una belleza radiante, muchos amores y —en una ocasión memorable— «tetas mucho más grandes».

A mi madre y a Petty les había parecido bien, pero Ava nos dijo que lo que teníamos que pedir eran consejos de inversión y visión de negocio, porque todo lo demás podíamos comprarlo gracias al patriarcado. Esa fue otra palabra que tuvimos que buscar en el diccionario y, después de hacerlo, nuestros hechizos se volvieron mucho más… rabiosos.

Más tarde, durante la adolescencia, revivimos la tradición en etapas de mal de amores.

—Ya no somos niñas —digo, pero Serena ya está rebuscando dentro de su enorme bolso y saca una cajita de madera.

—He pensado que quizá nos haría falta esta noche —señala.

Me quedo boquiabierta.

—¡Madre mía! —exclama Lil—. ¿Es…?

—¿… la caja de las rupturas? —termino yo sin aliento.

Serena asiente.

—Petty está reformando la casa de la abuela Mac, ya lo sabéis, y la ha encontrado enterrada en el jardín.

Lil tiene los ojos muy abiertos.

—En el momento justo. Asusta y todo. Es como si fuera... el destino.

Le quito la caja a Serena y siento una punzada de dolor en el pecho cuando abro la tapa. Dentro hay varios sobres, uno por cada vez que una de nosotras rompió con alguien en la adolescencia. Arriba del todo hay un sobre negro con una estrella plateada dibujada. Sé muy bien qué contiene..., el último hechizo que lanzamos las Hermanas Fatídicas. El hechizo para corazones rotos.

Fue justo antes de que yo cumpliera los dieciocho, en un momento de mi vida que no me gusta recordar. Acababa de pasar por una ruptura que hace que la de ahora me parezca un juego de niños, y Serena y Lil me habían convencido para pasar una noche de brujería ebria. Estábamos en Northumberland, en la casa de la abuela de Petty y, después de lanzar el hechizo, enterramos la caja en el jardín. Pensaba que nunca volvería a verla.

Serena saca el sobre negro de esta y lo abre sin ceremonia.

—«Tres deseos y una maldición» —lee, y levanta la vista para mirarnos sonriente—. Toca retomarlos, ¿no creéis?

—¡Sííí! —chilla Lil, y se cae de la encimera.

Serena empieza a abrir los armarios de la cocina en busca de una olla adecuada. No hay ninguna vieja de Le Creuset —si hubiéramos tenido una, estoy convencida de que ahora llevaría una vida holgada en la casa nueva de Len—, pero mi hermana vuelve con una sartén abollada que parece creer que nos valdrá.

—Yo voy a por las hierbas —exclama Lil, y se dirige a la puerta meciéndose ligeramente sobre las plantas de los pies.

—Serena, esto es absurdo —le digo—, no me puedo creer que lo estés incentivando.

—¿Por qué no? —responde encogiéndose de hombros—.

¿Qué mal puede hacer? Tampoco tienes mucho margen para ir a peor.

Vuelvo a gruñir.

—¿Velas? —pregunta Serena.

—¿Te parece a ti que tengo velas?

Señalo el páramo yermo de mi piso. No es precisamente uno de esos anuncios de colonia grabados en mansiones ostentosas.

Chasquea la lengua y empieza a abrir y cerrar cajones y, al final, suelta un grito victorioso y saca unas velas de cumpleaños medio derretidas.

Lil vuelve a entrar como una exhalación con las manos llenas de plantas.

—No estaba segura de si alguna de estas serviría —dice mientras deja caer el montón de hierbajos sobre la encimera de la cocina.

—Me parece que esa es salvia —responde Serena señalando una hoja.

—Es un diente de león —contesto.

—No importa. —Serena agita una mano despreocupada—. Lil, mételas todas en la sartén.

Serena enciende las velas y las coloca sobre lo que ha quedado de pizza, lo cual le da un aire festivo, mientras Lil echa todas las hojas en la sartén.

—Esto es una tontería —vuelvo a probar.

—Mira la talla de sujetador que llevas —contesta Serena riéndose por la nariz.

—Eso se llama pubertad, no magia —repongo.

—Tenemos un buen historial —dice Lil riendo algo borracha—. ¿Te acuerdas de cuando Cam y Serena rompieron y lanzamos aquel hechizo?

—Exacto —dice Serena—. Y entonces su madre le pilló el alijo de Marlboro Lights debajo de la cama y la castigó todo el verano y se perdió el concierto de Shania Twain en Hyde Park. ¿Quién se rio entonces?

Me quedo mirándolas. No sé si es por el persuasivo argumento que me han dado o por el apoyo incondicional de mis hermanas, puede que sea la ola de nostalgia o la botella de champán que me he bebido (¿quién sabe?), pero empieza a convencerme la idea del hechizo mágico.

—Qué coño —digo—. Lancemos el hechizo.

—¡Sííí! —Lil levanta el puño y luego se tambalea un poco al tropezar con el dobladillo del camisón.

—¿Qué hacíamos primero? —Frunzo el ceño intentando recordar.

—Necesitamos un círculo de sal —dice Serena, que ya esparce láminas de sal Maldon por el suelo de la cocina.

Se queda sin esta a medio círculo, pero, decidida, se hace con el molinillo de pimienta y empieza a darle vueltas. Al cabo de poco las tres estornudamos como locas.

—¿Tal vez sea mejor azúcar que pimienta? —dice Lil con los ojos llorosos—. Me parece que un círculo de azúcar y sal sería una buena metáfora de la vida. Dulzura y… salinidad. Ya me entendéis.

Estoy muy metida en todo esto y el champán que burbujea por mis venas me dice que el argumento de Lil suena de lo más sensato. Cojo una bolsa de azúcar fino y termino el círculo.

—¿Ahora qué? —pregunto.

Lil toma la sartén llena de hierbas y la coloca en el suelo, en el centro del círculo irregular.

—Tiene que haber música. —Serena coge su móvil y lo mira con el ceño fruncido—. Sin batería —musita.

Rebusca en su enorme bolso y saca un cargador que mete en un enchufe. Tras tocar la pantalla durante un momento, el familiar sonido de «Sisters of the Moon», de Fleetwood Mac, sale del pequeño altavoz.

—¡Sííí! —vuelve a exclamar Lil, tambaleándose de un lado a otro—. ¡Me acuerdo!

Empieza a canturrear la letra y Serena y yo nos unimos. Cierro los ojos y nos imagino en nuestra cocina, con la música crepitando en el tocadiscos de mamá y el olor a lavanda y menta robadas del jardín de Ava suspendido en el aire. Para mí, entonces, la música era algo simple, algo que llenaba nuestra casa.

Serena agita el papel y empieza a leer:

—«¡Las Hermanas Fatídicas henos aquí! Venimos hoy para, a la Diosa, tres deseos pedir».

Le pasa el papel a Lil, que lee las frases siguientes:

—«También te pedimos que maldigas a nuestro enemigo: un hombre que a nuestra querida hermana ha herido».

—Leonard —gruñe Serena cambiando el nombre que hay en el papel, ese en el que no quiero pensar.

—Sí —confirmo mientras descorcho una botella de vino tinto y me lo sirvo en la taza—. ¡Len, te maldecimos!

Lil le devuelve el papel a Serena.

—¡Leonard, te maldecimos! «A ninguna mujer volverás a satisfacer y en tus partes un sarpullido horrible verás florecer» —grita.

—¡No puede ser que diga eso! —intervengo horrorizada.

Serena me enseña el papel y veo las palabras escritas con su letra.

—Madre mía, cómo éramos —comenta Lil alegre.

—Pobre Jenny —musito.

Serena me tiende el papel y leo la frase siguiente, que está escrita con mi letra.

—«Del error de tus actos consciente serás y con la culpa siempre vivirás». —Siento un vacío en el estómago cuando pienso en la chica que era cuando lo escribí—. Mmm, tal vez sea demasiado intensito.

—No es intensito —salta Lil—, ¡es verdad! Len debería sentirse culpable para siempre, igual que... —Ve que Serena la está fulminando con la mirada y calla antes de mencionar al ex del que nunca hablamos—. Y lo del sarpullido también —añade aturullada—. Eso sí o sí.

Tras asentir, Serena coge una de las velas de la pizza y la lanza a la sartén llena de hojas. Las tres jaleamos y Serena vuelve a reír.

—Ahora los deseos —digo mirando la hoja de papel.

—Tres deseos para Clemmie —dice Lil—. Para curarle el corazón.

Serena enseguida coge otra vela y la lanza a la sartén.

—¡Sexo del bueno!

—No has tenido ni que mirar el hechizo —se admira Lil.

—Lo recuerdo bien —contesta Serena con una sonrisa traviesa—. Es lo que le hace falta. No sé si a ti te funcionó, Clem, pero a mí sí que se me hizo realidad. Y mucho.

—Lo que yo recuerdo es haber señalado que podrías haberle dado alguna vuelta más en su momento —le digo.

—Ahí está el problema, Clemmie —exhala Serena cansada—. Piensas demasiado y haces poco, y con hacer me refiero a…

—Ya sabemos a lo que te refieres —la corto, y pongo los ojos en blanco.

—Hace años que no estás con nadie que no sea Leonard —apunta Serena con un escalofrío—. Soy incapaz de imaginarme algo peor, la verdad.

—Te iría bien aceptar tu sexualidad —se suma Lil, más diplomática.

—Ya la acepto —resoplo.

Mis hermanas guardan un silencio sospechoso.

—Tú explora un poco —añade Lil por fin.

—Sexo sin compromiso, Clemmie… Es genial y nunca lo has probado.

—Con Tom en la uni sí —respondo indignada—. Eso fue sin compromiso.

—Estuvisteis juntos seis meses. El único motivo para decir que fue sin compromiso es que descubriste que se estaba tirando a la mitad del club de teatro. —El tono de Serena resulta fulminante.

Eso no es del todo cierto. Sí que fue sin compromiso para mí porque no había superado todavía la ya mencionada y devastadora ruptura y, por lo tanto, no estaba muy volcada en Tom.

—Solo digo que un rollo de una noche te sentaría de maravilla —continúa mi hermana.

—Podría tener algo sin compromiso —insisto—, pero no pienso meterme en ninguna app.

La última vez que me quedé soltera, Serena me hizo perfiles

en todas y me describió como «Una pelirroja con curvas con una mente para las finanzas y un cuerpo para el pecado», con la idea equivocada de que eso atraería a hombres capaces de citar *Armas de mujer* (bueno) y no a un montón de pervertidos que pensaban que caería rendida al instante al ver las fotos de sus penes (malo). «Menos mal que soy lesbiana», me había dicho Serena en lugar de disculparse.

Ahora pone los ojos en blanco.

—¿Cómo vas a encontrar a alguien con quien acostarte si no? Eres poco más que una ermitaña. Si sales de casa es para ir a la biblioteca y los únicos hombres con los que te relacionas llevan ochocientos años muertos.

—Apps no —sentencio.

—No pasa nada —interrumpe Lil tranquilizadora—. El hechizo se asegurará de traerle a Clemmie alguien que le dé ese sexo del bueno que necesita. No hace falta ninguna app. Ahora, Clemmie, pide tu deseo.

Miro el papel.

—«Deseo trabajar en lo que me gusta» —leo—. Madre mía. Gracias, yo del pasado. Parece que no he avanzado desde los diecisiete.

—Joder, qué oportuno —dice Serena con una mueca.

—Pero el deseo te ayudará a recuperarte —apunta Lil con firmeza—. De eso se trata.

Siento una punzada de dolor al recordar que solo me quedan un par de meses en el trabajo que me encanta. Cojo una vela y la echo a la sartén.

A continuación, Lil se vuelve y coge la última vela de la pizza. Lee las palabras escritas con su letra redonda con una leve sonrisa:

—«Deseo un gran amor, del que es incondicional y sincero, con su alma gemela». Lo que Clemmie se merece.

—¡Buuu! —abuchea Serena—. Se me había olvidado lo malísimos que son tus deseos.

Ignorándola, Lil tira la vela a la sartén.

—Las tres tenemos que decir la última frase juntas.

Nos muestra las palabras.

—«Luz a la oscuridad damos, de las cenizas nos alzamos» —recitamos las tres.

Sí que le poníamos dramatismo a las cosas en aquella época.

Entonces Lil nos mira y, cuando asentimos, también deja caer el hechizo en la sartén. El papel se prende y arde por los bordes. Se oye un siseo repentino y sube una nube de humo cuando algunas de las hojas secas se encienden.

—Un momento, Lil... ¿Has metido ramas también? —pregunto.

—¿Puede? —Lo dice en un tono interrogativo.

Las llamitas tiemblan y cobran vida, engullen la hoja de papel y crecen apoderándose de toda la sartén mientras las tres observamos en un silencio estupefacto. Se alza una densa columna de humo. El detector de incendios empieza a aullar sobre nuestras cabezas. Al cabo de unos segundos, se va la luz.

—¿QUÉ ESTÁ PASANDO? —grita Serena tapándose las orejas.

—¡Has puesto el móvil a cargar en el enchufe chungo! —respondo gritando también mientras me tropiezo con cosas en la oscuridad—. Han saltado los plomos. Hay una linterna en el armario de debajo del fregadero.

Lil está agitando el aire hacia el detector de humos con un trapo de cocina sin éxito. Serena coge la botella de vino y la vacía sobre la sartén, lo que consigue apagar la llama, pero no ayuda mucho a reducir el humo.

—¡Mi vino! —chillo con pena.

—¿DÓNDE COÑO ESTÁ LA PUTA LINTERNA? —ladra Serena entre las sombras.

Se oye más estrépito, varios golpes fuertes y Lil consigue abrir la puerta de atrás. Serena por fin encuentra la linterna y lanza un potente rayo de luz a la otra punta de la habitación.

La alarma de incendios deja de aullar de golpe, pero la sustituye un timbre estridente.

Las tres nos quedamos desconcertadas alrededor del desastre humeante que es la sartén.

—Es mi móvil —anuncia Serena por fin. Coge el teléfono y mira la pantalla—. Hola, mamá —dice al descolgar—. La verdad es que no es muy buen momento… —Hace una pausa y lo que sea que le dice Ava hace que se le abran los ojos—. ¿Que ha muerto quién?

—Madre mía, Clemmie —me susurra Lil todavía aferrándose al trapo de cocina—, que somos brujas superpoderosas.

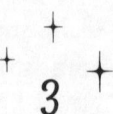

3

Al margen de lo que Lil pueda pensar, no hemos matado a nadie con nuestros poderes mágicos. Nos enteramos de que quien ha muerto es el tío Carl y ha sido después de sufrir un tercer infarto, que ha tenido lugar horas antes de que le hayamos prendido fuego a un montón de ramas en plena borrachera. Estoy bastante segura de que eso confirma que no somos responsables de nada.

En realidad, el tío Carl no era familiar de ninguna de las tres, sino un antiguo representante musical de mi madre que seguía siendo el de Ripp. A pesar de que mi madre había abandonado su carrera como cantante, Carl y ella mantuvieron la amistad a lo largo de los años. A mi parecer, en gran parte era porque él hacía de una especie de intermediario con Ripp y organizaba desde los días de visita hasta el pago de dinero extra para los viajes del colegio. Nada era demasiado trabajo para el tío Carl, ni siquiera sustituir a nuestro padre cuando él se olvidaba de que le tocaba cuidarnos un día o se quedaba en casa durmiendo, cosa que pasaba con una regularidad predecible.

Carl era un hombre flacucho que fumaba como un carretero y tenía el móvil pegado a la oreja de forma permanente. Más o menos, puedo situar cronológicamente todos los recuerdos que tengo de él por el tamaño del teléfono. Cuando hablaba, torcía la boca a un lado y siempre llevaba caramelos sabor cereza para la tos en el bolsillo. Nos los repartía con generosidad mientras nos contaba que nunca le habían empastado un diente y que la guerra contra el azúcar era «una conspiración comunista».

Han pasado dos semanas desde la noche en que lanzamos el hechizo y voy en coche a su funeral. Por algún motivo que mi madre debe de entender mejor que yo, tras la misa en una iglesia cercana, el velatorio de Carl tiene lugar en nuestra casa. Yo avanzo por la M40 en mi viejo y destartalado Ford Fiesta, cagándome en todo y llegando tardísimo por culpa de una reunión de asistencia obligatoria para el profesorado en la universidad que va a echarme a la calle.

Solo espero que el coche no se desintegre antes de llegar. En la última revisión, el mecánico me dijo que, si fuera un caballo, le habría pegado un tiro. Me pareció un comentario muy innecesario mientras pagaba una cantidad desorbitada por que me cambiaran las cuatro ruedas y me dieran una larga lista de testigos ámbar que se habían encendido y que recomendaba encarecidamente revisar.

Me equivoco de camino dos veces y, cuando por fin paro delante de la iglesia con un chirrido del Ford, me doy cuenta de que tengo el coche fúnebre justo detrás. Cojo el teléfono y el bolso y cruzo las puertas corriendo. La iglesia está hasta arriba de gente y cientos de cabezas se vuelven para mirarme mientras entro como puedo, me cubro el vestido negro demasiado apretado con el abrigo y busco a mi familia.

Un «Clemmie» entre dientes me dirige hacia donde Serena y Lil me guardan un sitio. Me dejo caer en el banco a su lado justo a tiempo.

—Por poco —me susurra Serena cuando empieza a sonar un órgano sombrío.

—Encontrar dónde estaba esto ha sido una pesadilla —le digo hundiéndome en el banco cansada.

No tengo demasiado tiempo para pensar en nada porque nos indican que tenemos que ponernos en pie. Me levanto y me vuelvo como todo el mundo para ver cómo entran el ataúd.

Cuesta creer que Carl, que, al fin y al cabo, era una persona muy viva, esté dentro de esa caja. Siento un nudo en la garganta y me escuecen los ojos. Lil me tiende un pañuelo arrugado.

Cuando la procesión llega a nuestra altura, me doy cuenta

de que mi padre es uno de los portadores y me tenso. Aunque Carl y él eran íntimos, creo que una parte de mí daba por sentado que se escaquearía de venir al funeral.

No lo veo desde hace por lo menos un año. La última vez fue la primera y única ocasión en que Ripp y Len se habían encontrado, y yo los había presentado. Se detestaron al instante. En aquel momento supuse que era un buen augurio para mi relación.

Ahora me ve y me guiña un ojo alegremente. Era de esperar que Ripp Harris no fuera a dejar que un detalle como llevar un cadáver a hombros interfiriese con su ofensiva encantadora. Yo mantengo la expresión fría y se me cae el alma a los pies cuando me doy cuenta de que tendré que verlo luego, en el velatorio.

Aumenta el volumen de los quejidos discordantes del órgano, pero, de pronto, noto que hay otro sonido luchando por nuestra atención.

«HAS LLEGADO A TU DESTINO», enuncia una voz con solemnidad por encima de la música.

Unas cuantas cabezas se levantan y yo intercambio una mirada de confusión con Serena.

«HAS LLEGADO A TU DESTINO», retumba la voz de nuevo, y esta vez suena más fuerte.

Más cabezas se vuelven.

—¿Dios? —musita Lil levantando los ojos hacia el alto techo de piedra.

Mientras los seis portadores avanzan hacia el altar y la voz sigue hablando, noto que uno de ellos se desestabiliza un poco. Está de espaldas a mí. No le veo más que los anchos hombros y el pelo oscuro y ondulado que le cae sobre el cuello del traje hecho a medida que le queda como un guante.

«EN CUANTO PUEDAS, GIRA A LA DERECHA», grita ahora la voz, y, poco a poco, la dolorosa verdad se me va haciendo evidente.

—No, no, no —musito, y cierro los ojos como si pudiese lograr que me tragase la tierra solo con desearlo; como si ignorar el problema fuera a hacerlo desaparecer.

«EN CUANTO PUEDAS, GIRA A LA DERECHA», repite la voz.

—Mierda, mierda, mierda —farfullo mientras rebusco en el bolso.

Una señora que tenemos delante hace un aspaviento y me lanza una mirada fulminante antes de girarse con actitud pasivo-agresiva hacia el enorme crucifijo colgado de la pared delante de nosotras. Para ser sincera, creo que Jesús tiene otros problemas más preocupantes. Desde luego, yo los tengo.

Cierro la mano alrededor del teléfono y, cuando lo saco del bolso, la app de Maps aprovecha la última oportunidad de gritar «EN CUANTO PUEDAS, GIRA A LA DERECHA» a todo volumen como si quisiera que le dieran la vuelta al ataúd y lo devolvieran al mundo de los vivos.

El organista vacila; toda la congregación nos mira. Al portador de pelo oscuro le tiemblan los hombros cuando el féretro llega por fin al altar.

—Lo siento —susurro poniendo el teléfono en silencio con dedos temblorosos. Noto que las mejillas me arden con un calor que podría poner en marcha una central nuclear.

Serena y Lil se han hundido a mi lado, superadas por un ataque de risa silencioso, y se les escapan ronquidos ocasionales que no ayudan en nada al tiempo que yo contemplo la posibilidad de encontrar una buena tumba abierta a la que lanzarme.

La misa pasa sin más impedimentos, aunque yo soy incapaz de prestarle mucha atención. Suena música, leen la Biblia. Al final, Ripp sube al altar pavoneándose para dar un discurso.

Es alto y delgado, con una melena sorprendentemente larga, desgreñada y oscura, pero tiene la cara más arrugada que la última vez que lo vi. Se le está suavizando el contorno de la mandíbula y empieza a tener la piel un poquito caída. Lleva la camisa negra desabrochada por lo menos uno o dos botones más de lo que es apropiado para un funeral, pero la señora cascarrabias de delante no parece tener ningún problema con eso. De hecho, mira a mi padre con esos ojos... Esos en los que se mezclan la adulación, el asombro y un pellizco de deseo que te revuelve el estómago. Es una mirada con la que estoy más que familiarizada tras habérsela visto a todo el mundo, desde a mis propias amigas hasta a mi profesora de matemáticas del instituto.

—Carl Montgomery —dice Ripp negando despacio con tristeza—. Qué tío. Menuda pérdida.

No habla fuerte, pero todo el mundo se inclina hacia delante, pendiente de sus palabras, del tono áspero de su famosa voz. Cuando le pones un público a Ripp Harris, se vuelve absolutamente magnético. Es una de las cosas que siempre me han costado de estar cerca de él: parece que deja sin oxígeno cualquier estancia en la que entra.

—Puede que algunos sepáis quién soy —dice Ripp con falsa modestia, y la dragona de delante de nosotras suelta un leve suspiro, cayendo en la trampa de cabeza—, pero nadie me conocería si no fuera por Carl. Él me «descubrió», supongo que se dice así, en el sótano de un pub de Sheffield hace muchísimos años. —Se detiene en ese punto mostrando sus dientes blancos y perfectamente alineados al público—. Aunque, por nuestro orgullo, estoy seguro de que Carl querría que dijera que no fueron tantos.

Una risita silenciosa recorre el público y Ripp sigue con el discurso. Parece que nadie más se da cuenta de que todo va sobre él mismo. Para cuando ha llegado al momento en el que ganó el segundo Grammy, ha perdido mi atención y empiezo a buscar a mi madre entre los asistentes.

La vista se me queda clavada en un hombre que hay en los primeros bancos. Es el portador del féretro de antes, aunque no sé cómo estoy tan segura cuando solo le he visto la nuca. La nuca de la gente debe de ser bastante parecida y genérica, ¿no? Se ha vuelto hacia la persona que tiene al lado y le está diciendo algo en voz baja. De perfil está todavía mejor que de espaldas. Le veo parte del pómulo, la mandíbula cuadrada, el pelo suave y oscuro cayéndole por la frente y rizándose sobre su oreja.

Algo caliente y extraño me atraviesa el cuerpo y tardo un instante de intranquilidad en darme cuenta de que es deseo. Hace tiempo que no... Y voy a tener que echarme una buena bronca a mí misma. ¿Babeando por un desconocido? ¿En una iglesia? ¿¿¿En un funeral???

Aunque estoy segura de que Serena y Lil estarían encantadas con este giro de los acontecimientos, yo no lo estoy. Me digo a mí misma que no me estoy reprimiendo, que solo soy educada cuando aparto la mirada y la fijo en el pobre Jesús que cuelga del crucifijo en la pared. Tiene un poco el aspecto de una vela derretida y eso no tiene nada de atractivo.

En ese momento, el órgano vuelve a sonar. Esta vez toca algo más animado y un par de cortinas se cierran en torno al ataúd de Carl. Me doy cuenta de que es «Here Comes the Sun», de los Beatles, y siento otra punzada de tristeza, pero ahora ya es demasiado tarde, el funeral ha terminado y, con un suspiro de alivio colectivo, la gente empieza a salir bajo el débil sol primaveral.

—¿Cuántas de estas personas van a venir a nuestra casa? —pregunta Serena cuando nos unimos a la multitud.

Me encojo de hombros.

—Mi madre me ha dicho que solo un puñado de amigos cercanos.

—Entonces serán unos doscientos curiosos —dice Serena haciendo una mueca.

—Supongo. Y, hablando de ellas, ¿dónde están las madres? —pregunto estirando el cuello.

—Estaban por la parte delantera —dice Lil detrás de mí—. Nos han dicho que ya nos vemos en casa.

Abro los ojos como platos cuando por fin puedo apreciar el modelito funerario de Lil al completo.

—¿Se puede saber qué te has puesto?

—¿Qué? —pregunta ella desde detrás del velo de puntilla negra que le cubre la cara. El resto de su cuerpo está enterrado bajo una tienda de campaña negra de tamaño extragrande. Parece que lleva guantes negros hasta los codos—. Estamos de luto.

—Está haciendo *cosplay* de la viuda de un mafioso —susurra Serena.

—Te he oído —salta Lil—. No entiendo por qué os preocupa tan poco a las dos honrar a los muertos.

—Lil, te juro que si esto es por lo del pájaro otra vez... —empieza a decir Serena.

—Tenía nombre.

Me imagino que la expresión de Lil tras el velo es rabiosa.

—¡No, no tenía nombre! —grita Serena—. ¡Me niego a llamar «Peter el palomo» a un pájaro muerto!

Lanzo una sonrisa tenue a la gente que nos rodea, a quienes, como es comprensible, les ha llamado la atención el arrebato.

—Venga, chicas —digo en voz baja—. Tenemos un velatorio al que asistir. Y el desgraciado de nuestro padre estará allí.

Con eso, cada una me coge por un brazo.

—Espero que haya vino —musito.

—Yo sé que habrá tequila —dice Serena con una sonrisa traviesa, abre el bolso y saca una botella.

—Que Dios te lo pague —suspiro mientras nos dirigimos a los coches.

4

Cuando llego a la casa, aparco al lado del elegante Mercedes de Serena y del Toyota híbrido de un color lila personalizado de Lil. No es de extrañar que hayan llegado antes que yo. Avanzar estoicamente por la autopista y ver cómo zigzagueaban entre el tráfico y desaparecían en la distancia me había parecido una metáfora algo tosca de mi vida.

La casa, acogedora y torcida, está igual que siempre, aparte del lío de coches aparcados y de la discreta presencia de un equipo de seguridad. Me pregunto si ese montón de hombres fornidos que intentan desaparecer entre los setos del jardín delantero a lo Homer Simpson han venido con alguno de los invitados o si los ha llamado mi madre. Sea como sea, me alegro. Por lo menos los paparazis no sentirán que los esperamos con las puertas abiertas.

La atmósfera ya es carnavalesca, con los invitados desbordando la casa con bebidas en la mano. Por un momento me viene a la cabeza la idea de que, si no fuera porque todo el mundo va de negro, podría ser uno de los legendarios eventos del aquelarre.

Las madres no hacían muchas fiestas cuando éramos pequeñas, pero, de vez en cuando, pasaba algo inesperado: invitaban a un grupo de amigos a quedarse y luego se les unían unas cuantas personas más y, de pronto, había música y bailes y cócteles de color verde claro en frascos de mermelada vacíos. La gente siempre era una mezcla de artistas, músicos, escritores y otras personas creativas, y eso hacía que las fiestas fueran muy divertidas.

Las madres no toleraban ningún tipo de mal comportamiento y un porro aquí y allá o un bañista desnudo en el río era lo más escandaloso que veíamos, aunque nunca nos dejaban solas, por lo que tampoco puedo hablar de lo que se hacía a puerta cerrada. Lo que puedo asegurar es que no era la «orgía sexual de la secta de las mujeres de Ripp» que aseguró un titular.

(«Que digan solo orgía —se quejó Ava con un suspiro—, la palabra "sexual" es redundante». Dio unos golpecitos en el periódico con una uña escarlata. «Recordad, chicas, las palabras, cuando se usan con precisión, son armas. No hace falta manosearlas»).

Cuando entro con dificultad a la cocina, me doy cuenta de que la mayoría de los asistentes al funeral de Carl han aprovechado la oportunidad para echarle un vistazo al escenario de todos los escándalos de los que habían hablado los periódicos a lo largo de los años. Verlos aquí hace que me pique todo el cuerpo. No creo que sea imaginación mía que, cuando paso al lado de la gente, varias caras expresen decepción. Casi puedo oírlos pensar: «¿Dónde están las mazmorras sexuales y las pilas de drogas duras?». Veo a un hombre examinar el azucarero de Orla Kiely de mi madre con esperanza, pero, tras llevarse un dedo distraídamente a la boca, su expresión se hunde. Debe de ser devastador descubrir que Dee Monroe no espolvorea las gachas del desayuno con cocaína.

La cocina es mi estancia favorita, justo en el centro de la casa. Es enorme y muy luminosa, se construyó tumbando los tabiques de tres habitaciones del edificio original, tiene muros de piedra torcidos, vigas lijadas en el techo y una pared con una cristalera que da paso al jardín. Hay unos fogones enormes de estilo *vintage*, armarios de cocina con puertas acristaladas rebosantes de vajillas desparejadas, dos sofás grandes y mullidos y una ancha mesa de cocina de roble con todas nuestras iniciales grabadas en las patas, así como la palabra «jodr» grabada en la parte inferior en una letra torcida e irregular que escribió la intrépida Serena de seis años.

Dejando a un lado las palabrotas escondidas y mal escritas, esta habitación es lo menos rockero del mundo. Es el centro de nuestra familia, donde las seis pasábamos la mayoría del tiempo, donde compartíamos cenas familiares, hacíamos los deberes, jugábamos en el suelo o nos tumbábamos en el sofá cuando teníamos amigdalitis y mi madre nos preparaba tazas humeantes de agua con miel y limón.

Hablando de mi madre, por fin la veo entrar en la habitación con un vestido de seda negro estilo caftán. Lleva una botella de champán en la mano y rellena las copas de la gente al pasar, parándose a dar el pésame y a ofrecer consuelo.

—¡Clementine!

Se le ilumina la cara cuando me ve. Dee Monroe es irresistible y ni yo misma, después de haber estado tan expuesta a ella, soy inmune. Parece un hada llena de travesura, con la cara en forma de corazón, unos ojos grises enormes y una sonrisa amplia contagiosa. Tiene la piel pálida, de porcelana, que se quema con facilidad, y lleva el pelo caoba corto, mostrando el cuello esbelto y su despampanante estructura ósea. Se mueve como una bailarina y al cantar tiene la voz áspera de una *chanteuse* francesa que fuma Gauloises sin parar.

Cuando me envuelve con un abrazo, huele como siempre, a jabón Pears y a Diorissimo, un perfume que eligió a los dieciocho años porque la hacía sentir como un personaje de una novela de Jilly Cooper. Me da un apretón más, que sé que es porque por fin le he confesado todo lo de quedarme sin novio y sin trabajo, y yo le devuelvo el abrazo, alargándolo un largo rato.

—Hola, mamá —digo—. Pensaba que me habías dicho que serían unas pocas personas.

—Bueno, cariño, supongo que Carl era más querido de lo que nos imaginábamos.

Mi madre mira a su alrededor y se nota que está orgullosa de la concurrencia.

—Sigo sin entender por qué te encargas tú del velatorio —le digo en voz baja, y hasta yo me doy cuenta de que sueno molesta.

—Ya sabes que no tenía familia —contesta mi madre algo sorprendida, con el semblante triste—. Esto es lo que él quería y era un buen amigo nuestro.

La culpa me revuelve el estómago.

—Lo siento —contesto—, tienes razón. Es que no me gusta nada ver a toda esta gente en casa, pero claro que es lo que había que hacer. La misa ha sido muy bonita.

Mi madre me coloca una mano comprensiva en el brazo, pero acepta el cambio de tema.

—Sí, ¿verdad? —dice—. Aunque me parece que ha habido un alboroto en la parte de atrás al principio. No he conseguido saber lo que pasaba, ¿tú sabes algo?

—No, no me he enterado. —Niego con la cabeza inocente.

—Ah, ¡ahí estáis!

Veo que Serena y Lil se abren paso entre la multitud y mi madre las abraza.

—Cuánta gente, qué puto agobio —resopla Serena.

—Me encanta el velo —dice mi madre acariciando el encaje que le cae a Lil por encima de los hombros.

—¿Dónde están Petty y Ava? —pregunto haciendo un barrido de la estancia.

—Creo que en la sala de estar con vuestro padre —responde mi madre, y yo intento que no se me ponga cara de haber chupado un limón—. Vamos a saludar. Todo el mundo se muere por veros. —Se tapa la boca con una mano—. Uy, qué sentido del humor más fúnebre me ha salido sin querer.

Decidimos ir por fuera de la casa en lugar de pelearnos por avanzar entre la muchedumbre, por lo que no tardamos mucho en encontrar al resto de nuestros padres.

Como era previsible, la habitación está llena hasta los topes y todo el mundo se arremolina a su alrededor mientras hace ver que no los está observando con atención. Aunque yo no reconozco a muchos, hay unos cuantos famosos en el velatorio (al fin y al cabo, Carl había tenido una carrera de éxito en la industria musical durante cuarenta años), pero lo cierto es que la imagen de Ripp, Ava y Petty bebiendo champán juntos resulta muy llamativa.

Pillo a un hombre intentando sacarles una foto con el móvil a escondidas y le pongo mala cara. Él se mete el teléfono en el bolsillo y lo suelta como si quemara. Siento tanta tensión en los hombros que tengo que esforzarme por bajarlos de, más o menos, la altura de las orejas. «Esto es horrible, esto es horrible, esto es horrible».

Todos los muebles están apartados a un lado del salón y la gente forma corros. Ripp tiene la mano en la cintura de Petty, que le sonríe con cordialidad. Petty —de Petunia— es la persona más dulce del mundo y de su boca nunca ha salido nada malo sobre Ripp. Tenía solo diecisiete años cuando tuvo a Lil —Ripp tenía cuarenta, no miento cuando digo que es lo peor— y siempre dice que ella también se crio en esta casa. Trabaja de diseñadora de vestuario para varias compañías teatrales y es una artista con talento. Con su larga melena rubia y ojos azules, Lil y ella parecen hermanas gemelas, aunque Petty no tiene ni una pizca de musicalidad en el cuerpo.

En cambio, Ava mira a Ripp como siempre, con un ligero rastro de «¿En qué estaría pensando?». Ahogo una risa al ver la exasperación en sus ojos y los brazos cruzados sobre su pecho. Parece una supermodelo: casi metro ochenta, piel de un marrón oscuro, pelo negro como la tinta muy bien recogido en un moño y boca ancha y malhumorada. Estaba estudiando Derecho cuando tuvo a Serena y ahora es una excelente abogada especializada en derechos humanos. Hombres más valientes que él se han echado a temblar bajo su mirada pétrea, pero si Ripp se da cuenta de que no le cae demasiado bien, no lo demuestra. Lo cierto es que nunca se le ha dado bien captar las sutilezas.

—¡Ahí están mis chicas! —exclama, encantado de vernos e indiferente a las cabezas que se vuelven hacia nosotras.

El interés de la gente parece menos disimulado ahora que él lo incita. Tengo un *flashback* a aquella vez cuando tenía siete años y paramos en una estación de servicio de la autopista. Ripp entró pavoneándose y gritó: «¡Buenos días, Watford Gap!», como si se creyera Robin Williams, y empezó una firma de autógrafos improvisada. A mí me tumbó al suelo la marabunta entusiasta y me escondí debajo de un expositor de hamburguesas para microondas.

Mi padre no se dio cuenta de lo que había pasado hasta que volvimos al coche y vio que me sangraban las rodillas. Carl me limpió la sangre y me pasó un caramelo de cereza mientras mi padre hablaba por teléfono con su novia de aquella semana.

Serena le da un beso en la mejilla.

—Hola, papá —dice.

—Siento lo del tío Carl —añade Lil dándole un breve abrazo.

—Ripp —digo yo saludándolo con la cabeza con frialdad.

Me mantengo fuera de su alcance, colocándome al lado de Ava, que sí que me da un cálido abrazo.

—Clemmie —me susurra al oído—. Te he echado de menos.

—Y yo a ti —contesto devolviéndole el apretón.

Con los volantazos bruscos que ha dado mi vida, hace tiempo que no tengo ganas de volver a casa. Sé que las madres quieren que venga a vivir aquí, que deje de tirar el dinero que no tengo pagando el alquiler, que las deje ocuparse de mí, pero tengo treinta y dos años. Creo que regresar sería la admisión final de mi fracaso, y todavía no estoy lista para eso. Elijo verlo como algo positivo: es posible que aún me queden fuerzas para luchar. Aunque sean pocas.

—Hacía tiempo que no te veía, Clemmie —dice Ripp—. Cada día te pareces más a tu madre.

—¿Sí? —Me encojo de hombros—. Debe de ser el color de pelo. Yo no acabo de verlo.

—Mi esposa más guapa. —Ripp ignora mi tono gélido y centra su mirada centelleante en mi madre, que sonríe.

—Ripp, he sido tu única esposa —dice ella.

—Es que nunca conseguí dejar lo nuestro atrás —suspira él, llevándose la mano de mi madre a los labios.

Me parece de mal gusto, visto que tuvo hijas con dos de las otras mujeres de la sala y es probable que esté rodeado de más de siete exnovias diferentes, pero Petty y Ava están acostumbradas a sus escenitas y nadie reacciona. Siempre me resulta raro que en estas situaciones todo el mundo parece contento con «dejar que Ripp sea Ripp», mientras que a mí me entran ganas de tirarle la bebida a la cara.

—Me parece recordar que lo dejaste atrás colocándote debajo de un gran número de mujeres —dice mi madre—. Solo que ellas tuvieron el buen juicio de no casarse contigo.

La sonrisa de Ripp se ensancha todavía más.

—Vamos a quitarnos el abrigo y a tomarnos una copa de verdad —dice Serena poniéndome una mano en el brazo.

—Buena idea —contesto, feliz de dejarme arrastrar hacia el amplio recibidor con suelo de piedra donde han colocado una barra con un camarero.

Me desabrocho el abrigo y se lo tiendo a Serena. Se queda boquiabierta.

—¡Joder, Clemmie! Espectacular —dice mientras me mira el modelito.

—¡Guau! —coincide Lil—. ¿Quién era el Len ese?

Me tiro del vestido.

—No empecéis —digo—, es el único vestido negro que tengo y resulta evidente que he ganado peso desde la última vez que me lo puse.

—Sí, en la delantera —comenta Lil gesticulando hacia el escote pronunciado que tengo que admitir que deja bastante al descubierto—. Madre mía, ¿creéis que la otra noche reavivamos todos nuestros viejos hechizos?

—¿Quieres decir que las tetas van a seguir creciéndome exponencialmente por un deseo que pedí cuando teníamos doce años? —Me río.

—Asfixiada por tus propias tetas. —Serena niega con la cabeza—. Qué manera de morir.

—Creo que he engordado entera, no solo mis tetas.

—Bueno, pues estás tremenda y te sienta bien —contesta Lil mirando el vestido, que, por lo demás, es bastante sobrio.

Es simple, de manga corta y cuello redondo, con una falda que se ensancha y termina algo por debajo de la rodilla.

Le doy la razón. Debo de estar entre una talla 44 y una 46 y, aunque de adolescente me obsesionaba mi peso, últimamente estoy bastante contenta con el cuerpo blando y celulítico que veo en el espejo. Supongo que esa es una de las recompensas de ir a una buena psicóloga.

—Bueno, a ver esas bebidas —digo mientras Serena mete los abrigos de todas en el armario que todavía contiene cosas como nuestras botas de agua de cuando éramos pequeñas y varias raquetas de tenis rotas (resulta que Lil es una muy mala perdedora, con una vena a lo John McEnroe).

Vamos hasta la barra y el camarero nos dirige una sonrisa. Es muy atractivo, con el pelo rubio lacio y unos ojos azules intensos. Parece que roza la treintena.

—¿Qué os pongo? —pregunta.

—¿Tienes algo de tequila? —Serena arquea una ceja.

—Lo siento, señoritas. —El hombre niega con pesar—. Tengo champán, vino, cerveza, ginebra, vodka o whisky.

—Supongo que las madres no esperaban que nadie fuese a tomar chupitos en un funeral —apunto.

—Ahí es donde han fallado.

Serena saca la botella de Patrón del bolso y se la tiende al camarero como si fuera un bebé recién nacido.

—Escóndeme esto en la nevera de ahí atrás, ¿vale? Pero antes ponnos tres vasos con hielo, por favor.

Él lo hace con gusto, sobre todo porque al tenderle a Lil el vaso sus dedos se rozan durante un momento largo. A ella se le sonrojan las mejillas, y a él también.

—Me llamo Henry —dice con voz ahogada.

—Lil —consigue responder mi hermana, y se miran como si hubiera un halo de pajarillos azules rodeándoles las cabezas.

—Y yo soy Serena y esta es Clemmie —interviene Serena, sin reparar en las delicadas ondas románticas que vibran en el ambiente—. Protege ese tequila con tu vida, Henry. Si todos estos viejos borrachos se enteran, será un desastre.

—Podéis confiar en mí —dice él con una expresión valiente. Nos sirve tres chupitos de tequila generosísimos en los vasos y esconde la botella al fondo de la pequeña nevera que tiene detrás.

—Bueno. —Serena toma un trago fortalecedor—. ¿Vamos a ver qué se traen entre manos los padres?

—¿Es necesario? —me quejo.

—¿Prefieres charlar de trivialidades con un montón de personas de la industria musical? —pregunta con tono malicioso. Yo mantengo un silencio rebelde—. Me lo imaginaba. —Serena echa a andar—. Venga, Lil —la llama mirando hacia atrás.

Henry y ella están ahí plantados mirándose.

—¿Lil? —Le sacudo el brazo.

Se vuelve hacia mí con las pupilas tan dilatadas que parece que haya estado tomando alucinógenos. Emite un sonido que se parece a un «¿Quééé?».

Sofoco una risa.

—Vamos a volver.

—Ah…, sí…, claro… —dice, y es evidente que se está reponiendo—. Hasta luego, Henry.

—Hasta luego, Lil —susurra él, y mi hermana se derrite como si acabase de citarle a Shakespeare.

Cuando volvemos a la sala de estar, nos encontramos a Ripp en el centro contando una historia escandalosa protagonizada por él, Carl y una estríper que recogieron en Las Vegas, y todo el mundo a su alrededor ríe. Yo me sé la anécdota porque recuerdo haber visto las fotos que los paparazis le habían hecho a mi padre saliendo tambaleante de un club de estriptis rodeando con el brazo a una mujer con las tetas al aire. Fue la misma semana en que no apareció en la fiesta de mi decimotercer cumpleaños.

—¿Por qué no nos tocas un tema, Ripp? —grita alguien—. Algo para Carl.

—Ay, Dios —musito yo.

—No, no puedo —dice Ripp con un gesto tímido de la mano, aunque sus ojos se desvían hacia el piano que hay en un rincón de la sala.

—¡Sí, venga! —empieza a unirse la mayoría de la gente.

—¿Dee? —Ripp mira a mi madre y hay un estremecimiento de emoción, algo eléctrico atraviesa la multitud.

Mi madre pone los ojos en blanco sin acritud.

—Me parece que no, Ripp.

—Sabes que a Carl le hubiera encantado —intenta engatusarla él—. Siempre estaba pidiéndonos que cantáramos juntos.

—Eso es cierto, Dee —se suma Petty.

Mi madre parpadea y me parece verle lágrimas en los ojos.

—Bueno, vale —dice—, por Carl.

Acto seguido se dirige al piano y Ripp va detrás de ella a grandes zancadas. Cuando mi madre se sienta delante del teclado, no duda. Levanta las manos y, cuando las baja, suena un estrépito de acordes y empieza a cantar «Girl From the North Country». Tiene una voz preciosa, como miel caliente, y se esparce por la sala. Ripp se le une y, aunque una puede echarle muchas cosas en cara a este hombre, está claro que sabe cantar. Sus voces encajan a la perfección. Está ocurriendo algo mágico y los presentes lo saben. Todos contenemos el aliento, compartiendo la misma quietud.

—Era la canción favorita de Carl —susurra Petty con las mejillas ya llenas de lágrimas—. Madre mía, Dee es maravillosa.

Yo tengo los puños apretados mientras miro a mi madre y a Ripp. Veo el flash de la foto que está haciendo alguien. Al final me alejo. Doy un paso atrás, luego otro y otro, y salgo de la muchedumbre.

Hasta que me topo con alguien. Me pone las manos en los brazos para que recupere el equilibrio e incluso antes de darme la vuelta ya sé quién será. Tal vez sea por el olor de su *aftershave* —siempre se pasaba un poco con él y parece que esa costumbre no la ha perdido— o puede que la pista me la haya dado la profunda sensación de terror apocalíptico que se ha apoderado de mí. Sea como sea, lo sé.

Me vuelvo poco a poco.

—Hola, Sam —digo, y me alivia oír que por lo menos no me tiembla la voz, aunque el resto de mí parece ir en un bote a la deriva en aguas agitadas.

—«Oh, my darling Clementine!» —canturrea las palabras haciendo una mala imitación del acento de vaquero, y, si no odiara ya visceralmente esa canción, este momento me habría hecho detestarla.

El hombre que casi me destrozó por completo me mira desde arriba con una sonrisa ladeada algo perezosa. Es una sonrisa que en su momento me hizo sentir mariposas en el estómago, una que me aturdía. Ahora solo me inundan unas náuseas mortecinas, esa sensación de caer de una gran altura.

Sam Turner —la víctima original de la maldición, el chico que me rompió el corazón a los diecisiete años— se ha hecho bastante famoso. Sigue siendo atractivo, con su pelo largo rubio arena y su cuerpo espigado, pero está más cuidado que el chico desaliñado que recuerdo. Lo he visto en fotos, pero he conseguido evitar encontrarme con él en persona durante casi quince años. No me ha costado; tampoco es que nos movamos en los mismos círculos.

—Estás guapísima —dice dándome un repaso no muy sutil—, aunque siempre has sido preciosa.

Se le ensancha la sonrisa y se forman unas arrugas a ambos lados de los ojos azules. Son unas líneas diminutas que no estaban ahí la última vez que lo vi.

Llevo años imaginándome esto, reencontrarme con Sam. A veces visualizo que le grito, que le doy un puñetazo en toda la nariz. Otras me imagino manteniendo una actitud gélida mientras él se arrastra ante mí. En ninguna de mis fantasías me lo he imaginado haciendo como si nada hubiera pasado. No pensaba que yo me quedaría helada, con el corazón latiendo con fuerza mientras él sonreía con suficiencia y hablaba de tonterías.

Se apoya en la pared con la bebida en la mano y un gesto despreocupado.

—Cuéntame, ¿cómo has estado? ¿Qué has hecho todo este tiempo? Eres profesora, ¿no? Tenía la esperanza de encontrarme contigo. Tu padre no tenía claro si ibas a venir o no.

Se me cortocircuita el cerebro, pero incluso en este momento soy vagamente consciente de que me arrepentiré si salgo corriendo. No puedo hacer más que quedarme mirando a Sam boquiabierta, no puedo ni empezar a examinar el tremendo abanico de emociones que se enredan en mi interior al verlo y oír las palabras que le salen por la boca. Está aquí, en mi casa. Ha hablado con Ripp sobre mí. Con Ripp, que también está aquí.

—Tengo que irme —consigo decir, y lo empujo con el hombro para pasar y dirigirme hacia el pasillo.

Solo hay una cosa que pueda hacer ahora mismo.

—Henry —le digo sombría mientras avanzo hacia él—. Necesito ese tequila.

Sin mediar palabra, me tiende la botella y yo se la quito de la mano. Subo corriendo las escaleras y cruzo el pasillo hasta que llego a la puerta de mi habitación lista para echarme bocabajo sobre la cama.

—Oye —dice una voz—, ¿estás bien?

5

«Hay un chico en mi habitación». Esas son las únicas palabras a las que mi cerebro frito parece ser capaz de agarrarse cuando me quedo con la espalda pegada a la puerta, el corazón me late con fuerza y agarro la botella de tequila con una mano. «Hay un chico en mi cama».

Y es el chico más guapo que he visto en mi vida.

—¿Qué haces aquí? —consigo decir.

Todavía no me he recuperado del encuentro con Sam ¿y ahora esto? Está claro que alguien se está riendo de mí. ¿Se puede saber exactamente qué fue lo que puso Lil en esa sartén?

—Perdona —dice el muchacho (que en realidad es un hombre)—. No podía soportar a toda esa gente ni un minuto más. ¿Vives aquí?

—N-no —contesto, porque es cierto, por lo menos de momento, y me aferro a eso.

Intento entender la escena que tengo delante.

Mi madre ha dejado mi habitación intacta desde que me fui de casa y sigue siendo la misma que cuando era pequeña: una estantería llena de libros maltrechos sobre bailarinas de ballet y clubs de ponis, un pequeño tocador lleno de pintauñas y tubos de máscara de pestañas resecos de la marca Rimmel. Al lado de la cama individual hay un póster de Geoffrey Chaucer pegado en la pared cerca de otro de Ryan Gosling en *El diario de Noah*. Y la cama está ocupada ahora mismo por un hombre guapísimo despatarrado sobre mi suave edredón con estampado floral.

Mueve las piernas para poner los pies en el suelo y apoya la espalda en la pared. La coronilla le llega a la parte baja del póster de Ryan Gosling. Parece rondar los treinta y muchos, tiene un pelo negro que se le ondula un poco de un modo que hace que te entren ganas de hundir los dedos en él y los ojos oscuros le brillan con diversión, lo cual impide que el resto de su cara parezca demasiado seria. Por lo demás, está compuesto por una serie de ángulos afilados y líneas rectas, perfectamente simétrico.

Me doy cuenta de que es el portador del féretro del funeral y vuelvo a sentir esa punzada aguda de deseo que no me ayuda a reducir el shock de encontrármelo aquí. En mi cama.

—Soy Clementine —espeto.

—¿Clementine?

La línea recta de su boca se suaviza y su sonrisa hace que todo el aire abandone mis pulmones.

Asiento antes de seguir hablando como una tonta:

—Mi madre dice que eligió el nombre porque las clementinas son la fruta más simpática.

Su sonrisa se ensancha y revela la sombra de un hoyuelo en la mejilla izquierda. Resulta que no es del todo simétrico.

—¿Y por qué tenías que ser algún tipo de fruta? —pregunta.

—Créeme, se lo he preguntado muchas veces —refunfuño, recuperando un poco la compostura—. Y el razonamiento sigue sin quedarme claro. Imagínate ser una niña pelirroja y llamarte Clementine.

Se ríe, y el sonido me recorre el cuerpo como una descarga eléctrica. Inmediatamente me muero de ganas de volver a oírlo.

—Mi madre sigue llamándome Teddy —dice—, por si te consuela.

—Pues sí —respondo—. Si hasta un nombre tan razonable como Edward es susceptible de que una madre lo acorte de forma vergonzosa, puede que no tenga que sentirme tan mal. —Abre la boca como si fuera a decir algo, pero yo sigo hablando nerviosa—: Y además la mayoría de gente me llama Clemmie. —Levanto la botella de tequila—. ¿Te apetece un poco?

—No, gracias, pero ¿quieres quedarte conmigo? —Da unas palmaditas en la cama a su lado—. Podemos escondernos juntos.

—¿Quién dice que me esté escondiendo? —Me acerco un paso—. Tal vez me lo estaba pasando genial abajo.

—La enorme botella de tequila indica lo contrario.

—Tienes razón.

Respiro hondo y me dejo caer en la cama a su lado, con cuidado de dejar espacio entre nosotros para que no nos toquemos. Destapo la botella, doy un trago corto y, después, hago una mueca.

—¿Y de qué conocías a Carl? —me pregunta Edward.

—Era un viejo amigo de la familia —le digo.

Me apoyo en la pared fría debajo del póster de Chaucer con los pies colgando de un lado de la cama.

—Te acompaño en el sentimiento —responde—. ¿Teníais buena relación?

—La verdad es que hacía mucho que no lo veía, pero era un buen hombre por lo que recuerdo.

Edward sonríe.

—Sí, era un buen tío.

—Eras uno de los portadores de féretro, ¿no? —le pregunto incómoda—. Bueno, creo que te he visto en la iglesia. ¿De qué conocías tú a Carl?

Cambia de postura. La manga de su camisa me roza ligeramente el brazo y el cerebro se me queda vacío menos por un ruido blanco. Reparo en que se ha quitado la chaqueta de traje oscura y la corbata, que están colgadas en el respaldo de la silla rosa de mi escritorio. Tiene el primer botón de la camisa desabrochado y la mirada se me queda atrapada más de la cuenta en el triángulo de piel que queda a la vista en la base del cuello.

—Hace años que nos conocemos —responde por fin. Me esfuerzo por prestar atención a lo que dice. Por Dios, ¿dónde están los crucifijos en los que centrarse cuando los necesitas? Quedarme mirando a un Ryan Gosling serio y con mal de amores no va a tener el efecto que busco—. Pero me sorprendió que me pidieran ser uno de los portadores, la verdad —admite Edward—.

Supongo que no era consciente de que no tenía ni familia ni nada. Es triste.

—Sí que lo es —coincido—, pero hoy había muchísima gente en la misa y hay cientos de personas en el velatorio. Es evidente que influyó en muchas vidas.

Edward se queda en silencio un rato. Vuelve a tener un gesto serio en la boca y el humor le ha abandonado los ojos. Parece afligido, y no lo soporto.

—Por lo menos no se te ha caído —le digo. Las palabras me salen de golpe, sin que haya podido pensarlas demasiado.

Lo pillo por sorpresa y se le escapa una carcajada.

—Por lo menos. —Se gira para mirarme de frente—. Estaba preocupadísimo por eso. ¿Sabes cuando no te puedes quitar un pensamiento horrible de la cabeza? Tendría que haber estado concentrado en estar triste por Carl, en el gran honor o responsabilidad que tenía, pero en mi mente solo sonaba una cantinela: «Que no se te caiga el muerto, que no se te caiga el muerto». Y luego un GPS ha empezado a sonar...

Ahogo un gemido y me llevo corriendo las manos a la cara.

—¿En serio?

Se echa hacia delante y su voz suena divertida. Me aparta una mano de la cara. Me rodea la muñeca con los dedos y a mí me da la sensación de que mi piel va a empezar a echar chispas.

—¿Has sido tú?

—Claro que he sido yo. —Vuelvo a gemir—. Ahora mismo mi vida es un desastre de proporciones épicas.

—Madre mía, ha sido graciosísimo —dice riendo—. O sea, sé que era un funeral, pero, cuando la voz ha empezado a gritar «Gira a la derecha», he tenido que centrar toda mi atención en el Jesús enorme colgado de la pared que parecía un Action Man al que habían metido en el microondas.

—¡Es justo lo que parecía! —exclamo.

Me doy cuenta de que sigue agarrándome la muñeca y ahora tiene la cara más cerca de la mía. Me sonríe abiertamente y se le marca más el hoyuelo. No puedo mirarlo a la cara, es como dirigir los ojos al sol: tan deslumbrante que te hace daño. Cambio de postura, aparto la mano y doy otro trago de la botella de tequila. Me quema la garganta.

—¿Y por qué es tan desastrosa tu vida, Clemmie? —me pregunta Edward.

—Bueno, la historia de siempre —digo jugueteando con mi falda—. Mi novio, que me ponía los cuernos, me ha dejado y va a tener un bebé con otra, me he quedado sin trabajo y pronto perderé el piso.

—¡Uf! —Edward hace una mueca y apoya la cabeza en la pared—. Menuda mierda. Está claro que tu novio es idiota.

—Se llevó a mi gato —digo con una vocecita.

—Cabrón —contesta Edward categórico.

—Sí. —Cierro los ojos—. Y, por si fuera poco, acabo de toparme con otro ex.

—¿Otro cabrón?

Me río, pero el sonido es áspero.

—De hecho, es el rey de los cabrones.

—Ah —responde Edward, dando a entender que sabe de lo que hablo—. ¿Tu primer amor?

—Algo así. No lo he llevado como me hubiera gustado… Sé que luego me arrepentiré. Y además tengo que lidiar con mi situación familiar, que es… complicada.

—La familia puede ser complicada —coincide Edward—. Mi hermana una vez me gastó una broma pesada en la que se hizo pasar por un *poltergeist* llamado Collin que vivía en mi cuarto.

Eso hace que me salga otra carcajada sorprendida, esta vez real, y agradezco el cambio de tema.

—¿Tienes hermanos? —me pregunta.

—Dos hermanas. —Sonrío—. Y nos hemos gastado unas cuantas bromas las unas a las otras, aunque creo que ninguna relacionada con *poltergeists*. —El ligero puntillo que me produce el tequila desencadena una oleada de cariño por Lil y Serena—. Aunque parece que somos mágicas. Hemos lanzado un hechizo.

No sé por qué he dicho eso último, pero tanto Edward como

el hecho de estar en mi antiguo cuarto tienen algo que me hace sentir cómoda.

—¿Cómo que habéis lanzado un hechizo?

—Es algo que hacíamos cuando éramos pequeñas. Jugábamos a ser brujas y, cuando mis hermanas vinieron a casa la otra noche, rescatamos un viejo hechizo que lanzamos en su día. El hechizo para corazones rotos. Le prendimos fuego a una sartén y maldijimos a Len.

—¿Len? —Le tiembla un poco la voz.

—Mi exnovio —explico—. Leímos el conjuro de cuando yo tenía diecisiete años y le echamos una maldición, lo cual fue muy catártico, y luego pedimos tres deseos para mí. Uno cada una.

—¿Qué pedisteis?

—El que había pedido yo hace años era trabajar en lo que me gusta. Parece que el universo se está riendo de mí, dadas las circunstancias. —Cuando desvío la vista hacia él, ya me está mirando. Sus ojos son muy oscuros, pero ahora reparo en que tiene motas de un color ambarino alrededor de los iris—. Me he esforzado mucho por llegar adonde estoy en mi campo, pero siempre parece que doy un paso hacia delante y dos hacia atrás. —Siento que un agotamiento desalentador se apodera de mí al pensar en tener que buscar trabajo—. Pero supongo que centrarte en lo laboral es el mejor camino cuando tu vida amorosa se ha ido por el retrete —digo como intentando convencerme a mí misma.

—¿Y cuáles eran los otros deseos?

—Ah, pues una de mis hermanas deseó que me enamorara. Que encontrara a mi alma gemela y viviera un gran amor. Es la optimista de la familia.

—¿Y la otra?

Siento que la sangre me sube a las mejillas.

—Me deseó sexo del bueno.

—¿Sexo del bueno? —Levanta las cejas, pero por lo demás parece impasible.

Asiento intentando parecer igual de despreocupada.

—Llevaba mucho tiempo con Len. —Me encojo de hombros—. Siempre he tendido a tener relaciones serias. Y mis hermanas creen que debo ser un poco más… aventurera en lo sexual, supongo. Un poco más informal. Tener un rollo de una noche de vez en cuando.

—Ya —musita. Y hay algo en la forma en que lo dice que hace que se me desate una ola de calor en el vientre—. ¿Y tú quieres?

—No lo sé —susurro—. Puede.

Estamos tan cerca que sé que con el menor de los movimientos mi boca estaría sobre la suya. No sé cómo ha ocurrido, debemos de habernos inclinado hacia el otro poco a poco sin que me haya dado cuenta.

Pero ahora me doy cuenta. Me llega su olor, y huele de maravilla, como el aire fresco y despejado del mar, con un toque cítrico y lo que debe de ser un montón de feromonas, porque siento que todo mi cuerpo se enciende. Quiero enterrar la cara en su cuello e inhalarlo, y una parte de ese deseo imprudente debe de reflejarse en mi cara, porque hay un cambio en la atmósfera a nuestro alrededor. El aire está cargado de electricidad como en los momentos anteriores a una tormenta, y él se queda quieto.

—Igual deberíamos descubrirlo —sugiere en voz baja.

El corazón me late con fuerza y veo que deja caer la mirada hasta mi boca. Antes de que el valor me abandone, me inclino y aprieto los labios contra los suyos. Es un beso rápido, apenas nada, un ligerísimo roce, y, aun así, lo siento por todo el cuerpo, hasta en los dedos de los pies. Me aparto de golpe.

—Perdona —suelto—. Lo siento mucho, no tendría que haberlo hecho. No sin preguntarte antes. Qué maleducada…, qué mala idea. Me…

—Clemmie —me interrumpe, y me quita la botella de tequila de la mano para ponerla con cuidado en la mesita de noche—. A mí me parece una muy buena idea.

Entonces, con toda la suavidad del mundo, me coge la cara entre las manos y me acaricia el pómulo con el pulgar antes de atraerme hacia él y besarme.

Y vaya si me besa. Empieza despacio, como si tuviéramos todo el tiempo del mundo. Son roces lánguidos, embriagadores, que se funden unos con otros y me dejan mareada. Lo siento sonreír mientras me besa. Salgo flotando de mi cuerpo, estoy en una nube. Abro la boca bajo la suya y se me escapa un suspiro.

El ángulo cambia y, de pronto, es más profundo. Me aferro al cuello de su camisa, él entierra los dedos en mi pelo. Empiezo a subirme a su regazo como si aquello no fuera suficiente y quisiera más: su sabor, su contacto con mi boca, bajo mis manos.

Un deseo desesperado, apremiante, me recorre el cuerpo a oleadas. Le muerdo el labio inferior y él gruñe y me deja un rastro de besos de la comisura de los labios al cuello, debajo de la oreja. Luego sigue bajando. Se detiene en la clavícula y yo no sabía lo erógena que era esa zona, pero ahora no puedo pensar en otra cosa mientras intento no gemir. Tiro de él. Quiero más, quiero que estos besos salvajes y eléctricos que me queman hasta los huesos duren para siempre. Le rodeo el cuello con los brazos y me aprieto contra él. La presión de mi pecho contra el suyo nos empuja más hacia el precipicio.

Por fin nos separamos. Los dos respiramos con dificultad. Tiene las pupilas dilatadísimas y estoy convencida de que las mías están igual. Se le han desabrochado dos botones más de la camisa, pero no recuerdo habérsela desabotonado en ningún momento. Y tiene el pelo deliciosamente despeinado y mi pintalabios rojo emborronado por la cara.

—Y-yo… —tartamudeo—. Quiero decir, que esto ha sido… Yo… Hemos…

—Sí —dice respirando fuerte—. Sí.

Vuelve a tener la mirada clavada en mi boca y luego la baja hasta mi pecho, que se agita con fuerza, como si yo fuera la protagonista lujuriosa de una novela romántica picante de la época de la Regencia.

—¿Dónde duermes esta noche? —le pregunto.

Sacude la cabeza como intentando aclararse las ideas y me mira con el ceño fruncido por la confusión.

—Eh… En un hotel del pueblo —consigue decir—. ¿Por qué? ¿Y tú?

—¿Contigo? —Intento decirlo con confianza, como una afirmación, pero me sale una pregunta trémula.

Edward abre más los ojos y esa sonrisa suya se apodera de su cara de nuevo; esa sonrisa cegadora que hace que le aparezca el hoyuelo y me provoca sensaciones extrañas en el interior.

—Sí, Clemmie. —La voz le sale ronca por los besos y vuelve a atraerme hacia él—. Conmigo.

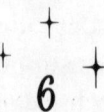

6

El sonido del agua corriente me despierta a la mañana siguiente y me incorporo de pronto pensando que se me inunda la casa. Pero no me encuentro en mi cama y estas sábanas en las que estoy enrollada no son las mías y, desde luego, este no es mi piso. En lugar de eso, estoy en una buena habitación de hotel y el agua que corre es el hombre con el que he pasado una noche de sexo flipante duchándose.

Tiro de la sábana de mil hilos hasta el pecho y vuelvo a dejarme caer sobre la almohada de plumón con una sonrisa ancha e incontenible en la cara mientras dejo que vuelvan todos los recuerdos: los besos, las caricias, el calor. Muchísimas imágenes me revolotean por la cabeza como si fueran confeti.

Como, por ejemplo, cuando le abrí la camisa de golpe, le puse las manos sobre ese pecho maravilloso, le pasé los dedos por los músculos planos y duros; o después, cuando le retiré la camisa para que cayera y descubrí que tenía los brazos cubiertos de tatuajes desde los hombros hasta las muñecas. No sé por qué fue tan increíblemente sexy quitarle la camisa blanca almidonada y encontrarme por sorpresa toda esa tinta arremolinándose debajo, pero lo fue. Me detuve entonces, montada sobre su regazo, y me pasé un rato recorriéndole los bíceps y los antebrazos con los dedos, encontrando hojas de acanto entretejidas con patrones geométricos, acompañadas aquí y allá con flores exóticas que se abrían, hasta que Edward había protestado y yo me había dado cuenta de que me estaba mirando con ojos hambrientos, ardientes.

Hubo más besos. Besos ávidos y desesperados. Me hundí en la cama con su peso encima y toda su longitud y dureza justo donde la quería.

Hubo un momento en el que se apartó con muchísimo cuidado y me preguntó: «¿Estás segura de que quieres hacerlo? Podemos parar. Podemos parar cuando quieras».

Yo me quedé mirándolo estupefacta y a mi cerebro cegado por el deseo le costó encontrar las palabras.

—Sí, por favor —dije—. Quiero más. Ya. Por favor.

Él se rio y volvió a besarme hasta dejarme mareada.

Está la imagen de sus increíbles manos, sus dedos largos y astutos tocándome, agarrándome, tentándome, y la sensación áspera, de papel de lija, de su barba en mi pecho, mi barriga, mis muslos.

Después el primer orgasmo, el que me rompió y me dejó viendo estrellitas, sin respiración y riéndome como si estuviera desequilibrada. Mi confesión de que solo podía correrme una vez y de que pensaba que todo lo que se decía de los orgasmos múltiples era un cuento de hadas.

No lo había dicho como si fuera un reto, pero él lo vio así y se tomó su tiempo con la boca y los dedos, y me susurró cosas dulces y guarras hasta que volví a deshacerme, con más violencia si cabe.

Agotada, lo último que recuerdo es acurrucarme contra él, descansar la cabeza en su pecho mientras él me apartaba el pelo de la cara y oír el latido constante de su corazón debajo de la oreja.

Y ahora está en la ducha.

Nunca he tenido un rollo de una noche y no tengo ni idea de cuál es el protocolo.

Vuelvo la cabeza hacia el baño, pero sigo oyendo el agua. Salgo de la cama de un salto y me doy cuenta de que tengo agujetas, como si hubiera ido al gimnasio, y sé que todavía estoy sonriendo porque también empiezan a dolerme las mejillas. Recojo la ropa interior y el vestido, que están esparcidos por la habitación, y me visto deprisa.

Luego me quedo de pie incómoda en el centro de la habitación. ¿Debería quedarme? Hacerlo parece indicar que tengo expectativas. Supondría un desayuno y mimos y todas esas cosas que forman parte de ser pareja, esas que suelo hacer tras acostarme con alguien. Pero ya no, esas son cosas de la vieja Clemmie. Entonces ¿me escabullo? ¿Sería de mala educación?

Me muerdo el labio y me topo con mi reflejo en el espejo. Tengo el pelo todo alborotado, las mejillas sonrosadas, la boca hinchada, unos ojos que parecen enormes y una expresión de perplejidad aturdida: en pocas palabras, llevo la noche de actividad carnal escrita en la cara. Rebusco dentro del bolso y, con una goma que encuentro, me recojo el pelo en un moño descuidado. Me froto debajo de los ojos para quitarme el rímel emborronado que me hace parecer un panda y saco un caramelo de menta extrafuerte que me meto en la boca. «Ya está —pienso—, casi vuelvo a ser persona».

En el bolso también encuentro el móvil y me doy cuenta de que estoy a punto de quedarme sin batería. Tengo mensajes de mis hermanas y de mi madre, de después de escribirles yo diciendo que me iba a casa pronto y que ya hablaría con ellas. Mi grupo de «Las Hermanas Fatídicas» es una locura:

Serena
Ufff, cómo has podido dejarnos aquí?? Los viejos se están poniendo como cubas

Lil
Henry dice que te ha visto marcharte con un hombre????
Y que parecíais muy acaramelados???

Serena
Qué coño, Clemmie??? Cuando has dicho que te marchabas pronto no era eso lo que me imaginaba... 🌶️🌶️🌶️👀😳

Lil
El deseo de sexo del bueno YA ESTÁ SURTIENDO EFECTO!!!

Serena
De nada

Lil
Ayyy. Henry ha inventado un cóctel y le ha puesto «el Lil» 🖤 🖤 🖤

Serena
Ahora te veo al lado de la barra

Lil
Madre míaaa! El Lil está MUY FUERTE. Vodka, ginebra y vino blanco. VoY a por el tercero!

Serena
El Lil está malísimo. Me da a mí que Henry en realidad no es barman

Lil
CállaTe, sabe muy bien. Henry es carprintero como JESÚS. La cara de Henry es un poeta

Serena
Lil está prácticamente montando a Henry encima de la barra. No me puedo creer que me hayas dejado lidiar sola con esto. Espero que por lo menos sea por una noche 🔥. Al menos hay tequila para anestesiar el dolor
CLEMMIE
DÓNDE ESTÁ EL TEQUILA???
CLEMMIE
CLEMMIE
CLEMENTINE GRACE MONROE
Lo retiro todo. Espero que sea sexo mediocre

Lil
HenrY besado Lil!!!

También tengo una notificación recordándome la cita de hoy. Mierda, en un giro de los acontecimientos que en realidad va muy en la línea de mi vida ahora mismo, voy a llegar tarde a la psicóloga a no ser que me aleje corriendo de mi rollo de una noche ya. Eso parece una señal del universo, ¿no?

Cojo la libreta y el lápiz del escritorio y me muerdo el labio un instante.

> *Querido Edward:*
> *Muchas gracias por una noche maravillosa. Te agradezco el tiempo y el esfuerzo.*

Pero ¿qué hago? ¿Por qué parezco una anciana dándole las gracias por limpiarme la buhardilla? (Oigo en mi cabeza la broma que Serena haría ahora: «Más bien ha sido el sótano, Clem»).

Arrugo la hoja de papel y pruebo otra vez.

> *Edward:*
> *Me lo he pasado muy bien, gracias.*
> *Un beso,*
>
> *Clemmie*

Con eso tendrá que bastar. Antes de poder pensármelo mejor, recojo mis cosas y me escabullo por la puerta, cerrándola sin hacer ruido. Corro por el pasillo mientras busco las llaves del coche en el bolso. Menos mal que tuve el buen juicio de hacer que Edward nos trajera aquí en mi coche anoche para poder salir por patas.

Tomo el ascensor para bajar a recepción y salgo por la puerta giratoria con la vista fija en el suelo.

¡FLASH!

Un fogonazo delante de mis ojos seguido de otro y otro.

Enseguida se me revuelve el estómago, el corazón me late con fuerza y se me cierra la garganta.

Cámaras. Cámaras por todas partes.

—Ay, ¡perdona, guapa! —grita un hombre cuando los flashes se detienen de pronto—. Pensábamos que eras otra persona.

Me aferro sin palabras al cuello de mi abrigo de lana y me cubro bien con él. Parpadeo ante los puntos brillantes que todavía me revolotean en la visión y capto lo que me ha dicho. No están aquí por mí. El aire empieza a volver a filtrarse en mis pulmones. Hace mucho tiempo que no me expongo a los paparazis y el momento de pánico ciego me deja algo inestable.

Avanzo tambaleándome, con las piernas flojas, en dirección al aparcamiento subterráneo mientras me concentro en respirar hondo y despacio. Recuerdo que Edward me dijo algo sobre que los asistentes al funeral habían reservado habitaciones en el hotel, por lo que tiene mucho sentido que los fotógrafos estén en un lugar en el que es probable que los famosos aparezcan algo desaliñados por la mañana.

Por lo que sé, puede que incluso mi padre se esté alojando ahí, y ellos tendrán la oportunidad de hacerle ochocientas fotos y hablar del «coraje de Ripp», que está de luto por su querido amigo. Ese pensamiento me provoca náuseas por más de un motivo. Está claro que es hora de salir pitando de aquí, porque creo que el hecho de que mi padre famoso me pille abandonando la habitación de hotel de un hombre delante de un muro de cámaras puede ser mi peor pesadilla.

Llego al refugio que es mi coche y me pongo mi audiolibro. Siento que la euforia de antes vuelve a colárseme dentro. No me puedo creer que haya hecho algo así. No puedo creer que Clementine Monroe haya tenido un rollo de una noche con el tío más guapo del planeta y que haya ido taaan bien. Tanto que es posible que nunca más vuelva a disfrutar del sexo, pero ese es otro problema. Serena y Lil se van a poner insoportables.

Empieza a llover y los limpiaparabrisas chirrían al rozar el cristal. Doy golpecitos en el volante, llena de una energía desconocida y un brío auténtico. ¿Quién me iba a decir que el sexo sin compromiso podía ponerme de tan buen humor? (Vuelvo a oír la voz de Serena: «Todo el mundo, Clemmie. Te lo puede decir literalmente cualquiera»).

Poco menos de una hora después de salir del hotel llego a las afueras de Oxford, donde mi psicóloga, Ingrid, tiene la consulta.

Me abre con el portero automático y, aunque solo llego un par de minutos tarde, me pongo nerviosa y me entrego a una disculpa dispersa que ella observa en silencio.

—Lo siento —resoplo, y me desplomo en la butaca blanca inmaculada y dejando caer el bolso en el suelo—. Después del velatorio de ayer me he despertado tarde y he tenido que venir corriendo. —Procedo a divagar sobre el tráfico, sobre el hotel, sobre que he pasado la noche con un hombre que acabo de conocer y que he tenido que escaparme de mi primer rollo de una noche. Todo esto me sale en una parrafada sin aliento.

Ingrid no se inmuta.

—¿Quieres que te coja el abrigo? —pregunta.

—Sí, gracias —digo mientras me pongo de pie y me lo desabrocho.

Se lo tiendo y ella lo cuelga en un perchero al lado de su chaqueta Barbour azul marino antes de sentarse delante de mí.

Hay una mesa entre nosotras con una jarra de agua y dos vasos e Ingrid me sirve uno que yo acepto agradecida.

Llevo casi dos años viendo a Ingrid cada quince días y no quiero pensar demasiado en que puede que pronto no pueda permitirme pagarle. Tiene casi cincuenta años, el pelo corto platino y unos ojos verdes grandes detrás de unas gafas de montura gruesa. Su aire de indiferencia fría le da una onda de mujer racional increíble. Quiero caerle bien con una pasión desmedida, lo cual parece ser, de entrada, uno más de los motivos por los que necesito su ayuda.

Se viste como si fuera un miembro de la familia real que tiene el día libre, como si estuviera a punto de subirse de un salto a un caballo en cualquier momento, con toques vagos de aristocracia terrateniente, botas hasta las rodillas y algún chaleco de vez en cuando. Sé muy poco sobre ella, excepto que su marido es inglés y que tiene una hija que va al instituto.

El acento de Ingrid esconde un deje escandinavo y ella tiene la cara tan inmóvil que nunca sé muy bien si se ha puesto hasta arriba de bótox o si simplemente es buenísima en su trabajo. Es probable que ambas cosas.

Su oficina transmite la misma sensación de calma. El mobiliario es mínimo: un escritorio de cristal enorme y de aspecto moderno con un ordenador de diseño simple, una libreta y un solo bolígrafo colocados en ángulos rectos perfectos; una estantería llena de libros dispuestos por orden alfabético, y la mesa de centro situada entre dos sillones. Todo es de un blanco reluciente con detalles gris claro, y siempre huele a esas velas en las que ninguna persona normal podría justificar gastarse el dinero.

Ingrid es, como ya he dicho, imperturbable y, por alguna razón, eso a menudo me hace querer provocarle alguna reacción. En este momento, como en todos los demás, no da ninguna muestra de estupor.

—Entonces —dice al cabo de unos instantes—, ¿has pasado la noche con un hombre?

—¡Sí! —Asiento como uno de esos perritos de juguete que se ponen en el salpicadero del coche—. Y la verdad es que es algo impropio de mí, pero fue genial.

—Me alegra oír eso. ¿Cómo te sientes esta mañana?

Frunzo el ceño con la vista puesta en mi vaso. Hace años que vengo y me gusta tener la oportunidad de escudriñar mis emociones, de poder hablar con Ingrid sin tener que filtrar nada. Es una forma extraña de hablar con alguien, verbalizando pensamientos y sentimientos que parecen estar en las afueras de mi conciencia titilando.

—Me siento bien —digo despacio—. Como exultante. Estuvo... bien, muy muy bien. Y tomé la decisión consciente de hacerlo en lugar de no arriesgarme e irme a casa sola, lo cual es lo que habría hecho de normal. Me sentí... ¿extrañamente valiente?

Ingrid asiente.

—Y pensaba que esta mañana me sentiría culpable o…, no lo sé, un poco arrepentida, pero no. Para nada. ¡Empiezo a preguntarme si no habremos hecho realidad el deseo de Serena! —Me río.

Ingrid no.

—¿Te refieres al ritual de magia negra que practicasteis tus hermanas y tú?

—¡Ja! —exclamo, pero la expresión de Ingrid es un tanto interrogativa—. Es decir… ¿sí? No estoy muy segura de que un hechizo para corazones rotos bañado en alcohol se pueda describir como «ritual de magia negra»…

—Pero ¿te refieres al deseo de Serena de…? —Consulta sus notas—. ¿Sexo del bueno?

Hay un silencio. Carraspeo.

—Sí. Sexo del bueno. Y lo fue. Lo que pasa es que… —Y aquí se me apaga la voz.

Nos quedamos en silencio un rato. Ingrid empuña el silencio como un arma, como si fuera una asesina *ninja* muy entrenada en el arte de la quietud. No me sorprendería si el MI5 la usara para hacer hablar así a los terroristas. Estoy segura de que la gente se desviviría por darle códigos nucleares a diestro y siniestro y ella seguiría sentada, callada, dando sorbos de su vaso de agua.

—Me da un poco de pena no volver a verlo. —La frase me cae encima con todo su peso mientras se forman las palabras—. Aunque en realidad no lo conozco.

Nos quedamos pensando en eso un momento e Ingrid anota algo en su libreta.

—Cuando escribes ahí, me parece que ha pasado algo importante —digo contenta de cambiar de tema.

—Son solo mis notas, Clemmie —dice Ingrid con neutralidad.

—Ya, pero todo el mundo quiere saber lo que su psicólogo piensa de ellos, ¿no? Y, a veces, cuando digo algo y tú lo anotas, siento que he dicho algo relevante y que, no sé, tú te has dado cuenta.

—¿Crees que cuando apunto algo te estoy poniendo una nota? —pregunta con cuidado—. ¿Como una maestra que evalúa los deberes de su alumna?

—Sí. —Asiento—. Como si estuvieras anotando que lo hago bien, que se me da bien la terapia.

—Clemmie. —Si no supiera que no puede ser, diría que hay un ápice de agotamiento en el tono de Ingrid—. Ya hemos hablado sobre esto. No te estoy poniendo ninguna nota. No se te puede dar bien o mal la terapia. Es un proceso.

—Ya, ya. —Le quito importancia con un gesto de la mano—. Pero está claro que algunas personas pueden avanzar más deprisa y estar más en contacto con sus sentimientos, ser más sinceras consigo mismas... No me parece descabellado querer ser la mejor en terapia. Siempre me dices que es bueno ponerse objetivos.

Ingrid vuelve a escribir en la libreta. Posiblemente sobre lo perspicaz que soy.

—¿Quieres hablar del funeral? —pregunta—. Sé que te daba miedo la posibilidad de ver a tu padre.

—Encontrarme con él siempre es duro. Hace como si todo fuera de maravilla entre nosotros cuando no tenemos ninguna relación. Me hace sentir como si me estuviera volviendo loca, como si todas las veces que me ha decepcionado fueran solo imaginaciones mías. —Me hundo en el sillón—. ¿Qué más puedo decir? El tío es una persona horrible. Ser familia suya es una pesadilla y desearía no tener que verlo nunca más.

Ese es el deseo que tendría que haber pedido.

El bolígrafo de Ingrid araña la página.

Supongo que es posible que no sea la mejor en terapia.

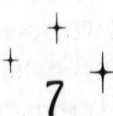

7

Cualquier sospecha de que hayamos liberado el poder del hechizo para corazones rotos que llevaba décadas latente queda totalmente disipada por los acontecimientos de las semanas siguientes.

Primero, no hay más sexo del bueno. Como había pronosticado, a Serena y a Lil les encantó lo de Edward y exigieron muchos más detalles de los que yo estaba cómoda compartiendo. Desde aquella noche no ha habido más comunicación entre nosotros, claro. Y, aunque ese era el plan y no es que supiéramos demasiado el uno del otro, no puedo evitar pensar que, si Edward hubiera querido, podría haberme localizado. Al fin y al cabo, ¿cuántas Clementines habría en el funeral de Carl?

Segundo, mi trabajo termina sin pena ni gloria.

Tercero, desde luego, no hay ningún gran amor ni alma gemela a la vista. Ni es probable que lo haya, dado que básicamente me he encerrado en mi piso (del que todavía tengo que avisar que me marcho), donde llevo una vida de ermitaña gruñona y apestosa y subsisto a base de paquetes de ramen y tabletas de chocolate Dairy Milk.

Y cuarto, y el más bajón de los bajones: a Len parece que le va todo de maravilla y no está maldito.

—No sé por qué no dejas de mirarlo —dice Lil cuando me tumbo de forma dramática en su sofá—. ¿Qué más da lo que haga el idiota ese?

Me quedo mirando la foto de Instagram: Len y Jenny están

en una playa, él la rodea con los brazos y tienen las caras apretadas una contra la otra, cerca de la cámara, con una sonrisa ancha. Ella levanta la mano presumiendo de anillo de diamantes.

—Len no soporta la playa —gruño, y me incorporo para enseñarle mejor la foto a Lil—. Va diciendo por ahí que es alérgico a la arena. ¿Te acuerdas de cuando intenté llevármelo a Menorca a unas vacaciones con todo incluido y él hizo como si le hubiera propuesto una escapada romántica a Mordor?

—¿Qué es Mordor? —pregunta Lil.

—Da igual —suspiro.

—Bueno, es irrelevante —dice ella yendo y viniendo de su habitación a la sala de estar con montones de telas brillantes y coloridas en brazos que deja caer a mi lado—. Son solo más pruebas de lo que ya conocemos: Len es lo peor. Lo que quiero saber es por qué lo sigues todavía en Instagram.

La verdad es que es una buena pregunta, por lo que decido ignorarla.

—No es que quiera estar con Len —digo—, pero da mucha rabia que mi vida sea un desastre estrepitoso mientras él se aleja hacia una puesta de sol con filtro de Instagram bailando el vals con otra.

—Y lo entiendo —contesta Lil con un tono tranquilizador—, pero no puedo dejarte perder el tiempo lamentándote por Len cuando tenemos una maravillosa fiesta a la que ir.

Suelto un quejido y me dejo caer de nuevo en el sofá.

—No estoy con muchos ánimos de fiesta maravillosa.

Llevo unos meses complicados y creo que tengo derecho a un poco de lamento, a estar enfadada con el mundo. Ni siquiera les he contado a mis hermanas que en el funeral me topé con Sam, reacia a abrir esa caja de Pandora, y ellas tampoco lo han mencionado, así que es posible que no se cruzaran con él. Me encantaría decir que ese encuentro no me afectó, pero sí, y me he pasado bastante pensando en lo que tendría que haberle dicho. Ha sido una incorporación muy divertida a la larga lista de momentos de los que me arrepiento que se reproduce en mi cabeza cuando intento dormir.

Lil se agacha a mi lado, con la cara cerca de la mía.

—Clemmie —dice como si le hablara a una niña pequeña agresiva—. ¿Crees que Serena va a permitir que te pierdas su fiesta de cumpleaños? ¿Te parece algo que tu hermana puede tomarse con calma y aceptación? ¿O crees que se enfadará muchísimo y os hará la vida imposible tanto a ti como a tu inocente hermana pequeña?

—La segunda —digo inexpresiva—, la de hacer la vida imposible.

Cada una suele celebrar su cumpleaños de forma diferente. El de Serena consiste en una gran fiesta que ha evolucionado de forma natural de Las Supernenas y los *sundaes* a las discotecas y los cócteles temáticos. (Aunque de todos modos el año pasado nos hizo disfrazarnos de Las Supernenas para una fiesta de Halloween). La asistencia es imperativa, así como los regalos.

—Correcto. —El tono de Lil ha pasado a ser enérgico. Se levanta y señala los montones de ropa—. Lo de la vida imposible. Así que no te quedes ahí enfurruñada y ayúdame a elegir qué ponerme, porque he invitado a Henry y tengo que estar espectacular.

—Henry pensaría que estás espectacular aunque te pusieras un saco negro y un velo absurdo, porque eso es justo lo que llevabas cuando lo conociste y te pasaste la noche pegada con cola a su boca.

Ella sonríe con falsa modestia.

—Ya, pero no lo he visto en toda la semana y quiero dejarlo boquiabierto.

Lil y Henry han sido bastante inseparables desde el funeral y me sería más fácil odiarlos si no fueran tan adorables.

—Te gusta mucho, ¿no? —pregunto.

Mi hermana juguetea con el vestido que tiene en las manos. Me dirige una sonrisa tímida, como si guardara un secreto.

—Sí —dice flojito—. A ver, estamos empezando, pero la verdad es que sí.

—Uf, vaaale —gruño mientras me pongo de pie—. A ver las opciones que tienes.

—¡Bien!

Se le iluminan los ojos y se zambulle en el montón de ropa. Se pasa los diez minutos siguientes haciéndome un pase de modelos con diferentes conjuntos por su pisito diminuto pero sorprendentemente caro del centro de Londres. Por fin nos decidimos por un mono de seda a rayas arcoíris que le queda genial.

—¿Pelo recogido o suelto? —pregunta.

Ladeo la cabeza mientras reflexiono.

—Suelto.

Asiente.

—Creo que me lo rizaré un poco. ¿Ondas sutiles?

—Perfecto.

Lil me tiende una mascarilla facial para que me la ponga mientras se riza el pelo y se maquilla. Se aplica una sombra de ojos rosa chillón con purpurina. Y, mientras yo le rizo la parte de atrás del pelo, se pega perlitas en forma de estrella alrededor de los ojos. Cuando termina, me dirige una sonrisa resplandeciente. Parece un My Little Pony glamuroso.

—A ver, ¿y tú qué?

—Ah. —Señalo la *tote bag* de una librería en la que he embutido todas mis cosas—. Traigo unos vaqueros y un top mono.

La mirada de Lil es fulminante.

—¿Vaqueros?

—Y un top mono —contesto a la defensiva.

Me he duchado y todo para la fiesta, pero mi hermana pone los ojos en blanco.

—Menos mal que estaba preparada para esto.

Enseguida sospecho.

—¿Qué quiere decir eso?

Lil me lanza una sonrisa fugaz y desaparece dentro de su cuarto. Luego sale triunfal aferrándose a un trocito de tela cubierto de lentejuelas doradas.

—¡Te he hecho un vestido!

—Ni de coña —digo zanjando el tema.

No es que Lil no sepa coser —Petty le enseñó a hacerse su propia ropa cuando éramos adolescentes—, sino que su gusto siempre ha sido varios peldaños más atrevido que el mío y eso la llevó a hacer varias elecciones de vestuario cuestionables a mitad de los 2000.

—Venga, Clemmie. —Lil hace un puchero y me mira con sus grandes ojos azules llenos de esperanza—. Por lo menos pruébatelo. Me he esforzado mucho.

Me siento como una bruja desagradecida y sin corazón y cedo enseguida.

—Vale. —Tiendo la mano—. A ver si me viene.

A ella se le ilumina la cara por la victoria y me recuerda una vez más que nos tiene a todos comiendo de su mano.

La gente piensa que Serena es con quien hay que ir con cuidado, pero esta tiene la sutileza de una apisonadora. Toda nuestra familia coincidirá en que es mucho más probable que Lil consiga que hagas lo que quiere sin que te des cuenta de que la idea no ha sido tuya.

—Ya te digo yo que te vendrá —dice ahora segura de sí misma—. Lo he hecho para que presumas de todas esas curvas. Tú confía en mí. Te hará un cuerpazo increíble.

Me quedo en ropa interior y me peleo con el vestido. Me alegra comprobar que es bastante elástico. Cuando por fin consigo sacar la cabeza y pasarlo por encima del pecho, la tela se desliza con suavidad por mi cuerpo. Me queda como un guante.

Lil empieza a chillar a una frecuencia que solo oyen los perros.

—¡Madre mía, estás espectacular!

Me da la mano y me lleva hasta el espejo. Yo miro dudosa mi reflejo, tirando del bajo del vestido.

—Es muy bonito, Lil, pero ¿no te parece algo corto?

El vestido es precioso, todo cubierto de lentejuelas doradas, de manga larga y con un escote corazón que se abre hasta mis hombros y que enseña bastante. Se me pega a todas las curvas, cae de una forma genial por mi barriga blandita y por mis caderas. También es del largo al que solíamos arremangarnos las faldas del uniforme del instituto para escandalizar a los profesores.

—Estás preciosa —dice Lil con firmeza—. Y la verdad es

que pasarás mucho más desapercibida en esa fiesta así que con unos vaqueros. Que no se te olvide que irán todos los amigos superglamurosos del trabajo de Serena, que no saben lo que es vestir informal.

Soy muy consciente de que mi hermana sabe cómo manejarme, pero estas son las palabras justas. Si cree que disfrazarme de bola de discoteca me ayudará a mimetizarme, no hace falta que diga nada más.

—Vale —me rindo con un suspiro—, si estás convencida...

—Pues claro. Venga, ahora déjame que te peine y te maquille y llamamos a un Uber.

No me molesto en discutir mientras Lil me enrolla el pelo en una trenza formando una corona holgada y deja algunos mechones ondulados fuera para que caigan sobre mis hombros desnudos. Me pone unas sustancias mágicas en la piel que la alisan y la hacen brillar, me dibuja la raya de los ojos con unos movimientos rápidos y perfectos de muñeca y me pinta los labios de un carmesí oscuro, vampírico.

—Ya está —dice satisfecha por fin cuando nos miramos al espejo—. Hagámonos una foto.

La saca con mi móvil y la sube a Instagram enseguida.

—Len no es el único que está pasando página, Clemmie —me dice con cariño.

Le cojo el teléfono de la mano cuando me lo tiende y miro la publicación. En lugar de texto ha puesto los emojis de una naranja y de una flor (los que más se acercan a los significados de nuestros nombres) y salimos muy bien, rodeando a la otra con los brazos, las dos con el rostro en forma de corazón y sonrisas que se reflejan en nuestros ojos. Siento que se me levanta el ánimo.

Se me ocurre que puede que sea precisamente por eso por lo que Lil ha insistido en que viniera a su casa a arreglarme, para poder hacer su magia y darme una charla motivadora. Siento un nudo en la garganta y vuelvo a envolverla con los brazos.

—Gracias —digo con voz algo ronca, apoyada en su hombro—. El vestido es precioso y sé que últimamente he estado depre. Sienta bien arreglarse. Tenías razón.

—Será una noche increíble, ya verás.

Intento participar del optimismo de Lil mientras me pongo los zapatos y recogemos nuestras cosas, listas para subirnos al Uber que nos espera en la calle.

8

El conductor, Marcus, ni siquiera pestañea cuando Lil y yo inflamos dos globos de helio gigantes en forma de tres en el asiento trasero de su pequeñísimo coche. Las dos terminamos muertas de risa, yo sentada dentro con los globos y Lil contorsionándose para pasar por los huecos.

—Tendría que haber pedido un coche para seis pasajeros —jadea Lil—. ¡No se ofenda, Marcus!

Marcus dibuja la sonrisa de paciencia infinita de alguien que ha tenido que lidiar con una cantidad exagerada de tonterías.

—Tal vez debería sentarse delante —sugiere.

—¡Madre mía, Marcus! Es un genio. No me puedo creer que no lo hayamos pensado. Bueno, me creo no haberlo pensado yo, pero se supone que Clemmie es la lista.

—¡Oye! —protesto cuando Lil cierra la puerta de atrás dejándome con mis amigos hinchables—. Estaba distraída.

Da la vuelta hasta la puerta del copiloto y Marcus nos lleva sin más dilación al bar de copas pijo en el que se celebra la fiesta de cumpleaños de Serena.

Este está en una callecita secundaria de Mayfair, y conozco lo suficiente a Serena para estar segura de que el discreto rótulo negro sobre negro algo más oscuro y el modesto edificio no son indicativos de lo que encontraremos dentro. Después de que una mujer que lleva un vestido negro simple y elegante haya tachado nuestros nombres de la lista de invitados y de haber dejado atrás a los corpulentos guardas de seguridad, avanzamos por una sala poco iluminada que es en parte discoteca y en parte jardín botánico lleno de gente guapa, palmas de un verde vistoso y orquídeas de colores pastel. El ambiente es cálido y está perfumado con un olor especiado.

Una barra cuadrada enorme ocupa el centro de la sala; a un lado se ha dejado espacio para la pista de baile y al otro hay mesas iluminadas con velas y asientos tapizados de terciopelo verde oscuro. Llegamos bastante pronto, pero ya hay mucha gente y por los altavoces suena algo con un ritmo palpitante que invita a bailar.

Cuando una chica pasa a mi lado vestida con lo que parece un halo y una bolsa de basura llena de serpientes, siento gratitud por la intervención de Lil, porque es cierto que el rollo que se lleva aquí no es tanto el de «vaqueros y un top mono», sino más bien el de «chica Bond se une al circo».

Serena nos ve enseguida (sin duda, los globos gigantes ayudan) y emerge de entre la gente con un vestido rojo de seda y con vuelo y una intrincada corona de oro sobre el cabeza. En los cumpleaños de Serena no hay sombreros de fiesta ni chapas, ella consigue ser al mismo tiempo más sutil y ostentosa que eso.

—¡Felicidades! —chillamos Lil y yo.

—¡Treinta y tres! —Serena niega con la cabeza cuando nos abrazamos y le tendemos los globos—. Casi un tercio de mi primer centenario. Estaba esperando a que llegarais.

—Parece que tienes gente más que suficiente para hacerte compañía. —Señalo la multitud.

—Ah, esos. —Serena me rodea el brazo con los dedos y empieza a tirar de mí hacia una de las mesas. Lil nos sigue de cerca—. Sí, la discográfica ha invitado a un montón de gente. No es que me importe, porque ellos pagan la barra libre, pero ese no es el motivo por el que quería que llegarais.

—¿No? —pregunto sentándome con cuidado en uno de los asientos, y Lil se coloca a mi lado.

—¡No! —Serena guarda los globos en un rincón y se vuelve hacia mí con una sonrisa ancha—. He resuelto todos tus problemas.

—¿Qué quieres decir?

—¿Habéis visto a Henry? —pregunta Lil volviéndose en el asiento para mirar—. Me ha escrito para avisarme de que había llegado hace un rato.

—¡Lil! —Serena chasquea los dedos—. ¡Céntrate! Estás a punto de presenciar mi genialidad.

—Ay, mi madre —me quejo—, cuando te pones a hablar de tu genialidad las cosas nunca terminan bien.

—Sí, es como con las cobayas —ofrece Lil—. Las que dijiste que podíamos tener como mascotas a escondidas de las madres.

—Tenía once años. Y el tipo me dijo que ambas eran machos. ¿Cómo iba a saber yo que empezarían a reproducirse a esa velocidad? —Le centellean los ojos de indignación—. Pero estáis a punto de comeros vuestras palabras. Clemmie, te he encontrado trabajo.

—¿Trabajo? —repito—. ¿De qué?

Serena se contonea en su asiento.

—Eso es lo mejor. En tu vida volverás a tener tanta suerte con un curro. Tenemos a un artista en la discográfica que va retrasadísimo con la entrega de su nuevo disco, ¿vale?

—Vaaale... —digo alargando la palabra.

—Así que se me ha ocurrido un plan brillante para alejarlo de las distracciones: mandarlo de retiro para que componga, se ponga las pilas y lo termine. —Serena se inclina hacia delante—. Y no hablo de «alejarse de las distracciones» en plan famoso, que es irse a una mansión con su círculo más cercano y con la prensa acampada fuera. Me refiero a aislarse de verdad. Petty me ha dicho que podemos usar la casa de la abuela Mac.

Me da un vuelco el corazón. La casa de la abuela Mac. Allí arriba, en la costa de Northumberland, era donde pasábamos todos los veranos cuando éramos pequeñas, descontroladas, viviendo medio asalvajadas. Nos encantaba. También es el escenario de mis recuerdos más dolorosos, el lugar en el que lanzamos el último hechizo para corazones rotos. No he estado allí desde entonces, pero parece que esa parte de mi vida no me deja en paz últimamente.

—Ah, sí, me lo comentó mi madre —dice Lil—. Qué buena idea. Será como un refugio creativo.

—Exacto. —Serena parece satisfecha consigo misma—. Y nos viene que ni pintado ahora mismo. Petty no se la ha alquilado a nadie porque acaba de terminar la reforma y está en medio de la nada, con cero distracciones. Nadie va a montar un espectáculo porque esté ahí. No tendrá nada que hacer que no sea trabajar.

—Serena, no entiendo cómo algo de esto puede darme trabajo a mí —le digo.

—¿Ese es Henry? —chilla de repente Lil subiéndose por encima de mí—. ¡Henry! ¡Henry! —Se detiene—. Ah, no, espera. No es él.

Vuelve a dejarse caer en el asiento sin compadecerse de mí, que me quejo de que he perdido la audición del oído izquierdo.

—Bueno, pues la discográfica quiere mandar a alguien a Northumberland para echarle un ojo y hacer de anfitrión, pero que nos informe a nosotros de lo que pasa. No quieren que sea un amigo o un ayudante suyo, sino un empleado nuestro. Es parte del acuerdo —explica Serena ignorando por completo el arrebato de Lil—. Y yo te he propuesto a ti. Prácticamente te criaste en esa casa y conoces muy bien la zona.

—¿Quieres que le haga de niñera a un músico en Northumberland? —le pregunto, un tanto horrorizada por la idea.

Y no solo por lo del músico. Hay un motivo por el que no he vuelto allí.

Asiente y levanta una mano.

—Antes de que digas que no, escúchame. El trabajo está tirado. Seguramente apenas lo verás. Son seis semanas, empezando dentro de dos, y el sueldo es buenísimo. —Dice una cifra que me deja pálida y empieza a enumerar cosas con los dedos—: No tendrías que irte a vivir con las madres, podrías ponerte con ese libro deprimente que llevas años escribiendo y buscar trabajo… Todo mientras te pagan y ahorras. Yo lo tendría clarísimo, Clemmie.

Viéndolo así, la verdad es que parece perfecto. Como si fuera la respuesta a muchísimos de mis problemas, de hecho. Pero

¿no es demasiado bueno para ser verdad? Mi experiencia con los músicos famosos no es de las mejores.

—¿Quién es? —pregunto.

—Theo Eliott —dice Serena.

Lil deja de buscar a Henry lo suficiente para volverse hacia ella con la boca abierta.

—¡No me jodas, Serena! ¿Theo Eliott? —dice susurrando—. ¿Vas a pagarle a Clemmie para que se vaya a vivir seis semanas con Theo Eliott? —Coge el menú de bebidas de la mesa y empieza a abanicarse—. Que suerte tienes. Está buenísimo.

—¿Quién es Theo Eliott? —pregunto.

Serena pone los ojos en blanco y Lil suelta un quejido.

—Por eso eres perfecta para el trabajo —dice Serena—. Eres demasiado abuela para que te deslumbre su fama. Nada, solo es uno de los músicos más importantes del mundo, Clemmie. Formaba parte de The Daze antes de que se separasen y luego ha tenido una enorme carrera en solitario. Catorce *singles* en el número uno. Giras mundiales con todas las entradas vendidas. Ocho Grammys. ¡Theo Eliott! ¿No te suena de nada?

—Ah, sí —contesto—. La verdad es que el nombre me resulta familiar y me acuerdo de The Daze. ¿No tenían una canción sobre una chica que trabaja en una oficina de correos?

—En una cafetería —me corrige Serena con un suspiro—, pero sí. En fin, ese es otro motivo por el que se te dará bien el trabajo. Theo es genial, pero tiene cierta reputación y necesitamos a alguien que no se quede fascinada por él para que las cosas vayan como deben.

—¿Qué quieres decir con «cierta reputación»? —digo poniéndome en guardia enseguida.

—Ah, no, no, nada malo —se apresura a decir Serena—. Nunca te pediría que hicieras el trabajo si no pensara que es un buen tío. Lo que quiero decir es que... suele encandilar a la gente y conseguir que hagan lo que quiere, pero necesitamos que se centre y tú no permitirás que afloje.

—Mmm. Supongo que no soy fácil de encandilar. Y menos por un músico famoso. —Me encojo de hombros.

—¿Lo ves? —Serena sonríe—. ¡Tus problemas paternos te convierten en la candidata perfecta!

—No me hace gracia —protesto.

—Vendrá esta noche —dice Serena con un tono persuasivo—. Conócelo y decides.

—No sé... —respondo todavía vacilante.

—Creo que podría sentarte muy bien irte lejos —señala Serena con un destello de ansiedad en la voz—. Y me harías un favor enorme. Es muy importante sacar este disco. Los jefes me están presionando una barbaridad y tengo que asegurarme de que Theo lo entrega. Me he esforzado mucho para que me compraran el plan, así que necesito que todo vaya sobre ruedas. Por favor, te necesito.

Intercambio una mirada de preocupación con Lil. Esto es rarísimo. En su papel de hermana mayor —aunque solo sea por unos meses—, Serena siempre ha sido, de las tres, la que resolvía problemas y, visto lo visto, tiene que estar bastante desesperada para pedirme un favor.

—Sabes que quiero ayudarte —le digo mordiéndome el labio—, pero no tengo ni idea de cómo se hace un disco. Es imposible que yo sea la mejor candidata para el trabajo. No deberías preocuparte por mí ni por mi situación laboral, tendrías que hacer lo que sea mejor para ti.

—Esto es lo mejor para mí. Eres inteligente, organizada y estás acostumbrada a lidiar con estudiantes ansiosos pendientes de fechas de entrega —apunta Serena—. No me hace falta un músico, sino alguien en quien pueda confiar para encargarse de la situación. Pase lo que pase, sé que harás todo lo posible por que esté centrado y que me dirás la verdad sobre cómo va el proceso. Cualquiera que trabaje para él se preocupará por él, pero tú no. Conseguir información fiable que pueda comunicarles a mis jefes es lo más importante.

—Por lo menos deberías conocerlo —interviene Lil—. Yo he hablado con él alguna vez y parece muy majo. ¿Qué puedes perder? Recuerda, Clemmie..., estás pasando página.

Me mordisqueo el labio.

—Tienes razón. Vale, lo conoceré.

—Perfecto —exhala Serena, y parte de la tensión abandona su cuerpo—. Voy a ver si ha llegado ya.

—Y yo voy a por una copa —digo—. Creo que conocer a mi posible compañero de piso superfamoso bien merece un cóctel.

—Y yo buscaré a Henry y lo arrastraré a un rincón oscuro —añade Lil alegremente.

—¡Parecéis conejos! —dice Serena con una mueca.

—Es el hechizo del sexo del bueno. —Lil tiene los ojos muy abiertos—. Ya os dije que éramos unas brujas muy poderosas. Es como si la magia se hubiera desbordado.

—Yo diría que no lo he notado —dice Serena con una sonrisa felina—, pero la verdad es que a mí nunca me ha faltado sexo del bueno.

Y tras eso cada una se va por su lado.

Noto que la concurrencia ha aumentado de forma considerable al pasar entre la gente, empujando mientras pido perdón con voz apagada hasta poner los codos en la barra.

Apoyo la barbilla en la mano suponiendo que la espera será larga, pero una camarera viene directa hacia mí.

Es muy guapa, tiene el pelo oscuro y largo y un piercing en el labio.

—¿Qué te pongo? —me pregunta.

—Pues, un martini, por favor —contesto—. Sucio.

—Claro, ¿y para tu amigo? —Sus ojos pasan a la persona que tengo al lado y su sonrisa se vuelve depredadora.

—Ah, no… —empiezo a decir mientras me vuelvo para seguir su mirada, pero las palabras se me apagan en la boca y el corazón me palpita en el pecho porque a mi lado, observándome desde arriba con ojos encendidos, está Edward.

Nos quedamos mirándonos un segundo y juro que la música se para y el resto de las personas que hay en la barra se desvanecen. Está guapo. Muy guapo. Le ha crecido un poco el pelo y no se ha afeitado, por lo que tiene la mandíbula cubierta de una barba oscura de unos días. Viste pantalones negros, una camisa oscura algo abierta y una chaqueta de seda negra de jacquard con un patrón de rosas rojas. Lleva anillos de plata en todos los dedos de la mano derecha. Tiene un aire de pirata profundamente atractivo y, dada la atención que recibe, no soy la única que lo piensa.

Se vuelve hacia la camarera dedicándole una sonrisa amable.

—Yo una gaseosa con mucho hielo, por favor —dice antes de volver a centrarse en mí—. Hola, Clementine.

Tiene la voz de terciopelo y la sonrisa que me dedica detona una especie de reacción nuclear en mi torrente sanguíneo. Estoy convencida de que tengo la boca abierta de par en par.

—¡Edward! —consigo decir por fin—. ¿Qué haces aquí?

—Ah. —Hace una mueca—. Sobre eso…

—¡Aquí estáis! —Serena llega de pronto a mi lado tras haber avanzado a codazos entre la gente—. Veo que has sido más rápido que yo. —Le sonríe a Edward y después a mí—. Clemmie, ¿ya te has presentado a Theo?

Me la quedo mirando.

—¿Theo?

—Sí. —Serena señala a Edward—. Este es Theo Eliott. Theo, esta es mi hermana Clementine.

9

—Este no es Theo —digo confundida.

Al mismo tiempo, Edward pregunta:

—¿Clemmie es tu hermana?

La camarera nos deja las bebidas en la barra, inclinándose para asegurarse de que Edward le ve bien el escote de la camiseta de tirantes negra. Él sigue con los ojos puestos en mí y no me enorgullece la sonrisita que se me forma, pero una parte cavernícola de mí quiere enroscarse en él y bufarle a ella como un gato.

«Por Dios, Clemmie, relájate».

Mi hermana me mira con el ceño fruncido y por un momento temo que pueda leerme la mente.

—¿Qué dices, Clemmie? —Le pone una mano en el brazo a Edward tirando de él—. Este es Theo Eliott.

—No —digo agarrando con una mano el otro brazo—. Este es Edward.

—Clemmie —interrumpe Edward con cuidado, y coloca una mano encima de la mía—. Estaba intentando decírtelo: no me llamo Edward, me llamo Theo.

Me descoloca tanto la reacción de mi cuerpo a la calidez de su mano sobre la mía que me lleva un segundo de más asimilar sus palabras.

—¿Q-qué? —pregunto por fin.

Theo, que no Edward, no dice nada, pero aparta la mano y bebe de su vaso. Me parece nervioso.

—¿Edward? —La cara de Serena se queda perpleja unos instantes y luego abre mucho los ojos por el shock—. ¿Edward el que hizo que te corrieras dos veces? —sisea.

Theo escupe en el vaso y me pregunto si no me habré muerto y estaré en un círculo del infierno sobre el que nunca se ha escrito. A Dante le encantaría esta mierda.

—¿Edward el que hizo que te corrieras dos veces? —repite Theo, y una sonrisa de satisfacción se le esparce poco a poco por la cara.

—No te atrevas a sonreírme —salto aturullada. La verdad de esta extraña escena empieza a calar y siento náuseas—. ¿En serio me estás diciendo que no te llamas Edward?

Un gesto de disgusto le cruza la cara.

—Sí. Quiero decir, no —dice—. No me llamo Edward.

—Y entonces ¿eres ese tal Theo Eliott que es un músico famoso? —prosigo con una calma mortal en la voz.

—Mmm, sí —responde Theo con resignación.

—¿Y por qué me dijiste que te llamabas Edward?

—En realidad, no te lo dije —apunta, y su sonrisa vuelve a la vida, aunque un poco más apagada—. Te conté que mi madre me llama Teddy, lo cual es cierto, y el resto lo asumiste tú.

Parece satisfecho consigo mismo.

Pienso en nuestra conversación, intentando recordar si lo que dice es cierto.

—¿Teddy viene de Theodore? —pregunto, y él asiente—. Pero ¿por qué no me corregiste? —insisto, y siento que la calma se me va, pero me aferro a ella con uñas y dientes.

—Es difícil de explicar —dice.

—Inténtalo —respondo entre dientes.

Pasa un dedo por el borde de la copa.

—Supongo que al principio fue porque no sabías quién era y eso era una novedad. Y luego… me distraje.

—¿Que te distrajiste?

—Sí, y la verdad es que me olvidé de todo lo del nombre hasta la mañana siguiente, cuando vi tu nota. Te habría dicho la verdad en ese momento… —Hace una pausa y me lanza una mirada severa inclinando la cabeza—. Pero tú ya habías desaparecido. Saliste corriendo mientras estaba en la ducha.

—No vas a hacerme sentir mal por nada cuando tú…

—Un momento —interrumpe Serena entonces. Hasta ahora ha estado observando nuestro intercambio en silencio como si fuera un partido de tenis, pero parece que ha recuperado el sentido común—. Creo que deberíamos irnos a un lugar más privado para tener esta conversación.

Mira hacia atrás y me doy cuenta de que hay varias personas que muestran interés por nuestro grupito. Ahora, se encuentran a una distancia educada y la música está bastante fuerte, pero puede que eso no dure. Y es muy probable que yo termine gritando.

Le echo un vistazo al atractivo rostro de Theo. Sí, puedo asegurar que habrá gritos.

Rígida y muy consciente de que él viene detrás de mí, sigo a Serena, que cruza la multitud. En un momento dado, alguien se me pone delante e intenta hablar con él. Theo musita algo y, con la mano en la parte baja de mi espalda, me guía para que no me detenga, curvando el cuerpo en torno al mío en un gesto protector. Me lo quito de encima lo antes posible intentando con todas mis fuerzas que no me afecte el cosquilleo que insiste en recorrerme la columna vertebral una y otra vez.

Nos escabullimos por una puerta en la que pone SOLO EMPLEADOS y subimos unas escaleras para terminar en un pequeño despacho que parece ser el del encargado.

En cuanto hemos cruzado la puerta, Serena se vuelve hacia Theo.

—A ver que me aclare yo. ¿Me estás diciendo que te acostaste con mi hermana?

—No sabía que era tu hermana —dice Theo levantando las manos.

Serena le da un manotazo en el brazo.

—¡Eso da igual, Theo! Eres un peligro absoluto. ¿Qué necesidad hay de que te acuestes con todo el mundo?

Algo fugaz pasa por el rostro de Theo. Casi parece que esté

dolido, pero una sonrisa encantadora le sustituye la expresión tan deprisa que me pregunto si me lo he imaginado. Se apoya en la pared con los brazos cruzados.

—Te diría que lo que pasó entre Clemmie y yo queda entre nosotros, pero parece que ya recibiste un informe exhaustivo.

—Madre mía —musito, y doy un trago de la copa de martini a la que todavía se aferran mis dedos. (Ahora mismo, para quitarme el alcohol de las manos tendrían que pasar por encima de mi cadáver)—. ¿Esto está pasando de verdad? ¿Me he acostado con alguien sin saber siquiera su nombre? ¿Y encima es famoso?

—Tu tono me confunde —dice Theo—. ¿Cuál de las dos cosas es peor?

—Lo del famoso. —Doy otro trago largo—. Está clarísimo.

—Ah. —Él parece desconcertado.

—Suma dos más dos, genio —salta Serena dejándose caer en la silla que hay detrás del escritorio—. Si Clemmie es mi hermana...

—Si es tu hermana, entonces... también es hija de Ripp —dice Theo despacio—. Joder. —Me mira—. ¿Eres hija de Ripp?

—Y conoces a mi padre —me quejo—. Cómo no. Esto no hace más que mejorar.

—Clemmie, eres la única persona en este mundo capaz de ligarte a Theo Eliott y no enterarte. —Serena se frota la frente—. Eso es lo que pasa por ser una ermitaña cultural.

—¡No soy una ermitaña! —exclamo acalorada—. No me parece que saber o no quién es un tío que se gana la vida cantando sobre oficinas de correos sea un indicador de lo mucho que está al tanto alguien del panorama cultural.

—¿Oficinas de correos? —Theo frunce el ceño.

—Quiere decir cafeterías —aclara Serena—. Clemmie no reconoce la existencia de música editada después de 2003. Es todo un tema.

—No es que viva en otro planeta —intervengo empezando otra vez esta discusión con Serena—. Hay muchísima gente que prefiere los audiolibros o los pódcast o...

—Gente aburrida. Gente vieja —suelta Serena con un ronquido.

—¡Los pódcast son el formato que más crece en todo el mundo! —siseo—. Hasta Michelle Obama tiene uno, Serena. Michelle Obama.

—¿Qué? —Theo parece atónito—. ¿Por qué hablamos ahora de Michelle Obama?

—En fin, esto sí que es un palo en la rueda —dice Serena tamborileando con los dedos en el borde de la mesa.

Es evidente que ha visto que la introducción de Michelle Obama al debate ha sido un claro jaque mate y, por lo tanto, ha decidido hacer como si la discusión no hubiera ocurrido.

—Toda la idea de que Clemmie fuera a Northumberland era para que no tuvieras distracciones.

—¿Clemmie es la niñera con la que querías mandarme? —A Theo se le ilumina la cara—. De repente, la idea no me parece tan horrible.

—¡Pues a mí sí! —digo con firmeza—. No pienso pasarme seis semanas encerrada contigo en una casa.

—¿Te preocupa no poder quitarme las manos de encima? —suspira Theo con un tono lascivo.

Ahora me toca a mí escupir la bebida.

—Desde luego que no, ¡no quiero saber nada de ti!

—En ese caso, no veo qué problema hay —dice él, volviéndose hacia mi hermana mientras se encoge de hombros.

—Theo —lo riñe Serena—, esto no es ninguna broma, y ahora mismo te tengo cruzado por haber disgustado a Clemmie.

—¡Oye! —objeta este—. Que aquí el damnificado soy yo. Es a mí a quien dejaron plantado con una nota de tres líneas mientras me duchaba.

—No te dejé plantado —digo tensa, y abandono la copa vacía encima de un armario—. Acuérdate de que era algo sin compromiso.

—Y yo que pensaba que era especial... —Theo se yergue y viene hacia mí. Mi cuerpo traidor reacciona a su cercanía y el calor me inunda—. Pero ahora que nos hemos vuelto a encontrar —continúa en voz más baja—, ¿vas a dejar que te invite a una copa?

—La bebida es gratis —grazno emprendiendo la marcha atrás, tambaleante como si huyera de una especie de rayo con el que va a abducirme un cantante famoso sexy.

Si tontear fuera un deporte, Theo Eliott se llevaría la medalla de oro. Me doy cuenta, con una sensación de abatimiento, de que la química que experimenté con Edward —la que pensaba que indicaba que teníamos una conexión— es algo que Theo tiene con todo el mundo. Es un ligón, un mujeriego, y yo me tragué todo el cuento como una idiota. Pensaba que sería más lista.

—Ya puedes ir dejando ese numerito —le dice Serena a Theo como si me leyera la mente—. Te garantizo que no vas a conseguir nada con mi hermana. Da igual que te esfuerces por ser el tío más encantador del mundo, Clemmie preferiría arrancarse el pie a mordiscos a salir con un músico ligón.

Theo se echa atrás con un destello de sorpresa en los ojos. Me mira.

Yo asiento y me cruzo de brazos. Serena tiene toda la razón: sean las que sean las pequeñas fantasías que he estado alimentando acerca de volver a toparme con Edward, están muertas y enterradas tras la revelación de que en realidad se trata de Theo Eliott.

Si a Theo lo pilla por sorpresa este dato al principio, le quita importancia encogiéndose de hombros casi al instante. Cuando vuelve a hablar, lo hace en voz más baja y seria que hasta ahora.

—Entonces no hay ningún problema con que acepte el trabajo. —Serena empieza a hablar otra vez, pero él levanta una mano—. ¿Puedo hablar a solas con Clemmie?

Mi hermana lo mira con los ojos entrecerrados.

—¿Por qué?

La entereza de Theo flaquea y suelta:

—Coño, Serena, no pienso empotrarla contra la pared, solo quiero hablar en privado.

Los ojos de Serena se vuelven enseguida hacia mí y yo asiento.

—Deberías volver a la fiesta —le digo—. Puedo aclarar esto sola. La gente se estará preguntando dónde estás.

Ella se pone en pie y se aleja del escritorio.

—Vale. —Apunta a Theo con el dedo—. Pero ya puedes comportarte o te juro que te...

—Que me lanzarás un maleficio, ya lo sé —dice Theo levantando las manos.

—En realidad iba a decir que te destrozaré la vida entera de forma metódica. —Serena sonríe enseñándole los dientes—. Pero sí, lo de maldecirte también. No sé si estás al tanto, pero mis hermanas y yo somos unas brujas bastante poderosas. Si le preguntas a Lil, te dirá que matamos a un hombre.

Serena sale de la habitación con arrogancia y cierra la puerta. Theo exhala fuerte.

—Tu hermana me tiene cagado de miedo —dice.

—Seguro que le encantará saberlo.

Me acerco al escritorio para sentarme en el borde, deseando tener otra copa que por lo menos me diera algo que hacer con las manos.

—Mira —empieza a decir él plantándose delante de mí—, te pido disculpas por todo eso del nombre. No me puse en tu lugar y fue muy egoísta. Espero que puedas perdonarme, pero lo entiendo si no puedes.

—Ah —digo, descolocada por la sencilla sinceridad de la disculpa—, vale.

—Y sobre el trabajo... —Theo carraspea—. Deberías aceptarlo. Si quieres. Te prometo que te dejaré en paz, de verdad. A pesar de lo que parece creer tu hermana, estoy cien por cien al mando de mi libido. No te intereso, lo entiendo y lo respeto.

—Trabajar juntos no me parece buena idea —digo mientras mi cerebro intenta comprender sus palabras.

—¿Has encontrado otro curro? —pregunta con suavidad. Niego con la cabeza—. ¿Y Len ha recobrado el juicio?

Se me había olvidado lo mucho que le había contado.

—Se ha prometido.

Intento mantener la cara y el tono neutros, pero no estoy segura de haberlo conseguido.

Theo musita algo que no parece muy amable.

—Y si yo no fuera yo... —empieza a decir, y se detiene frunciendo el ceño—. Quiero decir, si Theo Eliott y Edward no fueran la misma persona..., ¿habrías aceptado el trabajo?

Tiro del bajo del vestido.

—Supongo, pero...

—Entonces deberías hacerlo. Sé que has pasado una época de mierda y entiendo que esto podría ayudarte. Tengo que quedarme en el Reino Unido por un evento familiar de todos modos. Quién sabe, igual Serena tiene razón y todo esto me va bien. Olvidaremos que pasó algo entre nosotros y seremos totalmente profesionales.

Levanto la vista hacia él. No lleva dibujada su habitual sonrisa de triunfador, sino que tiene la cara seria. Me clava la mirada oscura y parece del todo sincero. ¿«Olvidaremos que pasó algo entre nosotros»? ¿Cómo voy a olvidarlo, si tengo la noche que pasamos juntos grabada a fuego en el cerebro? ¿Tan fácil le resultaría a él ignorar lo que ocurrió?

«Pues claro que sí, es una estrella. De esos sabes un poco. Las mujeres se le abalanzan a todas horas, tiene a su disposición una corriente constante de rollos de una noche. Serena dice que encandila a la gente y tú has sido solo otra más que ha caído rendida ante su encanto. Seguro que él casi ni se acuerda ya de aquella noche».

Ese pensamiento reaviva la chispa de orgullo en mí y lo agradezco. Si él puede olvidar lo que pasó entre nosotros, yo también. No fue real. Yo ni siquiera sabía quién era él. Evidentemente no debería permitir que algo tan tonto e insignificante me impida aceptar un trabajo. No pienso dejar que piense que estoy colgada por él y no puedo pasar página.

Pongo la espalda recta y me estiro todo lo alta que soy.

—De acuerdo —digo con frialdad, y le tiendo la mano—. Totalmente profesionales. Trato hecho.

—Trato hecho —contesta Theo, y me la envuelve con la suya para que nos demos un apretón.

Solo me lo imagino tirando de mí para darme un beso abrasador durante una fracción de segundo.

Un trabajo nuevo con el hombre que me dio sexo del bueno. Si no supiera que es imposible, diría que el universo tiene cierto sentido del humor en lo relativo a aquellos deseos que pedimos.

Irá bien. Seis semanas juntos y solos. En medio de la nada. Totalmente profesionales.

Miro a Theo a la cara y luego bajo la vista para observar los dedos que tiene colocados con suavidad sobre el pulso de mi muñeca.

¿A quién quiero engañar? Será un desastre.

Segunda parte

10

Cambio de idea unas mil veces a lo largo de la semana siguiente. Mi primer error es buscarlo en internet, cosa que hago en cuanto llego al piso de Lil tras la fiesta de Serena.

«Theo Eliott».

Unos trescientos setenta y dos millones de resultados, me dice Google. Vale. Bien.

Y ahí está, el hombre que conocí en un funeral, con el que pasé la mejor noche de mi vida. Ahí está, por todo internet.

Hay tantas fotos, tantos artículos sobre él, entrevistas, webs de fans, blogs, tuits, sesiones de fotos… Empiezo a mirarlo todo, pero pronto me entran náuseas. Es demasiado, me resulta demasiado familiar. Los titulares locos, las fotos malas de los paparazis.

Se especula mucho sobre su vida amorosa y, por lo que veo, hay una larga lista de modelos, actrices y cantantes con las que ha salido o se ha liado. Leo titular tras titular sobre «Theo Eliott, el rompecorazones», «Theo Eliott, el mujeriego», y cuanto más leo más se me cae el alma al suelo. ¿Sé mejor que nadie cuántas mentiras se imprimen en los periódicos? Sí. Pero ¿soy consciente de que es probable que los periódicos no hayan publicado ni la mitad de los comportamientos tóxicos de mi propio padre? También.

Le he dicho a Theo que aceptaré el trabajo y, lo que es más importante, se lo he dicho a Serena. Sin embargo, cuando cierro todas las pestañas del portátil no estoy segura de poder hacerlo.

Para cuando tengo la próxima sesión con Ingrid soy una bola inquieta y retorcida de indecisión.

—¿Tu hermana te ha ofrecido un trabajo? —pregunta ella con el bolígrafo colocado sobre la libreta.

—Sí, pero no es tan simple —me revuelvo—. ¿Te acuerdas del hombre con el que me acosté una noche hace un par de meses?

Ingrid asiente.

—Implica trabajar con él. Para él, supongo. Los dos solos durante seis semanas en medio de la nada.

Ingrid ladea la cabeza pensativa.

—¿Y te preocupa que vuestro pasado haga que sea…? —Hace una breve pausa—. ¿Incómodo?

—¡Sí! —exclamo—. Sí, incomodísimo. Y no solo porque…

—Tuvieseis relaciones sexuales —facilita Ingrid.

Resoplo.

—Eso, tuviéramos relaciones sexuales, sino porque resulta que es un poco más complicado. No es quien pensaba que era. Es… un músico. Famoso. Se llama Theo Eliott.

A Ingrid se le contrae un músculo de la mejilla. En cualquier otro ser humano esto equivaldría a caer de rodillas gritando, llorando y vomitando a la vez. Nunca había pasado algo así, ni siquiera estaba segura de que Ingrid tuviera músculos en la cara antes de hoy. La boca se me queda entreabierta.

—No puede ser. —Me hundo en el sillón—. Lo conoces.

Esta es la mayor reacción que ha tenido nunca mi psicóloga y siento unos celos raros por que haya sido Theo el que la haya provocado.

Ingrid ya tiene los músculos faciales del todo bajo control cuando responde con frialdad:

—Sí, sé quién es. Es bastante famoso, Clemmie.

Su tono es de leve reprobación, pero, aun así, tiene un sutil toque rosado en las mejillas que me fascina y me horroriza a partes iguales. Creo que es posible que a mi psicóloga le guste el hombre con el que me acosté.

—Entonces —continúa Ingrid después de carraspear, algo

que tampoco había hecho ni una sola vez— comprendo por qué esta revelación puede molestarte dado el pasado con tu padre y la relación con...

—Sí —la corto antes de que pueda mencionar a Sam, porque no sé cuánto más puedo aguantar—, me molesta. Me mintió. Puede que no a propósito —añado a regañadientes—, pero me mintió. Y antes de descubrir quién era, pensaba que entre nosotros había... una conexión. Ahora sé que es como mi padre y... —Trago saliva armándome de valor—. Ya sabes. El otro.

—Pero, Clemmie, según recuerdo yo, fuiste tú la que puso los límites de tu encuentro con Theo. —Esta vez Ingrid consigue decir su nombre con neutralidad.

—Es verdad —reconozco.

—Y el encuentro te hizo sentir... —Consulta la libreta—. «Exultante y valiente».

Me gustaría que dejara de decir «encuentro» como si Theo fuera un extraterrestre y nuestra noche juntos hubiera sido alguna especie de sondeo interespecie.

—Mmm —coincido.

—Pero también dijiste que una parte de ti estaba triste por no volver a verlo. ¿Sientes algo por este hombre?

—¡No! —me doy prisa por contestar aplastando dentro de mi pecho el destello de algo parecido a un desacuerdo.

Ingrid me sostiene la mirada con los ojos entrecerrados. El silencio se alarga hasta convertirse en un ser vivo que respira y que amenaza con quitarme la vida. Parece que Ingrid pueda pasarse así todo el día.

—Vale —suelto en un tono descortés—, puede que sintiera algo pequeño e hipotético por él cuando pensaba que era solo un desconocido en un funeral, pero ya no. No podría... No puedo ni imaginarme... Es imposible, con cómo me han ido las cosas, que tenga una relación romántica con un músico famoso. Nunca. —Esta vez lo digo con un tono definitivo, sin nada de margen para desacuerdos—. Que no es que él vaya a querer algo así tampoco —añado de inmediato—. No parece de los que buscan nada serio. Fue un rollo de una noche para los dos.

El bolígrafo de Ingrid se mueve deprisa por la página y yo estiro el cuello intentando ver lo que escribe, pero no consigo distinguirlo.

—Si eso es así, ¿qué reticencias tienes respecto a ese acuerdo laboral con él? —pregunta.

—Pues... —Me detengo a pensar—. No estoy segura. Entré en pánico cuando vi todos los artículos sobre él. Me resultó muy familiar. Forma parte de ese mundo al que no quiero verme arrastrada.

—¿Y eso es algo que temes que este trabajo te haga?

—¿No? —digo como si fuera una pregunta, pero luego con más certeza añado—: Bueno, supongo que no. Es un poco lo contrario, alejarme de todo.

—Háblame más del trabajo.

Lo hago. Le cuento cómo funcionaría, lo que tendría que hacer, que ayudaría a Serena (que nunca pide ayuda), que solucionaría mis problemas de vivienda y económicos y, a medida que hablo, siento que una parte de la ansiedad se esfuma. De algún modo, exponérselo todo a Ingrid me ayuda a ver con más claridad lo bueno que podría ser. Son seis semanas de mi vida lejos de los paparazis, las fiestas y las multitudes. Y si de verdad no hay nada entre Theo y yo —y no hay NADA—, entonces no tendría por qué haber ningún problema. Me molesta que sea justo lo que él me dijo la semana pasada. Supongo que, simplemente, a mí me ha costado un poco más llegar a ese punto.

—Lo haré —digo tras unos cuantos minutos más de preguntas amables de Ingrid—. Es una buena oportunidad para mí.

—Estoy de acuerdo. —Ingrid asiente sorprendiéndome. Muy pocas veces expresa su opinión—. Creo que puede hacerte bien en muchos sentidos. Te dará el espacio y el tiempo para pensar qué quieres hacer de ahora en adelante y tal vez sea un buen momento para volver a ese lugar de tu pasado y cerrar una etapa. Me imagino que la situación puede que te haga aflorar muchos pensamientos y emociones, por lo que me gustaría continuar nuestras sesiones en línea si eso te ayuda.

«Y gracias a ese trabajo, me las podré permitir —pienso

mientras Ingrid y yo nos citamos para dentro de un par de semanas—. Una razón más por la que es buena idea aceptarlo».

No estoy segura de que me entusiasme el que afloren muchos pensamientos y emociones, pero salgo de la consulta más optimista de lo que me he sentido en mucho tiempo.

Saco el móvil y llamo a Serena, cuyas llamadas he estado evitando.

—¡Me apunto! —exclamo cuando contesta.

—No esperaba otra cosa, vamos —resopla mi hermana—. Sabía que te pasarías la semana dudando, pero ya le he dicho a todo el mundo que lo vas a hacer y tengo una retahíla de correos del ayudante de Theo más larga que el brazo que te estoy mandando en este momento. A partir de ahora es problema tuyo. Ve con Dios.

Y con eso me cuelga.

¡Din!, hace mi móvil.

¡Din! ¡Din! ¡Din! ¡Din!

Vivo un breve momento de pánico mientras el teléfono sigue sonando con una notificación tras otra.

Vuelvo al coche y abro el primer correo. Enseguida me doy cuenta de que David, el ayudante de Theo, está teniendo un colapso emocional ante la idea de tener que separarse de él y me siento como si tuviera que cuidar de su querido y tremendamente consentido pequinés.

Un correo dice solo:

NADA DE KIWI

La mayoría parecen unos haikus muy raros y aburguesados:

KOMBUCHA DE YUZU
LLEGARÁ CUANDO
COMPLETE LA FERMENTACIÓN

Aparte de una gran cantidad de requisitos alimentarios también hay una lista de equipamiento para hacer ejercicio que mandará a Northumberland (¿dónde meteré todo eso? ¿David espera que construya un gimnasio privado con mis manos?); otra demencial de suplementos vitamínicos y de las horas del día a las que se supone que Theo tiene que tomárselas; información sobre el transporte de instrumentos musicales muy valiosos, y todo eso antes de pasar a una serie de cosas que le gustan y no le gustan a Theo, empezando por las películas (la críptica frase «NADA DE NICOLAS CAGE!!!!!!!!!!!!!!!!!» con diecisiete signos de exclamación plantea algunas dudas) y las series («*BAKE OFF* LE RESULTA RELAJANTE»).

Ni siquiera he llegado a la mitad de la lista cuando en la pantalla del móvil aparece la llamada de un número desconocido.

—¿Diga? —contesto.

—¿Clementine? —Una voz algo malhumorada y tremendamente pija llega del otro lado de la línea—. ¿Clementine Monroe?

—Sí, soy yo.

—Soy David, el ayudante del señor Eliott. Tu hermana me ha dado tu número.

Cierro los ojos y me echo atrás topándome con el reposacabezas con un sonido sordo.

—Ah, David, hola. Estaba empezando a leerme tus correos…

—Sí, de acuerdo —me corta David—. Muy bien, me alegro de que las líneas de comunicación estén abiertas. Tengo que decirte que estoy bastante… preocupado por este viaje y por asegurarme de que el señor Eliott cuenta con el apoyo al que está acostumbrado. —Pone especial énfasis en la palabra «preocupado»—. Para que la transición sea lo más fluida posible, creo que es importante que no dejemos nada al azar. ¿Podríamos organizar una videollamada mañana para comentar el dosier que estoy preparando?

—Ah —digo con un hilo de voz—. El dosier. Pues sí, claro, si lo ves necesario.

Hay un silencio peligroso.

—De momento el documento tiene ochenta y seis páginas —salta David—. Supongo que tendrás algunas preguntas.

—Ochenta y seis páginas —repito aturdida.

—El señor Eliott es un hombre importante y ocupado —continúa David—. Nuestro trabajo consiste en asegurarnos de que su vida vaya como la seda para que pueda centrar toda su energía creativa en el proceso de elaboración del álbum. Estoy seguro de que tu hermana ya te habrá dejado claro que hay muchísimo en juego. Hay contratos de millones de libras de por medio y, por un motivo que desconozco, dejan el bienestar de Eliott en tus manos. Entiendo que pensarás tomarte el trabajo en serio, ¿verdad?

Me enderezo al oír eso. Lo cierto es que no me había parado a pensar en los contratos millonarios ni en el peso de las expectativas que recaían sobre Serena. He estado demasiado ocupada pensando en mi relación con Theo y en lo que significaba. Tengo un breve *flashback* de la expresión contraída de Serena cuando me pidió ayuda y la culpa me retuerce el estómago.

—Por supuesto —respondo con firmeza—. Pienso tomármelo muy en serio. Fijemos una hora para la reunión.

—Tengo un hueco mañana a las seis cuarenta y cinco —dice David.

—¿De la mañana? —consigo contestar.

—¿Te supone un problema?

—No, no. —Ya siento que preferiría morir a decepcionar a este hombre. Un tema que puede que esté bien comentar con Ingrid—. A las seis cuarenta y cinco.

—Bien, te mandaré el enlace por correo.

Y entonces, sin más formalidades, corta la llamada.

¡Din!, suena el teléfono.

¡Din! ¡Din! ¡Din!

Suelto una larga exhalación. Vale. Puedo hacerlo. Soy una adulta responsable y funcional. Hacerle de niñera a una estrella del rock no puede ser tan difícil.

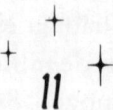

11

Para: Clemmie.Monroe@livemail.co.uk
De: David@Eliottmgmt.com
Asunto: re: re: re: re: re: re: Leche

SÍ, tienen que ser almendras andaluzas. SÍ, tienes que prepararlas tú. No, no puede tomarse «lo que sea que venga en el brik». SÍ, notará la diferencia y SÍ, YO ME ENTERARÉ.

Para: Clemmie.Monroe@livemail.co.uk
De: David@Eliottmgmt.com
Asunto: re: re: re: re: re: re: re: Leche

Los intestinos del señor Eliott no son de tu incumbencia.

Para: Clemmie.Monroe@livemail.co.uk
De: David@Eliottmgmt.com
Asunto: re: re: re: re: re: re: re: re: Leche

He organizado el envío de las almendras por parte de un productor español. Con tal de circunnavegar algunos problemas sin importancia con aduanas, llegarán en una caja con la etiqueta «Material de limpieza».

Para: Clemmie.Monroe@livemail.co.uk
De: David@Eliottmgmt.com
Asunto: re: re: re: re: re: re: re: re: re: Leche

Las almendras llegarán enteras, no molidas, así que no, no creo que te veas «involucrada en un lío de tráfico de drogas». Sin embargo, no tendré ningún problema en pasarte los datos de nuestro departamento legal si te encuentras en una situación delicada.

Tengo pensado llegar a casa de la abuela Mac después de comer para tener tiempo de dejarlo todo preparado e ir a la tienda a comprar la extensa lista de «necesidades» que David me ha mandado a última hora por correo y algo de comida de verdad para mí. No sé por qué pensaba, dada mi tasa de éxito actual, que las cosas me saldrían bien.

En primer lugar, hay un accidente en la autopista con un vertido de aceite y estoy cuatro horas parada en el atasco esperando que el coche no se me muera. Luego, cuando por fin nos volvemos a poner en marcha, el coche se me muere y tengo que esperar dos horas a que venga la furgoneta de asistencia en carretera. El conductor trabaja en un silencio adusto hasta que consigue que vuelva a arrancar.

—No vas muy lejos, ¿verdad? —pregunta esperanzado.

—A Northumberland —contesto.

Le sale un silbido entre los dientes.

—Pues igual te conviene tenernos en marcado rápido.

Con esa nota tranquilizadora se marcha y yo recorro los doscientos cuarenta kilómetros que me quedan conteniendo el aliento, no vaya a ser que el menor movimiento haga que el coche se venga abajo. Cuando por fin llego a la casa son las diez de la noche. Se me había olvidado la luz que hay en verano tan al norte, así que durante la última hora en el coche me parecía que iba igual de rápida que el sol, que todavía sobrevuela el horizonte con el tono anaranjado de las ascuas.

Me desdoblo el cuerpo rígido para salir del coche con un gruñido audible y cojo las bolsas de la compra del súper del pueblo, en las que desde luego no traigo la marca específica de agua mineral de Theo ni su zumo de lichis ni el noventa por ciento de las cosas de la lista. Ya me estoy preparando para los cientos de correos gélidos de David sobre el tema.

Como si fuera un personaje de una serie policiaca al que le han pedido que identifique el cadáver, me armo de valor para mirar la casa. Echo los hombros atrás, respiro hondo y levanto la vista.

Está igual. No sé por qué esperaba que estuviera diferente... Supongo que porque sabía que Petty estaba haciendo obras, pero —por lo menos la fachada— se conserva justo como la recuerdo y la nostalgia que me golpea es tan intensa que me deja sin respiración.

Alzándose ante el camino de entrada, la casa alta con muros de piedra gris y ventanas de diferentes tamaños repartidas de forma irregular no es muy acogedora. Parece tallada en el paisaje, como si la hubieran construido para resistir al viento, la lluvia y las olas que oigo romper más abajo. La casa, situada en el borde de un acantilado de poca altura, es un antiguo molino, y desde la parte de atrás hay vistas al mar y a la Holy Island. Si bajas por el escabroso camino desde el jardín de atrás, te encuentras en un trozo de playa privada cercada de oscuras rocas escarpadas. Es la playa en la que Serena, Lil y yo nos pasábamos los veranos nadando y jugando a los piratas y comiendo montaditos de ensaladilla de bocas de mar arenosos, aunque, de algún modo, todavía más buenos con la arena.

Inundada por los recuerdos de haber llegado aquí tantas veces —con la emoción de tener otro verano alocado por delante cantando ABBA, leyendo novelas románticas picantes y poniéndome crema solar con olor a coco—, voy hasta la puerta principal. Es del mismo verde claro de siempre, pero ahora está más limpia y brillante en las partes en las que antes la pintura se pelaba a tiras. Marco el código que me ha mandado Petty para abrir la caja de seguridad en la que están las llaves y entro. Enciendo las luces conforme avanzo.

Dentro, los cambios son mucho más evidentes. Ha desaparecido todo el desorden de la abuela Mac, el recargado papel pintado de flores lo han sustituido grises y azules apagados. Está diferente, pero los cimientos de la casa son los mismos y es como si viera doble, sobreponiendo la imagen de lo que era a la de lo que es ahora. A la izquierda de la puerta de entrada está la sala de estar, que es alargada y tiene mucha luz gracias a otro de los cambios que ha hecho Petty: toda la pared del fondo se ha cambiado por puertas correderas acristaladas que enmarcan las vistas al mar.

Sé que la discográfica hizo que Petty metiera todo lo que había en la casa en un trastero y mandaron un montón de muebles, de modo que, como se podría esperar, todo tiene pinta de ser muy caro. La tele gigante, el par de estanterías, la mesa de comedor pequeña con cuatro sillas y una lámpara de cristal recargada que parece salida de las pesadillas de Picasso colgando encima. Maniobro en torno al enorme sofá con *chaise longue* —de terciopelo gris azulado y lleno de mantas bajo las que dan ganas de acurrucarse— y me planto ante el ventanal para disfrutar de las vistas.

Para sorpresa de nadie, también están igual, y a mí me resulta reconfortante. No soy capaz de empezar a ordenar todo lo que siento. Los recuerdos surgen tan deprisa y me golpean con tanta fuerza que apenas puedo separarlos: mis hermanas, la abuela Mac, aquel último verano, todos los veranos... He estado tan ocupada preocupándome por Theo que no me he dado un momento para imaginar cómo me sentiría respecto a lo demás.

Llevo las bolsas a la cocina, que está al lado de la sala de estar y ahora es moderna y elegante. Saco la compra de las bolsas y lleno de hielo el enorme congelador de estilo americano. David me ha mandado un correo de una sola frase que dice: «SIEMPRE tiene que haber hielo disponible», como si Theo fuera a desplomarse si probara una bebida a temperatura ambiente.

Asomo la cabeza al pequeño despacho y me encuentro con que —siguiendo las instrucciones de David— se ha eliminado todo mueble y ahora tiene una colección de equipamiento de gimnasio reluciente. Amontonadas contra un muro de piedra hay cajas de varios tamaños que sé que son algunos de los pedidos que ha hecho David. Como con el material de gimnasio, se puso en contacto con Petty para asegurarse de que todo llegaba como debía. «Es todo un personaje», fue la plácida respuesta de ella ante el maremoto de organización que se ha convertido en mi peor pesadilla.

No tengo fuerzas ni para empezar a ordenar el contenido de las cajas, lo haré por la mañana antes de que llegue Theo. Pensar en su llegada me provoca otra oleada de nervios.

Vuelvo al coche y cojo el resto de mis cosas antes de subir dando pisotones por las escaleras hasta mi habitación. Cuando éramos pequeñas, Lil y yo siempre compartíamos cuarto, pero ahora hay una cama de matrimonio de uno veinte donde estaban las literas que eran nuestro mayor tesoro. Me asomo a la que era la habitación de Serena, enfrente de la mía en el pasillo, y me encanta encontrarme con que Petty ha dejado intactas las paredes que pintamos de azul oscuro.

Al lado de mi habitación está la de la abuela Mac, que Petty me dijo que prepararía para Theo. Empujo la puerta vacilante y el cuarto está irreconocible. Hay una ventana nueva y más grande que ofrece una vista preciosa de la bahía. La cama es enorme y la colcha almidonada es blanca y de un millón de hilos por lo menos, me imagino que hilados por unas monjas en un convento remoto en las montañas. La verdad es que me perdí en la conversación sobre sábanas cuando llevábamos trece correos y accedí a cualquier cosa que dijera David.

Paso la mano por la cama y enseguida noto que se me calienta la piel. Fantástico, ahora Theo Eliott me está convirtiendo en una pervertida que tiene un fetiche con las sábanas. ¿Qué más me da a mí que ese hombre vaya a dormir aquí? No siento nada al respecto. Nada. Solo es una cama.

Contra una pared hay un soporte en el que se encuentran colocadas varias guitarras relucientes, instrumentos que, por David, sé que se han mandado con gran cuidado y a un elevado precio. Compruebo que todo esté limpio y ordenado y saco unas toallas del armario en el que —cuando leí y releí *A la caza del amor* a los catorce años— Serena, Lil y yo jugábamos a ser Mitfords, «pero sin el fascismo», como siempre se aseguraba de añadir Lil. Casi nos sentábamos una encima de la otra —no era un armario grande— y hablábamos de sexo, un tema con el que, como hijas de Ripp Harris, estábamos mucho más familiarizadas que las Radletts, pero sobre el que todavía teníamos muchísimas preguntas interesantes.

Por suerte para mí, la empresa de limpieza que Petty suele contratar ha hecho un trabajo excelente, de modo que, aparte de sacar las toallas y poner un ramo de alverjillas del jardín en un tarro de mermelada vacío sobre la mesita de noche, no tengo nada más que hacer. Creo que las flores le dan el toque hogareño que le falta; ahora parece demasiado una habitación de hotel, bonita pero sin alma. Y eso me parece fuera de lugar en casa de la abuela Mac.

Me arrastro hasta la cama y me hundo en las sábanas de lo más normales y algo desgastadas con un enorme suspiro de alivio. Tal vez mañana por la mañana, después de abrir las cajas, tenga tiempo de volver con el coche a Newcastle, donde podría valerme de los grandes supermercados para tachar más elementos de la lista.

Con ese pensamiento tranquilizador, me sumo en un sueño profundo y sin sueños hasta que me despiertan unos fuertes golpes.

Al incorporarme, mi cerebro atontado tarda un momento en comprender dónde estoy. Entonces me doy cuenta de que los golpes son de alguien que llama a la puerta. Salgo de la cama y bajo por las escaleras trastabillándome y frotándome los ojos para quitarme el sueño. Supongo que será el pedido de unas bebidas energéticas japonesas raras que ha hecho David.

Casi estoy en la puerta cuando en la habitación empieza a sonar el tono de llamada estridente del móvil.

—Dios, ya voy, ya voy —musito mientras abro la puerta con violencia.

Al otro lado está Theo Eliott con el teléfono en la oreja. Viste vaqueros y una camiseta gris que parece suave y usada, pero que seguramente cuesta más que todo mi fondo de armario junto. Lleva el pelo oscuro alborotado y la cara sin afeitar.

—¡Ah! —digo sucinta.

Usa gafas de sol, por lo que no puedo ver su reacción, pero la boca se le curva al oírme.

—Ya está, David. Está aquí. Ya puedo entrar —le dice al móvil. Hay un breve silencio—. Sí, ya has dejado muy claro lo que piensas al respecto, gracias. Hablamos después.

Cuelga el teléfono y se baja las gafas por la nariz de modo que puedo verle los ojos.

—Bonito pijama —dice.

Me miro el pijama, inapropiado para la época del año porque está cubierto de dibujitos de perros con gorros de Papá Noel. Fantástico. Me paso una mano por el desastre de pelo que llevo intentando alisarlo.

—¿Qué haces aquí? —espeto, y las palabras me salen más hostiles de lo que pretendía.

—¿En medio de la nada? —Suspira—. Ni puta idea, pregúntaselo a tu hermana.

—Me refiero a qué haces aquí tan pronto —digo con una paciencia forzada—. No te esperaba hasta la tarde. Además, ¿qué hora es?

Theo mira el reloj asquerosamente caro que lleva en la muñeca.

—Casi las siete.

—¡¿De la mañana?! —grazno horrorizada.

—No eres de las que les gusta levantarse temprano. —Asiente comprensivo—. Lo entiendo. Yo acabo de llegar de Los Ángeles, así que para mí es casi medianoche.

—¿De... Los Ángeles? —consigo responder—. Pensaba que David me había dicho que venías en coche desde Londres. ¿Cómo has llegado aquí?

—Cambio de planes. He venido volando.

Se me abren los ojos y me inclino hacia delante para observar el camino que lleva a la casa esperando encontrarme un helicóptero aparcado al lado de mi Ford Fiesta.

—A Edimburgo, Clemmie. —El tono de Theo denota una leve exasperación—. Y luego he cogido un coche de alquiler.

—Ah, claro, sí.

Veo el Audi reluciente que consigue que mi coche parezca más destartalado todavía.

—Perdona, creo que aún estoy medio dormida.

Nos quedamos unos cuantos segundos incómodos más en la puerta. Él se quita las gafas de sol y se las engancha en el cuello de la camiseta. Tiene los ojos cansados y se pasa una mano por el pelo. Yo sigo con la mirada el antebrazo tatuado cuando se mueve y los dedos con los anillos de plata atusando el pelo que sé que es suave como la seda. Se me seca la boca. ¿El tío se está moviendo a cámara lenta?

—¡Pasa! —digo por fin, y parezco una maestra demasiado entusiasta al recordar un poco tarde por qué estoy aquí, por qué está él aquí y cuál se supone que es mi trabajo, por el que me pagan una gran cantidad de dinero.

«Profesional, Clemmie. Sé profesional».

—¿Necesitas ayuda con las maletas?

Theo niega con la cabeza.

—Ya vendré luego y las sacaré del maletero.

—Vale.

Me aparto para que pueda entrar por la puerta. Pasa rozándome y me llega un breve y delicioso soplo de su aroma. Se me encogen los dedos de los pies y me da un vuelco el corazón. Convenzo a mi cuerpo de que se comporte y lo guío por la planta baja de la casa.

—No está nada mal —dice Theo mirando a su alrededor con interés.

—Sí, Petty ha hecho muy buen trabajo con la reforma. Es la madre de Lil.

Theo asiente.

—Serena me lo comentó.

—Voy a enseñártela. Por aquí está el despacho… Bueno, yo lo llamo el despacho, pero supongo que ahora es el gimnasio.

Lo llevo dentro de la habitación y él vuelve a mirar a su alrededor y asiente.

Noto que la mirada se detiene en las cajas y me sonrojo.

—Todavía no he tenido tiempo de desempaquetar todas las

cosas que ha mandado David. Lo siento. Llegué tarde ayer. Tuve problemas con el coche. —Las palabras me salen de la boca y veo que los labios de Theo están apretados y solo emite un sonido entre un gruñido y un murmullo.

Está muy callado. ¿Igual solo está cansado? ¿O tal vez molesto porque no lo tengo todo preparado a la perfección para él? He tenido problemas para cuadrar el Theo que conocí yo con el tirano para el que trabaja David, pero puede que su yo verdadero sea este ahora que no intenta cautivarme.

—¡Vale! —digo alegremente—. Y por aquí...

Me vuelvo para pasar por su lado y salir, pero tropiezo con una máquina del gimnasio y caigo encima de Theo. O le habría caído encima si no se hubiera apartado como si yo tuviera una enfermedad dermatológica contagiosísima. Al final apenas le rozo el brazo con el mío, él se topa de forma estrepitosa con un juego de mancuernas y dibuja una expresión de dolor en la cara.

—Perdona —digo enseguida.

Él se limita a hacer ese extraño sonido de antes por lo bajo y evita el contacto visual, pero uno de los músculos de la mandíbula se le contrae sin parar.

Lo llevo hasta la cocina. Toda esta situación es de lo más incómoda. Cuando me imaginaba esta parte, pensaba que yo me comportaría como toda una profesional. ¡Había hecho unos planes! ¡Una lista! Iba a mantener la calma, el control. No pensaba que estaría amodorrada, con un pijama de dibujitos e intentando recordar los trillones de correos que había intercambiado con David.

—Eh... esto es la cocina —digo sin ninguna necesidad—. Me temo que todavía no he podido encontrar todas las cosas de la última lista que me mandó David. Y es evidente que tengo que desempaquetar todas las cajas; hay un montón de entregas de paquetes programadas para esta mañana y luego iré a Newcastle. Total, que hay agua con gas en la nevera... —Vacilo—. Pero me temo que la marca es la que había en el súper del pueblo, también hay fruta, huevos, pan y queso. —Repaso la lista que he llevado toda la semana en la cabeza—. La cafetera llega hoy y David ha preparado una entrega a domicilio semanal de verduras ecológicas. Siento que no esté ya todo en su sitio... —divago nerviosa.

La boca de Theo es una línea recta. Tensa los músculos de la mandíbula de nuevo molesto.

—Está bien —dice, pero es evidente que no.

Es evidente que ya he suspendido la primera prueba y que David va a darme de comer a su pez de colores.

—¿Tienes hambre? —pregunto flojito—. Podría prepararte un sándwich de queso. O una taza de té. No he desenterrado todavía las almendras, pero tengo leche normal.

—Estoy bien —dice, y una vez más parece que «bien» significa «tremendamente decepcionado»—. Creo que me gustaría irme a mi habitación, si te parece.

—Ah, claro —contesto—. Te enseño la planta de arriba.

Lo guío por las escaleras y vacilo un segundo delante de mi habitación. La puerta sigue abierta de cuando he bajado a toda prisa y se ven la cama deshecha y mi maleta abierta.

—Bueno, pues esta es mi habitación —digo—. Por si necesitas algo. Que no es que vayas a necesitar nada de mi habitación, pero por si me necesitas a mí. —Me quedo callada y noto que me sonrojo—. No necesitarme en ese sentido, pero si necesitas que haga algo por ti y no me encuentras abajo, aquí estaré.

Espero una respuesta insinuante o por lo menos una sonrisa de suficiencia y una aparición del hoyuelo, pero Theo se limita a carraspear y arrugar la frente.

—Y esta es tu habitación. —Abro la puerta situada cerca de la mía, pero me quedo en el umbral—. Hay un aseo con ducha en esa puerta, pero si quieres bañarte hay un segundo al otro lado del pasillo.

Theo entra, se asoma por la puerta del baño privado y se queda delante de la ventana contemplando las vistas. No dice nada, pero su mirada se posa en las alverjillas del tarro de mermelada vacío.

—Sé que seguramente no es a lo que estás acostumbrado... —empiezo a decir.

—Está genial —responde en un tono plano pero educado.

«Genial». Bueno, supongo que es una mejora respecto a «bien».

—Vale. —Doy un paso atrás—. Pues ya sabes dónde encontrarme. Y saldré hacia Newcastle dentro de un rato, así que, si necesitas algo más, dímelo.

—Estoy bien —dice Theo—, gracias.

Y me cierra la puerta en la cara.

12

Me paso el resto de la mañana desembalando cajas y poniendo a remojo grandes cantidades de almendras mientras sigo las meticulosas instrucciones de David. No veo a Theo ni lo oigo. Supongo que estará durmiendo.

Por lo menos ahora la cocina parece mejor aprovisionada. He estado yendo a la puerta de la calle sin parar para firmar la recepción de los paquetes. David me ha mandado incluso botes de plástico transparente y una etiquetadora para que lo pueda organizar todo de modo que a Theo le resulte fácil encontrar las cosas. También me ha mandado un plano detallado en el que se indica cómo tengo que organizar los armarios de la cocina de forma que estén igual que los de la casa de Theo en Los Ángeles. Aunque puede que haya puesto los ojos en blanco porque Dios no quiera que una superestrella tenga que abrir un par de armarios para encontrar sus galletas de algas ecológicas, tengo que admitir que usar la etiquetadora me da mucho gustito y enseguida termino etiquetando todo lo que veo.

Cuando Theo por fin hace acto de presencia, estoy inclinada sobre la encimera de la cocina ordenando sus numerosos suplementos alimenticios en pequeños pastilleros divididos por días de la semana que he pedido por Amazon. A diferencia de David, yo no pienso ir detrás de Theo cada hora con puñados de pastillas de vitamina B y bebidas con electrolitos. ¿Acaso no es un adulto capaz de responsabilizarse de sí mismo? Oigo que la puerta principal se abre y se cierra, un golpe seco de bolsas de viaje que caen al suelo del recibidor y luego Theo aparece delante de mí.

—Toma —dice bruscamente lanzándome una llave, la cual yo esquivo con un chillido y cae al suelo con estrépito.

Él la recoge y la deja con cuidado en la encimera, a mi lado.

—Es la llave del coche, no una granada de mano. Has dicho que habías tenido problemas con el coche, así que, si te vas, conduce el mío. Puedes cogerlo cuando sea.

Tiene la voz algo ronca y el pelo revuelto. Parece que ha estado durmiendo. Sigue sin sonreírme, pero el gesto me conmueve. No me esperaba que pensara en mí para nada. En ese momento, bosteza y levanta los brazos para estirarse, lo cual hace que se le suba la camiseta y desvele una franja de vientre musculoso y bronceado. Aparto la mirada con dificultad. No. No voy a pensar en eso. Seguiré siendo profesional.

—¿Seguro? —pregunto centrándome de nuevo en las pastillas—. Lo del coche, digo.

Gruñe.

—No quiero que te quedes tirada en medio de la nada. Esa trampa mortal que tienes por coche aguanta entera a base de precinto y fe.

—¡Oye! Es cinta americana, y solo hay en el retrovisor. En uno. El otro está bien. Casi bien.

Theo se limita a hacer un sonido de mofa mientras se dirige a la nevera. Abre la puerta y saca una de las botellas del extraño zumo verde que han llegado en una neverita especial como si fueran órganos listos para un trasplante.

Da un trago y la mira con el ceño fruncido. Seguramente está leyendo una etiqueta que dice EXTRAÑO ZUMO VERDE DE THEO. Luego cierra la puerta y se queda con la vista puesta en la pegatina que apunta NEVERA.

Me mira y arquea las cejas.

—¿A qué vienen las etiquetas?

Me encojo de hombros.

—David me ha mandado una etiquetadora para que te organice las cosas y me he emocionado un poco.

Su boca se levanta vacilante de un lado y su mirada baja de mis ojos a mis pechos, donde permanece un rato. ¿Me está dando un repaso? Siento que se me calientan las mejillas y una extraña mezcla de indignación y adrenalina me recorre el cuerpo. Entonces me señala con la botella de zumo y dice:

—¿Y has pensado que se me olvidaría tu nombre?

Bajo la vista y me acuerdo de que tengo una etiqueta en el pecho en la que pone CLEMMIE.

Theo aprieta los labios como si intentara no reírse de mí, pero tiene las comisuras de los ojos oscuros arrugadas. Cojo la etiquetadora y aprieto los botones.

—No eres el más indicado para hablar de nombres —le digo, cojo la pegatina que escupe la máquina y doy un paso hacia él para pegársela en el pecho—. Si alguien tiene que llevar una etiqueta, eres tú.

Theo me mira la mano con los dedos abiertos sobre su camiseta, que es tan suave como me había imaginado, sobre su cuerpo duro y cálido. Durante un segundo cruzamos la mirada y creo ver un fogonazo en sus ojos, algo salvaje y ávido que me provoca sensaciones extrañas en las rodillas, pero que desaparece al instante. Él da un paso atrás y se cruza los brazos sobre el pecho y yo dejo caer la mano a mi lado y la etiqueta se le queda pegada a la camiseta.

—Pone THEO.

—No Edward —dice él en voz baja y algo ronca.

—No Edward, desde luego —coincido.

Un recordatorio preocupantemente necesario. Puede que me gustase Edward, pero nunca existió. La cercanía de Theo no puede confundirme. Debo recordar que estamos en un contexto profesional. Y tengo que darme una ducha muy muy fría.

Hay un silencio largo e incomodísimo.

—Bueno —dice Theo, y toda la luz ha desaparecido de su cuerpo y no ha dejado más que una amabilidad tensa en su cara y en su voz—. Será mejor que me ponga con lo de componer. Para eso hemos venido. Seguro que Serena pronto empieza a preguntarte por mí.

—No lo dudo —respondo—. Yo me voy a comprar, ¿necesitas algo?

—No, no —dice con energía mientras se aleja ya—. Y no tienes por qué... bueno... ir detrás de mí.

—Es mi trabajo. —Le dedico una falsa sonrisa radiante—. Y creo que los dos sabemos que David vendrá aquí a matarme de una forma muy eficiente si no lo hago bien.

La sonrisa que me dirige Theo no le llega a los ojos. Levanta la mano para hacer un vago saludo militar y desaparece.

Es última hora de la tarde cuando vuelvo de Newcastle cargada con más bolsas. Por lo menos ahora podré mandarle un correo a David confirmándole que tengo todo lo que Theo pueda necesitar. E ir en el caro coche de alquiler de Theo ha hecho que el viaje sea mucho menos miserable. He conducido tranquila, escuchando un audiolibro de Judy Blume que me ha satisfecho el antojo nostálgico a la perfección, con el aire acondicionado puesto y sin una pizca de miedo de una posible combustión espontánea del coche.

Saludo al entrar en casa, pero no hay respuesta de Theo. Deseo que se encuentre en las profundidades de la creatividad. Vacío las bolsas y me pongo a hacerme la cena: espaguetis con una salsa de verduras básica y un pan de ajo que coloco en el horno para que se caliente. Huele de maravilla y mi estómago coincide con un ronquido. No soy mala cocinera, pero me alegro de no tener que cocinar para Theo. Su chef privado ha mandado un congelador lleno de cenas perfectamente equilibradas, ecológicas, sin azúcar, sin lactosa y sin gluten que solo hay que calentar en el horno. Lo máximo que tengo que hacer es preparar un batido de kale de vez en cuando mientras doy gracias al cielo por no ser yo la que tiene que bebérselo.

Hablando de Theo, sigue sin dar señales de vida, pero supongo que no tengo motivos para esperar que comamos juntos ni nada. De todos modos, me resulta raro sabiendo que está en la casa. ¿Es de mala educación comer sin él? ¿Debería ofrecerme a meter una de sus sofisticadas cenas en el horno? Vacilo y me decido por no hacerlo.

David me ha dejado muy claro que Theo necesita espacio cuando trabaja y que no debería molestarlo a no ser que me pida algo. Y cuando digo que me lo ha dejado «muy claro», quiero decir que lo ha comentado cien veces y me ha desaconsejado la «cháchara» y me ha sugerido que no me deje ver ni oír. Cuando le dije que así parecería una criada victoriana, hizo un sonido marcado de aprobación.

De modo que no molesto a Theo. Aprieto el botón con el que se bajan las persianas y me siento en el sofá con la pasta, lista para ver el siguiente capítulo de mi serie de vampiros para adolescentes favorita, *Sangre/Deseo*, en Netflix. Cuatro capítulos más tarde, he fregado los platos y he hecho una incursión en una tarrina de helado de menta y pepitas de chocolate, pero sigo sin haber visto ni oído a Theo.

Recojo y dejo un pósit pegado a la nevera en la que le digo que tiene la cena dentro y cuánto tiempo debe calentarla. Pienso un momento y añado: «También me han sobrado pasta y pan de ajo, si lo prefieres. Sírvete». Y dibujo una carita sonriente.

Subo las escaleras y me detengo delante de la puerta de mi habitación, aunque mis ojos se vuelven hacia la de Theo. No se oye nada, ni música ni las cuerdas de una guitarra. Nada. ¿Igual ya se ha dormido?

Me quedo despierta en la cama un largo rato. Hay algo en saber que Theo no solo está en esta casa, sino al otro lado de la pared que tengo detrás, que me pone nerviosa. Me quedo muy quieta, me lo imagino tumbado a solo unos centímetros de mí y eso hace que todo mi cuerpo se ponga en alerta máxima. Me preocupa no ser capaz de evitar la reacción que me provoca. Da igual que mi cerebro sepa muy bien que no es para mí, porque parece que varias de mis otras partes del cuerpo discrepan rotundamente.

Cada vez que estoy cerca de Theo, lo único en lo que puedo pensar es en ponerle las manos encima. O en que me las ponga él a mí. ¿Se puede saber qué me pasa? Está claro que se trata de una reacción residual de la noche que pasamos juntos. «Poco a poco me resultará más fácil», me digo a mí misma, y ese es el pensamiento al que me aferro cuando por fin me quedo dormida.

13

La mañana siguiente bajo a la cocina y abro la nevera. La cena de Theo está intacta, pero la pasta y el pan de ajo han desaparecido. Igual que el pósit. Si no fuera por eso, no sabría ni que ha estado aquí.

Suspiro.

Pequeñas victorias. Supongo que hemos superado el primer día y lo he mantenido vivo. Solo nos quedan cuarenta y un disco que desafiará los géneros musicales y ganará muchos premios. No hay nada de qué preocuparse.

Me paso la mañana en vilo, esperando a que Theo aparezca, pero no lo hace. Voy por la cocina limpiando las superficies ya inmaculadas. Consulto las listas que me mandó David, pero ya lo tengo todo. No me queda más que limpiar la habitación de Theo, una tarea complicada cuando él está dentro.

Igual Serena tenía razón y será un trabajo fácil. Quizá apenas lo veré. Eso solo puede ser bueno dado el papel protagonista que ha tenido Theo Eliott en las inquietas horas de sueños sexuales explícitos de las que he disfrutado esta noche. Es evidente que a mi subconsciente no le ha llegado el aviso de que tenemos que ser profesionales.

Estoy sentada en la encimera de la cocina mirando la nada cuando por fin oigo pasos fuertes que bajan las escaleras. Como Theo no aparece en la sala de estar, me acerco con sigilo y asomo la cabeza por la puerta que da al pasillo.

Theo está de espaldas a mí. Tiene puestos unos auriculares

inalámbricos y lleva lo que esté escuchando a un volumen lo bastante alto para que yo oiga los golpes del bajo. Va tarareando la canción con un murmullo grave de garganta. Se agacha para ponerse unas zapatillas y me regala unas deliciosas vistas de su trasero dentro de unos pantalones de correr grises. El ruido blanco vuelve a mi mente.

Entro en pánico y cierro los ojos de golpe. Ya me he pasado la noche fantaseando con él y ahora lo estoy cosificando como una pervertida que se asoma entre los matorrales. «¡Céntrate, Clementine!».

—¡Coño! —vocifera Theo.

Abro los ojos de golpe y me encuentro con que se ha dado la vuelta y me mira desde arriba. Tiene la mano sobre el corazón. Se quita un auricular.

—No sabía que estabas ahí.

Un montón de imágenes fugaces me pasan por el cerebro en alta definición y me arde la sangre.

«No. Pienses. En. Los. Sueños».

Le dirijo una sonrisa resplandeciente.

—Sí, aquí estoy.

Ninguno de los dos dice nada más.

—Eh... ¿Te traigo algo? —pregunto por fin.

—No —se limita a mascullar—. Voy a salir a correr.

—Ah, muy bien. Correr está bien.

Supongo que el hombre encantador que quería llevarme a la cama hace mucho que se esfumó.

Como si quisiera remarcar eso, Theo coge una gorra y se la pone tapándose mucho la cara y, a continuación, se dirige a grandes zancadas hacia la puerta de la calle y se va sin decir nada más.

—¡Pues hasta luego! —le digo al vacío.

Dejo caer los hombros. Parece que al final las superestrellas arrogantes sí que son todos unos capullos, pero no puedo evitar sentirme decepcionada.

Vuelvo a la cocina donde tengo el archivador grueso lleno de notas. La biblia de Theo. Algo en lo que David y yo coincidimos plenamente es en nuestro interés por el buen material de papelería. Cuando le hablé de mi sistema de separadores de colores, me pareció haberlo oído ronronear.

—Correr, correr, correr... —musito.

Sí, ahí estaban las instrucciones de David:

Después de salir a correr, el señor Eliott necesita POR LO MENOS uno de los *snacks* del anexo B, así como una cucharada de la bebida vegana de recuperación para deportistas mezclada con 300 ml de refresco con electrolitos (servido frío entre 2,5 y 3 °C) y un zumo recién licuado de kale y manzana (para la receta, véase sección 4, párrafo 7. Nótese: la entrega de zumos a domicilio no incluye este zumo de después de correr porque el señor Eliott lo prefiere recién exprimido. NO intentes darle el otro zumo «a ver si lo nota». Prepáraselo).

Cuando yo consigo convencerme de salir a correr (algo poco frecuente), me las apaño con un vaso de agua y un plátano después, pero supongo que las superestrellas están muy por encima de los simples mortales. Busco la receta del zumo y me pongo a sacar los ingredientes, pero me acuerdo de que primero debería limpiarle la habitación ahora que no está dentro.

Subo poco a poco las escaleras para cambiarle a Theo las sábanas en las que solo ha dormido una noche, pero vacilo en la puerta. Sé que mi trabajo consiste en entrar, aunque no me parece de buena educación irrumpir en su habitación así como así. «Sé profesional —me digo con severidad—. Solo es un dormitorio. No has venido a husmear, sino a limpiar».

Respiro hondo y abro la puerta. A pesar de mi discursito, entro como una ladrona mediocre. Siento que me estoy metiendo donde no debo.

La habitación está igual que como la dejé menos por la cama revuelta. Abro un resquicio de uno de los cajones y lo encuentro lleno de la ropa bien doblada de Theo. Estoy bastante segura de que tenía que deshacerle las maletas yo, pero parece que ya lo ha hecho él solo. El armario igual: todo colgado y ordenado y las maletas vacías guardadas debajo.

Me pongo a quitar las sábanas y me digo a mí misma que son

imaginaciones mías cuando siento que siguen emitiendo el calor de su cuerpo. Por desgracia, lo que no son imaginaciones mías es el olor de su *aftershave*, que persiste, sutil, en todo y me envuelve cuando me peleo con las sábanas. ¿Por qué tiene que oler tan bien? No es justo. Me distrae. Hago la cama lo más deprisa que puedo, librando una batalla contra el gigantesco y mullido edredón que gano por poco.

Estoy ahuecando las almohadas cuando me doy cuenta de que la etiqueta que hice ayer con el nombre de Theo está pegada con cuidado en la pared al lado de su cama, en el muro que separa nuestras habitaciones. La acaricio con los dedos mientras me pregunto por qué se la habrá guardado.

Compruebo que todo está perfectamente liso y aseado antes de volver a bajar. No tengo ni idea de cuánto tiempo se pasará Theo corriendo y, según David, lo querrá todo esperándole cuando vuelva. Ha llegado el momento de abordar la licuadora gigante y lustrosa que no parece tanto un electrodoméstico de cocina como un aparato de limpieza industrial.

Tras leer las instrucciones con cuidado, mi primer intento me salpica de pringue verde a mí entera y toda la cocina y termina con unas gotas de potingue poco apetecible en el culo de un vaso.

—No te va a derrotar una licuadora —musito mientras lo froto todo con violencia con un espray antibacteriano—. Tienes un doctorado. Puedes exprimir un trozo de kale.

No estoy segura de a quién trato de engañar, aunque no tuviera que lidiar con la máquina, lo cierto es que el kale no se me antoja como una verdura especialmente jugosa. Igual David me está gastando una broma.

El segundo intento va mucho mejor. A ver, yo no me lo bebería, pero he obtenido un vaso de un líquido con aspecto de agua de pantano y supongo que eso es lo máximo a lo que puedo aspirar dadas las circunstancias.

Estoy transportando mi valioso vaso de zumo a la nevera para que esté fresco (un riesgo que tomo por mí misma, puesto que no se menciona en las instrucciones, pero viendo que todo lo demás tiene que estar muy por debajo de la temperatura ambiente, llego a esa conclusión) cuando oigo que se abre la puerta.

¡Bien! Justo a tiempo. Salgo victoriosa de la cocina hacia donde está Theo lista para ponerle el zumo recién exprimido en las manos a su vuelta como una buena criada, pero, en lugar de eso, en el umbral de la puerta de la sala de estar me topo con un objeto muy duro.

—¡Mierda! —chillo lanzando el zumo por los aires.

—¡Joder! —grita el objeto duro.

Levanto los ojos y me encuentro con Theo fulminándome con la mirada. Le chorrea zumo de kale del pelo y tiene casi todo el torso empapado. El torso desnudo.

—¿Por qué vas sin camiseta? —le espeto.

Mi mirada remolonea en ese pecho definido a la perfección contra el que me acabo de chocar. Estoy pegada a él, lo que significa que también estoy cubierta de parte del zumo y la fina capa de mi camiseta, ahora mojada, no me parece barrera suficiente entre nuestra piel. No si quiero conservar la cordura. Me despego de él, que me tiene agarrada por los antebrazos. Debe de haberlos cogido para que no perdiera el equilibrio cuando hemos chocado.

—Hace calor —dice, pero su voz es gélida—. ¿Por qué me tiras pasta verde encima?

—Iba a traerte el zumo de kale —contesto aferrándome con tristeza al vaso ahora vacío—. El archivador dice que es lo que bebes después de correr.

Cierra los ojos con fuerza.

—Un puto archivador, cómo no —farfulla.

—¿Te...? ¿Te preparo otro? —pregunto.

—No. —Me mira desde arriba, se da cuenta de que todavía me está agarrando y me suelta como si acabase de reparar en que tiene un ascua ardiente en las manos—. No me hace falta nada, gracias. Voy a darme una ducha. —Cuando se gira y se aleja pisando fuerte, lo oigo musitar—: Una ducha muy muy larga.

—¡Lo siento! —le grito a la espalda.

Observo la destrucción a mi alrededor y suspiro. De momento, esto no está siendo un éxito que digamos. Me suena el teléfono y lo saco del bolsillo.

—Hola, David —respondo alegre—. No, no, todo está perfecto. Va como la seda.

No veo a Theo en lo que queda de día.

14

Llevo siete días sin apenas interactuar con Theo. Soy la peor espía de la industria musical del mundo. ¿Estará componiendo el disco? Ni idea. A mi hermana lo único que puedo decirle es que está disfrutando de su acceso ilimitado a los hidratos de carbono.

—Ha pasado una semana, Serena —le susurro a la pantalla de mi móvil—. Esto es cada vez más raro. Me da la impresión de estar viviendo con un fantasma hambriento.

Cada mañana bajo a la cocina, me encuentro con que Theo se ha comido la otra mitad de la comida que preparé la noche anterior en lugar de la obra del chef carísimo y con estrellas Michelin al que David ha contratado. He empezado a hacer el doble porque lo entiendo: una pizza congelada debe de saber increíble cuando hace años que no comes pan de verdad. De hecho, toda mi «comida de persona normal» ha empezado a desaparecer de los armarios.

No le he mencionado este arreglo a David, claro. Siento que me he convertido sin querer en el camello de Theo, el que le pasa azúcar refinado. Hoy me he dado cuenta de que se ha metido entre pecho y espalda un paquete entero de galletas digestivas con chocolate y me parece que está bebiendo leche semidesnatada. Puede que tenga que planear algún tipo de intervención.

—¿No lo has visto para nada?

En la pantalla, mi hermana me mira con el ceño fruncido.

—A ver, lo he visto —aclaro—, puedo demostrarte que está

vivo. Ayer entró en la cocina y le preparé una de esas bebidas viscosas que dan tanto asco. La verdad es que ahora ya domino la licuadora. Creo que sería capaz de exprimir cualquier cosa... Pero igual me dijo cinco o seis palabras y volvió a marcharse para atrincherarse en su habitación. Apenas me miró. Cada vez que le pregunto si quiere algo parece que vaya a arrancarme la cabeza. Está comportándose de una forma muy extraña.

No saco el tema de la noche que lo oí hablar por teléfono. Después de siete horas sin verlo, estaba a punto de rendirme y llamar a la puerta de su habitación para ver si necesitaba algo cuando distinguí mi nombre. Sabía que no debía escuchar, pero lo hice de todas formas e, inclinándome hacia delante, capté lo que dijo alto y claro:

—... un puto desastre. ¿Cómo se me ocurrió pensar que esto era buena idea? Es una tortura. Tendría que haberles exigido que me dejaran traer a David.

—Estás entrando en barrena. Intenta comportarte como una persona normal —respondió divertida una voz femenina.

El sonido me llegaba muy apagado del altavoz del móvil mientras Theo se iba moviendo. Había algo en esa voz y en la forma ronca que tenía de reírse que me resultaba vagamente familiar.

Theo soltó un quejido profundo de frustración.

Yo me aparté con brusquedad y me alejé deprisa cabreada por la situación. No pensaba que lo estuviera haciendo mal, él era el que actuaba como un borde. No tengo ni idea de qué problema tiene ni de cómo arreglarlo.

—Mmm. —Serena todavía parece muy molesta—. ¿Y no has oído nada que indique que está componiendo?

Me siento extrañamente desleal cuando niego con la cabeza.

—Pero ¿cómo voy a saber yo cómo suena el proceso de composición de un disco? —pregunto enseguida—. Podría estar escribiendo cosas en un diario o algo así.

Serena suspira y se frota la frente.

—Pues tendrás que preguntárselo directamente —concluye—. Intenta darme algún tipo de novedad. Con este tema tengo a los jefes vigilándome de cerca. Si no va bien, estaré jodidísima.

—Irá bien —contesto con más confianza de la que siento en realidad.

Verle la cara de preocupada a mi hermana me convence de que le arrancaré diez míseras canciones a Theo Eliott con mis propias manos si hace falta. Al fin y al cabo, yo controlo la llegada de galletas a esta casa y no me importaría recurrir al soborno.

—Por lo menos que no se deje ver mucho te estará facilitando la vida a ti —continúa Serena.

—Ah, sí —coincido taciturna—. La verdad es que no tengo mucho que hacer.

De hecho, aparte de tener los armarios llenos, limpiarle la habitación, mandarle a David tres actualizaciones diarias y compartir la cena, no he tenido nada que hacer.

Sobre todo porque Theo parece ser casi incapaz de tolerar mi presencia siempre que tenemos que vernos por algo. Sé que me preocupaba pasar mucho tiempo con él por todas las mariposas de atracción, pero, de alguna manera, vivir con Theo como desconocidos distantes es peor que eso. Me alegro de que no esté tonteando conmigo todo el rato, pero parece que, ahora que no existe la posibilidad de una relación física entre nosotros, no quiera tener nada que ver conmigo, como si se estuviera esforzando por evitarme. Y, a mi modo de ver, ese es un comportamiento bastante idiota.

Me paso los días andando por la playa o mirando la pantalla del portátil, rellenando solicitudes de trabajo sin demasiado entusiasmo o esforzándome por reunir ánimos para el proyecto que arrastro desde hace años de convertir mi tesis doctoral en un libro. Creo que hubo un momento en el que tenía ganas de hacer ese trabajo, pero me cuesta recordarlo. La presión por publicar es bastante intensa en los círculos académicos y sé que me ayudaría mucho a asegurarme un puesto, pero, llegada a este punto, las páginas de notas me hacen sentir una claustrofobia extraña.

Soy introvertida por naturaleza, pero hasta para mí tanto aislamiento es inquietante. Mi vida ha quedado reducida a mantener charlas banales en el súper solo para sentir un poco de conexión humana. Se me había olvidado lo lejos de todo que parece estar la casa de la abuela Mac y, aunque eso siempre había sido parte de la aventura con Lil y Serena, ahora me siento... sola.

Y eso sin meterme siquiera en el campo de minas que es volver al lugar del trauma emocional más profundo de mi yo de diecisiete años. Cada vez que salgo a pasear, veo algo que me recuerda a cómo viví ese verano, lo enfadada y traicionada y desolada que me sentía. Aunque se trate solo de un eco de aquellos sentimientos, sigue siendo una oleada de dolor casi física.

Como hago cada vez que el fantasma de Sam levanta cabeza, aparto el pensamiento a un lado. Lo guardaré para la sesión con Ingrid... tal vez. O quizá siga ignorándolo con la esperanza de que desaparezca. Parece buena opción.

—¿Estás bien? —pregunta Serena mirándome con sus ojitos negros y brillantes—. Estás toda depre y la verdad es que, ahora que te miro, tienes una pinta horrible.

—Vaya, gracias —musito.

—Y la voz algo ronca —continúa con tono acusatorio.

—Creo que puede que esté incubando algo —confieso temblando un poco, y tiro del edredón para cubrirme la cabeza.

Lo cierro debajo de la barbilla a pesar del buen día que hace. Me veo en la esquina de la pantalla y parezco una oruga sudorosa. Esto es lo que pasa por hablar con desconocidos en el súper.

—No te atrevas a ponerte mala —me advierte Serena—. Sabes que enferma te quedas incapacitada. Eso es porque los académicos paliduchos como tú no fabricáis vitamina D. ¿Has probado el espray que te mandé?

—¿Qué os pasa a todos con los suplementos alimenticios? —gruño—. Theo se toma como setecientos al día. ¿Y qué es la *ashwagandha* esa? Pensaba que era lo que Lil se había bebido en una tienda de campaña cuando tuvo la visión de una versión enorme de ella misma comiéndose a otra diminuta y luego se cagó encima.

—Eso es la ayahuasca, imbécil —me corrige Serena—. La *ashwagandha* es para el estrés.

—No sé de qué va a estresarse —contesto de mal humor porque no me encuentro con ánimo para ser comprensiva con Theo ahora mismo—. Estoy bastante segura de que al muy consentido David le lava los dientes y todo.

—Bueno, pues ese consentido ahora es problema tuyo, Clemmie, tuyo y mío. Tú haz todo lo que puedas, ¿vale?

—Claro —accedo al momento. Que Serena me vuelva a pedir que haga algo por ella me indica lo estresada que está—. Te conseguiré un informe completo, te lo prometo.

—Gracias, Clem. —La voz se le suaviza—. Y voy a mandarte unas pastillas de equinácea ahora mismo. ¡Harriet! —oigo como llama a su pobre y vilipendiada ayudante—. ¡Hay que mandarle a Clemmie equinácea enseguida!

Justo cuando siento una oleada de afecto hacia mi hermana, lo estropea todo añadiendo:

—¡Cuando está enferma se pone muy imbécil!

Y se parte de risa. Me lanza un beso al aire y cuelga.

Con un suspiro, salgo de la cama como puedo. La verdad es que me duele un poco todo. Igual son agujetas por los paseos tristes y solitarios que he dado.

Bajo a la cocina, me sirvo un vaso de zumo de naranja porque quizá me vayan unas cuantas de esas vitaminas de las que tanto le gustan a todo el mundo y entonces, como si mi conversación con Serena lo hubiera invocado, aparece Theo.

—¡Hola! —le digo, y me limpio el zumo de naranja del labio superior con el dorso de la mano.

—Buenas.

Los ojos de Theo se vuelven hacia mí con los párpados entrecerrados. No parece lo que se dice encantado de verme.

—¿Te sirvo algo?

—No. —Parece frustrado, casi enfadado—. Solo iba a coger una botella de agua e irme a dar un paseo para salir de la habitación esa un rato.

—¿Seguro que no quieres zumo de naranja?

Levanto el brik y se lo tiendo.

Él da un paso atrás, alejándose de mi mano como si tuviera miedo de que lo tocase. Ese músculo de su mandíbula con el que ya estoy familiarizada se tensa.

—No —repite.

—Vale —contesto intentando no parecer molesta.

No consigo entender por qué está siendo tan desagradable. Hago todo lo que David me pide. No creo que haya cometido ningún gran error aparte de no tenerlo todo perfectamente listo el primer día, pero él sigue pareciendo algo cabreado por mi presencia.

Sé lo que le he prometido a Serena y no quiero darme tiempo de echarme atrás por miedo, así que le espeto:

—Acabo de hablar por teléfono con mi hermana. Quería saber cómo va todo.

Theo me da la espalda para buscar en la nevera, pero veo cómo se le tensan los hombros.

—Bien —dice con la misma tensión en la voz.

—Entonces ¿estás componiendo? —pregunto para confirmarlo.

—Claro. —Cierra la nevera con una fuerza innecesaria—. ¿Qué crees que llevo haciendo toda la semana?

—Solo quería comprobarlo. Me ha dado la impresión de que Serena estaba… algo nerviosa.

Theo se ríe por la nariz.

—El estudio tendrá lo que les prometí, puedes decirles que no se preocupen. Al fin y al cabo, para eso estás aquí, para tenerme vigilado, ¿no? Manda tu informe a la discográfica. ¿Para eso te pusieron a ti aquí en lugar de a David, para tener una espía?

—No soy una madre que va detrás de ti para que hagas los deberes —salto, porque me ha escocido—. Les debes un disco y estás complicándole la vida a mucha gente. Yo solo he venido aquí a hacer mi trabajo.

—Igual que yo —me la devuelve Theo enseguida.

—Bien.

—Bien.

—Genial.

—¡Genial!

A continuación sale de la cocina con la cabeza alta y oigo cómo se abre la puerta de la calle y se cierra de golpe. Me dejo caer sobre la encimera y me llevo el vaso de zumo frío a la frente. Empieza a dolerme la cabeza y estoy hecha polvo. Intento recordarme que esto es mejor que estar en paro y viviendo en casa de mi madre, pero allí por lo menos no tendría a Theo y no estaría solísima y abandonada y no me sentiría como una mierda.

Supongo que solo estoy cansada. Miro el reloj y veo que ya es mediodía. Me tomaré algo de paracetamol y me echaré una siesta corta. Eso me arreglará. Me trago las pastillas, subo las escaleras, me dejo caer en la cama y me duermo casi al instante.

Cuando consigo despegar los párpados, es de noche. Bien entrada la noche. Estoy totalmente descolocada y me muero de frío. Con los dientes castañeteando, me enrollo más con el edredón y me apoyo en un codo para mirar el reloj. La habitación me da vueltas un momento antes de poder enfocar la vista en los números. Casi medianoche. ¿He dormido casi doce horas? ¿Por qué me siento peor que antes?

Con cuidado, saco los pies de la cama y cojo aire entre dientes cuando tocan el suelo frío. Vale, me he puesto enferma. Pero soy adulta. Puedo gestionarlo. Solo tengo que ser sensata. ¿Qué necesito? El dolor de cabeza es una especie de palpitación sorda detrás del ojo izquierdo. Noto la garganta seca y rasposa. Agua, decido. Parece una apuesta segura. Agua y analgésicos y tal vez algo de comer.

Con esa lista mental hecha, bajo las escaleras arrastrando los pies aún envuelta en el edredón. Solo tengo que concentrarme en poner un pie delante del otro, pero, por desgracia, el suelo se niega a comportarse y se inclina de vez en cuando de un lado a otro.

Tengo que sentarme en las escaleras un rato para descansar un poco con la cara apoyada en la barandilla, pero, al final, llego a la sala de estar. Ahí, despatarrado en el sofá y con su perfecto perfil iluminado con delicadeza por la luz de la tele, está Theo. Levanta la vista con culpabilidad y veo que se está comiendo mi helado de menta y pepitas de chocolate directo de la tarrina con una cuchara. Coge el mando y pausa lo que está viendo, que es un capítulo antiguo de *Bake off*.

—¡Clemmie! —exclama poniéndose de pie—. Me alegro de que hayas bajado. Mira, antes... No quería ser borde contigo. Lo siento. Sé que solo estás haciendo tu trabajo. Estoy trabajando en la música, puedes decírselo a Serena, ¿vale? —Pronuncia las palabras deprisa, sin pararse a respirar, como si hubiera estado esperando a decirlas un buen rato.

Yo soy vagamente consciente de que deberían importarme, pero tengo que concentrar todas mis energías en no caerme de frente sobre la alfombra que tengo a los pies.

—¿Estás bien? —me pregunta.

Su voz me llega ondeante de muy lejos. Y entonces, de pronto, su cara entra flotando en mi campo de visión, tan cerca que doy un respingo y me tropiezo con el borde del edredón. Él me envuelve el brazo con la mano y es lo único que impide que me caiga.

—Creo... —digo pesadamente—. Creo que voy a vomitar.

Y entonces dejo caer el edredón al suelo y corro con las piernas temblorosas hacia la cocina, donde enseguida lo echo todo en el fregadero.

—Ay, Dios, Clemmie. —La voz de Theo suena horrorizada y oigo sus pasos detrás de mí. Siento una vaga sensación de poca profesionalidad mientras vomito un poco más.

A Theo le viene una arcada y parece que intenta no vomitar. Entonces una mano me retira el pelo de la cara mientras otra me acaricia la espalda en círculos.

—No pasa nada, no pasa nada —susurra.

—Sí que pasa —consigo responder con tristeza y con las piernas temblorosas mientras dejo caer mi peso contra el fregadero—. Voy a decepcionar a David. Es imposible que consiga ser una buena criada victoriana.

—¿Has terminado de vomitar? —pregunta él ignorando lo que acabo de decir.

Yo sopeso la pregunta un momento, niego con la cabeza y vuelvo a vomitar. Después de eso, todo se vuelve borroso. Theo me limpia y me veo sentada en el suelo con la espalda contra el armario y una superestrella en cuclillas delante de mí que me tiende un vaso de agua.

—Bébetelo —dice con firmeza—. Ve dando sorbitos.

Intento coger el vaso, pero el brazo me pesa muchísimo.

—¿Por qué me pesa tanto el brazo? —le pregunto a Theo desconcertada.

Él me toca la frente y es maravilloso. Baja la mano helada hasta mi mejilla y no puedo evitar acurrucarme contra ella, solo un poco.

—Tienes fiebre, eso está claro —dice—. A ver, ¿puedes beber un poco de agua si te aguanto el vaso yo?

Lo miro con los ojos entrecerrados. Hay demasiada luz y la lámpara de la cocina le cuelga sobre la cabeza como si fuera una aureola. Me acerca el vaso a los labios y doy unos sorbitos.

—Bien —me dice—. Ahora te daré un poco de paracetamol y te vas a la cama. —Vacila—. No sé dónde está el paracetamol.

—Hay en aquel cajón. —Lo señalo con el brazo pesadísimo.

Theo me da las pastillas y se produce un breve momento de incertidumbre durante el que no sé si voy a poder mantenerlas dentro del cuerpo, pero al final parece que sí. Entonces me envuelve la cintura con el brazo con firmeza y me ayuda a subir las escaleras y a volver a meterme en la cama.

—Siento no haber preparado la cena —suelto.

—No digas tonterías —salta Theo, y respira hondo—. Eso da igual, Clemmie.

—No le digas nada a David de la comida —susurro—. Le he dicho que estabas comiendo sushi crudivegano y magdalenas de cáñamo.

—Será nuestro secreto —conviene en un tono más suave—. Te dejo el agua aquí —continúa diciendo y señala la mesita de noche—. Y algunas pastillas más que puedes tomarte después de las cuatro, ¿vale?

—Después de las cuatro —mascullo obediente.

Desaparece un momento y vuelve con el edredón y con un trapo empapado de agua fría que me pone en la frente.

—Aaah —digo—, qué gustito.

—Es lo que siempre hacía mi madre —dice con suavidad, apartándome el pelo de la cara con una caricia—. En fin, seguro que por la mañana, después de haber dormido un poco, te encontrarás mejor. —Se queda ahí pululando un momento—. Y estoy aquí al lado, así que, si necesitas algo, grita.

—Mmm. —Estoy demasiado grogui para pronunciar las palabras.

Me mira durante un segundo más y después se mete las manos en los bolsillos y se va. Al salir entorna la puerta.

—Gracias —musito, pero no creo que me oiga.

Ya se ha ido. Y los ojos se me cierran otra vez.

15

Sueño que hay un ladrón en mi cuarto, pero no es un sueño, es real, y gatea por el techo y le veo los ojos rojos detrás de una máscara y me mira fijamente y cuando tiende las manos hacia mí, sus brazos son largos como un Mr. Cosquillas demoniaco.

—Que no me atrape, que no me atrape —jadeo aferrándome al brazo de tamaño normal (gracias a Dios) que tengo al lado en la cama.

—No dejaré que te atrape —me tranquiliza una voz dulce—. Te lo prometo, Clemmie, estás a salvo. Vuelve a dormirte.

Miro de nuevo al ladrón, pero ha desaparecido y me entra el pánico. «¿Dónde se ha metido?». Luego veo a Theo delante de mí y me agarra la cara con las manos mientras dice, poco a poco, con suavidad:

—No hay nadie más aquí, solo estoy yo, corazón. Estás a salvo, te lo prometo.

—Vale —convengo, y cierro los ojos—. No dejarás que me atrape.

Cuando me despierto otra vez es porque alguien me toca la cara y no me gusta. Aparto la mano de un golpe.

—¡Quita!

Intento alejarme reptando, pero parece que tengo el cuerpo hecho de plomo y me cuesta hasta abrir los párpados.

—Intento tomarte la temperatura. —La cara de Theo se enfoca encima de mí y, por el tono, parece molesto—. Quédate quieta.

—Tienes que apuntarle a la frente y apretar el botón hasta que pite. —Una voz incorpórea flota por el aire.

—¡Oh, no! —gimo con la garganta áspera—. ¡Es David! ¡Está aquí! ¡Sabe el secreto!

—¿Qué secreto? —El tono de David es suspicaz y yo miro a un lado y otro intentando encontrarlo.

¿Estará debajo de la cama? Parece una suposición razonable.

—No le hagas caso —resopla Theo—. Tiene alucinaciones, no sabe lo que dice.

—Muy bien —susurro con aprobación—. Que no se entere de lo de las galletas. Igual deberíamos dejarlo ahí debajo de la cama.

Suena un pitido.

—Dice treinta y nueve con cuatro —anuncia Theo interrumpiéndome—. Una luz roja parpadea. Entiendo que no es bueno, ¿no?

—Está claro que tiene fiebre. —La voz de David suena más cabreada que de normal—. Tienes que...

Theo coge el teléfono y se lo lleva a la oreja. Ya no oigo a David y suspiro aliviada.

—Sí. —Theo asiente—. Sí. Vale. Sí, pásamela si puedes. —Hay un silencio antes de que diga—: Doctora Swain, gracias por devolverme la llamada.

Me incorporo y estornudo. Una, dos y hasta cinco veces. Cada uno me sacude el cuerpo entero. Theo me tiende un pañuelo de la caja de la mesita de noche y me sueno la nariz. «Ay».

—Eso es —continúa diciendo por teléfono—. Más de treinta y nueve y ha tenido pesadillas, alucinaciones, creo. Vomitó anoche, pero esta mañana no. Ahora está estornudando y tiene... —Me mira sopesando la respuesta y yo estiro la boca en una sonrisa—. Tiene muy mal aspecto. Muy pálida y sudorosa.

«Vaya, encantador».

Theo escucha un rato más con el ceño fruncido.

—¿Cómo voy a saber cómo tiene las amígdalas? —Me lanza una mirada nerviosa—. De acuerdo, de acuerdo, voy a poner el manos libres. —Coloca el móvil en la mesita de noche con cuidado y se me acerca como si yo fuera un caballo al que no quiere asustar—. Solo tengo que tocarte el cuello un momento, Clemmie.

—Me parece que no quiero que me rodees el cuello con las manos —digo.

—Créeme, si tiene que asfixiarte alguien, será David. —Hace una mueca—. Te aseguro que ha oído el comentario de las galletas.

Y entonces empieza a tocarme el cuello con los dedos por debajo de la barbilla.

—No sé muy bien qué estoy haciendo, doctora —dice más fuerte.

—Tienes que presionar justo debajo de la mandíbula a un lado y otro de la tráquea —explica con acento norteamericano la voz de mujer por el altavoz.

—¡Aaay! —Lloriqueo al cabo de un momento.

—Creo que eso significa que están inflamadas —dice Theo. Está serio y tembloroso como si hubiera tenido que hacer una especie de intervención médica intensa en lugar de palparme el cuello sin más. Yo pondría los ojos en blanco si no pensara que igual me desmayo.

—¿Clementine? —La voz de mujer corta el aire—. ¿Puedes contarme un poco qué te pasa?

—Me duele la cabeza —consigo decir—. Y la garganta. Y... los huesos.

—Vale, de acuerdo, me parece que es un virus, seguramente la gripe. Theo, si quitas el manos libres, te daré algunas instrucciones.

La doctora está tranquila, suena muy profesional y, mientras Theo se aleja hablando con ella en voz baja, yo vuelvo a dejarme caer sobre la almohada y cierro los ojos de nuevo. Madre mía, me duele todo. Siento cada milímetro de piel en contacto con el edredón pesado y rasposo y, de pronto, entiendo la obsesión de Theo con las sábanas. ¿Qué hago yo durmiendo entre papel de lija como una tonta? La doctora piensa que tengo la gripe, pero yo no estoy segura, a mí me parece más probable el regreso de la peste bubónica. Me palpita el cráneo y siento el hilo cálido de lágrimas que sale de debajo de mis párpados.

—¿Estás llorando?

La pregunta horrorizada de Theo me advierte de que ya no está hablando por teléfono y ha vuelto a la habitación.

—No me encuentro bien —contesto con una vocecita, y sorbo por la nariz.

Ni siquiera tengo fuerzas para poner buena cara. Serena tiene razón: cuando me pongo enferma quedo incapacitada. Me convierto en el mayor bebé del mundo. Tengo casi treinta y tres años y quiero ver a mi mamá y un batido de fresa del McDonald's.

—Vale, necesito que te levantes —dice Theo con convicción.

Abro un ojo.

—¿Es una broma de mal gusto?

—No, solo necesito que vayas de aquí a mi coche. Tengo que buscar unas cosas y no sé cuánto rato me llevará y no quiero dejarte sola. Puedes traer el edredón. —Dice eso último como si me estuviera tentando con un regalito.

—No quiero el edredón. Lo odio. Me hace daño.

Un suspiro huracanado.

—Vale, entonces escapemos del malvado edredón.

Cuando no contesto, su tono se vuelve malicioso.

—Clementine Monroe, si no levantas ese culo ahora mismo, voy a llamar a David y a decirle que me has estado dando *nuggets* de pollo congelados.

Mierda. Se me habían olvidado los *nuggets*. Ni siquiera me gustan, pero los había metido en el carro sospechando —y había sospechado bien— que a Theo le encantarían. A la próxima pensaba comprarle los que tienen forma de dinosaurio.

Con muchas palabrotas por parte de ambos, dejo que Theo me ayude a levantarme de la cama y, básicamente, me lleve hasta el coche. Estoy demasiado enferma como para apreciar siquiera todos esos músculos envolviéndome.

Me abrocha el cinturón del asiento del copiloto y mi cabeza se queda recostada en el reposacabezas. Voy en pijama y llevo unos calcetines peluditos que Theo me ha puesto en los pies mientras yo lo observaba en un silencio distante. La luz del día es demasiado intensa y me quejo hasta que me pone unas gafas sobre el puente de la nariz. También me cubre con una manta. Creo que está nervioso.

Es otra de las cosas que deberían importarme, pero, cuando el coche empieza a moverse, decido que lo mejor es concentrar mis energías en no volver a vomitar. Vamos en silencio, excepto por la cantinela del GPS, que dirige a Theo adonde sea que vayamos. Vuelvo la cabeza y decido distraerme fijándome en el hombre que tengo al lado. Llevo gafas de sol y él está concentrado en la carretera, por lo que sé que, por una vez, puedo ponerme las botas.

Empiezo por arriba. Tiene el pelo despeinado, todo alborotado, pero no le queda mal. Un mechón sobresale por la parte de atrás. Las cejas están curvadas hacia abajo porque tiene el ceño fruncido, pero su perfil es tan atractivo como aquel primer día en que lo vi en la iglesia: pestañas largas, una nariz rectísima y labios carnosos y suaves. Su mandíbula sin afeitar luce una barba oscura de un par de días y parece un modelo de anuncio de maquinillas de afeitar. Me lo imagino con el torso desnudo pasándose una cuchilla lentamente por debajo de la barbilla como en los anuncios y luego lavando la maquinilla en el lavabo. Me entra un escalofrío porque es la imagen erótica más potente que se me ha pasado nunca por la cabeza.

Se le ven las clavículas por encima de la camiseta. Hoy lleva una negra de esas sin cuello, pero con botones en la parte de arriba que parece que le hayan pintado encima. Se le estira, apretada, en los bíceps y yo sigo la línea de sus brazos hasta donde tiene las manos sobre el volante, los dedos largos envolviendo el cuero.

Creo que me está subiendo la fiebre. Hace tanto calor que siento que me cae por el cuello una gota de sudor.

—Hemos llegado —musita, y rompe el hechizo.

Miro por la ventana con la vista nublada. Estamos en el pueblo, delante de la farmacia, y Theo aparca en paralelo en la calle.

«Joder». A la mierda el anuncio de maquinillas de afeitar imaginario. ¿Aparcar en paralelo a la primera y sin esfuerzo? ¿Con una mano en el volante y la otra agarrando el reposacabezas, al lado de mi cara? Me parece que tengo un fetiche, porque es lo más cachonda que he estado en la vida.

Tengo su antebrazo justo delante de mí. Músculos y tinta y piel suave y bronceada.

—¡Ay! ¡Joder, Clemmie! ¿Me has mordido? —exclama Theo.

Y yo resoplo por la nariz, lista para negar tan disparatada acusación.

Pero, ahora que vuelvo a mirar, sí que parece tener perfectamente marcadas en un tono rosado dos hileritas de dientes en la piel.

—Ah —musito confundida—, perdón.

Theo apaga el motor y aparta el brazo poniéndoselo delante para mirarlo más de cerca.

—Esperemos que no sea el principio del apocalipsis zombi.

Suelto una risita, pero la verdad es que parece plausible.

—Voy a ir a comprar lo que te ha recetado la doctora Swain —dice con un suspiro—. Enseguida vuelvo, ¿vale? No te muevas.

—Como si pudiera —respondo resignada.

Baja del coche y debo de quedarme dormida porque parece que solo han pasado segundos cuando vuelve con cuatro bolsas de la compra rebosantes.

—¿Has comprado todo lo que tenían? —pregunto con la vista empañada.

Me lanza una mirada como diciendo que ahora mismo no quiere oírme y saca una botella de agua y un blíster de una de las bolsas.

—Tómatelas —contesta, y me pone dos pastillas en la mano.

—¿Qué son? —pregunto suspicaz, porque no pienso meterme en el cuerpo lo primero que me tienda una superestrella.

Se le tensa un músculo cerca del ojo y me da la impresión de que se está esforzando mucho por no gritarme.

—Un medicamento antiviral que te ha mandado la doctora. Tómatelas.

Lo hago, igual que los analgésicos que me ofrece a continuación.

Exhala con fuerza y se pasa el cinturón de seguridad por encima del pecho.

—Venga, vamos a llevarte otra vez a la cama.

—Gracias por cuidarme —digo cuando hace unos minutos que nos hemos puesto en marcha. Él se limita a encogerse de hombros—. Pero ¿por qué te estás portando tan bien conmigo? —quiero saber.

Las palabras salen amortiguadas desde donde estoy enterrada debajo de la manta. Me asomo para mirarlo. Parece ofendido.

—¿Qué quieres decir con eso? Yo soy así.

—Conmigo no —digo melancólica—. Ya no.

Theo frunce el ceño.

—Pero tampoco es que me porte mal contigo —responde con cuidado.

—Supongo —concedo—, pero me has estado ignorando. No me gusta. Piensas que hago mal mi trabajo.

Aprieta el volante con más fuerza, pero sigue con la vista hacia delante. No dice nada durante mucho rato y siento que las pastillas que me ha dado empiezan a hacer efecto. Parece que el dolor más agudo se atenúa y me siento atontada, los párpados me pesan y todo se suaviza. Yo, el coche y Theo nos entremezclamos poco a poco.

—Lo siento. —La voz de Theo también se ha suavizado. Lo miro y me dirige una sonrisita pilla. Se le curvan los labios y aparece el hoyuelo—. Solo quería… Da igual. He sido un capullo. Lo siento mucho, Clemmie.

«Quiero lamerte el hoyuelo de la mejilla», pienso. Aunque es posible que no me haya limitado a pensarlo porque Theo emite un sonido extraño, como si se ahogara.

—Cuando estemos en casa te encontrarás mejor —dice con firmeza.

Y, aunque no significa nada, que hable en plural y que diga «en casa» así hace que sonría como una tonta mientras me vuelvo a dormir.

16

No soy muy buena paciente y Theo no es muy buen enfermero. En su defensa, el hombre no ha tenido que cuidar de sí mismo durante dos décadas, y menos de otra persona. Al principio me ronda inquieto y me despierta cada diez minutos para preguntarme cómo me encuentro y tomarme la temperatura.

La enésima vez reúno la energía para lanzarle una almohada y le dejo bien clarito que si no me deja dormir en paz, el apocalipsis zombi será el menor de sus problemas. Suelto un montón de palabrotas. Él va abriendo más y más los ojos y en un momento pienso que va a echarse a reír, pero la mirada asesina que le lanzo hace que se contenga.

—Vale —resopla, y sale de la habitación musitando—: Si necesitas algo, ya sabes dónde estoy.

Oigo que enseguida llama a David, pero me da igual y me sumo en una nada que dura hasta la mañana siguiente.

Me despiertan un montón de golpes amenazadores en la planta baja y suena brevemente la alarma de incendios. Más tarde me entero de que Theo ha intentado hacer sopa. Me lo dice enfadado, como si hubiera sido idea mía, y reparo en que lleva tiritas en tres dedos.

—Tendrías que haber calentado sopa de lata y ya está —le digo.

—Era sopa de lata —responde enfurruñado.

Tras abandonar el plan, me trae un plato tras otro de tostadas algo quemadas y se le olvida qué medicinas me ha dado y cuándo. Yo gimo y me quejo y le digo que hay algo llamado bolígrafo y que puede apuntarse todas esas cosas. Él intenta hacerme beber un poco del zumo verde de textura babosa y ambos terminamos soltando más palabrotas. Como ya he dicho, no estoy en mi mejor momento.

En cuanto empiezo a encontrarme mejor, me disculpo.

—Soy una malísima enferma. —Hago una mueca—. Pregúntale a cualquier miembro de mi familia y te lo dirá. Tendrías que haber salido corriendo para salvarte en cuanto empezó a subirme la temperatura.

—No me avisaste con mucho tiempo antes de la vomitera explosiva —dice Theo recolocando la almohada debajo de mi cabeza—, pero, sin duda, lo tendré en cuenta para la próxima.

—Solo intento advertirte —mascullo—. Todavía no estamos fuera de peligro. Voy a estar en plan gruñona y quejica un tiempo.

—Puedo soportarlo —contesta él con lo que yo considero que es una seguridad equivocada.

—Eso dices ahora... —Estoy débil y se me apaga la voz—. Tengo que llamar a David. ¿No deberíamos estar gestionando que venga otra persona a ocuparse de ti? Tal vez yo debería irme a casa.

—No necesito que nadie se ocupe de mí —resopla—. No soy una planta de interior, soy un hombre adulto. —Yo guardo un silencio sospechoso, pero la mirada que le lanzo lo dice todo alto y claro—. Que sí —insiste, visiblemente dividido entre la indignación y la diversión—. David y tú me hacéis sentir como si tuviera tres años, pero que quede claro que tengo casi cuarenta y soy capaz de funcionar sin una niñera.

Levanto las cejas.

—¿Cuánto cuesta una botella de leche?

—No lo sé. ¿Dos libras? ¿Tres? —Vacila—. Espera, ¿es una pregunta trampa para demostrar lo desconectado del mundo que estoy y en realidad cuesta cincuenta peniques?

—¿Cómo se paga una factura de gas? ¿Cómo entras a la cuenta de Netflix? ¿Cómo funciona la lavadora?

Ahora parece irritado.

—Que no haga esas cosas no quiere decir que no pueda hacerlas —insiste.

—De acuerdo.

Me dejo caer hacia atrás y cierro los ojos, demasiado cansada para seguir con esta conversación. Me pregunto en la distancia por qué me resulta tan normal que Theo se siente en mi cama a discutir conmigo.

—Pero no me parece bien que me paguen por un trabajo que no puedo hacer —continúo—. Aunque tampoco es que hubiera mucho que hacer antes.

—Porque soy un tipo sencillo —insiste, y estira su largo cuerpo a mi lado con los dedos entrecruzados encima de la tripa—. Y calla ya. Estás enferma, no es culpa tuya. En unos días te encontrarás mejor y todo volverá a la normalidad. No tienes por qué perder el trabajo solo por haber cogido algo de frío.

—Algo de frío... —Me río por la nariz y mi cabeza se apoya en su hombro por voluntad propia—. Más bien es la peste negra.

Y vuelvo a dormirme.

Al cabo de dos días me encuentro mucho mejor; débil y cansada y tosiendo como si me fumase cuarenta cigarros al día, pero vuelvo a tener una temperatura normal y ya no me duele todo el cuerpo, así que me doy una ducha larga y caliente y me pongo ropa de persona. Bueno, son unos *leggings* y un *crop top* que podríamos decir que recuerda a un sujetador, si bien, dadas las circunstancias, no se me puede pedir más. Termino el modelito con una camiseta ancha que era de Len, pero que me quedé yo porque se había prestado a adaptarse a mí a la perfección. Puede que no sea un avance muy grande respecto al pijama, pero al menos es ropa, ropa de calle.

Cuando bajo las escaleras con cuidado, me encuentro a Theo despatarrado en el sofá.

—Hola —le digo sintiendo de pronto una timidez extraña.

Me he pasado los dos últimos días durmiendo y estornudando. He sido un gremlin enfermo, sudoroso y enfadado todo este tiempo y él me ha cuidado. No tengo motivos para empezar a tener vergüenza ahora. Ya he perdido ese tren. De hecho, el tren ya va por el horizonte y de pronto aparece un dragón enorme y se lo come.

—¡Hola! —Se vuelve hacia mí con una gran sonrisa y se le forma el hoyuelo, me siento como si alguien hubiera encendido un interruptor en mi interior—. ¡Te has levantado!

Y entonces estornuda cuatro veces seguidas.

—Ay, no —digo, y doy un paso hacia él.

—No me encuentro muy mal —insiste, aunque tiene la nariz roja y los ojos algo vidriosos—. Solo estornudo de vez en cuando y tengo algo de dolor de cabeza. No me voy a morir.

Me inclino sobre él y le pongo la mano en la frente.

—No es para tanto —suspiro aliviada.

—¡Oye! Pues eso no es lo que dicen todas —contesta con la voz tomada.

Miro hacia abajo y reparo en que estoy entre sus largas piernas y con el pecho justo al lado de su cara.

—¡Uy! Perdona.

Doy un paso brusco hacia atrás.

—No me he quejado —musita, pero yo lo ignoro.

Parece que ha vuelto el Theo al que le gusta flirtear y me recuerdo a mí misma que no tengo que darle demasiada importancia y que cualquier sensación de naturaleza cálida y cosquillosa debe ser reprimida con fuerza.

—Vamos a darte unas cuantas vitaminas de esas —digo yéndome ya a por una botella de zumo a la nevera.

Cuando vuelvo a la sala de estar, se la lanzo. Él la coge al vuelo con facilidad y la abre para empezar a beber. Yo intento no quedarme mirando cómo se le mueve la nuez en la garganta.

—Alguien te ha mandado algo —dice Theo señalando la mesita auxiliar donde ha dejado un paquetito dirigido a mí—. Y hay otro, está por ahí.

Gesticula en dirección a las puertas acristaladas y veo una caja enorme en el suelo. No puede ser que no lo haya visto. Estaba demasiado ocupada mirando a Theo, lo cual, me riño a mí misma, no es buena idea. ¿Tiene una cara bonita? Sí. ¿Tiene el cuerpo de un modelo de ropa interior? Sí. ¿Es también sorprendentemente tierno y atento? También… Estoy perdiendo el hilo de mis propios pensamientos, así que parpadeo y decido centrarme en los paquetes que han traído.

Voy a por la caja gigante primero y Theo se levanta para ayudarme. Es un unicornio de peluche enorme y blandito, de los que un niño usaría como puf. Tiene una melena arcoíris y lleva una banda de las de los concursos de belleza, pero casera, en la que pone ¡MEJÓRATE PRONTO, CLEMMIE!

—De Lil.

Sonrío. El regalo más Lil de la historia.

Theo sigue examinando el unicornio («¿Podemos llamarlo Nico?», me pregunta) cuando abro el regalo de Serena. Si el unicornio era de lo más Lil, esto es muy Serena, sin duda. Es una botella de equinácea de tamaño extragrande y un vibrador morado con pinta de ser carísimo, con todas las funcionalidades y también gigantesco.

Me río por la nariz mientras leo la tarjeta.

Los orgasmos hacen sentir mejor a todo el mundo. Espero que con esto dejes de ser tan gruñona. No hay motivo por el que el primer deseo no tenga que hacerse realidad. Besos, Serena

Levanto la vista hacia Theo y veo que se da cuenta de lo que tengo en la mano. Por un momento parece que está a punto de quemarme la ropa con la mirada. Luego carraspea.

—De Serena, supongo —dice con la voz firme, divertida.

—Cómo no —contesto negando con la cabeza como si pudiera deshacerme físicamente de las imágenes sin duda inapropiadas que me bombardean el cerebro.

—Mola.

Asiente y el tono suena tan poco interesado que creo que tal vez me haya imaginado esa mirada y haya sido solo cosa mía. Pienso que no le ha afectado en absoluto hasta que se pega un trompazo contra la pared.

—¡Ay! —se queja mientras la risa se apodera de mí.

Theo estornuda otra vez. Y otra y otra más. Al final se deja caer bocabajo en el sofá.

—Me duele la cabeza —musita.

—Tengo que llamar a David —digo, sacando el teléfono.

—No lo llames —dice Theo en tono firme. Y vuelve a estornudar.

—¿Es broma? ¿Y si empeoras? Ya estoy en la cuerda floja en lo que a él respecta. Tengo que contárselo ahora mismo.

La respuesta de Theo consiste en cerrar los ojos y gemir con la cara hundida en los cojines del sofá.

David contesta al primer tono.

—Clementine. —Parece tan molesto por mi existencia como siempre—. Confío en que te encuentres mejor.

—Sí, gracias —contesto nerviosa—. Eh… Pero me temo que Theo ha cogido un pequeño resfriado.

Hay un silencio peligroso.

—¿Le está afectando a la voz?

Ay, Dios, ni siquiera había pensado en eso.

—¿Te duele la garganta? —le pregunto a Theo.

Niega con la cabeza.

—Dice que no —le transmito a David.

—Por favor, que se ponga.

Le tiendo el móvil a Theo, que se incorpora de mala gana.

—Hola —dice resignado. Luego está en silencio un rato mientras David habla. Se le forma una arruga entre las cejas—. ¿Traer a la doctora en avión desde Los Ángeles? —repite con incredulidad—. Solo es un resfriado, David, tranquilízate.

Lo que oye a continuación hace que se le sonrojen las mejillas.

—¡Esa era una situación muy diferente y lo sabes! —Me lanza una mirada y se encorva. Habla más bajo, pero oigo su tono de adolescente malhumorado—: No estoy tan desconectado de la realidad, ¿vale?

La carcajada que suelta David llega hasta mí y aprieto los labios para no sonreír. Por cómo trata David mi trabajo, pensaba que sería increíblemente servil con Theo, pero parece que no tiene ningún problema con hacérselo pasar tan mal como a mí.

—Déjalo —dice Theo—. Sabes que te dejaría meterte si fuera algo preocupante, pero no lo es. No tengo que cantar delante de veinte mil personas mañana, así que creo que podemos dejar descansar a la doctora esta noche.

Eso debe de bastarle a David, porque después de otro par de minutos de conversación, Theo me devuelve el teléfono.

—Clementine, escúchame con mucha atención. —El tono de David es serio—. Las cuerdas vocales del señor Eliott valen una fortuna, una fortuna de verdad, y están a tu cargo. Imagínate que es un Stradivarius. Tu único trabajo es proteger ese valiosísimo instrumento. Voy a mandarte una lista de tratamientos de garganta que el señor Eliott debe seguir al pie de la letra. Y si da alguna muestra de empeorar, cualquiera, ponte en contacto conmigo de inmediato.

Siento que los ojos se me van abriendo conforme habla.

—Claro, David —respondo obediente.

Cuando cuelga al cabo de unos minutos, miro a Theo.

—¿Qué te ha dicho? —quiere saber él suspicaz.

—Me ha dicho... —trago saliva—... que tus cuerdas vocales están a mi cargo. Te ha llamado «valiosísimo instrumento». Te ha llamado Stradivarius.

Theo se lleva las manos a la cara.

—Madre mía —susurra como un niño al que sus padres acaban de avergonzar.

Se me escapa una risita y Theo deja caer las manos.

—Tú cállate también —refunfuña, pero, aunque su boca sigue siendo una línea recta, en los ojos le aparecen arruguitas.

Me río más fuerte y, casi de inmediato, mi risa se convierte en una tos que va del jadeo al graznido y que hace que tenga que apoyarme en las rodillas con las dos manos.

—Vale —digo cuando he conseguido recobrarme del ataque—, espero que te gusten la miel y el limón, porque, según David, vas a tener que nadar en ellos.

17

Las cosas empeoran la mañana siguiente cuando la temperatura de Theo supera los treinta y ocho grados. Ya tengo el teléfono en la mano cuando me rodea la muñeca con los dedos.

—No —dice.

A mí la situación me distrae por un momento. Es la primera vez que me toca sin que haya estado demasiado enferma para prestarle atención. Qué manos tan bonitas tiene. Y la presión cálida de sus dedos y el contacto frío de los anillos de plata contra mi piel..., digamos que tiene toda mi atención.

Trago saliva. Recupero el juicio.

—Tengo que hacerlo —contesto vacilante—. Estás enfermo.

—Es que no quiero tanto lío. —Suspira y me suelta—. En realidad no me encuentro tan mal.

—No sé —digo despacio—. Te está subiendo la temperatura. Y estás muy pálido y mocoso.

—Pero no he vomitado —intenta convencerme—. Y no me duele la garganta. Tu juramento de proteger mi valiosísima voz sigue intacto. —Cuando ve que sigo dudando, suspira—. Mira, sabemos exactamente lo que es y cómo lidiar con ello. Resulta evidente que no estoy tan mal como tú porque no te estoy potando sobre los zapatos.

—¡No te poté sobre los zapatos! —exclamo indignada.

—Pero me salpicó —dice Theo con firmeza—. Mis zapatos se vieron mancillados.

—Qué tontería —refunfuño—. Tuve mucho cuidado de mantener el vómito dentro del fregadero, toda una profesional. Ni siquiera creo que llevaras zapatos.

Theo le quita importancia con un gesto de la mano.

—Ya, bueno, lo importante es que lo único que tengo que hacer es tomarme algunas de las pastillas que te recetaron a ti, descansar y beber agua. Si llamas a David, el tratamiento será el mismo, pero ¿sabes qué hará?

Niego con la cabeza. La verdad es que no sé lo que haría David si su precioso Theo se pusiera enfermo, pero me lo imagino irrumpiendo por el cristal de una ventana con un grito de guerra y un saco de los mejores limones sicilianos bajo el brazo.

—En primer lugar, traerá a un médico o a varios en avión desde Los Ángeles. —Me mira inclinando la cabeza hacia abajo—. Piensa en la Tierra, Clemmie. En el medio ambiente. En la innecesaria huella de carbono.

Resoplo.

—Luego —continúa, y levanta un dedo a modo de advertencia— vendrá él mismo y no puedo recalcar esto lo suficiente: no se irá nunca. Encontrará la manera de culparte de esta situación y lo tendrás detrás durante las próximas cuatro semanas y media asegurándose de que cumples sus instrucciones a pies juntillas y nos volverá locos a los dos.

—¿Todo esto lo dices porque no quieres dejar de tener acceso a mi comida basura? —le pregunto recelosa.

Theo pone cara de culpable durante un momento.

—Acabo de descubrir las galletitas saladas de chédar —susurra por fin, parece destrozado—. Por favor, no me las arrebates. —Me río (no puedo evitarlo) y los ojos de Theo se iluminan triunfales. Además prosigue con lo que soy consciente que es su mejor carta—: Encima, informará a la discográfica y ellos se enfadarán, temerán por el disco y Serena se estresará todavía más.

El aire se me escapa entre los dientes y sé que es consciente de que me tiene pillada.

—Vale —contesto malhumorada—, pero te vas directito a la cama. Voy a atiborrarte a medicinas y, si empiezas a sentirte peor, tienes que decírmelo.

—Qué mandona —murmura Theo caminando delante de mí—, me encanta.

—¿Te parece bien tomarte las pastillas? —le pregunto un poco incómoda una vez que se ha tumbado en la cama.

—¿Lo dices por lo de la bebida?

Asiento. Sé que no bebe y David especificó que en la casa no debía haber alcohol. Yo no le había dado mucha importancia. Conozco a un montón de gente que no bebe por una cosa o por otra, aunque tengo que admitir que, por su trabajo, tengo mis sospechas, sean justas o no. Digamos que Ripp y sus amigos no son abstemios... Más bien lo contrario.

—Sí. —Theo apoya la cabeza en la almohada—. Dejé de beber hace unos años. No porque tuviera un problema exactamente, pero me resultaba muy fácil imaginarme un futuro en el que supusiera un problema. He visto a demasiados amigos ir por ese camino y tuve suerte de que un par de ellos vieran las señales y me frenaran antes de que pasara nada. Me pareció más fácil dejarlo del todo. —Suelta un quejido—. Pero con los analgésicos no pasa nada. Ahora sé a qué te referías cuando refunfuñabas sobre que te dolían los huesos.

Saco las pastillas y apunto la hora y lo que se ha tomado en la app de notas del teléfono, lo cual Theo califica como un comportamiento «detestable y de superioridad», a lo que yo le respondo que son solo los actos de una adulta funcional. Lo obligo a beber algo de agua, vuelvo a tomarle la temperatura y empiezo a marcharme.

—No, no te vayas —dice en voz baja.

Me vuelvo para mirarlo.

—¿Quién me protegerá si tengo alucinaciones con un Mr. Men demoniaco? —pregunta desolado—. ¿Y si me entran ganas de morderle el brazo a alguien?

Siento que me sonrojo.

—Ya te he dicho que eso te lo imaginaste.

—Por favor. —Ladea la cabeza y da unos golpecitos a su lado en la cama—. No me dejes solo.

Miro la cama, me digo a mí misma que es mala idea, pero creo que los dos sabemos que es puro teatro.

—Pero tienes que dormirte —le digo, y me subo a la cama hasta quedar sentada a su lado.

—No pasa nada. —Ya tiene los ojos cerrados—. Hay algunos libros en la mesita si te aburres de mirar esta preciosa cara.

Me inclino por encima de él. Hay tres libros apilados al lado de la cama: una novela de Agatha Christie; el libro de Judy Blume que saqué de la estantería de mi habitación la semana pasada y que tiene CLEMENTINE MONROE escrito en una letra redondeada en el reverso de la cubierta, y una copia de *Los cuentos de Canterbury*.

—¿Chaucer? —pregunto sorprendida.

—Tienes un póster suyo en tu habitación. —No abre los ojos—. Me puse celoso. Quería saber a qué venía tanto revuelo.

Cojo el libro y me pongo cómoda en mi lado de la cama.

—¿Qué quieres, que todas las chicas tengan pósters de Theo Eliott en su cuarto? —lo pico.

—No, todas las chicas no —musita.

Siento que se me calientan las mejillas y me recuerdo a mí misma que no significo nada para él.

—Yo soy más fan de Ryan Gosling —digo con ligereza.

Theo gruñe.

Estamos en silencio un rato. Yo hojeo las páginas familiares y sonrío cuando veo que Theo ha estado escribiendo notas en los márgenes intentando traducir el inglés medio y subrayando las partes groseras. Creo que se ha dormido, pero entonces se acurruca más cerca de mí.

—Me gusta más tu cama —dice con la voz soñolienta y arrastrando las palabras ahora que las pastillas empiezan a surtir efecto.

—Pero si la tuya es la que tiene las sábanas de multimillonario —le recuerdo.

Él suspira. Mueve la mano hasta que me roza el brazo con los dedos.

—Qué suave eres —dice adormilado—. A mí también me gustaría morderte. Como a un melocotón.

El ruido que me hace el cerebro es como el de una motosierra oxidada encendiéndose. «Son las pastillas. Todos nos mareamos un poco cuando tenemos fiebre. Mantén la calma».

—Supongo que me da igual en qué cama esté —consigue decir al cabo de un momento— mientras tú también estés.

¿Qué tengo que responderle a eso? Me quedo de piedra intentando encontrar las palabras.

Pero no me hace falta, porque un ligero ronquido me hace saber que Theo se ha quedado dormido.

Durante los días siguientes me aseguro de que Theo tenga un flujo constante de limón y miel, lo obligo a inhalar vapor, a hacer gárgaras con agua tibia y a tomarse las pastillas. Cumplo con todos los deberes que me ha puesto David y parece que funcionan.

Es un tanto para los diez mil suplementos vitamínicos, porque la enfermedad de Theo no empeora después del día en que le subió la temperatura, aunque eso no impide que se queje.

—Solo digo que igual tendría que pedirle a David que nos mande a alguien con un gotero de vitaminas —gimotea cuando estamos sentados en el sofá viendo la tele.

—Calla y bébete la medicina.

Le tiro una palomita a la cara, pero él la atrapa con la boca y me dedica una sonrisa de suficiencia.

No supero lo fácil que es convivir con él. Hasta he aprendido a sofocar el crepitar eléctrico implacable de la atracción física que siento por él. Bueno, en parte. Por lo menos un poquito. Lo de los mocos me ha ayudado durante unos días.

Y sí, le gusta mucho tontear. Es absurda y dolorosamente encantador, pero solo tengo que recordarme a mí misma que él es así. La sensación de efervescencia que noto a veces es solo consecuencia de estar en la órbita de alguien con el carisma suficiente para enamorar a estadios enteros llenos de fans. Para él es tan natural como respirar. No estoy muy segura siquiera de si puede dejar de hacerlo. Mientras yo lo tenga en mente, mientras recuerde quién es, me parece que estamos empezando a... hacernos amigos.

El Theo frío y distante de la semana pasada ha desaparecido y ahora estoy bajo una manta mientras vemos *Sangre/Deseo* juntos.

Hace días, Theo me dejó bien clarito que no tenía ningún interés por esta «mierda», pero no le hice caso y puse el primer capítulo sin decir nada. Ahora vamos por la mitad de la segunda temporada. Hemos estado viviendo como topos, con las persianas bajadas y comiendo helado. Theo está metidísimo en la serie, busca información sobre sus parejas favoritas, me lee fragmentos de *fan fiction* picante en voz alta desde el navegador del teléfono...

—No me puedo creer que leas *fan fiction* —le digo.

—Pues claro. En esta web hay un montón sobre mí, ¿sabes? Parece encantado consigo mismo.

—¡No! —Estoy horrorizada—. ¿Y los has leído?

—Algunos. —Me mira y abre los ojos con inocencia—. ¿Qué? No hace falta que te pongas puritana. Tengo fans con mucho talento. No hay nada de malo en un poco de erotismo bien redactado.

Suelto un resoplido mientras intento convencerme de que no voy a buscar esas historias después.

Volvemos a centrarnos en la serie y estamos a punto de llegar a una de mis partes favoritas —que es un momento romántico crucial y el primer beso entre dos de los protagonistas— cuando Theo hace una especie de sonido agudo que hasta ese momento yo solo habría atribuido a una adolescente.

—¡¿Qué?! —pregunto alarmada.

—¡Esa canción es mía!

Señala la tele con una sonrisa radiante. Coge el mando y sube el volumen y ahí, de fondo, se oye una voz áspera y aterciopelada que canta de forma seductora sobre un ritmo lento y palpitante. Entonces la voz áspera y aterciopelada ya no sale solo de la tele, sino que está en la habitación cuando él se pone a cantar y se me eriza la piel de todo el cuerpo. «Joder». Los personajes se besan en pantalla y pienso: «¡Claro que os estáis besando, tontos! ¡Escuchad qué voz tiene este hombre! ¡No me puedo creer que todavía no os hayáis quitado la ropa!».

Por suerte, Theo no repara en mi colapso porque está demasiado ocupado disfrutando del momento con la mirada clavada en la pantalla.

—En mi serie favorita han puesto una canción mía. Qué guapo —dice alegre.

Por suerte el hechizo se rompe con esa declaración y yo me echo a reír.

—¿Tu serie favorita? Hace un par de días ni me dejabas ponerla.

—Me he hecho mayor, Clemmie —dice con seriedad—. He madurado.

—Eres tontísimo —suelto con una risita, y le lanzo otra palomita.

Él no se digna a contestar, pero, cuando se acomoda en el sofá, se pone mis pies sobre el regazo. Tal vez debería parecerme extraño, pero no. Me resulta cómodo, natural.

—Oye, Theo —digo absorta.

—¿Mmm? —Él no aparta la vista de la tele.

—¿Por qué estabas tan raro conmigo cuando llegaste? ¿Hice algo que te molestó?

Lo siento tensarse, pero cuando se vuelve para mirarme su cara no desvela nada.

—No, no hiciste nada. —Hace una pausa con las comisuras de los labios hacia abajo—. Siento haberte hecho sentir así. Estaba estresado. He estado un poco… ansioso.

Me quedo pensando en eso.

—¿Por el disco? —me aventuro.

Asiente con un movimiento fugaz de cabeza. Dejo que el silencio se estire entre nosotros. Ingrid estaría orgullosa.

—No he compuesto nada en mucho tiempo —dice por fin—. Hace dos años que tendría que haber entregado este disco, ¿lo sabías?

—No sabía que fuera tanto tiempo —digo.

No me extraña que en la discográfica estén cabreados.

—Sí.

Empieza a masajearme el pie algo distraído y yo siento que cada célula de mi cuerpo responde, pero me esfuerzo por mantener una expresión neutra.

—Mi último disco no fue tan bien como los anteriores —me explica con una mueca. Parece que le duele admitirlo—. Quiero que este sea especial. Sé que puedo hacerlo mejor, pero, por algún motivo, parece que no soy capaz de empezar. Cuanto más tiempo pasa, más presión hay y ahora parece un obstáculo enorme e insalvable. —Suspira—. Este es el último intento a la desesperada de la discográfica de conseguir que me centre; luego querrán traer a otros compositores. Nunca me ha gustado trabajar así. Lo hicimos durante años cuando teníamos el grupo y entiendo que puede funcionar muy bien, pero, para mí, el sentido de todo esto es poder hacer música que sea del todo personal, que salga de mí, de lo que siento.

Este no es mi terreno. ¿Qué sé yo de hacer música? Puede que venga de una familia de músicos, pero he hecho todo lo posible por evitar conversaciones como esta. Ya se me ha revuelto el estómago porque me recuerda demasiado a cosas que le oí decir a Sam, pero aparto ese pensamiento a un lado. Es evidente que Theo está disgustado.

—Sé que no es lo mismo —digo vacilante—, pero cuando yo escribo algo, tengo que intentar concentrarme solo en la parte que tengo delante. Si pienso en todo el trabajo, me agobio demasiado.

Es el consejo más trillado y evidente del mundo, pero Theo sonríe con dulzura y me aprieta el pie con la mano cálida.

—Sí, supongo que solo tengo que empezar por algún sitio. No tiene por qué ser perfecto.

—Eso —coincido.

Me observa un momento más con la mirada fija en la mía y, por algún motivo, se me acelera el pulso. Respira hondo como si estuviera a punto de decir algo importante, pero aparta la vista.

—Bueno, esta vez te toca a ti ir a por el helado —es lo que le sale de la boca—. Y no intentes estafarme con la tontería esa del sorbete otra vez.

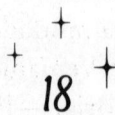

18

Al día siguiente por fin abandonamos la casa para dar un paseo por la playa. Es idea de Theo, pero yo acepto enseguida. Hace un día soleado precioso y parpadeamos al salir a la luz. Siseo como un gato y Theo suelta una risita.

—Venga, Drusilla. —Me agita el codo—. Te irá bien un poco de vitamina D.

—Uf, pareces Serena.

Cruzamos la verja desvencijada al fondo del jardín trasero y bajamos por los escalones del camino. Al serpentear sobre las dunas de fina arena dorada manchadas de matas de plumosas hierbas verdes, me llega la familiar ráfaga de aire limpio y salado del mar. Qué bien sienta, tiene que ser medicinal.

—Entonces ¿tus hermanas y tú veníais aquí a pasar el verano? —pregunta Theo.

—Ajá. —Asiento—. Era de la abuela Mac, la bisabuela de Lil. Bueno, era familia consanguínea de Lil, pero siempre nos vio a Serena y a mí como parte de la familia.

—¿Cómo era?

—Te habría hecho picadillo. —Me río—. Era de Peebles y, cuando su marido y ella vinieron a vivir aquí, su familia dijo que era una blandengue sureña, aunque solo está cincuenta kilómetros al sur. ¡Y ella les daba la razón! Vivió aquí casi toda su vida y, por cómo hablaba de Northumberland, cualquiera diría que se había ido a vivir al sur de Francia.

Hemos llegado a la playa y la arena se extiende a lo lejos, hay marea baja.

—Los abuelos de Lil no quisieron saber mucho de Petty cuando se quedó embarazada, pero la abuela Mac sí. Su marido murió antes de que naciéramos nosotras, por lo que ella vivía sola. Si Petty no se hubiera mudado con mi madre, Lil y ella habrían subido aquí a vivir. Veníamos de visita todos los veranos desde que tengo memoria. —Pienso en la mujer que fue abuela para todas nosotras—. No soportaba a mi padre, pero a nosotras nos quería mucho. —Sonrío—. Recuerdo que la única vez que vio a Ripp lo llamó «idiota obsesionado con el sexo» y le dijo que era un alivio para todas que sus genes fueran tan deficientes porque, por suerte, no había ni rastro de él en «sus niñas». Y le dijo que pensaba que la música que hacía era un mojón. Daba la impresión de que Ripp iba a mearse encima.

Theo estalla en una carcajada y yo le sonrío.

—Sí, fue genial. —Pienso un poco más en ello y en cómo describir bien a la abuela Mac—. Era buena —digo, y trago saliva con dificultad—. Huraña y malhumorada y daba algo de miedo, supongo, pero debajo de todo eso era muy buena. Nunca nos hizo sentir a Serena y a mí que hubiera alguna diferencia entre lo que sentía por Lil y por nosotras.

—Parece genial.

Theo tiene las manos metidas en los bolsillos de los vaqueros mientras paseamos hacia el mar. La marea acaba de bajar y el agua está de un azul perfecto y transparente.

Asiento.

—La echo mucho de menos. No había vuelto aquí desde que murió.

Theo se detiene sorprendido y se vuelve hacia mí.

—¿No?

—No. Desde que vine para su funeral cuando acababa de cumplir los dieciocho.

Suelta una larga espiración.

—No tenía ni idea. ¿Y cómo es haber vuelto?

Giro el pie de un lado a otro sobre la arena.

—Es raro. Un poco triste. Que la casa esté tan diferente por dentro ayuda, supongo, pero estar aquí... —Señalo la playa a nuestro alrededor—. Aquí es donde pasábamos el día entero. La abuela Mac mantenía las puertas abiertas y nos dejaba libres todo el verano. Lo primero que hacíamos era bajar y escribir nuestro nombre en la arena para apropiárnosla. Nos pasábamos seis semanas asalvajadas, durante las que perdíamos cualquier rastro de civismo. El pelo enredado, los pies descalzos, quemadas por el sol, con arena por todas partes, sin duchar... Nadábamos y jugábamos y escalábamos las rocas. Era maravilloso.

Miro a mi alrededor el escenario de tantas aventuras y siento esa dulce mezcla particular de nostalgia y tristeza que acompaña a los recuerdos de la abuela Mac y de aquellos veranos mágicos y sin complicaciones.

Los dientes blancos de Theo brillan.

—¿Como Los Cinco, pero modo salvaje?

—Exacto. —Le devuelvo la sonrisa—. No creo que Serena pudiera nunca participar en algo tan inocente como lo que escribió Enid Blyton. Ninguna de nosotras. Uno de nuestros juegos favoritos era ver a cuál de las tres podían sujetar las otras dos y hacerle comer toda la arena posible.

Theo suelta un murmullo divertido.

—Por lo menos hasta que llegamos a la pubertad, y entonces todo era tomar el sol, leer novelas de Jilly Cooper y subir por la costa para espiar a los surferos con los neoprenos. Y mejor higiene personal, gracias a Dios. —Señalo las rocas que cercan la cala privada—. ¿Quieres seguir? Tenemos que escalar las rocas, pero después llegamos a un trozo de playa que está bien para caminar.

—Sí —accede Theo enseguida—. Estoy a gusto.

Subimos a duras penas por las rocas y pasamos al otro lado de la señal de propiedad privada. Bueno, yo subo a duras penas, Theo les pasa por encima con gracia y a grandes zancadas con esas piernas largas como si no fueran nada. Cuando llegamos al otro lado, me acuerdo de que es verano y no estamos solos aquí en el fin del mundo. La larga extensión de playa pública se halla salpicada de gente: familias que juegan en el agua, parejas tumbadas que toman el sol, perros alegres que corren por la arena...

Miro a Theo, pero él no parece preocupado. Lleva las gafas de sol y una gorra y le ha crecido tanto la pelusilla incipiente que casi es una barba propiamente dicha. Supongo que es poco probable que alguien lo reconozca. Andamos un rato y luego él se agacha para coger una concha bonita de un color rosa claro. Le da la vuelta en la palma de la mano, engancha el dedo en el bolsillo de mis pantalones cortos tirando hacia él para que me acerque y deja la concha dentro.

—¿Y por qué no has vuelto aquí desde los dieciocho años? —pregunta.

Arrugo la nariz.

—Cuando me fui, no fue de buen rollo. Vine aquí tras una ruptura complicada, y luego, solo unas semanas después de que me fuera a casa, murió la abuela Mac. Tuvo un infarto y nadie la encontró hasta que ya era tarde.

Siento que me escuecen los ojos, así que parpadeo deprisa.

Era un motivo más para estar cabreada con Sam... y conmigo misma. Había estado demasiado ocupada pensando en mis propios dramas para pasar tiempo con ella. La Clemmie con el corazón roto era todavía peor compañía que la Clemmie enferma y no soportaba pensar que aquellos últimos recuerdos valiosos habían quedado manchados por una nube de tristeza y porque fui la peor versión de mí misma.

Lo más importante de todo era la culpa de que tal vez se me hubiera escapado alguna pista sobre su salud que habría podido cambiar lo que pasó. No le digo nada de eso, pero, por un segundo, quiero contárselo. Quiero soltárselo todo a Theo y no sé cómo ni cuándo ha empezado a superar mis defensas.

—La última vez que vine aquí fue para su funeral —decido decir en lugar de todo eso—. Le dejó la casa a Petty en el testamento, pero ninguna encontramos el ánimo para venir aquí sin que estuviera ella, así que Petty la alquila durante las vacaciones.

—Qué duro —dice Theo en voz baja—. Cuando murió mi

abuela nadie me dijo nada hasta después del funeral. Estaba de gira por Estados Unidos y no quisieron molestarme.

Hay una amargura en sus palabras que no le había oído antes. Contengo el aliento.

—Uf, qué horror.

—Sí —coincide—. Me enfadé bastante. Me habría gustado estar. La quería mucho. —Nos detenemos delante del agua y él vuelve la cabeza para mirar el horizonte—. También supongo que pensé ¿qué dice de mí que mi familia hiciera eso? Que pensaran que trataría la muerte como... un incordio. No sé qué he hecho para hacerles sentir así, pero debo de haber sido bastante capullo.

—Seguro que solo intentaban protegerte. Por el trabajo de Serena sé cómo pueden ser las grandes discográficas. Debieron de pensar que no podrías ir y que te sentirías fatal.

—Me las habría arreglado para estar —dice en voz baja—. Habría ido a despedirme. Haría lo que fuera por mi familia.

—Estoy segura de que lo saben —contesto de inmediato en el mismo tono.

—Disculpa... —dice alguien detrás de nosotros.

Theo y yo nos volvemos y hay una chica ahí plantada. Tiene veintitantos y parece a punto de desmayarse, pálida y temblando.

—¿Eres...? —empieza a decir, y le sale poco más que un susurro. Cierra la boca y la abre. Lo vuelve a intentar—: Perdona, pero ¿eres Theo Eliott?

Me quedo helada. No es que tuviéramos prohibido salir de casa ni nada, pero el plan consistía en gran parte en que la exposición de Theo a la sociedad fuera mínima. Serena me dio una larga charla sobre los riesgos de que los paparazis y sus fans descubrieran dónde estaba viviendo. No es que la casa de la abuela Mac sea Fort Knox precisamente.

Pero Theo sonríe relajado.

—No, lo siento —dice adoptando sin esfuerzo un acento californiano con el que arrastra las palabras y que no reconozco—. Pero me lo dicen mucho y a mi mujer le parece tronchante.

Entonces me coge la mano y me la aprieta un poquito.

Se me abre la boca y tardo un segundo en poder pronunciar alguna palabra, en darme cuenta de que me está usando como camuflaje de persona normal. Creo que es porque las palabras «mi mujer» me han cortocircuitado el cerebro.

—Sí, ya le gustaría a él —consigo graznar al final.

Sé muy bien cómo le brillan los ojos a Theo detrás de las gafas de sol.

—Pues sí, el Theo Eliott ese no está nada mal —dice.

La mujer baja los hombros decepcionada.

—Ah, ya pensaba yo que no podía ser. ¿Qué iba a hacer él aquí?

—Seguro que está en algún sitio haciendo yoga con cabras y bebiendo kombucha. —Me sumo.

La mujer se ríe.

—Sí. Bueno, perdonad que os haya molestado —dice con una sonrisa tímida.

Le echa un último vistazo a Theo antes de darse la vuelta y volver corriendo con sus amigas, que nos observan con interés.

Les damos la espalda y nos alejamos.

—Me siento mal —digo—. Parecía tan emocionada...

—Ya, yo también —coincide Theo—. No quiero decepcionar a la gente, pero a veces es más importante proteger mi rinconcito de normalidad y a las personas que están ahí conmigo. Tardé mucho en entender que no estaba obligado a entregar todas las partes de mí. Poner límites es fundamental.

Algo se me calienta dentro del pecho. Es el tipo de cosa que nunca en mi vida le he oído decir a Ripp Harris. Ni siquiera me lo imagino pensándolo, preocupándose por los límites ni queriendo protegerme a mí, que soy su hija, de su sangre.

De hecho, no tengo ni que imaginármelo, ¿no? Estuve con él, suplicándole que me salvara de la tormenta que traía a su alrededor y él no hizo nada. Ni siquiera entendió que hubiera un problema. Noto un nudo en el estómago al pensarlo.

—Nunca he hecho yoga con cabras, por cierto —dice Theo.

Pongo los ojos en blanco.

—Eso díselo a las botellas de kombucha ecológica que hay fermentando en el armario de la cocina.

—No digo que me oponga a la idea —medita—. Los cabritos esos son muy monos.

Me río —es una carcajada radiante— y seguimos andando. Pienso en la concha que llevo en el bolsillo y en que la dejaré en la mesita de noche cuando lleguemos a casa. Y cuando mantengo la mano envuelta en la de Theo durante todo el paseo, me digo a mí misma que solo es parte del teatro. No significa nada. Nada de nada.

19

Un par de días después, estoy sentada a la mesa del comedor mirando fijamente el portátil en un estado cercano a la desesperación cuando Theo asoma la cabeza por la puerta.

—¿Te importa si me vengo aquí? —pregunta lanzándole una mirada al ordenador.

—Claro que no —me apresuro a decir—. Intento avanzar con el estúpido libro académico este y no saco nada. ¿Quieres que me vaya?

Empiezo a recoger las páginas de notas que tengo esparcidas por la mesa.

—No seas tonta —dice Theo entrando a la habitación—. Me gusta que estés aquí. Si quisiera estar solo, me habría quedado en mi cuarto.

—Vale —digo con recelo, porque he visto la guitarra que lleva en una mano.

Es la primera vez que percibo una señal de que está haciendo música desde que llegamos.

Entra y se sienta en el sofá. Se saca una libreta del bolsillo y la deja caer a su lado. Apoya los pies en la mesa auxiliar.

Lleva unos pantalones de chándal grises holgados y tiene el pelo húmedo como si acabara de salir de la ducha.

Sé con seguridad que se ha pasado la mañana haciendo ejercicio porque me he encontrado con él en el despacho/gimnasio mientras buscaba un paquete que me mandó David cuando estaba enferma. Estaba levantando una mancuerna, que tenía pinta de pesar bastante, de un modo que provocaba que el bíceps se le contrajera y todos los músculos se le marcaran, y yo había tenido que tumbarme en la cama diez minutos pensando pensamientos de lo más puros.

—¿Necesitas algo? —le pregunto.

—No.

No dice nada más, por lo que yo me obligo a volver a centrarme en mi trabajo, y leo por centésima vez las notas de un capítulo que he escrito. Desde que estamos aquí he avanzado un total de nada. Es curioso lo poco que he pensado en el trabajo durante este tiempo.

Con el rabillo del ojo veo que Theo mira por las puertas acristaladas con la guitarra en el regazo. Al final empieza a tocar.

Lo hace flojito, muy flojito, y no parece que esté tocando una canción ni nada, solo rasgueando con suavidad, ausente, con los dedos a la deriva por los trastes. De vez en cuando repite lo mismo —las mismas notas— una y otra vez y luego vuelve a tocar a la deriva. En un momento dado se inclina mientras saca un lápiz de detrás de la oreja y garabatea algo en la libreta.

Siento que estoy aguantando la respiración, como si no quisiera hacer nada que fuera a distraerlo ni a indicarle que lo estoy observando. Empiezo a darle al teclado para que piense que trabajo. Tecleo lo primero que se me pasa por la cabeza.

Mesa
Portátil
Silla
Piernas
Manos
Sonrisa
Dientes
Hoyuelo
Hoyuelo
Hoyuelo

Cuando por fin me centro en la pantalla y observo los desvaríos de una acosadora que han aparecido ahí, me pongo a borrar atacada y el cursor va volviéndose a tragar las palabras. Ojalá fuera tan fácil eliminar los pensamientos de mi cerebro.

—¿Te pasa algo? —pregunta Theo—. Te has puesto roja.

Ahogo un quejido.

—Es que estoy atascada.

—Sé lo que se siente.

Mi mirada viaja hacia él. Está echado hacia atrás, casi horizontal. Tiene la guitarra apoyada en el regazo.

—Pero estás empezando —le digo—. Ya es algo.

—Supongo.

—Me ha gustado ese trozo que estabas tocando. Lo que has repetido varias veces seguidas.

—¿Sí?

Entonces se incorpora con una sonrisa complacida en la cara. Vuelve a tocar, ahora más fuerte, el puñado de notas que sube y baja, dulce y melódico.

Asiento.

—Es bonito.

—¿«Bonito»?

Me río incómoda.

—Si vienes buscando opiniones musicales, soy la persona equivocada.

—No, «bonito» está bien —dice con la mirada fija en la libreta—. La verdad es que «bonito» es perfecto.

—Ah —digo—, vale, me alegro.

Los dos nos quedamos en silencio en ese momento y yo vuelvo a mirar la pantalla. Esta vez no me arriesgo a dejar a mi subconsciente al volante. Sobre todo porque este parece tener un interés desafortunado por un hombre que es mi amigo, mi compañero de trabajo, nada más.

—¿Puedo preguntarte algo? —me pide Theo.

—Claro.

—¿Qué te pasa con la música? Tuviste aquella discusión extraña con Serena sobre el tema en su cumpleaños.

—Ah. —Carraspeo—. Eso.

—Sí, eso.

—Es un poco difícil de explicar. Sé que es bastante raro…
—Se me va apagando la voz.

Theo da unas palmaditas en el sofá a su lado.

—Pasa a mi despacho —dice—. Cuéntame tus cosas raras y
yo te cuento las mías.

No puedo evitar sonreír.

—Tendrías que estar trabajando —le recuerdo.

—Estoy trabajando —dice—. Hablar me ayuda. Lo tengo
todo… cociéndose a fuego lento de fondo.

Decido no cuestionarme por qué tengo tantas ganas de dar
ese razonamiento por bueno y coger la taza de té fría a la que
llevo una hora dando sorbitos y llevármela al sofá. No me siento justo a su lado —muy orgullosa de mí misma por poner esa
barrera— y subo los pies al sofá para sentarme con las piernas
cruzadas casi enfrente de él en el asiento de la esquina.

—A ver —dice, y rasguea la guitarra con teatralidad—, Clementine Monroe y la música: la verdadera historia.

—Bueno, no es muy interesante —empiezo a decir vacilante—. No me gusta escuchar música. Nunca he llegado a casa y me
he puesto la radio o he ido a escuchar música en directo ni nada.

—¿Y qué pasa si oyes música? —pregunta.

Me río.

—No es como la criptonita. No pasa nada. No entro en crisis.
La oigo a todas horas, claro. Hay música por todas partes, es solo
que no… la busco ni le presto atención. Conozco la música de Lil
y he ido a verla tocar unas cuantas veces, pero, por lo demás…

Me encojo de hombros.

—Mmm. —Theo ladea la cabeza—. Me alegra saber que si
toco no voy a dejarte sin superpoderes, pero tiene que haber
algo más, ¿no? ¿Siempre te has sentido así?

Me revuelvo incómoda.

—No, cuando éramos pequeñas había música en casa a todas horas. Mi madre era cantante y toca el piano.

Lo miro y asiente.

—Conozco a tu madre —dice—. Bueno, no en persona, pero sé quién es. Soy muy fan suyo, en realidad. Es muy triste que lo dejara tan joven. Su primer álbum fue espectacular.

Es imposible que Theo sepa que sus palabras me hacen daño, pero algo en mi cara debe de delatarme, porque frunce el ceño.

—¿Qué he dicho? —pregunta.

—Nada. —Niego con la cabeza y me obligo a sonreír—. Era una música maravillosa, me encanta que te guste su obra.

—Vaaale. —Theo arrastra la palabra y queda claro que no sabe muy bien lo que está pasando.

Carraspeo.

—En fin, gracias a mi madre siempre había música. Le encantaban Fleetwood Mac, Simon y Garfunkel, Bob Dylan, Joni Mitchell... Ya sabes, cualquier cosa con ese rollo *folky* y narrativo. Y también componía.

—Sí, desde luego tenía un estilo muy Stevie Nicks —reflexiona Theo.

—Por eso Stevie era la que más nos gustaba —convengo—. A Serena, a Lil y a mí, digo. El disco que más nos gustaba escuchar era el de mi madre, el que publicó ella, pero sus álbumes de Stevie Nicks y Fleetwood Mac iban justo después. —Sonrío—. Eran la banda sonora de todos nuestros eventos de brujas.

La boca de Theo se curva también como respuesta.

—Total, mi madre escuchaba todo tipo de música, así que nosotras también. Petty era básicamente una adolescente y pasaba por una fase muy grunge, la volvía loca Nirvana. A Ava siempre le ha gustado la música clásica. Y también se aseguraron de que tuviéramos todos los discos de Ripp para que supiéramos a qué se dedicaba nuestro padre. Para que estuviéramos... orgullosas de él. —Carraspeo—. Lo mío con la música fue sencillo durante mucho tiempo. Normal.

—¿Y qué cambió?

—Mi padre —digo trasteando con el cojín del sofá—. No hay mucho misterio. Mi relación con él se deterioró de forma bastante radical cuando llegué a la adolescencia y por fin me di cuenta de las gilipolleces que hacía.

—Sé que hacía bastantes locuras. Supongo que Ripp Harris no fue un padre modélico que digamos.

Suelto una carcajada sin que me haga gracia.

—Podría decirse así. Lo veía más en los titulares de los periódicos que en la vida real. Recuerdo que una vez, cuando debía de tener nueve o diez años, conseguí un papel en la obra de teatro del colegio. Era uno pequeño, pero yo estaba entusiasmada y nerviosa. Ripp me prometió que vendría, pero cómo no, no apareció. Después de la obra, yo estaba desconsolada, llorando e insistiéndole a mi madre en que tenía que haberle pasado algo malo porque me había prometido que estaría ahí. Ella intentó tranquilizarme, pero yo estaba histérica, convencida de que había tenido un accidente de coche horrible y no lo estaba buscando nadie.

Recuerdo todavía el pinchazo de miedo que sentí aquella noche, de estar en el escenario buscando su cara y luego perpleja porque nadie me escuchaba.

—El día siguiente salieron fotos suyas metiéndole la lengua hasta la garganta a una actriz. Estaba en Milán, creo. O en algún sitio soleado y glamuroso, lejos de una obra de teatro en el salón de actos lleno de corrientes de aire de un colegio.

Parpadeo. Hacía tiempo que no pensaba en ello.

—Lo siento —dice Theo en voz baja.

Le quito importancia con un gesto de la mano.

—Tranquilo. La cuestión es que esa fue solo una de muchísimas decepciones. Una muerte por mil cortes, esa fue mi relación con Ripp. Creo que al principio culpé a la música por alejarlo de nosotras, lo cual es… ridículo, pero era mi forma de encontrarle un sentido en aquel momento. Supongo que sentía que la industria musical había escupido a mi madre y corrompido a mi padre, y simplemente no quería tener nada que ver con ella. Fue una especie de rebeldía adolescente inversa, una forma de ir contra el mundo de mis padres: dejar el *rock and roll* y aficionarme a Chaucer.

—Lo entiendo. —Se frota la mandíbula—. Aunque me sorprende que haya durado tanto.

—Es que no duró tanto. —Me encojo de hombros—. Un año o algo así. Luego cumplí diecisiete y me enamoré perdidamente de un músico.

La postura relajada de Theo no cambia, pero ahora sus ojos no tienen nada de adormilados.

—Estuvimos juntos casi un año. Es mucho a esa edad, ¿no? Una semana antes de que yo cumpliera dieciocho, cortamos —continúo—. Fue... chungo.

Eso es quedarse corta. Estoy bastante segura de que la mayoría de las rupturas de las chicas de diecisiete años no aparecen en la prensa nacional, pero no pienso darle todos los detalles a Theo.

—Digamos que terminó confirmando mis peores opiniones sobre los músicos y la industria. Después de eso, eliminar la música de mi vida no fue una decisión meditada. Pasó sin más. Al principio, todo me recordaba a Sam y luego supongo que fue por costumbre. Y, sí, también es una pulla a Ripp, una forma de mostrar que no me interesa nada de lo que pueda ofrecerme. La música y el dolor tienen un vínculo muy profundo para mí.

—¿Es el ex con el que te encontraste en el funeral de Carl? —pregunta Theo, y luego arquea las cejas—. Un momento, ¿diecisiete años? ¿Es la misma ruptura de la que hablabas ayer? ¿Por la que viniste aquí?

—Sí a las dos preguntas —respondo y luego, tras una pausa, añado—: Ese era Sam. Sam Turner.

—¿Sam Turner? —Frunce el ceño—. ¿Sam Turner el batería?

—Ese mismo.

—Pero ¿no es...? —Esta vez es a Theo a quien se le apaga la voz.

—¿El batería de Ripp? —pregunto en tono desenfadado—. Ajá. Y, si estás intentando calcularlo, le dieron el trabajo justo antes de romper.

No siento la necesidad de aclarar que fue justo el mismo día, pero la rabia que sigue ahí quince años y un montón de sesiones de terapia después debe de desvelarlo.

—Joder —susurra Theo. Es evidente que está sacando algunas conclusiones no muy equivocadas—. ¡Qué capullo! —sentencia.

—¿Ripp o Sam?

Theo se hunde en el sofá.

—Los dos, supongo.

—No puedo discrepar.

—Entonces ¿por eso dijo Serena aquello sobre tú y los músicos? Que nunca tendrías una relación con uno.

—¿Qué? —salto. Me sorprende la pregunta, pero cuando lo miro su cara no desvela nada. Solo está observándome atento otra vez—. Eh..., sí, por eso. Ya me han destrozado el corazón dos músicos famosos. Hay que aprender la lección.

Theo se queda en silencio y no tengo ni la menor idea de lo que le pasa por la cabeza. A juzgar por su expresión, sea lo que sea no es bueno.

El silencio me hace sentir incómoda. No sabía que se acordaba del comentario de Serena. Ni yo me acuerdo de ese comentario, no exactamente. Intento recordar: fue algo sobre arrancarme a mordiscos una parte del cuerpo antes de salir con un músico. Puede que Theo se haya estado sintiendo mal al respecto porque me acosté con él sin saber a qué se dedicaba.

—Pero tú no tienes que preocuparte —digo por fin, y Theo parpadea y me mira como si se hubiera olvidado de que estaba ahí—. Por lo que pasó entre nosotros. Entre tú y yo. Tal vez debería haberte dicho algo antes. No te guardo rencor.

—¿No me guardas rencor? —repite Theo.

—Quiero decir que no sabía que eras... tú cuando nos acostamos, pero, ahora que lo sé, sigue sin parecerme que te hayas sumado... —vacilo— a la lista.

—¿A la lista de músicos que te han roto el corazón? —dice despacio.

—Creo que no me estoy expresando bien. —Retuerzo los dedos—. Solo digo que nunca hemos hablado del tema y las cosas fueron raras al principio, pero me alegro de que ahora seamos amigos. Tampoco es que esperase que aquella noche terminara siendo algo más, así que no puedo estar decepcionada de que resultaras ser un músico famoso con una... vida sexual intensa.

Hago una mueca. «¿De verdad he usado las palabras "vida sexual intensa"?». Madre mía, soy la persona más ridícula del universo.

—Entiendo que lo tuyo sean las relaciones sin compromiso —continúo a la desesperada— y que yo fui la que dije primero que quería probar lo de los rollos de una noche, y entonces tú dijiste que tú también querías. Dos adultos que consienten. Límites. Todo claro. No quiero que pienses que te guardo ningún rencor. A ver, que no fue lo mejor que no me dijeras quién eras en realidad, pero lo entiendo, entiendo por qué debió de gustarte que no pensara en ti como Theo Eliott.

Estoy divagando, pero Theo se limita a mirarme sereno.

—Yo no dije que quisiera un rollo de una noche.

Es literalmente lo último que esperaba que dijera.

—¿Qué?

—Que no dije eso. Te pregunté si un rollo de una noche era lo que querías, tú dijiste «puede» y yo contesté que igual deberíamos descubrirlo. —Va contando cada observación con los dedos.

Parpadeo. ¿Cómo puede ser que se acuerde de todo eso? ¿Y en qué se diferencia lo que ha dicho él de lo que he dicho yo?

Entonces Theo se pone en pie sujetando con una mano el mástil de la guitarra sin apretarlo. Se planta delante de mí y tiende la mano que tiene libre para levantarme la barbilla y que me quede mirándolo directamente a él, a los ojos. No veo ni rastro de brillo en ellos ahora.

—Clemmie. —Tiene la voz ronca, más grave de lo normal. Tanto que hace que un escalofrío me recorra la piel—. Voy a aclarar el malentendido bajo el que parece que estás operando. Admito que aquel no fue mi primer rollo de una noche, pero sí que fue el primero después de más de diez años. Y no fui yo el que se marchó a la mañana siguiente. —Deja que esas palabras floten entre nosotros unos segundos antes de continuar—: Así que no me digas que soy yo el que quiere algo sin ataduras, ¿vale? Siéntete como te tengas que sentir, pero no hables por mí.

Me mira un instante más. Entonces sube los dedos por mi mandíbula con una caricia ligerísima antes de dejar caer la mano lejos de mí.

—Me voy a trabajar —dice con calma, como si no acabara de pasar nada trascendental.

—Vale —consigo responder—. ¿Nos vemos luego? —Me sale en forma de pregunta sin querer.

—Sí, luego nos vemos —contesta, y no entiendo por qué suena importante, cargado de algo.

Hasta un tiempo después no me doy cuenta de que suena a promesa.

20

—Entonces ¿seguro que está escribiendo? —pregunta Serena entrecerrando los ojos.

—Sí, lleva trabajando toda la semana. —Asiento—. Me ha pedido que te diga que terminarán siendo entre diez y trece temas, por lo que tiene hasta ahora.

En pantalla, Serena relaja la cara y deja caer los hombros de golpe.

—Coño, menos mal. ¿Y? ¿Es bueno? —Antes de que pueda decir nada continúa—: Bueno, mejor no contestes. No tendrías ni idea.

—Vale, voy a atribuir ese despliegue de encanto al estrés —le digo—. Y lo que he oído de momento es bueno, me parece.

No voy a decirle que solo he escuchado fragmentos pequeños de música aquí y allí; que Theo está siendo bastante hermético y ha vuelto a pasar casi todo el tiempo en su habitación; que ninguno de los dos ha mencionado lo que hablamos el otro día ni lo que significó.

No, ese ha sido mi método de tortura personal: estar tumbada en la cama sin poder dormir reproduciendo la conversación una y otra vez en un intento por descubrir qué coño pasó.

Vuelvo a centrarme en mi hermana.

—Dice que va bien, que tiene una buena sensación. Es pronto, claro, pero parece sincero.

Y eso es verdad, porque, aunque lo veo menos ahora que

está componiendo, no ha vuelto a ser el hombre malhumorado y distante que llegó aquí.

No, es evidente que está contento. Y sigue tan gracioso y coqueto como siempre. Seguimos siendo amigos. Y hasta eso me está volviendo loca. Lo que me dijo... Si hubiera sido cualquier otra persona, habría pensado que me confesó que estaba interesado en mí y no para un rollo de una noche, pero no es cualquier otra persona. Es Theo Eliott, el hombre más atractivo del mundo según la revista *People* y el más mujeriego del mundo según el resto de la humanidad.

«Pero dijo que no tenía ningún rollo de una noche desde hacía más de diez años —me susurra mi cerebro—. Diez años».

Y lo creo. Puede que sea idiota por ello, pero sé que Theo no me mentiría. Sobre ese tema no. Y eso... ¿qué significa exactamente?

—Qué buena noticia —dice Serena suspirando, y los restos de vulnerabilidad que pudieran quedar en su cara o en su voz desaparecen cuando grazna—: ¡Sabía que funcionaría! ¡Dos años! Nadie ha podido sacarle nada en dos años y a mí se me ocurre un plan y ¡pum! Dios, qué buena soy.

—Y humilde, que no se te olvide.

—Las mujeres no tenemos por qué ser humildes. —Dibuja una sonrisa afilada—. Eso solo contribuye a fomentar el patriarcado. Un momento... —Se inclina hacia delante, suspicaz de pronto—. Esta explosión de creatividad repentina... —Me repasa con la mirada en pantalla—. ¿No estarás acostándote con él?

—¿Qué? —salto—. ¡Claro que no estoy acostándome con él! Eso nunca.

—Ya os habéis acostado —dice, y se cruza de brazos.

—Sí, técnicamente sí —consigo responder—, pero casi no me acuerdo.

«Mentirosa. Mentirosa».

—¿Casi no te acuerdas de la noche que describiste como «una experiencia más allá de los límites del espacio-tiempo en la que miraste a Dios a la cara y ella era preciosa»? ¿De esa noche?

—Ya, bueno, con independencia de lo que pueda haber dicho

en cierto momento, no hay nada de nada entre Theo y yo ahora mismo. Seguro que la creatividad le viene por... la brisa marina.

—¿La brisa marina? —Serena arquea una ceja—. Supongo. Es algo dificilísimo de encontrar en California —dice sarcástica. Yo mantengo un silencio pétreo. Ella suspira—. Vale, te creo. Tú asegúrate de que sigue así. Sabes que lo que más te deseo en la vida es sexo del bueno, pero Theo Eliott no es para ti, Clemmie. Te destrozaría y te dejaría hecha un trapo.

—Ojalá nunca hubiéramos pedido esos deseos —refunfuño—, porque tú y Lil no dejáis de sacar el tema.

—¡Caaari! —grita una voz desde algún lugar fuera de pantalla detrás de Serena.

La voz de una mujer. Una mujer en el piso de Serena. Que la llama «cari».

Nos quedamos congeladas mirándonos la una a la otra un momento. Serena tiene los ojos como platos. Se le tensa un músculo de la mandíbula.

—¿Cari? —Repite la voz—. ¿Has visto mi brazalete de oro en algún sitio? Pensaba que lo había dejado al lado de la cama.

—¡Serena! —siseo—. ¿Quién es...?

Pero no consigo acabar la pregunta porque mi hermana cuelga la llamada. Me quedo mirando la pantalla vacía.

—¿Qué acaba de pasar? —pregunto en voz alta.

Me planteo volver a llamar a Serena enseguida, pero ya sé que no va a contestar, así que me decanto por la alternativa y llamo a Lil.

—¡Mi dulce Clementine! —canturrea al contestar con una sonrisa radiante y la cara cerca de la cámara.

—¡Lil! —Voy directa al grano, me cuesta respirar—: Estaba hablando con Serena por teléfono y había una mujer en su piso con ella y la he oído de fondo y... —Se me apaga la voz.

—¿Y qué? —pregunta ella con un gesto de preocupación en el rostro.

—Ha llamado «cari» a Serena —susurro.

La cara de Lil se vuelve inexpresiva.

—¿Que...? —empieza a decir—. ¿Que qué?

—Que ha llamado «cari» a Serena. Dos veces.

Lil es concisa:

—No me jodas. —La pantalla del móvil se pone borrosa—. Estoy pidiendo un Uber ahora mismo. Voy para allá. ¿Crees que es posible que la hayan secuestrado o algo así? ¿Ha sido una llamada de socorro? ¿Pestañeaba mucho como si intentase decirte algo en morse? Una vez vi una película en la que hacían eso.

—No, pestañeaba lo normal —contesto—. Me ha parecido... Creo... Creo que puede que Serena tenga... novia.

La cara de Lil ha vuelto y ella se ha puesto en marcha. Baja la escalera desde su piso jadeando ante la pantalla.

—¿Serena? —pregunta como si fuera absurdo—. ¿La mujer que dice que las relaciones son solo para gente con una inteligencia por debajo de la media?

—¿Te acuerdas de la vez que Len me llamó «cari» delante de Serena y ella imitó tan bien una arcada que él entró en pánico y paró el coche en la cuneta de la A1 y ella dio un discurso de veinte minutos sobre la infantilización de las mujeres y lo obligó a donar dinero a una asociación contra la violencia de género?

—La verdad es que eso puede que fuera porque odiaba a Len y no por los apelativos cariñosos —señala Lil encogiéndose para meterse en el asiento de atrás de un Uber y saludar al conductor con un alegre—: Ah, ¡hola, Marcus! A ver, cuéntame exactamente lo que has oído —continúa. Lo hago y ella frunce el ceño—. Entonces ¿la mujer en cuestión se deja cosas en el piso de Serena? No me lo puedo creer. Si Serena no tiene ni perchero porque no quiere «que la gente se ponga demasiado cómoda». Duerme en diagonal en la cama. Y solo tiene una taza para el café.

—¡Había un rollo raro! —insisto—. La voz de la mujer era dulce y relajada y Serena ha entrado en pánico cuando la he oído y ha colgado.

—Mmm, sospechoso. Estoy delante de su casa ya.

—No cuelgues —le digo desesperada por saber qué pasa.

—Claro que no. —Lil se despide de Marcus y sube en ascensor hasta el piso de Serena antes de golpear la puerta de nuestra hermana—. ¡Serena! —grita—. ¡Abre la puerta ahora mismo!

—Hay una espera larga—. No contesta —dice Lil—, pero sé que está ahí. La oigo ponerme mala cara. Un momento, necesito las dos manos.

Se mete el teléfono en la camiseta regalándome un primerísimo plano de su escote.

—¡Dale la vuelta al móvil! —grito.

—¡Uy!

Lo gira y vuelve a metérselo en la camiseta, de modo que esta vez veo la puerta. Luego la oigo rebuscar en el bolso hasta que encuentra la llave de casa de Serena, que mete en la cerradura.

—¡Hooolaaa! —grita Lil pasando del recibidor a la sala de estar—. ¿Serena?

—¡No me lo puedo creer! —oigo antes de que Serena aparezca en pantalla con aspecto agresivo—. ¿Te ha llamado Clemmie en cuanto he colgado el teléfono? ¿Cómo has llegado tan deprisa?

—En Uber —contesta Lil.

—Y yo estoy aquí —aviso, supongo que desde la altura de las tetas de Lil.

Serena fulmina la cámara con la mirada.

—Bien, así puedo decirte a la cara que eres una chivata.

—Lil piensa que estás secuestrada —digo.

Una expresión fugaz pasa por la cara de Serena como si estuviera sopesando si confirmarlo, como si fuera la mejor opción.

—No estoy secuestrada —admite por fin a regañadientes.

—Eso es lo más romántico que has dicho nunca —dice una voz, la que he oído antes, y una mujer entra en la sala de estar.

Es espectacular, alta y esbelta con la piel marrón oscuro y trenzas que le llegan casi hasta la cintura. Debe de tener más o menos la misma edad que nosotras y mira con los ojos muy abiertos a mi hermana.

Serena suspira, pero hasta a través del teléfono veo que la expresión se le suaviza. Le tiende la mano a la mujer, que le da la suya con timidez.

—Bee, esta es mi hermana Lil y, por algún motivo, lleva metida a mi otra hermana, Clemmie, en el sujetador. Lil, Clem, os presento a Bee. —Hay un silencio y Serena consigue soltar las palabras—: Mi novia.

—¡MADREMÍAAA!

Lil se abalanza sobre Bee, de modo que yo también, y los minutos siguientes son una serie de ángulos de cámara cada vez más extraños y grititos emocionados de Lil.

Al final, mi hermana se saca el móvil de la camiseta, se lo da a Serena y luego arrastra a Bee a la cocina para preparar café y, claramente, interrogarla acerca de sus intenciones.

—Sois muy entrometidas, cabronas —resopla Serena.

—¡Es solo que te queremos! —le digo—. ¿Cuánto tiempo lleváis?

—Unas semanas —confiesa, y noto que está intentando no sonreír.

Siento un pinchazo de amor en el corazón y me limito a mirarla con una gran sonrisa.

Serena pone los ojos en blanco.

—Tranquilízate. Por esto no os lo he contado. Sigo siendo yo. No voy a convertirme en una media persona empalagosa y ñoña, ¿vale? Soy una persona completa.

Noto las trazas de ansiedad en sus palabras.

—Serena, eres la más completa que conozco. Estar en pareja no significa perder ninguna parte de ti. Por lo menos, si es con la persona adecuada.

Al decir las palabras, soy consciente de la verdad que contienen y de que es evidente que nunca he estado con la persona adecuada, porque con Sam y con Len renuncié a partes de mí sin parar como si estuviéramos jugando una partida de *Operación* con los sentimientos. Es un momento de epifanía y se vuelve bastante arrollador.

Está claro que Serena llega a la misma conclusión, porque mueve de un lado a otro el dedo a la cámara.

—No te atrevas a ponerte triste —dice con firmeza—, deja de salir con capullos y ya está, ¿vale?

—Vale. —Asiento—. Aunque sería más fácil si llevasen carteles colgados del cuello o algo, así podría poner tierra de por medio.

—… y entonces lanzamos el hechizo para Clemmie, ¡pero ahora se está haciendo realidad para mí y para Serena! —Oigo que Lil le cuenta alegremente a Bee mientras vuelven a entrar en la habitación.

—Voy a matarla —dice Serena entre dientes.

Lil aparece en pantalla al lado de Serena, las dos apretadas mirándome, con unas caras que me resultan tan familiares como la mía, y de pronto las echo tanto de menos que me duele el pecho.

—Ya verás, Clemmie —señala Lil con confianza—. ¡Los tres deseos se te cumplirán! Ni Serena ha podido escaparse de su alma ge…

—Ya basta, Lilian —la corta Serena con una voz tan alarmada que tengo que aguantarme la risa.

—Os dejo que habléis —digo vacilante—, pero, Lil, llámame después.

—No te quepa duda —responde subiendo y bajando las cejas para comunicarme con sutileza que me lo largará todo en cuanto pueda.

—Joder —oigo que murmura Serena por detrás.

—A ver, Bee, cuéntamelo todo sobre ti… —trina Lil, y cuelga la llamada.

«Un gran amor, del que es incondicional y sincero, con su alma gemela». El deseo de Lil resuena en mi cabeza. Que mis pensamientos viajen casi al momento hacia Theo me basta para ponerme a gritar al vacío por dentro. Pero ¿qué me pasa? ¿Por qué me hago esto?

Supongo que ha llegado el momento de pedirle cita a Ingrid.

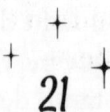

21

Theo decide salir a pasear la tarde que tengo la sesión con Ingrid por Zoom, de modo que coloco el portátil en la mesa de la sala de estar y me preparo una infusión de menta. Las bolsitas de infusión son de las caras de Theo y me he aficionado a ellas, lo cual supondrá en desastre económico cuando vuelva a casa.

Es otro bonito día soleado y tengo las ventanas abiertas para intentar que corra un poco el aire por la casa, donde hace un calor pegajoso. A lo lejos oigo las olas rompiendo y me entran ganas de bajar hasta la playa y chapotear en el agua. El sonido está tan entretejido en los recuerdos que guardo de este lugar que tengo que esforzarme al máximo por no salir corriendo por la puerta y me quedo sentada tranquila, como una adulta, delante del ordenador.

A pesar de que llevo tres semanas en casa de la abuela Mac, no he hablado con Ingrid desde que llegué. Sé que tendría que haberlo hecho, pero lo he estado posponiendo. Y no quiero examinar muy al detalle por qué.

Cuando me saluda, tan imperturbable como siempre, sentada detrás de su inmaculado escritorio de cristal, siento alivio de verle la cara.

Le cuento lo raro que ha sido estar en esta casa sin mis hermanas ni la abuela Mac.

—¿Te pone triste? —pregunta Ingrid.

—A veces. —Me froto la nariz—. No me había dado cuenta de que tras su muerte... me había esforzado tanto por no pensar en ella. Me dolía demasiado. Pero ahora eso me pone triste, porque es como si me hubiera olvidado de ella. Estar aquí después de tanto tiempo… —Miro a mi alrededor, es la casa de la abuela Mac y, a la vez, ya no lo es, parece otro lugar—. Es como si de vez en cuando los recuerdos se precipitasen tan deprisa que no puedo seguirlos. Como si viniesen todos a la vez. Es estridente. No es malo, pero es estridente.

Ingrid ladea la cabeza.

—Tal vez podrías empezar a anotarlos —sugiere—. Sé que escribir te ha ayudado a menudo a procesar acontecimientos del pasado. ¿Crees que eso te daría la oportunidad de desembrollar las cosas, de considerar cada recuerdo con más atención?

—Puede. —Me muerdo el labio—. Puede. Lo que pasa es que no sé si quiero… acordarme de todo.

—Mmm, ¿y por qué crees que es eso?

Me revuelvo.

—Porque murió y yo no estaba aquí. Porque estuve aquí justo antes y no la traté muy bien. Y ahora me avergüenzo de ello. No sabía que sería la última vez, pero lo fue.

—Muchas veces no sabemos cuándo será la última vez —dice Ingrid—. Tenías solo dieciocho años, Clemmie, y estabas pasando por un momento muy complicado. ¿Crees que a tu bisabuela le sentó mal?

—No creo que le sentara mal —niego despacio con la cabeza—, pero igual se decepcionó conmigo.

—Creo que puede que estés proyectando tus sentimientos sobre la situación. Por lo que me has dicho, teníais una relación muy estrecha. Si tú estabas dolida, estoy segura de que ella lo entendió. ¿Crees que podrías tener cierta compasión contigo misma? ¿Con la joven que no era perfecta pero que hacía todo lo que podía?

Siento que se me llenan los ojos de lágrimas.

—Ay, Ingrid —sollozo, y cojo los pañuelos que he tenido la sensatez de poner a mi lado. Al fin y al cabo no es mi primera sesión de terapia—. ¿Por qué me haces esto?

—¡Maldito infierno! —La voz de Theo me hace dar un respingo cuando irrumpe por la puerta de casa—. Qué puto calor hace. No podía seguir andando sin correr el riesgo de resecarme. Pero te he traído un Magnum, de esos almendrados que te gustan... Joder, ¡perdón!

Ha llegado a la sala de estar y tiene las mejillas sonrosadas por el sol, la camiseta fina se le pega al pecho y al estómago. Me mira por encima de las gafas de sol y observa mi cara manchada por las lágrimas y a Ingrid en la pantalla delante de mí.

—Os he interrumpido —dice poco a poco—, lo siento mucho... ¿Estás bien?

Le dirijo una sonrisa lacrimógena y agito el pañuelo que tengo en la mano algo incómoda.

—Estoy bien, es solo una sesión de terapia.

No me avergüenza nada ir a la psicóloga, pero que Theo entre en mitad de una sesión me descoloca bastante, la verdad. No tengo ni idea de cuál es el protocolo.

—Eh... Esta es Ingrid. Ingrid, este es Theo.

Theo levanta una mano para saludarla, pero frunce el ceño.

—Ay, creo que se ha congelado la imagen.

Bajo la vista y me parece que tiene razón: la cara de Ingrid se ha quedado helada a media palabra, con la boca algo abierta.

—Típico —farfullo molesta—. David hizo que instalaran un rúter pijísimo con ochenta mil lucecitas verdes para ti. Tiene aspecto de poder dar servicio a una pequeña central nuclear, pero no puede ni con una llamada de Zoom.

—Déjame ver —dice Theo—, puede que sea tu portátil en vez del wifi.

—Esperemos, porque si no después no podremos ver la tele.

Parece afligido.

—Pero... ¿y mis vampiros? —susurra angustiado.

Se inclina sobre el portátil y ese rostro tan atractivo que tiene llena la pantalla. Theo Eliott en alta definición.

Entonces lo oigo: un silbido agudo. Y solo tardo medio segundo más en darme cuenta de que el sonido viene de Ingrid, que no está congelada por un problema técnico, sino que está teniendo un ataque provocado por Theo Eliott y mira a cámara como un conejito observa los faros de un coche muy pero que muy guapo.

—¿Qué es ese ruido? —pregunta Theo confundido—. ¡Te juro que no he tocado nada! Solo he abierto la configuración.

—Ya, ya —digo apartándolo a un lado para alejarlo de la pantalla y mantener la dignidad de Ingrid—. Es algo que hace el ordenador a veces. Es viejo. No te preocupes. Ingrid —la llamo con firmeza—. ¿Me oyes ahora?

Veo que parpadea.

—Sí, Clemmie, estoy aquí —dice con la voz entrecortada—. Creo que he tenido un problema técnico.

—Pues ya está —le digo a Theo—, tu serie no peligra.

—Menos mal. —Theo levanta una mano para saludar a Ingrid, que hace lo mismo (¿Está temblando?)—. Encantado de conocerte, Ingrid. Os dejo, chicas.

Sale de la habitación e Ingrid y yo nos quedamos mirándonos un buen rato.

—Discúlpame, Clementine —me dice—. Ha sido muy poco profesional por mi parte.

Sonrío comprensiva.

—No te preocupes. Suele provocar ese efecto en las personas.

—Imagino. —Ingrid parece haber recobrado la compostura y me observa con atención e interés—. ¿Te...? ¿Te resulta difícil?

—¿Por qué tendría que resultarme difícil? —pregunto con un tono poco convincente—. No tiene nada que ver conmigo.

Parece ser que a Ingrid no le hace falta estar en la misma habitación que yo para usar su silencio *jedi* de forma eficiente.

—Vale...

Exhalo despacio y aguzo el oído para asegurarme de que la guitarra de Theo suena en su habitación. Cojo el helado que me ha traído y lo destapo.

—Pero espero que tengas tiempo para una sesión doble.

—Voy a cancelar mis compromisos.

Más o menos una hora después de que Ingrid y yo nos hayamos despedido, Theo da unos golpecitos en el marco de la puerta antes de entrar a la sala de estar.

—¿Ya habéis terminado? —pregunta al ver que estoy en el sofá con el portátil.

—Sí, hace un rato —digo—, estaba escribiendo un poco.

—¿El libro?

—No, sigo sin poder enfrentarme a eso. Esto es algo que Ingrid me ha propuesto.

—Ah, siento haber interrumpido así la sesión.

—No pasa nada. —Levanto la mirada y le sonrío—. Tendría que haberme metido en mi habitación, pero hace mucho calor.

Theo se deja caer en el sofá.

—¿Hace mucho que vas a la psicóloga?

—Hace dos años que estoy con Ingrid, pero hace mucho que voy a terapia. Parece que es obligatorio si eres de mi familia.

—Ojalá lo hubiera sido en la mía —resopla—. Cuando empecé a ir me acomplejaba mucho.

—¿Tú también has ido a terapia?

Levanta una ceja.

—Vivo en Los Ángeles, ahí sí que es obligatorio… —Me río y él también—. Me ayuda mucho, la verdad —continúa diciendo—. Me he pasado veinte años con un trabajo de lo más extraño, y viene con un montón de dificultades que no son las más típicas que digamos. He sido famoso durante toda mi vida adulta. Propiedad pública. Era adolescente cuando entré en el grupo, así que, en realidad, no conozco otra cosa. Es mi día a día y no es lo mejor para la salud mental. Creo que es buena idea que alguien me ayude con todo eso.

—Guau, es… increíble.

Parece sorprendido.

—¿En serio? A mí me parece que es tener la mínima consciencia de mí mismo. Es algo en lo que me estoy esforzando, en serio.

—Digamos que el mínimo está a años luz del punto en el que Ripp Harris se encuentra en cuanto a autoconsciencia. Y hace

190

cuarenta años que tiene ese trabajo. No estoy muy segura de que quede persona dentro de ese cuerpo. No me puedo ni imaginar lo diferente que habría sido mi vida si él hubiera hecho lo que estás haciendo tú.

—Joder, menudo panorama.

Se recuesta en el sofá, pero con la cabeza aún vuelta hacia mí, los ojos puestos en los míos.

—Ya... ¿Sabes? Una vez, cuando tenía once años, pasó un tiempo... en el que no lo vi durante ocho meses.

—¿Por qué?

Me reclino imitando su postura.

—Me llevó a uno de sus conciertos —digo con un suspiro mientras recuerdo—. Y fue el momento más emocionante de mi vida hasta entonces. Luego se emborrachó, se colocó, se olvidó de que estaba ahí y me dejó en el camerino con un montón de gente igual de puesta que él mientras se iba de *after*.

—¿Qué? ¿En serio? —dice Theo estupefacto.

—Ajá. —Asiento—. Debí de dormirme en el sofá al final. Cuando me desperté, estaba todo oscuro, y la sala, vacía. Me acuerdo del miedo que me entró. Al final, Carl me encontró y me llevó a casa. Mi madre estaba hecha un basilisco.

—No me extraña.

Él también parece bastante furioso.

—Anuló los derechos de visita de Ripp durante un tiempo, y yo estaba devastada, la odié por no dejarme verlo. —Siento un pinchazo de culpa—. La siguiente vez que lo vi fue después de cumplir los doce. Tenía ganas del gran reencuentro y él hizo como si no hubiera pasado nada. Nada de nada. No estaba segura de si se había dado cuenta de que no nos habíamos visto. Aquello me mató. —Suelto el aire poco a poco—. Madre mía, perdona, estoy con la oleada de emociones a flor de piel después de la sesión.

—Ya, eso me suena. —Se le suaviza la voz—. Pero es que fue algo muy fuerte. Y también parecías disgustada cuando he entrado. ¿Quieres hablar del tema? Si no, no pasa nada.

Cierro el portátil y lo dejo a mi lado en el sofá.

—Estaba hablando de la abuela Mac y de estar aquí. De todos los recuerdos de pasar tiempo con ella y con mis hermanas y de lo raro que se me hace haber vuelto. De que he evitado venir y pensar en ella durante mucho tiempo. Me siento bastante culpable por el último verano que pasé aquí.

—Por lo que me has contado de ella, no creo que quisiera que te sintieras culpable.

Al oír esas palabras se me hace un nudo en la garganta.

—Eso es básicamente lo que me ha dicho Ingrid. Me ha sugerido que escriba algunas de las cosas que recuerdo de estar aquí. Es lo que estaba haciendo cuando has llegado. No está mal, hay buenas historias. La mayoría del tiempo que pasé aquí fue… mágico.

—Me gusta que me cuentes cosas del tiempo que pasaste aquí —dice Theo, y mira a su alrededor.

—En cierto modo, me parece que fue la última vez que fui yo misma. No me había dado cuenta hasta que volví de lo mucho que me había cerrado a las cosas. De lo pequeña que me había hecho. —Lo miro un momento, él me observa con atención, dejándome espacio para hablar—. Es como cuando lo dejé con Len —continúo— y él hizo que los de la mudanza vinieran y se llevaran todas sus cosas. Era casi todo lo que había en el piso y yo ni me había dado cuenta. Estaba viviendo dentro de la vida de otra persona. Siento que llevo mucho tiempo…, no sé…, siendo una sombra.

—Mmm —responde él con el ceño fruncido.

—¿Qué? —pregunto.

—Es que… —duda—. Me sorprende. La primera vez que te vi pensé que eras… radiante. Como si una luz hubiese entrado en la habitación. Nunca te habría descrito como una sombra. Más bien como una llama en la oscuridad.

Es precioso y no tengo ni idea de cómo responder.

—Perdona. —Se aclara la voz y pone cara de que no quería hablar tanto—. Eso ha quedado raro. Es solo que… lo siento mucho. Parece que lo has pasado mal.

—No, no.

Me da vergüenza, da la impresión de que le haya vendido una historia lacrimógena cuando, en realidad, el problema que he tenido es que mi vida ha sido plana.

—A ver, las cosas no me han ido de maravilla, pero tampoco me han ido tan mal. Y siempre he tenido a Lil y a Serena.

—Madre mía, tú y tus hermanas... —Sonríe y entrelaza los dedos detrás de la cabeza, vuelve la comodidad a su expresión—. Qué relación tan increíble.

—La verdad es que sí —coincido, contenta por el cambio de tema—. La mayoría de la gente no lo entiende, pero es como si no fuéramos solo hermanas. Somos trillizas. Técnicamente no, pero no hemos conocido un mundo en el que no estuviéramos las tres. Y criarnos como lo hicimos, con toda la atención pública y Ripp de por medio... Ellas tienen su propia colección de historias tristes con él, claro. Son las únicas personas del mundo que pueden entenderlo todo.

—Tienes suerte —dice Theo, y percibo algo parecido a la envidia en su voz.

—Pues sí. Por el trabajo he tenido que mudarme muchas veces a diferentes universidades. No tengo un grupo de amigos grande y los que tengo se encuentran muy esparcidos por ahí, pero nunca he necesitado muchos amigos porque tengo a Serena y a Lil. Para bien o para mal, son las voces que oigo en mi cabeza.

—¿Quién es la mayor? —pregunta Theo.

—Serena. Es dos meses mayor que yo. Y Lil es casi dos meses más pequeña.

—Mmm. —Ladea la cabeza pensativo—. Creo que lo habría adivinado. Transmites mucha energía de hermana mediana.

—¿Qué quiere decir eso?

—Que eres como la pacificadora, la que intenta que todo el mundo esté contento —dice satisfecho consigo mismo por tenerlo todo tan claro.

—Estoy trabajando en lo de querer contentar a todo el mundo —resoplo—. Si no, ¿de qué crees que va todo lo de la psicóloga? Bueno, y tú tienes una hermana, ¿no? ¿Algún otro hermano?

—Qué va, solo Lisa.

—Y seguro que eres el pequeño.

—¿Por qué piensas eso? —dice frunciendo el ceño.

—Porque tú sí que transmites muchísima energía de ser el bebé de la familia —señalo con una sonrisa.

Él me lanza un cojín a la cara.

—Creo que acabas de llamarme malcriado —se queja.

—Quien se pica… comida de chef con estrellas Michelin come.

—Eres lo peor —dice, pero no puede esconder la sonrisa.

—Si te encanta —repongo igual que le contestaría a Serena o a Lil.

Me levanto dispuesta a preparar la cena.

—Sí —oigo que suspira cuando me alejo—. La verdad es que sí.

22

La idea de Ingrid de anotar los recuerdos que me trae esta casa enseguida se va de madre de forma inesperada. Empieza así, claro. Me pillo riendo por lo bajo al recordar la vez que Lil estuvo convencida de que había visto una sirena y las tres salimos preparadas con nuestros sándwiches de crema de cacahuete y las redes de pescar que usábamos en los estanques de por allí para intentar cazarla. Los sándwiches habían sido idea mía, porque pensé que debía ser muy triste no poder cultivar cacahuetes debajo del agua.

Eso nos llevó a tener una conversación más bien tensa sobre lo que podían comer las sirenas. Cuando Serena mencionó los peces, Lil palideció.

—¡¿Como Flounder?!

Todos nuestros futuros revisionados de *La Sirenita* se volvieron más oscuros porque Serena gritaba a la pantalla:

—¿CREÉIS QUE LAS SIRENAS INVENTARON EL SUSHI?

Pero, cuando la escribo, la historia se convierte en otra cosa. Algo sobre tres hermanas mágicas. Unas hermanas que sí que encuentran una sirena y la llevan a casa para que conozca a su abuela. No sé muy bien lo que escribo, solo que es divertido y gracioso y que me hace pensar en mis hermanas y en el tiempo que pasamos aquí.

La mañana siguiente me levanto y me sorprende tener ganas de ponerme a escribir de nuevo. Tengo la vaga idea de terminarlo —sea lo que sea— y compartirlo con Serena y Lil y que ellas se diviertan con esta versión distorsionada de nuestro pasado. Me gusta la sensación de estar creando algo. Es un millón de veces mejor que el borrador del libro que hace años que llevo mirando fijamente y corrigiendo sin parar. Supongo que es un acto de procrastinación más, pero no me pesa.

Sigo entrando a todas las webs de anuncios de trabajo, por lo que tampoco es que no esté haciendo nada. Son más bien una especie de vacaciones para el cerebro. Por primera vez desde hace cinco años no tengo la presión de apañármelas para mantener un trabajo académico y, hasta que ha ocurrido eso, creo que no era consciente de cuánto me pesaba y me iba desgastando.

Empezamos la segunda mitad de las seis semanas en Northumberland y yo no estoy más cerca de tener claro qué haré a continuación y, aunque cuando me permito pensarlo me sigue dando miedo, la verdad es que no es el pánico generalizado que sentía antes. Tengo dinero en el banco gracias a este trabajo y a no haber tenido ningún gasto. Sé que puedo quedarme a vivir con mi madre un tiempo mientras mando currículums, lo cual —aunque no es ideal— es un colchón blando sobre el que aterrizar y reponerme.

Después de un par de días, Theo me pregunta cómo va el trabajo. Está claro que ha notado lo absorta que he estado.

—Va... bien —digo revolviéndome en la silla.

—¿Por qué pones cara de culpable? —pregunta Theo divertido.

Dudo.

—Porque no es que esté trabajando en mis investigaciones precisamente.

—¿Y en qué trabajas? —pregunta, y yo vuelvo a cambiar de postura. Las arrugas que se le forman en torno a la boca al sonreír se vuelven más profundas—: Aaah, ya sé. Estás escribiendo *fanfics* guarros, ¿no? —Hay un silencio e interroga esperanzado—: ¿Van sobre mí?

—¡No!

Suelta un suspiro pesado.

—Pues no me gusta que escribas *fanfics* guarros sobre nadie más, Clemmie. —Saca el labio inferior hacia fuera en un puchero—. Es de vampiros, ¿no? Lo entiendo, en serio. Son esas mandíbulas esculpidas que tienen los cabrones...

—No es un *fanfic*. —Me río—. Es... En realidad no sé lo que es. Empezó siendo el ejercicio que me mandó Ingrid de escribir algunos de mis recuerdos de esta casa y ahora... —Se me apaga la voz y vuelvo a dudar—. ¿Por qué no lo lees y ya está?

Vuelvo la pantalla del ordenador hacia él. Se le iluminan los ojos.

—¿En serio?

—¿Por qué no? —pregunto incómoda porque, de pronto, me he dado cuenta de que quiero compartirlo con él y ¿no es rarísimo?

Theo retira la silla que tengo a mi lado en la mesa y se sienta. Inclina la pantalla del portátil, con los ojos ya repasando el documento. Me esfuerzo por no observarlo mientras lee, pero ¿qué más puedo hacer? Hay instantes en los que pienso que sonríe y, sin duda, hay un momento en el que se ríe por lo bajo con un canturreo grave hecho risa.

No me doy cuenta de que estoy sacudiendo la pierna por los nervios hasta que me pone la mano en la rodilla.

—Para —musita, y deja la mano ahí, con la palma cálida contra mi piel expuesta por los pantalones cortos.

Eso por lo menos me distrae y me ayuda a no entrar en pánico porque esté leyendo mi tontería de historia.

—Clemmie —dice por fin en un tono serio y los ojos oscuros serenos—, es muy bueno.

—¿Qué?

Su sonrisa aparece poco a poco, y es encantadora.

—Es buenísimo. Es gracioso, cautivador. Es rarísimo. Es muy tú.

—Eh... ¿Gracias? —contesto sonrojándome—. Supongo que eso es positivo.

—Es muy positivo.

—En realidad, no sé muy bien qué es. —Me aturullan sus

halagos, su forma sincera de decírmelos. Creo que no esperaba que se lo tomara tan en serio, que me tomara a mí tan en serio—. Solo estoy procrastinando el trabajo de verdad, pero había pensado terminarlo y regalárselo a Lil y a Serena.

—Claro, hazlo. —Se frota la mandíbula con la mano—. Les encantará, pero yo sí sé lo que es.

—¿Qué?

—Es un libro, Clemmie. Un libro infantil.

—¿Qué? —repito.

—Es el principio de un libro infantil. Me encanta.

—¿Te encanta?

No estoy siendo elocuente y soy consciente de ello, pero mi cerebro parece un disco rayado reproduciendo sus palabras una y otra vez.

—Sí —responde con seguridad—, me encanta. Y a otra gente también le encantaría. Deberías hacer algo con esto, algo en serio.

Reculo.

—No digas tonterías.

Theo se encoge de hombros.

—Dejaré de decir tonterías cuando tú dejes de subestimarte a ti y el talento que tienes. Veo que intentas protegerte, e incluso empiezo a entender por qué te gusta ir sobre seguro, pero no pasa nada por arriesgarse de vez en cuando, por lanzarse.

Se inclina hacia mí e, hipnotizada, me sorprendo a mí misma acercándome también hacia él. Tiende una mano y me pasa con cuidado un mechón de pelo por detrás de la oreja. El contacto es suave. Estamos tan cerca que le veo las manchas doradas en los iris. Tan cerca que siento su respiración en los labios. Por un segundo pienso que va a besarme y algo doloroso, cercano a la desesperación, hace que me estremezca. Su mirada vaga por mi cara.

—No pasa nada por arriesgarse, Clemmie —dice en voz baja—. Ni en lo creativo ni en otras cosas. Recuérdalo.

Y entonces se pone de pie y se aleja como si no acabara de dejarme muerta.

Me tiemblan las manos y formo puños sudorosos. Me obligo a volver a fijarme en la pantalla del ordenador, en las palabras que hay escritas.

«Un libro...».

No sé qué me parece, pero dejo que la idea, como si fuera polvo que se ha levantado, se asiente a mi alrededor y, al cabo de unos minutos, vuelvo a escribir en silencio.

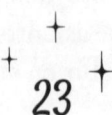

23

Los días pasan cada vez más rápido ahora que Theo y yo tenemos una rutina y nos hacemos compañía. Yo tecleo en el portátil —sin terminar de reconocer que estoy trabajando en un libro, pero sin negarlo tampoco— y él se sienta en el sofá y compone. A veces no trae la guitarra, solo una libreta y un lápiz. Otras toca bajito y canturrea algo. Todo son fragmentos todavía, trozos de cosas, pero ya veo que será bueno. No necesitas ser músico para saber que Theo Eliott tiene un don.

Esos momentos me parecen especiales. Los dos estamos creando, haciendo algo, no juntos, pero en el mismo espacio. Cuando paramos y charlamos mientras bebemos algo sobre cómo va el trabajo, siento que me estoy tomando en serio a mí misma, que me estoy lanzando como él me dijo.

Más o menos una semana después de empezar a escribir yo, Theo está sentado a la encimera de la cocina leyendo *Los cuentos de Canterbury* mientras hago la cena. Esparcidos en la superficie, al lado de Theo, hay conchas y trozos de vidrio desgastados por el mar que hemos recogido paseando. Luego los añadiré al tarro que hay encima de mi mesita de noche y que ya está medio lleno. Cada concha es un recuerdo del tiempo que hemos pasado juntos.

—Oye, Clemmie. —Theo levanta la cabeza del libro—. ¿Qué significa *mugier*? —Ahoga una risa—. Espera, da igual, ahora que lo he dicho en voz alta lo he entendido.

—¿Qué tal te llevas con Chaucer últimamente? —le pregunto mientras rallo queso en un plato.

Theo se inclina, coge un pellizco de queso y se lo mete en la boca. Reparo en que no le llaman tanto la atención las verduras que ya tengo cortadas.

—Me encanta. —Sonríe—. Ojalá nos hubieran contado lo guarro que es cuando éramos pequeños, le habría prestado atención mucho antes.

—Filisteo —digo, y niego con la cabeza.

Nos interrumpe el tono de llamada del móvil de Theo y, cuando se lo saca del bolsillo, veo el nombre de quien llama aparecer en pantalla: Cynthie.

—Perdona, tengo que cogerlo.

Intento no reaccionar mientras Theo responde a la llamada, pero no hace ningún esfuerzo por salir de la cocina. Cynthie. Mi búsqueda rápida de Theo en internet fue más que suficiente para ponerme al corriente de su relación intermitente con la nominada a un Oscar Cynthie Taylor, una actriz de rasgos delicados, piel luminosa de porcelana y la figura esbelta de una princesa élfica (de hecho, ha representado a dos). Sé que Theo y Cynthie estuvieron años juntos y hay muchos fans a los que les sigue fascinando la idea de que sean pareja.

—¿Todo bien, gamberra? —Theo sonríe mientras le habla al teléfono—. Pensaba que estabas dándote la gran vida en el sur de Francia. —Sea lo que sea lo que le responde Cynthie, lo hace reír a carcajadas—. Sí, sí, y yo me lo creo.

Sus ojos se vuelven hacia mí y yo me hago la ocupada pesando la harina para la bechamel. No es asunto mío. No. Es. Asunto. Mío.

¿Debería irme? Si soy yo la que está cocinando, ¿por qué no se va él? ¿Por qué tengo que escucharlo hablar con su exnovia? Que no es que no pueda hablar con ella o hacer lo que le dé la gana. Madre mía, ¿qué hago entrando en bucle por esto?

—No mucho, estoy leyendo a Chaucer mientras una mujer preciosa me cocina unos carbohidratos. Mejor imposible —dice Theo, y coge otro pellizco de queso. Se queda en silencio mientras ella dice algo—. Sí, claro que es Clemmie. Está aquí a mi lado.

La mano se me queda parada. ¿Acabo de oír que Theo ya le había hablado a Cynthie de mí, que ella ha preguntado por mí? Entonces caigo en que ella fue a quien se le estaba quejando por teléfono hace semanas. Sabía que me sonaba esa voz.

Theo se aparta el teléfono de la oreja.

—Mi amiga Cyn dice que hola.

—Dile que hola también —contesto mecánicamente.

Se lo dice y me da la impresión de que soy la única a la que todo esto le parece surrealista.

—Bueno, ¿y qué tal va el rodaje? —pregunta Theo.

Hablan durante un rato y yo consigo desconectar en gran medida, centrándome con esmero en construir la lasaña.

—¿Cómo? ¿Qué quieres decir con que te llamaron?

La dureza del tono de Theo hace que levante la cabeza. Su mirada se cruza con la mía y veo que el enfado le brilla en los ojos mientras escucha lo que le cuenta Cyn.

Suelta un suspiro largo.

—Qué puta tontería. Deben de estar desesperados. Bueno, pues gracias por avisarme. Supongo que David se lo dirá a la discográfica y ellos se encargarán del tema.

Remuevo la salsa.

—No, no nos hace falta seguridad, Cyn. Nadie sabe dónde estoy. Aquí se está tranquilo. No me reconoce nadie. Me gusta.

Se me encoge el corazón al oírlo decir esas palabras. Al cabo de un minuto cuelga. Yo me quedo donde estoy, delante de los fogones, y el silencio se alarga entre nosotros.

Noto que se acerca y se coloca detrás de mí. Al momento me pone las manos en los hombros.

—¿No vas a preguntarme de qué iba todo eso?

—No quiero que pienses que estaba escuchando lo que decías por teléfono —contesto con remilgo.

Se ríe.

—Si me preocupara eso, no habría hablado delante de ti, ¿no?

Me tira de los hombros con suavidad y me da la vuelta para que lo mire.

—Vale. —Pongo los ojos en blanco—. ¿De qué hablabais tú y la ganadora de dos Globos de Oro Cynthie Taylor, Theo?

—Has atado cabos, ¿eh, Poirot? —Arquea una ceja.

—No es uno de los grandes misterios del universo que digamos. Y prefiero ser la señorita Marple.

—Entonces igual sabes que Cyn y yo fuimos pareja hace tiempo.

—Eso no es asunto mío.

—Madre mía, qué cabezota eres. —Theo me baja la mano por el brazo desde el hombro. Cierra los dedos en torno a los míos y me coge la cuchara de la mano, apartándome a un lado con el cuerpo para poder remover la salsa—. Quedemos en que los amigos saben cosas de sus amigos. Y nosotros somos amigos, ¿no?

No sé ni lo que siento ahora mismo.

—Claro que somos amigos.

—Vale. —Theo asiente—. Pues Cyn y yo estuvimos saliendo unos cinco años. Fue hace ya mucho tiempo. Seguimos siendo buenos amigos. Pero solo eso. Creo que os llevaríais muy bien.

—Eso es genial —digo intentando que esa imagen tan rara no me desequilibre—. Creo que nunca he conseguido seguir siendo amiga de un ex.

—Supongo que has salido con el tipo de hombre equivocado.

—Ahora mismo no estoy muy segura de que exista el tipo de hombre correcto —me quejo. Theo me regala una mirada que quema a fuego lento—. Céntrate en la comida, por favor —le digo.

No creo que pueda liarla demasiado removiendo una salsa, pero con Theo nunca se sabe qué desastre culinario está a punto de ocurrir.

—En fin —dice él—, Cynthie quería avisarnos de que la han llamado de un tabloide por si quería comentar la noticia de que estoy en desintoxicación.

Noto cómo se me abren los ojos por la sorpresa.

—¿En desintoxicación?

—Parece ser que, como llevo desconectado de todo cuatro semanas, la gente está especulando. No saben dónde estoy, así que han decidido que me han mandado a tratarme en algún sitio. Seguramente han conseguido que alguna «fuente» que afirma ser un buen amigo les diga lo triste que es todo.

—¡Eso es horrible! —exclamo—. No pueden publicar lo que les dé la gana... —Se me apaga la voz y se me revuelve el estómago, porque sé por experiencia propia que sí que pueden. Pueden publicar y publican mentiras sobre la gente a todas horas. Me lo hicieron a mí.

—No pasa nada. —Theo se encoge de hombros—. Si quieren escribir eso, me da igual. Si así me dejan en paz, que piensen que estoy en un centro de desintoxicación. El problema es que ahora los paparazis tienen un pequeño misterio delante y me preocupa que vayan a esforzarse por resolverlo.

—¿Te preocupa que te encuentren aquí?

Deja de remover.

—Digamos que preferiría que no lo hicieran.

—Sí, yo también —digo estremeciéndome.

—Pues iremos con algo más de cuidado, ¿vale? —murmura, y oigo el rastro de ansiedad en su voz.

—No salgas de casa sin el bigote de pega —respondo en voz baja.

Me alegra que sonría.

—Ni sin la nariz de goma.

—Vale —concuerdo—. Y ahora, aparta, porque no sé cómo, pero te las estás arreglando para quemar la salsa.

Y así volvemos a nuestra noche. Aunque no hablamos más de los paparazis, la conversación sobre ellos se me queda en la boca como un sabor amargo. Imaginármelos entrometiéndose por aquí, en este lugar, en este lapso mágico de tiempo que Theo y yo hemos conseguido forjar no sé cómo, me escuece.

Nos quedan menos de dos semanas aquí y no me gusta lo triste que me pone pensar en ello. No me gusta —si soy sincera conmigo misma— cuánto me gustaría quedarme aquí, en esta burbuja, mucho, muchísimo tiempo. No me gusta cuánto de ese deseo es por Theo. Así que aparto esos sentimientos con firmeza y hago lo que mejor se me da: pretender que no pasa nada.

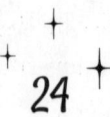

24

Al día siguiente, mientras trabajamos los dos en la sala de estar y nos quejamos del calor, suena el timbre.

—Debe de ser un paquete —digo poniéndome de pie.

—Oooh, espero que sea la bollería que pedimos —responde Theo levantando la cabeza.

—La pediste tú. Ya te lo dije: si David se entera algún día, yo no pienso pagar por tus crímenes.

—Pero si morirías por mí, Clemmie, no intentes negarlo.

—¿Morir? Puede. ¿Sufrir la ira de David? —Levanto las cejas—. Va a ser que no.

Me preocupa que haberle enseñado el supermercado estadounidense al que se puede pedir por internet haya sido un error. Intenté no entrar en pánico cuando hizo un pedido de más de trescientas libras de cosas llenas de potenciadores del sabor artificiales y lo pagó con una tarjeta de crédito negra que parecía fabricada con algún material extraído en las minas de un planeta lejano.

Pero, cuando miro la cámara del portero automático, no es una entrega de bollería industrial estadounidense, sino Lil.

—¡Sorpresaaa! —grita abalanzándose sobre mí.

—¡Lil! —exclamo abrazándola con fuerza, y me envuelve su familiar perfume de sándalo—. ¿Qué haces aquí?

—Anoche tuve un bolo en Newcastle —explica pasando por mi lado y mirando a su alrededor con interés—. Se me ocurrió que podía subir a saludarte en persona. Echaba de menos esta carita.

—Y yo a ti.

—Anda, la casa está superdiferente. —Mi hermana se pasea por la sala de estar entre exclamaciones al ver las reformas antes de avistar a Theo en el sofá—. ¡Theo! ¡Hola, me alegro de verte!

—¡Lil!

Si Theo está sorprendido de ver a mi hermana, no lo demuestra. En lugar de eso, se levanta y le pasa el brazo por los hombros. Ella le da dos besos.

—Ah, sí —digo incómoda de pronto—, que vosotros ya os conocéis.

—Hemos tocado en un par de festivales juntos —explica Theo todavía muy cerca de mi hermana—. ¿Cuándo fue el último? En Reading, ¿no? Hace un par de años.

—Es verdad. —Lil le dirige una sonrisa radiante—. ¿Qué tal está Sidney?

—Bueno, ya sabes cómo es Sid —se queja Theo, y Lil se ríe.

—Entonces ¿del todo recuperada? —pregunta ella.

—Claro.

—Voy a poner agua a hervir —digo con un tono exageradamente alegre.

No sé por qué se me hace tan raro, si ya sabía que Lil y Theo se movían en círculos parecidos.

—No, no. —Entonces Theo se mueve y se pone cerca de mí de modo que me queda el hombro apretado contra su pecho. Levanta una mano, me la pone en la espalda y me mira desde arriba con una sonrisa que hace que se le formen arrugas alrededor de los ojos—. Ya me encargo yo mientras vosotras os ponéis al día. Pero hace mucho calor, ¿quieres una infusión de menta con hielo de esas asquerosas que te has estado tragando? He preparado una jarra esta mañana y la he metido en la nevera.

—Ah, pues estaría bien —contesto—. Y no está asquerosa, es que tú no sabes apreciarla.

—¡Sabe a agua fría con pasta de dientes y lo sabes! —grita Theo yéndose ya hacia la cocina—. Oh. —Se detiene de pronto como si acabara de acordarse de que existe Lil—. Perdona, Lil, ¿qué te apetece?

—Agua fría con pasta de dientes suena genial —dice mi hermana, mirándonos alternativamente a Theo y a mí.

—Claro —responde él.

Lil se queda en silencio hasta que le pregunto por Serena y Bee y entonces niega con la cabeza y sonríe.

—No me lo puedo creer. Nunca me imaginé que llegaría a ver a Serena tan enamorada. Se lo ha tomado como si fuera un fracaso personal. No sé muy bien si está contenta o devastada.

—Ya sabes lo independiente que es. Le cuesta abrirse —le digo.

—Mmm —responde Lil para mostrar su acuerdo mientras Theo vuelve con dos vasos de infusión con hielo.

Lil y yo nos sentamos a la mesa y, tras un momento de duda, él regresa al sofá y coge otra vez la guitarra.

—Me voy a mi habitación.

—No, no te vayas por mí —responde Lil enseguida—. Si aquí es donde sueles componer, no te vayas. Le he prometido a Serena que no te estorbaría.

Theo me mira.

—¿Seguro? —pregunta.

—Claro —contesto—. Para eso estamos aquí.

No sé por qué las palabras se quedan flotando en el aire.

—Guau —exclama Lil con los ojos brillantes puestos en la guitarra de Theo—, ¿es una Martin D-45?

—Sí, de 1940. —Theo se la tiende—. Esta la tengo desde hace un tiempo. He traído unas cuantas, pero esta es la que más me gusta para componer.

Lil asiente.

—Serena me dijo que estás trabajando en el disco nuevo —dice mientras rasga flojito las cuerdas—. Preciosa —exhala con aire reverente ante lo que me imagino que tiene que ser un instrumento carísimo.

—Lo intento. —Él hace una mueca—. Me está costando componer, pero empiezo a sacar cosas.

—Son muy buenas —añado deprisa, y me pongo roja cuando los dos se vuelven hacia mí—. Bueno, los trozos que he oído. Aunque no es que mi opinión cuente demasiado.

—A mí me parece que tu opinión cuenta mucho —responde Theo con suavidad.

Lil vuelve a tener en la cara esa expresión furtiva y nos mira a uno y a otro.

—¿Y qué tal está Henry? —le pregunto, y ella se deja caer de nuevo en la silla.

—Estoy pilladísima, Clemmie. Lo es TODO. Es… el sol y la luna al mismo tiempo.

—Ah, el soluna. —Asiento sabiamente.

Theo suelta una risita mientras Lil finge indignación.

—Te ríes de mí, pero te digo que los tres deseos esos…

—Lil, ¡tú y los deseos! —gruño.

—A ver, Lil —interviene Theo desde el sofá, donde hace punteos en la guitarra, que emite notas elegantes y elaboradas que suben y bajan. (No conozco la jerga, ¿vale? Eso ya había quedado claro)—, ¿qué deseo pediste tú?

—Un gran amor incondicional, del que sienten las almas gemelas —responde ella al momento al tiempo que aprieta las manos entrelazadas entre las rodillas, retorciéndose como una niña pequeña—. Y os juro que hemos desenterrado algún tipo de magia latente en nuestras venas. Se suponía que los deseos eran solo para Clemmie, pero es evidente que los poderes se desbordaron. Es como si hubiéramos creado a Henry por arte de magia, y ahora tenemos a Serena y a Bee…

—Parece que tú serás la siguiente, Clemmie —comenta Theo en tono despreocupado—. Ve con cuidado, que viene tu alma gemela.

Carraspeo.

—Creo que soy la prueba que demuestra que no tenemos poderes mágicos, pero me alegro mucho por Serena y por ti —le digo a mi hermana.

—Ya veremos —responde Lil misteriosa—, pero, si tanta coincidencia es, escucha esto: anoche después del bolo me encontré con una antigua amiga. Va a abrir una sala de conciertos en Londres y quiere que yo me sume al proyecto. Será pequeña y creativa y apoyará a los artistas emergentes.

—Llevas siglos hablando de algo así —exclamo.

—¡Ya! —chilla Lil—. ¡¿No te parece que eso es justo trabajar en lo que me gusta?! —Se vuelve hacia Theo—. Ese fue el deseo de Clemmie.

Sus palabras pillan a una parte de mí por sorpresa. Cuando pedimos los deseos, estaba segurísima de que había perdido el trabajo que más me gustaba, pero estas últimas semanas no lo he echado nada de menos. Bueno, tal vez enseñar a los alumnos sí, pero ¿el resto? Lo cierto es que resulta un alivio. Pensarlo hace que me recorra una oleada de pánico, y la aparto a un lado con brusquedad.

—No, si sobre los deseos de Clemmie ya lo sé todo —está diciendo Theo—. Y estoy seguro de que tendrá lo que quiere.

Lil sonríe traviesa.

—Sí, porque es como si nos hubiéramos sintonizado con las vibraciones del universo o algo. En serio, no he sido nunca tan feliz y eso me está haciendo sentir muy creativa. Y sobre el deseo de Serena... Dejémoslo en que está siendo el mejor sexo de mi vida. Henry hace una cosa que...

—Sí, vale —la interrumpo—, no nos hace falta enterarnos de eso, gracias.

—No seas tan mojigata, Clem, que lo que quiero es daros mis mejores consejos.

—¡A nosotros no nos hace falta ningún consejo! —digo, y luego me quedo helada, plenamente consciente de cómo ha sonado—. Quiero decir que a mí no me hace falta ningún consejo, y desde luego a Theo tampoco.

Mi hermana suelta una risita, pero Theo se limita a guiñarme un ojo.

—Gracias, corazón. —Vuelve a usar ese tono áspero—. Me alegra oírlo.

—Quería decir —repongo notando la oleada de calor abrasador que me sube por el cuello— que no necesitas que te sometan a los detalles de la vida sexual de Lil.

—Claro —responde Theo con tono tranquilizador, y yo lo fulmino con la mirada mientras Lil se ríe por la nariz a mi lado.

—En fin —continúo con firmeza para cambiar de tema—, volviendo a lo del trabajo. He estado atenta a las webs de empleo del mundo académico y esta semana han publicado un puesto que puede que solicite.

—No pareces muy entusiasmada —señala Lil.

—¡Claro que sí! —me apresuro a decir—. Ha sido el objetivo hacia el que he estado caminando todos estos años, claro que estoy entusiasmada. Es solo que... Bueno, ya sabes cómo es buscar trabajo. Es abrumador y no hay garantías de que me llamen siquiera para la entrevista.

—Si no te contratasen, estarían mal de la cabeza —dice Lil con firmeza y sin ningún tipo de argumento racional.

Mientras me habla un poco más sobre la sala que quiere abrir su amiga, no deja de desviar la mirada y me doy cuenta de que no tengo toda su atención.

Al final la situación termina superándola, porque espeta:

—Theo, me encanta ese *riff*.

Estoy tan acostumbrada a que Theo toque de fondo que ni siquiera me había dado cuenta de que lo estaba haciendo, pero está claro que Lil sí. Irradia entusiasmo, medio levantada de la silla, como si le costase no acercarse más a la música.

Canta las notas con su bonita voz, clara como el tañido de una campana, las mismas notas que le dije a Theo que me habían gustado la primera vez que las tocó.

—¿En serio? —Parece tan complacido que siento una presión en el pecho.

Lil asiente.

—¿Estás creando algo con eso?

—Sí, lo intento.

—Me encantaría oír un poco más —le dice ella—, pero solo si quieres.

Por un momento me pregunto si Serena la ha convencido para que haga esto. Cuando mi mirada se cruza con la de Theo, veo que él ha tenido la misma idea.

—Claro. —Se encoge de hombros y me sorprende lo tranquilo que está, porque nunca se ha ofrecido a tocar nada para mí.

Puede que esto sea diferente porque Lil también es música. Intento que no me moleste, pero entonces Theo empieza a tocar y todos los pensamientos me desaparecen de la cabeza.

—Todavía no tengo letra —dice él, pero canturrea una melodía.

Sus dedos largos bailan sobre las cuerdas y la música sube y llena la habitación. Y es preciosa. Es él solo con la guitarra, pero, no sé cómo, suena más que eso. Siento que me atraviesa entera. La noto hasta en los dientes.

—Solo tengo eso —concluye parando de golpe.

—Madre mía, Theo —consigo decir respirando como si acabara de correr un maratón.

Me mira y sea lo que sea que me ve en la cara hace que se le sonrosen las mejillas.

—No está terminada —se excusa con voz ronca.

—No me puedo creer que tengas todo eso… dentro de ti —digo de forma confusa.

Estoy metida en un buen lío. Qué cliché tan grande que me fallen las rodillas al ver a un hombre atractivo tocar la guitarra.

—Suena increíble —añade Lil entusiasmada salvándome de pasar más vergüenza—. Me encanta. ¿Qué más tienes?

Y ahora sé que no lo pregunta por Serena, sino porque está absorta en el momento.

Theo sonríe.

—Tengo un par de cosas más en marcha.

Y entonces Lil se sienta en el sofá a su lado y juntan las cabezas mientras Theo toca otra cosa. Y al final, al cabo de un rato, Lil empieza a cantar y él asiente y toca más y ella le coge la guitarra —sin preguntar, como si estuviera con un amigo, y sin rastro de la reverencia hacia el carísimo instrumento— y empieza a tocar cambiando ligeramente lo que estaba haciendo Theo de un modo que no entiendo. Entonces es él el que se emociona y, antes de que ninguno nos demos cuenta, están componiendo una canción. Juntos.

Yo los observo en silencio. Observo a esas dos personas que me importan iluminadas por algo que les encanta y siento un torbellino complicado de envidia y ternura y soledad y alegría.

Recuerdo lo que me dijo Theo de que no le gusta componer con otras personas, pero ahora está con nosotras y está haciendo música con Lil y parece de lo más feliz y relajado. Ha desaparecido toda la ansiedad que le notaba acerca de crear este disco.

Cuando levanta la vista y me pilla mirando, me sonríe. Es una sonrisa dulce que me apuñala el corazón porque está llena de algo que no sé interpretar. O puede que no quiera interpretarlo. Por eso aparto la mirada y dejo que la música me inunde.

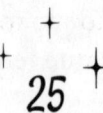

25

Me despierto el día de mi trigésimo tercer cumpleaños ante lo que debe de ser la fantasía calenturienta de un buen porcentaje de la población: Theo Eliott sin camiseta en mi cama cantándome «Cumpleaños feliz».

Para ser precisa, no está dentro de mi cama, sino encima, sobre las sábanas, tocando la guitarra al lado de mi oreja. Muy fuerte.

—Joder, Theo —me quejo, y me doy la vuelta y hundo la cara en la almohada—. ¿Qué hora es?

—Las siete y mediaaa —canta mientras rasguea la guitarra.

—¿Por qué...? ¿Por qué? —balbuceo.

—¡Es tu cumple! —Me empuja el brazo—. Estaba tan emocionado que no podía dormir.

Me incorporo frotándome los ojos y le lanzo una mirada furibunda.

—Yo, en cambio, estaba durmiendo de maravilla.

Parpadeo mientras mis ojos repasan su pecho desnudo y me obligo a no sentir nada por los músculos ondulantes, por las dos pequeñas hendiduras a la altura de la cintura que desaparecen dentro de los pantalones de pijama. «Nada. Soy hielo».

—¿Y por qué estás medio desnudo? —le pregunto señalando vagamente con la mano hacia él.

—Me he manchado la camiseta preparando el desayuno —me explica con paciencia.

Yo suelto otro quejido.

—Pensaba que habíamos acordado que no podías estar en la cocina sin supervisión. ¿Recuerdas los huevos revueltos? Tuvimos que comprarle a Petty un juego de sartenes nuevo. Yo no sabía siquiera que se pudieran derretir unos huevos. Creo que aquello desafió las leyes de la física.

—Como apunté en su momento, me parece que, si hubieras sido una maestra más paciente y comprensiva, aquel incidente no hubiera ocurrido...

—¡Fui una maestra paciente y comprensiva!

—Me tiraste una espátula a la cabeza.

—Era de silicona —refunfuño— y fue en un momento de pánico, cuando tú me lanzaste una sartén en llamas.

—Me parece que estás exagerando —dice Theo—. Conozco a un montón de chefs y siempre le están prendiendo fuego a las cosas.

—Madre mía. —Me dejo caer hacia atrás y cierro los ojos—. ¿Qué haces en mi cama discutiendo conmigo a las siete y media de la mañana? —pregunto con voz débil.

—Te gusta, ¿eh?

Abro un ojo y me está mirando desde arriba con tanto cariño que las comisuras de los labios se me levantan solas.

—No, no me gusta —digo con firmeza—, es demasiado pronto para que me guste nada.

—¿Nada? —Theo levanta una ceja y, por un segundo, se me pasa por la cabeza la imagen de él agachándose para besarme, para presionar los labios cálidos contra los míos, y la sensación del peso de su cuerpo duro y atractivo sobre mí, mis manos en su pelo, las suyas por debajo de mi camiseta de pijama...

Parpadeo y la imagen desaparece, pero la forma en la que me mira Theo me hace pensar que tengo la fantasía escrita en la cara.

—Hablaba de regalos, pervertida —dice con voz ronca—. Y un buen desayuno, aunque estoy abierto a tus propuestas.

Siento que el rubor me sube por el cuerpo de los dedos de los pies al cuero cabelludo.

—La verdad es que sí que me gustan los regalos —consigo decir.

—Pues levántate y nos vemos abajo.

Sale de la cama de un salto.

—¡Solo si te pones una camiseta! —le grito cuando se aleja porque una no es de piedra.

Cuando bajo con los pies a rastras, todavía en pijama mientras bostezo y me paso los dedos por el pelo despeinado, me encuentro con que Theo ha puesto la mesa. Hay un tarro de cristal con un gran ramo de ásteres, vasos de zumo de naranja recién exprimido y una fuente llena de pastas calientes, así como un montoncito de regalos envueltos.

—¡Estoy haciendo café! —grita desde la cocina.

Cuando entra, sigo mirando la mesa fijamente. Parpadeo con fuerza, pero los ojos no dejan de llenárseme de lágrimas.

—¡Eh! —exclama Theo, que se me acerca a grandes zancadas y me rodea con los brazos—. ¿Por qué lloras?

Aprieto la cara contra su pecho y sollozo sobre su camiseta que, gracias a Dios, ya se ha puesto. Él me aprieta con más fuerza y apoya la mejilla en lo alto de mi cabeza. Es el mejor abrazo que me han dado con gran diferencia y me rindo y me permito aferrarme a él. Un capricho que me consiento por mi cumpleaños.

—Todo esto es muy bonito —digo por fin, y aparto la mirada no sin reticencia—, pero ¿cómo has sabido que era mi cumpleaños?

Tengo claro que yo no le he proporcionado el dato.

—Sabía que tenía que ser pronto porque dijiste que eras un par de meses más pequeña que Serena, así que se lo pregunté a Lil cuando vino la semana pasada. —Aparta una silla de la mesa para que pueda sentarme—. Hemos estado conspirando.

Parece un niño satisfecho consigo mismo y lo siento hasta como un ataque. Sería lo más natural del mundo inclinarme y besarlo, y el simple hecho de pensarlo me parece peligroso. Ninguno de los dos ha hablado de que en cuatro días cada uno se irá por su lado. Es como si estuviéramos fingiendo que no va a pasar y eso lo vuelve todo todavía más confuso.

Y, por eso, en lugar de besarlo, me siento y me centro de nuevo en la mesa.

—Y me has preparado el desayuno de verdad —digo—, sin quemar la casa ni nada.

—La señora D me ha ayudado un poco —admite sentándose enfrente de mí.

La señora D tiene aproximadamente ciento cincuenta años y regenta una tiendecita en el pueblo más cercano. No tiene ni la menor idea de quién es Theo, pero a mí me conoce desde que empecé a andar e insiste en llamar a Theo «el chico de Clemmie». Él nunca la corrige y han forjado una inverosímil amistad basada en su amor por los polos de leche y por los coches clásicos.

—Ella ha hecho las pastas y lo único que he tenido que hacer yo ha sido calentarlas en el horno. —Arruga la frente—. Lo cual ha resultado mucho más difícil de como ella lo pintó, porque algunas han empezado a quemarse por los bordes antes de que las otras se calentaran, pero creo que no me ha salido tan mal.

—Están perfectas —digo. Muerdo una y realmente lo está, pero a estas alturas creo que me comería un trozo de carbón si se hubiera levantado pronto para preparármelo por mi cumpleaños.

Aparte de mi familia, nadie se ha esforzado por mi cumpleaños. Ni Len, que decía que los cumpleaños eran «algo que las personas de más de trece años no tendrían que celebrar»; ni tampoco Sam, cuyo regalazo fue cortar conmigo justo antes de que cumpliera dieciocho, y Ripp creo que ni sabe cuándo nací. Puede que me haya mandado una tarjeta alguna vez, pero, ahora que lo pienso, supongo que eso sería cosa del tío Carl.

—Vale, vale —dice Theo impaciente—. Ahora abre los regalos.

No hace falta que me lo diga dos veces, me pongo a arrancar el papel.

Hay una primera edición de color amarillo luminoso de *¿Estás ahí, Dios? Soy yo, Margaret*, de Judy Blume; una botella de mi perfume favorito; un vale para una clase de yoga con cabras para dos personas; un póster del retrato de Chaucer que tengo en casa, pero con la cabeza de Theo pegada encima («He pedido a David que lo hiciera con Photoshop y ahora piensa que tengo un fetiche muy raro»); y, lo más impresionante, una foto enmarcada del elenco de *Sangre/Deseo* firmada por ellos.

—Les pedí que me dedicaran una a mí también —dice Theo con estrellitas en los ojos—. Voy a colgarla en la pared junto a los discos de platino.

Me río tanto que se me sale el zumo de naranja por la nariz y me da igual.

—Y esto no es todo —dice cuando hemos terminado de desayunar—. Tienes que subir a ducharte y vestirte. No hemos terminado con las celebraciones de cumpleaños.

—¿Por qué haces todo esto? —pregunto abrumada.

Theo suelta un quejido.

—De verdad, Clemmie. Para ser tan lista, puedes ser muy pero que muy boba. Si tienes que preguntarlo, no estás prestando nada de atención.

Me guía para que salga de la habitación.

Intento no pensar demasiado en lo que ha querido decir mientras me ducho y me visto. Theo me dice que no me preocupe por vestirme bien, así que me pongo los pantalones vaqueros cortos y una camiseta negra ancha y corta, lo cual es una variación del modelito que llevo poniéndome desde que llegamos por el calor que ha hecho, pero me tomo un tiempo para peinarme estrujándome el pelo con las manos llenas de espuma para definir las ondas y me maquillo: intento imitar la raya de ojos felina que tan bien se le da a Lil con un éxito moderado y me pinto los labios de un rojo vivo porque me parece algo festivo.

El perfume que Theo me ha comprado es de los que vienen en un frasco de los antiguos y suelo ser bastante rácana con él, pero hoy me lo pongo generosamente en todos los puntos de pulso del cuerpo disfrutando del aroma dulce y embriagador.

—Qué guapa —dice Theo cuando por fin vuelvo a bajar.

Sus ojos se detienen un largo rato en mi boca, la sonrisa que me dedica es lenta y traviesa y durante un momento me quedo sin aire en los pulmones. Se me acerca, me aparta el pelo del lado del cuello y se inclina hacia mí.

—Y hueles bien.

Las palabras resuenan por mi piel.

—Bueno —digo nerviosa dando un paso atrás por el bien de mi cordura—, ¿adónde vamos?

Por un momento lanza una mirada furtiva.

—Pues, en realidad ha habido un ligero cambio de planes, así que primero nos tomaremos un café.

—Ah —respondo sin saber muy bien de qué planes habla—. No pasa nada, podemos quedarnos aquí si quieres, no hace falta que hagamos nada especial.

—¡No! —exclama Theo—. Quiero decir... —Se recompone—. No, tengo ganas de ir a por un café. He mirado cómo están las mareas y podemos dar un paseo por Holy Island si quieres.

—¿Crees que es buena idea? —le pregunto.

Desde la llamada de Cyn hemos ido con cuidado de pasar desapercibidos.

—Sigue siendo muy pronto para que haya demasiada gente y no hemos oído nada de que sepan dónde encontrarme. Solo estaremos aquí unos días más... ¿Qué puede pasar? —Me mira con los ojos llenos de emoción y una sonrisa encantadora—. Por favor. No puedo irme de aquí sin verla.

—Supongo que tienes razón —accedo ablandándome, porque me encanta Holy Island y quiero compartirla con él.

Subimos al coche de Theo y arrancamos con las ventanillas bajadas. Estamos a finales de junio y el mundo es de un azul claro y limpio: cielos azul pastel que tocan cariñosamente las aguas turquesa. El sol brilla y la brisa que entra por las ventanillas le alborota el pelo a Theo y mis dedos sienten envidia.

Viajamos por la larga carretera y dejamos atrás señales que advierten a los visitantes de que vayan con cuidado con las mareas y que no intenten recorrer el camino si no es seguro. Se trata de una isla mareal, por lo que, cuando la marea sube, es inaccesible. De momento, la marea está lo más baja posible y, si no fuera por los charquitos de agua que salpican un lado y otro del asfalto, nadie adivinaría que la carretera entera queda inundada por el mar.

Theo quiere pararse a mirarlo todo y a mí no me molesta. Sé lo especial que parece esta islita separada del resto del mundo la mitad del tiempo. Es temprano todavía, por lo que se está tranquilo; aún no ha llegado la marabunta de turistas, lo cual significa que él tenía razón y no corremos mucho el riesgo de que lo reconozcan, pero, de todos modos, se cala la gorra y se deja las gafas de sol puestas.

Paseamos por las calles empedradas y nos pedimos unos cafés en la cafetería del pueblo. Creo que puede que la mujer que nos sirve mire a Theo un par de veces como si le sonase, pero no dice nada y yo espero habérmelo imaginado y estar solo muy sensible.

—Las cumpleañeras se merecen un segundo desayuno —insiste Theo parándose delante del mostrador de helados.

—¿Tú no quieres uno?

—No, no es mi cumple.

Me pido un cono de fresa y Theo se queja porque, según él, es el peor sabor, a pesar de que le he señalado que no tiene que comérselo él y puede pedirse uno del que quiera.

Deambulamos por la playa en dirección al castillo, que sobresale dramático como una forma oscura y apiñada que contrasta con la claridad del cielo.

—¿Qué es ese ruido? —pregunta Theo ladeando la cabeza—. Al principio pensaba que era el viento, pero no hace tanto. Parecen más bien...

—¿Fantasmas? —digo con inocencia—. ¿Los lamentos de los espíritus de los muertos vivientes?

—Pues sí, la verdad.

—Son las focas —explico con una sonrisa—, que cantan.

—¿Cómo?

—Son los cantos de las focas. Si subimos aquella colina, podrás verlas.

—Las focas no cantan —insiste Theo, y una sonrisa se le extiende poco a poco por la cara.

—Te equivocas.

Le cojo la mano y tiro de él con cuidado en dirección al pueblo. Las golondrinas dibujan arcos por encima de nuestras cabezas mientras avanzamos por un camino que cruza un campo de flores silvestres con las ruinas de una abadía alzándose imponentes a un lado. Theo niega con la cabeza al verlo todo.

—Esto es un sueño —musita.

Yo hago como si no me hubiera dado cuenta de que seguimos de la mano y de que sus dedos están entrelazados despreocupadamente con los míos.

Cuando llegamos a lo alto de la colina, señalo con el cono de helado las dunas donde hay una larga hilera de focas apiladas pasando el rato, emitiendo sus sonidos fantasmagóricos y sibilantes.

—Quiero vivir aquí —declara Theo con un suspiro.

—Puede que te cueste que te lleguen los paquetes de bollería —repongo.

—Por favor, Clemmie. —Abre mucho los ojos—. Mudémonos a Holy Island y podré cantar con las focas.

—Eso me suena a eufemismo, como «dormir con los peces» —contesto intentando ignorar el pinchazo que siento cuando propone de pasada que vivamos juntos.

La verdad es que esta Theosidad es implacable, me parece que me merezco una medalla por aguantar tanto. No dudo que, si no hubiera sido yo la única persona con la que ha convivido las últimas cinco semanas, Theo ya estaría a otra cosa, pero tal como está la situación, cada día que pasa me cuesta más y más aferrarme a los motivos por los que no pillarme por él.

Theo se ríe y pone una voz exagerada de capo de la mafia:

—Clementine Monroe, si no me das helado, terminarás cantando con las focas.

—Sabía que iba a pasar. Ya te he dicho que te compraras uno.

—No quiero otro. Sabe mejor cuando es tuyo.

El hoyuelo hace una aparición y yo pongo los ojos en blanco, pero le tiendo el cono, que él se ventila en pocos bocados.

—Me alegra haber venido aquí antes de tener que marcharnos —digo en voz baja.

Theo frunce el ceño, pero, antes de que pueda contestar, le

llega un mensaje al móvil, se lo saca del bolsillo y lo mira de un modo que me imagino que pretende ser furtivo.

—Vale —dice alegremente—, creo que deberíamos volver a casa. No por nada en concreto.

—Sabes que estás muy raro, ¿no?

—Rara tú —contesta Theo, que ya tira de mí en dirección al coche.

Llegamos a casa sin incidentes, pero Theo no deja de mirarme con una sonrisita escondida en los labios.

—¿Qué? —pregunto medio riéndome cuando me mira por cuarta vez.

—Nada —responde.

Y entonces tiende la mano, coge la mía, se la lleva a la boca y me da un suave beso en los nudillos.

—Es solo que me alegro de que nacieras —dice, y me devuelve la mano al regazo con suavidad y coloca la suya de nuevo en el volante como si nada hubiera pasado.

—Ah —es lo que me sale de la boca.

—¿Ah?

El hoyuelo titila.

—O sea, que yo también me alegro de que nacieras.

—Ya me lo dirás en mi cumpleaños —dice él.

—No sé cuándo es.

Cierro los dedos, intentando dejar de sentir el hormigueo.

—El 7 de octubre.

Theo aparca en el camino de la casa.

«Para entonces ya habrá vuelto a Los Ángeles —pienso mientras salgo del coche—. Ni siquiera se acordará de haberme dicho cuándo era su cumpleaños». Dará una gran fiesta llena de modelos y millonarios y, de hecho, seguramente será en un yate. Puede que hasta el yate sea suyo. Puede que tenga incluso su propio yate y yo no tengo ni un piso compartido en alquiler. Las palabras de Serena resuenan en mi cabeza como han hecho ya tantas veces: «Theo Eliott no es para ti, Clemmie».

Mientras yo he estado ocupada entrando en bucle, Theo se ha dado prisa por entrar en casa.

—Bajemos a la playa —propone.

—Ay, Theo, no sé —contesto con evasivas—, estoy bastante cansada.

—Por favor —me pide—, hazlo por mí.

Lo sigo y me pregunto si tiene alguna idea de cómo me siento, de que estoy hecha un lío por él. ¿Se sentiría muy avergonzado si lo supiera? ¿O ya estará acostumbrado a que todas las chicas tengan pósters de Theo Eliott y estén enamoradas de él?

Nos queda menos de una semana aquí. Solo tengo que aguantar el tipo unos días más y luego cada uno podrá irse por su lado. Y de momento puedo hacer como si ese pensamiento no me destrozara un poquito.

Bajamos por el camino y avanzamos por las dunas y, justo cuando estamos a punto de llegar al punto más algo, antes de ver la playa, Theo me da la mano.

—Feliz cumpleaños, corazón —dice.

Y se da la vuelta y yo lo sigo y ahí, en la arena, está mi familia.

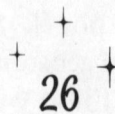

26

—¡Aaah! —chillo resbalándome ya cuesta abajo por la arena en dirección a Serena y Lil, que corren hacia mí.

Caemos al suelo juntas en una montaña desordenada riendo y gritando, sobre todo cuando Serena empieza a meterle arena en la boca a Lil.

—¡Puaj, Serena! ¡Quita! —Gime Lil, lo cual es un error de principiante, porque solo consigue darle a Serena más oportunidades de atiborrarla de arena.

Oigo a Theo reír detrás de mí. Es un sonido alegre que flota en el aire. Me libro de mis hermanas y me levanto para ir hacia mi madre, Petty y Ava, que me envuelven en un abrazo grupal mucho más digno.

—Feliz cumpleaños, dulce Clementine —me susurra Petty al oído.

—Nuestra niña —canturrea Ava, y me da un beso en la mejilla.

—¡¿Qué hacéis todas aquí?! —exclamo.

—Lo ha organizado todo Theo —dice mi madre, y se va hacia él con los brazos tendidos hacia delante y le planta un beso sonoro en la mejilla—. Qué chico tan maravilloso —dice—. Nuestras niñas nos han hablado muchísimo de ti. Me alegro mucho de conocerte en persona por fin.

Theo tiene las mejillas sonrosadas y parece estar deslumbrado por estar hablando con mi madre mientras ella le dedica una sonrisa radiante y lo coge de más arriba de los codos.

—G-gracias, señora Monroe —consigue decir con voz emocionada—. Yo también estoy muy contento de conocerla, soy muy fan...

Mi madre le quita importancia a sus palabras con un gesto de la mano.

—No te atrevas a llamarme señora Monroe, llámame Dee. Y tampoco conoces a Petty ni a Ava, ¿verdad?

Hay más saludos y luego reparo en dos figuras más: Henry y Bee, que se mantienen a un lado.

—¡Hola, Henry! —Lo saludo brevemente con la mano, y él me devuelve el saludo.

—Felicidades, Clemmie. —Me sonríe tímido y se mete las manos en los bolsillos.

—Gracias. No me puedo creer que estéis todos aquí. —Me vuelvo hacia la mujer que hay a su lado—. Tú debes de ser Bee.

Asiente.

—Encantada de conocerte oficialmente.

—¿Quieres decir en lugar de como una voz incorpórea que salía del sujetador de Lil? —pregunto, y Henry no parece descolocado en absoluto, sino que se limita a sonreír más cuando oye el nombre de mi hermana.

Bee se ríe.

—Sí, eres mucho más alta en la vida real.

Le sonrío y ella devuelve la sonrisa. Entonces aparece Serena a su lado con la ropa arrugada y llena de arena, pero no tanto como la de Lil, lo que significa que ha ganado.

Serena le pasa el brazo por la cintura a Bee con facilidad, como si ese fuera su sitio. Lil y Henry se han dado la mano. No me puedo creer cuánto han cambiado las cosas estos últimos meses e intento ignorar el pinchazo de celos que siento.

—¿Y qué te parece? —pregunta Serena señalando a su alrededor.

Me paro a mirarlo todo. Han levantado un cenador enorme de madera lleno de banderolas de *patchwork* en medio de la playa. Hay globos gigantes llenos de confeti que se mecen atados a pesos con largas cintas y debajo del cenador hay una hoguera y montones de manteles de pícnic de colores vivos, así como cojines inmensos. A un lado han montado una barra de estilo *tiki* repleta de bebidas y junto a ella hay una barbacoa en la que las brasas ya brillan con tonos naranjas.

—Es increíble —digo aturdida—. ¿Cómo lo habéis hecho?

—Han sido mi madre y Theo —dice Lil—. Lo han preparado todo.

—Con un poco de ayuda de David, claro. —Theo viene y se pone a mi lado—. Te desea feliz cumpleaños, por cierto. Te ha mandado flores. Están en casa.

—¿David? —pregunto estupefacta.

—Creo que empieza a cogerte cariño —dice Theo—. Me estoy esforzando por no ponerme celoso. A mí nunca me ha comprado flores. —Me mira desde arriba—. ¿Qué? ¿Te gusta? ¿Te ha sorprendido?

—Me ha sorprendido un montón —digo con sinceridad—, y es imposible que nada me guste más.

Nos quedamos ahí mirándonos un momento. No sé cuánto rato, pero el suficiente para que Lil carraspee y Serena farfulle:

—No me jodas que Lil tenía razón por una vez.

—¿Razón sobre qué? —pregunto.

—Razón sobre tú y...

—¿Tomamos algo? —la interrumpe Bee deprisa, le aprieta la mano y se la lleva.

Mi hermana la sigue, pero se vuelve para lanzarme una mirada asesina. Luego levanta dos dedos y se señala los ojos y luego a Theo. El gesto universal de «Te estoy observando».

—Siempre se me olvida el miedo que da tu hermana —dice Theo.

—Mucho —susurra Henry, y ambos intercambian una mirada de solidaridad.

El resto de la tarde es un borrón de felicidad. Mi madre y Ava se encargan de la barbacoa y Petty sube a casa y saca de la nevera grandes cuencos de ensalada de colores vivos, arroz con una salsa cremosa de pistacho y granos de granada brillantes y fuentes de verduras asadas, dulces y algo chamuscadas.

Theo enciende la hoguera, pero le echa demasiado combustible y casi se queda sin cejas.

—¡Dios, Theo! —exclamo, convencida de que estoy sufriendo una parada cardiaca—. Imagínate que tengo que explicárselo a David. Traería a un cirujano plástico de California para hacerte un trasplante de cejas de emergencia.

—Las cejas del señor Eliott cuestan una fortuna, Clemmie, y tú les has fallado —dice Theo haciendo una imitación perfecta de David.

—No es broma. A partir de ahora no puedes acercarte al fuego —digo con firmeza.

Theo se limita a reírse y tira de mí para que me siente en uno de los manteles.

—¿Cómo has conseguido mantener todo esto en secreto? —le pregunto.

—La verdad es que Petty y David han hecho casi todo el trabajo. Yo solo tenía que distraerte. Pero han pillado un atasco, de ahí el paseo improvisado a por café.

—Bueno, pues me encanta —digo feliz, y saco un trozo de fresa de mi bebida y me lo meto en la boca disfrutando del dulzor—. Es mi segundo mejor cumpleaños.

—¿El segundo mejor?

—Cuando cumplí siete años me hicieron una fiesta de los Power Rangers y el rosa hizo una aparición especial.

—Ah, bueno, no se puede competir con eso.

Theo me atrae hacia él y me rodea la cintura con el brazo.

—Si hubiera sido el azul o el rojo, tal vez…

—Exacto, pero, bueno, este se le acerca mucho.

—¿Sí? —Se le curvan los labios hacia arriba.

—Sí. —La palabra me sale con suavidad, como una exhalación.

Se le crispan los dedos, que me acarician la fina franja de piel que asoma entre la cintura de los pantalones y el dobladillo de la camiseta y tengo que esforzarme al máximo por no ceder a las ganas de hundir la cara en el punto en el que se unen su cuello y su hombro.

Da la impresión —por lo menos a mí— de que, sea lo que sea lo que lleva cociéndose a fuego lento entre nosotros desde hace semanas, ha llegado al punto de ebullición. Siento todo el cuerpo demasiado tirante, como si me doliera, y no solo porque él me toque (aunque eso también ayuda), sino porque ansío algo más, algo que no tengo ningún derecho de querer.

Sin embargo, la forma en la que me mira Theo me hace sentir que, tal vez, él también quiera lo mismo. Y esa es la parte más confusa de todas.

—¡La comida está lista! —grita Ava, y se rompe el hechizo.

Me vuelvo, Theo aparta el brazo y yo respiro hondo para estabilizarme. «Solo unos días más —pienso para darme fuerzas—. Solo unos días más».

Mientras todo el mundo se pelea por llenarse el plato y discute sobre quién tiene derecho a elegir primero entre lo que hay en la barbacoa (y no sé cómo termina siendo Lil a pesar de que es mi cumpleaños), asimilo que toda mi familia está aquí, en casa de la abuela Mac. El murmullo de sus voces, la calidez familiar de su risa, hasta el sonido de mis hermanas riñendo... Siento que está bien que todo sea aquí. Miro hacia la casa y es como si los demonios que quedaban hubieran sido desterrados. No siento más que puro bienestar por estar aquí, con un toque de tristeza dulce al pensar en irme. Y ese me parece el mejor regalo de todos.

Después de comer, mis hermanas me llevan a dar un paseo solas. No es que haya estado evitando esta situación, pero me da la sensación de que sé lo que viene ahora y ya estoy discutiendo lo bastante conmigo misma sin tener sus opiniones de por medio.

—Vale —suelta Serena con los brazos en jarra en cuanto nos hemos alejado lo suficiente de los demás—. ¿Qué? ¿Coño? ¿Pasa?

—¿Qué? —contesto yo.

Lil y Serena intercambian una mirada y mi hermana pequeña dice:

—Te lo dije.

—Theo y tú, Clemmie —apunta Serena con una paciencia exagerada—. No me lo creí cuando Lil me dijo lo que estaba pasando, pero aquí estamos.

—No sé de qué me hablas —repongo no muy convincente.

—Es como si estuvierais… juntos. —Lil me pone una mano en el brazo—. En plan juntos juntos. ¿Lo estáis? ¿Por qué no nos lo has contado?

—Yo… —empiezo a decir, luego me detengo evitando mirarlas a los ojos mientras intento aclarar mis pensamientos—. No, no estamos juntos. Solo estamos cómodos juntos. Supongo que al tener que estar aquí los dos solos hemos acabado bastante unidos. Nos hemos… hecho amigos.

—Yo no miro a mis amigos como tú lo miras a él —señala Serena.

—Y no hablemos de cómo te mira él a ti —interviene Lil.

—Sí. —Serena exhala despacio—. Eso. Conozco a Theo desde hace mucho y nunca… —Se le apaga la voz, se muerde el labio claramente preocupada.

—No sé de qué me hablas —repito intentando sonar más firme esta vez.

—¡No deja de mirarte, Clemmie! —exclama Lil—. Todo blandito y con los ojos brillantes, como si fuera el maldito emoji de los ojos de corazón en la vida real. Creo que no intenta ni esconderlo, ni de nosotras ni de ti, se ve clarísimo. Esta superenamo…

—Para. —La corto con un gesto de la mano. La voz me sale estridente—. Sé por qué podéis llegar a pensar algo así, pero tenéis que entender que solo es Theo siendo Theo. Él es así. Es encantador. Es una pila de músculos y carisma de uno ochenta de altura. Le gusta tocar a la gente y tontear. ¡Es así con todo el mundo!

Mis hermanas me miran. Lil parece triste. Serena frunce el ceño.

—¿De verdad piensas eso? —pregunta Serena.

—¡Claro! Tú eres la que me dijiste que era un ligón. Y no lo juzgo, pero no es lo que busco yo. Si es que busco algo. Que no es el caso.

Serena cambia el peso de pierna incómoda.

—Sé lo que dije y todavía no he cambiado del todo de opinión al respecto, pero tienes que saber que, sea quien sea ese —señala hacia atrás, hacia la playa en la que Petty parece estar organizando una carrera de llevar huevos en cucharas con la boca mientras Henry y Theo hacen elaborados estiramientos como si se estuvieran preparando para los Juegos Olímpicos—, no es el Theo Eliott del que hablaba yo.

—Vale —digo—, entonces dices que este no es el Theo real, es solo…, no sé, el Theo de vacaciones, y hemos estado en una burbuja los dos aquí solos. Y cuando regrese al mundo real volverá a ser el hombre que tú conoces, el que hace años que conoces.

—O puede que este sea el Theo de verdad, Clemmie —sugiere Lil decidida como siempre a ver lo mejor de las personas—. Parece muy sincero. A mí no me da la impresión de que esté actuando, ¿a ti?

Miro al suelo.

—No, pero puede que eso sea lo que lo hace peligroso.

Las dos se quedan de nuevo en silencio antes de que Lil intervenga.

—Clemmie —dice con voz suave—, no eres la única a la que le costaría confiar en alguien en la situación de Theo. Serena y yo tampoco es que hayamos buscado salir con personas del mundillo y estamos metidas en él. Sabemos mejor que nadie que el mundo está lleno de Ripp Harris.

Serena se ríe por la nariz para mostrar su acuerdo.

—Pero Theo… —Lil tiende la mano, coge la mía, la aprieta y añade—: No es uno de ellos. Lo noto.

Serena no parece tan convencida, pero, por algún motivo, decide guardar silencio.

—¿Y qué me decís de Sam? —pregunto, y las dos se encogen al oír el nombre—. Yo tampoco pensaba que sería como Ripp y mirad cómo terminó esa historia. De verdad os digo que no podría volver a pasar por algo así. No solo por la ruptura, sino por todo lo demás, por todo ese circo.

—Sam es un capullo y encima cruel —espeta Serena—. Aunque pueda tener dudas sobre Theo, ya te digo que juega en otra liga.

—Total, eso da igual —insisto—. Entiendo lo que decís y por qué lo pensáis, pero Theo es un músico famoso que vive en Los Ángeles. Solo tenemos que pasar juntos unos pocos días más. La lista de motivos por los que lo nuestro no funcionaría es larguísima. No habrá nada entre nosotros sienta lo que sienta yo o haya pasado lo que haya pasado entre nosotros en otro momento. No es para mí. Eso fue lo que dijiste tú, Serena, y tenías toda la razón.

Por una vez mi hermana no parece contenta con que le den la razón.

—A mí todo eso me parecen excusas —dice despacio.

—No son excusas, sino hechos.

Ojalá no pareciera que estoy intentando convencerme a mí misma a la vez que a ellas.

—Es solo que… estás diferente, Clemmie —argumenta Lil también hablando poco a poco—. No sé si es por estar aquí o por haber roto con Len o por Theo o por una combinación de todo, pero ha cambiado algo. Para bien. Te veo… ligera. No quiero oír cómo te convences a ti misma de no probar algo que podría ser maravilloso porque tienes miedo.

—No tengo miedo —insisto—, solo soy realista, práctica. —Antes de que puedan seguir protestando, continúo—: Y, ahora, ¿podemos volver y terminar de celebrar mi cumpleaños, por favor? Porque antes de que os vayáis pienso machacaros en una carrera de llevar huevos en una cuchara.

Y así termina el interrogatorio, porque, como yo sé muy bien, aunque estén ocupadas dándole vueltas a mi vida amorosa, mis hermanas son incapaces de resistirse a un reto como ese.

Luego, cuando Theo y yo nos despedimos de todo el mundo diciéndoles adiós con la mano, casi he conseguido sacarme la conversación con mis hermanas de la cabeza.

Casi he conseguido ignorar todas las miradas largas y sonrientes no solo de mi madre, sino también de Petty y Ava cuando pensaban que no las veía.

Casi he conseguido evitar buscar el contacto con Theo como un labrador enamorado. Casi.

—¿Bajamos a la playa a ver la puesta de sol? —pregunta Theo—. Deberíamos aprovechar al máximo la hoguera antes de que vengan los hombres de David mañana y se la lleven.

Lo miro con los ojos entrecerrados.

—Tienes más nubes de azúcar, ¿verdad? Pensaba que le habías dicho a Serena que se habían terminado.

—He guardado unas cuantas para nosotros, cumpleañera.

—Qué altruista por tu parte, pensando solo en mi felicidad.

—Siempre.

Volvemos a bajar a la playa y Theo se va hacia la barra y saca una bolsa de nubes de detrás de la cerveza cara y afrutada sin alcohol.

—Sabía que tu hermana nunca buscaría ahí.

—Ella es más de licores fuertes —coincido.

—Cuando no se está bebiendo la sangre de los enemigos que ha derrotado. —Theo sonríe mientras lo dice, pero parece un poco traumatizado.

Echamos un par de troncos más a la hoguera y ensartamos las nubes en pinchos de metal antes de sentarnos uno al lado del otro en una de las telas del suelo. Acaban de dar las diez y media y una luz bruñida del color del oro rosado empieza a esparcirse por el cielo. En la arena, delante de la hoguera, mi nombre está garabateado al lado de los de Lil y Serena, todos abarcados por un corazón gigante que Lil ha dibujado con los dedos.

—No me puedo creer lo de la última carrera. —Theo niega con la cabeza y se encoge de dolor—. Creo que puede que Lil me haya roto un par de costillas. ¿Cómo puede ser que alguien tan pequeño se te eche encima como si fuera un defensa de los All Blacks?

—He intentado avisarte. —Me río mientras tuesto con cuidado la nube—. Tendrías que haberte fijado en que todo el mundo le estaba dejando muchísimo espacio.

—Yo pensaba que la agresiva sería Serena.

—No, Lil siempre ha sido una pesadilla con lo de la competitividad. Una vez la expulsaron del colegio por romperle la nariz a otra niña en un partido de hockey. Dijo que no lo había hecho aposta, pero yo no lo tengo claro... Le entra una rabia...

—Pero a Henry le ha encantado, ¿no? —Él sonríe con satisfacción—. Ella iba por ahí intentando hacer tropezar a todo el mundo y él la miraba como si fuera un ángel que ha bajado del cielo.

—El amor verdadero —digo sonriendo.

—¿Por qué tu nube está perfecta y las mías siempre me salen así? —refunfuña Theo, y sopla para apagar las llamas que consumen la suya y dejan detrás un bulto ennegrecido.

Examino mi chuchería uniformemente dorada y pegajosa.

—Es porque soy cuidadosa y paciente, algo sobre lo que tú sabes muy poco.

—Clemmie, puedo ser *muy* cuidadoso y paciente si la ocasión lo requiere —contesta, y hay algo grave y serio en el tono en que lo dice que hace que levante la vista hacia él.

Su mirada es fija, abierta y me calienta la piel. Sonrío a la vez que intento tapar los nervios que siento en la barriga.

—Claro, díselo a la media docena de huevos que has roto hoy.

Algo parecido a la decepción cruza su mirada cuando le respondo, pero lo deja pasar y recoloca la expresión para que sea de falsa indignación.

—No digo que el juego estuviera amañado, pero ¿hemos comprobado si el huevo de Serena estaba hervido? ¡Te juro que una vez se le ha caído y ha rebotado!

—Toma —digo tendiéndole la nube—, en realidad la estaba tostando para ti.

—¿Sí?

—Sí, porque sé lo mal que se te da y me olía que quemarías la tuya, pero también sé cuánto te gustan, yonqui del azúcar.

Theo me quita el pincho de la mano y se queda mirándolo un momento.

—Me has tostado una nube.

Me río, inexplicablemente nerviosa.

—Solo es una nube, Theo.

—Mmm. —Parece que no está de acuerdo, pero no quiere decírmelo.

—Y es para darte las gracias. —Paso el dedo por la arena. Por algún motivo no quiero mirarlo—. Por el mejor cumpleaños de mi vida.

Hay un silencio breve.

Se le relaja el cuerpo y vuelve la sonrisa tranquila.

—¿Quieres decir que soy mejor que un *power ranger* rosa?

—Quiero decir que ver cómo Lil te hacía un placaje de rugby, te tumbaba y luego te pisoteaba el cuerpo en dirección a la meta ha sido mejor que conocer al *power ranger* rosa.

—Sabía que me había pisoteado adrede. Que su madre fuera el árbitro era una violación clara del reglamento de las carreras de huevos con cucharas.

Parece que hemos conseguido alejarnos de cualquier tema demasiado serio y volvemos a estar en un terreno conocido. Bromeamos y nos picamos un poco más y Theo se come la nube despacio, como si fuera el manjar más delicioso del mundo.

Cuando termina, coge la guitarra y, si alguien me hubiera preguntado antes de ese momento si se me ocurría algo más ridículo que un hombre adulto presentándose delante de una hoguera con una guitarra acústica, me habría costado responder. Sin embargo, en el caso de Theo no es un artificio, no da vergüenza. Es perfecto. Seguramente por el talento que tiene, pero también porque ahora me doy cuenta de que tener una guitarra en la mano es su estado natural.

Empieza a tocar bajito, ausente, de fondo mientras hablamos. Primero esa melodía tan bonita que nos tocó a Lil y a mí y luego otras cosas, trozos de canciones que reconozco y otros que no, todos entrelazándose con los demás. Al final toca una melodía que me resulta tan familiar que enseguida me encojo incómoda.

—¡Ay, no, por favor! —exclamo.

Theo me lanza una sonrisa malvada mientras la guitarra tañe las notas que tantas interpretaciones sentimentaloides y falsamente sureñas habían provocado en mi niñez.

«Oh, my darlin', oh, my darlin', oh, my darrrlin' Clementine...».

—Esa canción es lo que me convirtió en una villana. —Le pongo mala cara—. Es lo que me ha hecho ser el desastre neurótico que tienes delante. Esa canción me persigue.

Theo suelta una carcajada.

—No es una mala canción. Podría ser peor... A mí todos mis amigos me cantaban la de *Alvin y las ardillas*.

—La canción de *Alvin y las ardillas* es alegre —repongo—. A todo el mundo le encanta. Y Theodore es mi ardilla favorita, así que ni siquiera te estaban diciendo nada malo. La mía es peor, claramente.

Theo me lanza una mirada y empieza a tocar otra vez. Y ahora toca con más suavidad, más despacio, y, cuando canta, todos los vellos de la nuca se me erizan.

Ahora, no sé cómo, la canción no es nada sentimentaloide. Es cruda y tierna. Theo no me mira, pero las palabras que canta me envuelven como una caricia. No puede haber canción menos seductora en el mundo, pero, no sé cómo, Theo la ha cambiado y la ha convertido en algo precioso y la forma que tiene de cantar mi nombre una y otra vez me deja sin respiración.

Cuando termina, el silencio entre nosotros crepita eléctrico. Delante, el cielo es de llamas fundidas sobre un mar plateado.

—Puede que me guste cuando eres tú el que la canta —consigo decir, y sueno tan susurrante y tonta que me estremezco.

—A mí me gusta todo más cuando es contigo —contesta Theo sin más. Me da un escalofrío—. ¿Tienes frío?

Asiento.

Theo deja la guitarra a su lado y me rodea la cintura con el brazo. Se mueve para colocarse detrás de mí, con una pierna a cada lado, y apoya el pecho en mi espalda.

Coge otra tela de la arena, se la coloca alrededor de los hombros y la cierra delante de mí para que nos quedemos como envueltos en un capullo. Su cuerpo irradia calor. Siento el latido constante de su corazón y me quedo ahí sentada entre sus brazos. No hablamos, no decimos nada de nada, solo observamos cómo el sol se va hundiendo por fin en el horizonte.

27

Cuando volvemos a subir a casa, se ha hecho de noche y Theo enciende la linterna del teléfono para guiarnos. Caminamos cerca, pero sin tocarnos, y, aun así, todo mi cuerpo es consciente del suyo. Sé que ha cambiado algo entre nosotros y que cuando entremos en casa vamos a tener que hablarlo.

Pensarlo me aterra y a la vez me siento exultante. Porque me he cansado. Me he cansado de ignorar y reprimir y ser sensata. No tengo ni idea de si me arrepentiré de dejar que pase algo entre Theo y yo, pero me parece absurdo seguir preocupándome por ello cuando está clarísimo que algo ha pasado ya. Ahora solo es cuestión de explicitarlo y decidir qué coño vamos a hacer al respecto.

Theo abre la puerta de atrás y se dirige a encender la lámpara. La luz repentina me choca y parpadeo cegada por un momento. Cuando vuelvo a abrir los ojos, Theo está plantado delante de mí.

—Clementine —dice con la voz ronca.

Nada más, solo mi nombre, que se queda suspendido en el aire entre nosotros.

De verdad que no sé quién se mueve primero.

Puede que seamos los dos a la vez, porque colisionamos con tanta fuerza que retrocedo un poco y lo que pasa a continuación no es tierno ni lento ni cuidadoso. Es una locura: sus labios sobre los míos, mi lengua en su boca, su mano agarrándome la nuca. Hace un ruido, un ruido desesperado que provoca que se me derritan las rodillas mientras me aprieto contra él con ganas de más. Y vagamente, por encima del ardor y el deseo y el hambre, soy consciente de que una sensación me inunda todo el cuerpo y me corre por las venas: alivio.

«Menos mal —parece decir—. Por fin».

Me pego a su cuerpo como si intentase fusionarme con sus huesos.

No tengo ni idea de cuánto tiempo pasa —podrían ser minutos, horas o vidas enteras— hasta que un sonido atraviesa de pronto el momento, agudo e implacable.

«Mi móvil —comprendo—. Me está sonando el móvil». Me aparto de Theo poco a poco aturdida. Tiene la mirada desenfocada y está jadeando. Me doy cuenta de que ha metido una mano por dentro de mi camiseta y yo una por la parte delantera de sus vaqueros.

—Theo —consigo decir—. Tenemos que... Yo...

No puedo seguir porque el cerebro todavía me va con retraso. Está demasiado ocupado siendo la animadora más entusiasta del mundo —dando saltos mortales que terminan en un espagat y gritando: «¡Bésalo! ¡Bésalo! ¡Bésalo!»— para hacer algo útil como encadenar unas cuantas palabras.

Theo recupera la cordura primero. Deja caer la frente sobre la mía, solo un momento, con los ojos cerrados mientras respira hondo y se estabiliza. Entonces se aleja de mí con gran esfuerzo.

—Vamos muy deprisa —consigue decir con la voz de papel de lija—. Primero tenemos que hablar.

—Sí, eso —convengo en voz baja—. Primero hablar.

—Deberías contestar.

Yo estoy totalmente distraída por sus manos, que le abrochan los vaqueros. Quiero tenerlas yo encima. Quiero esos pantalones en el suelo, o en una hoguera; me da igual mientras no los lleve puestos.

—¿Qué? —digo.

—El teléfono, Clemmie. —Se ríe sin humor—. Deberías contestar.

—Ah, sí.

Me esfuerzo un poco más por aterrizar en este mundo. Me saco el teléfono del bolsillo y contesto sin mirar la pantalla.

—¿Diga? —Estoy sin aliento y con la voz áspera.

Theo se pasa los dedos por el pelo alborotado. Observo cómo se le contraen los músculos del brazo. Tiene la boca rosa y los labios hinchados.

—¿Clemmie? —dice una voz masculina.

—¿Sí?

No reconozco la voz enseguida y me separo el teléfono de la oreja para mirar el número, pero no lo tengo guardado en los contactos.

—Pensaba que no ibas a contestar —dice el hombre con la voz grave, casi un ronroneo—. Me alegro de que lo hayas cogido. Quería desearte feliz cumpleaños.

Y entonces caigo, en ese momento me doy cuenta de a quién pertenece la voz que me suena en el oído.

—¿Sam? —grazno, y, delante de mí, Theo se queda helado.

—Sí, soy yo. Ripp me dio tu número. He estado intentando reunir el valor para llamarte y, cuando he visto que tu hermana subía una publicación por tu cumpleaños en Instagram, me ha parecido una señal del universo.

Trago saliva. Theo tiende el brazo y apoya la mano en mi codo.

—¿Por qué me llamas? —pregunto.

Sam suelta una risita y odio acordarme de ese sonido, de que me encantaba y me parecía seductor y encantador. Ahora me revuelve el estómago.

—Es que me encantó encontrarme contigo —dice Sam con un tono íntimo, acaramelado—. Y no he podido dejar de pensar en ti. Te vi muy bien, Clemmie, muy bien… Y me puse a pensar en lo que tuvimos. Sé que fue hace mucho, pero sentí la chispa al momento. Volví a tener veinte años y me preguntaba si podríamos salir un día… y ver si nos va tan bien juntos como recuerdo que nos iba. Creo que podríamos pasárnoslo muy bien.

—¿Me…? ¿Me llamas para que salgamos?

Los dedos de Theo se tensan sobre mi piel, pero yo apenas me percato porque estoy ocupada siendo consumida por una llamarada de furia abrasadora. Hay un momento de silencio antes de que me encienda.

—¿Estás de puta coña? —escupo.

Otro silencio.

—¿C-cómo? —dice Sam, y no sé si se está haciendo el tonto o si en serio es así de estúpido y está desconcertado de verdad.

—¿Quieres salir a tomar algo? ¿Quieres ver si follar conmigo está igual de bien que cuando tenía diecisiete? Vete a la puta mierda, tóxico de los cojones. Espero que mueras solo y se te coman unos gatos. Bueno, los gatos son demasiado buenos para ti, espero que se te coman unos… unos… ¡unas babosas!

Golpeo la pantalla con el dedo para colgar y tiro el teléfono a la otra punta de la habitación mientras suelto un gruñido de rabia que me sale de muy adentro.

Creo que no me doy cuenta de que Theo sigue en la habitación conmigo hasta que pasan varios minutos. Noto como si tuviera agujetas por todo el cuerpo y no me llega aire suficiente a los pulmones.

Entonces noto sus brazos, que me conducen con cuidado al sofá y me empujan para que me siente. Desaparece, pero vuelve al cabo de un momento. Se arrodilla delante de mí, me aparta algunos mechones de pelo de la cara y me tiende un vaso de agua.

—Respira hondo —dice—. Y bebe.

Doy un sorbo y reparo en que estoy temblando. Empiezo a notar que vuelvo a mi cuerpo.

—No me puedo creer lo que acaba de pasar —digo por fin—. Acaba de pasar, ¿no?

Theo sigue de rodillas, con la preocupación escrita en la cara.

—Sí, ha pasado.

—Él… Sam… —No consigo terminar la frase. No puedo creer que se haya colado aquí, en esta casa, otra vez.

—Clemmie —dice Theo en voz baja, y aparta el vaso de agua.

Me envuelve las manos frías con las suyas y me las frota con suavidad—. Está bien. Estás bien.

—Sí —respondo—, estoy bien. Por lo menos esta vez he conseguido decirle cómo me sentía. —Suelto una risita débil.

En la cara de Theo aparece el alivio y se le curvan los labios.

—Sí, creo que no has dejado mucho margen de duda.

—¿Le he dicho que espero que se lo coman... unas babosas?

—Sí. —Su sonrisa crece—. Una amenaza muy intimidadora.

—Supongo que sería un final muy lento.

—Lentísimo —apunta él con solemnidad—. Y baboso.

—Sí —exhalo—, se merece todas esas babas. —Pasa un segundo, otro y entonces Theo me pregunta en voz baja—. ¿Quieres contármelo?

Asiento y le señalo el sofá. Él se levanta y se sienta a mi lado. Yo me llevo las rodillas al pecho y las rodeo con los brazos.

—Creo que tendría que habértelo contado antes —digo—. Tendría que haberte explicado...

Theo me detiene.

—No me debes ninguna explicación. No me debes nada. Si quieres contármelo, a mí me gustaría entenderlo, pero, si no, no hay presión. Ninguna.

Le dedico una sonrisa temblorosa.

—Tampoco es que sea un gran secreto. —Suspiro—. Es solo que no es una historia muy agradable y no me gusta contarla. —Lo pienso—. Y la verdad es que una parte de mí se siente..., no sé..., tonta por seguir arrastrándola. No sé por qué no puedo superarlo, si es algo que pasó hace tanto tiempo. Es evidente que Sam ni se acuerda.

—No sé lo que pasó, pero sí que no hay nada de tonto en tu forma de pensar ni de sentir.

—Mejor te lo cuento todo antes de que saques conclusiones como esa.

Theo niega con la cabeza.

—No me hace falta oírlo para saber en qué equipo estoy, Clemmie. Estoy de tu parte, siempre.

Me trago el nudo que tengo en la garganta y decido que lo

mejor es tirarme de cabeza y así no darme una excusa para echarme atrás.

—Conocí a Sam cuando tenía diecisiete años —empiezo, y me humedezco los labios nerviosa—. Había salido una noche con Serena y Lil y él vino a hablar con nosotras, pero, no sé cómo, terminamos los dos solos sentados en un rincón hablando hasta las dos de la mañana.

Rememoro aquella noche, cómo me sentí cuando Sam me eligió. El peso de toda su atención fue potente, me hizo sentir importante.

—Era guapo, encantador y, aunque en aquel momento no lo sabía, era el batería de un grupo indie emergente que justo empezaba a ganar algo de reconocimiento. Irradiaba una especie de magnetismo. La gente se sentía atraída por él y él estaba interesado en mí, que era una chica tímida, amante de los libros y del montón. —Theo hace un sonido para protestar y me hace sonreír—. O así me veía yo a mí misma en aquel momento. Y no tienes ni idea de cómo era la Clemmie de diecisiete años.

—Le encantaba la literatura medieval extrañamente subida de tono y tenía un interés enfermizo por Ryan Gosling a pesar de que el tío tiene una pinta de lo más normal, lo cual dice mucho de su bondad. Y yo con diecisiete años habría sido su mejor amigo —señala Theo con firmeza.

Me río. Es una risa sincera y parte del abatimiento que siento desaparece. Me resulta más fácil seguir. Respiro hondo.

—Le di mi número aquella primera noche y él me llamó al día siguiente, y al otro. Me hizo sentir como si fuera la chica más maravillosa y deseable del mundo. Ni siquiera me preocupé cuando descubrí que era músico. Pensé que no se parecía en nada a Ripp. Era muy atento, me escuchaba, me hablaba de libros y de música y de arte. Era unos años mayor que yo, y a mí todo me parecía muy adulto. Cosas del primer amor, supongo.

Hago una mueca. Theo se queda en silencio y me cuesta leer su expresión.

—Entonces empezó a llevarme por ahí, a salir más de fiesta. Yo era menor, pero nadie lo comprobaba cuando iba con el grupo.

Ellos tocaban, y yo iba a los conciertos y luego Sam venía y me rodeaba con el brazo y me llamaba su chica y le decía a todo el mundo la suerte que tenía de tenerme. Me lo comí todo con patatas.

Suelto una risa sarcástica pensando —tal vez por millonésima vez ya— que fui tontísima.

—Pues normal —dice Theo—, por lo que me cuentas, cualquiera habría caído. A los diecisiete todos somos un desastre en las relaciones. —Lo miro poco convencida y él lee mi expresión enseguida—. Espera a que te hable de mi primera novia, que fue tan amable cuando cortó conmigo que yo seguía pensando que estábamos juntos tres semanas después cuando le metió la lengua hasta la garganta a Darryl Simmons —dice—. Pero ya habrá tiempo para mis desastres amorosos. Estamos hablando de ti.

—Claro.

Asiento y tomo nota mental para que me cuente toda la historia en otro momento sintiendo un puñetazo de celos y de rabia en la barriga de lo más irracional hacia una adolescente cuyo nombre ni siquiera sé.

—Bueno, pues salíamos mucho. Sam siempre insistía en que fuera con ellos, decía que no quería pasar tiempo lejos de mí y que no se divertía si yo no iba.

Jugueteo con el dobladillo de mis pantalones cortos y recuerdo lo pasmada que me quedé ante la idea de que hubiera alguien que no pudiera soportar estar lejos de mí. No hacen falta todos los años de terapia que tengo a mis espaldas para que te salten las alarmas y pienses «ES POR LOS TRAUMITAS CON TU PADRE», pero a toro pasado…

—Al principio me lo pasaba bien —continúo—, pero un día empezaron a aparecer los paparazis para hacerle fotos a Sam cuando llegábamos a un sitio o nos íbamos. Solo eran un fotógrafo o dos, nada importante. Es lo que te he dicho: el grupo empezaba a ganar fama. Tenían fans. A mí no me hacía mucha gracia, pero lo entendía. Intenté hacerme a un lado, esconderme detrás de él cuando se disparaban los flashes.

Empiezan a sudarme las palmas de las manos porque sé que nos acercamos a la parte complicada.

—Y una noche había más paparazis de lo normal y uno de los fotógrafos gritó mi nombre... Bueno, mi nombre no, dijo «Clementine Harris», y al día siguiente la que salía en los periódicos era yo. Me acuerdo del titular: «El vivo Ripptrato de su padre». —Theo emite un sonido entre una risa y un balbuceo indignado—. ¡No, si ya! —Hago una mueca—. Ofende lo malo que es, aparte de lo demás, pero se publicó: una noticia entera sobre que a la hija de Ripp le gustaba salir de fiesta y se estaba tirando a un músico. Después de eso hubo más fotos, más cámaras allá donde fuéramos y era todo horrible. Incluso en algún sentido que yo no llegaba a comprender con diecisiete años, pero ahora lo pienso y... —Suspiro—. Intentaban hacerme fotos por debajo de la falda, me gritaban cosas asquerosas o me hacían preguntas sobre mi vida sexual, lo que fuera para conseguir una reacción. En aquel momento yo no me veía a mí misma como una niña, pero lo era. Con solo diecisiete años eres muy vulnerable. Te encuentras a punto de cumplir la mayoría de edad sin saber muy bien qué hacer con ello. Su forma de hablarme...

La expresión estoica de Theo ahora es crispada.

—Fue horrible. Yo era muy infeliz. Me trastocó muchísimo. Empecé a tener ataques de pánico paralizantes, no quería salir de casa y Sam no dejaba de decir que eran todos unos cabrones, pero que no podíamos dejar que nos impidieran vivir la vida, que nosotros sabíamos que eran todo mentiras, así que ¿qué más daba? Yo deseaba tanto estar con él que le daba la razón y la situación continuó y fue cada vez a peor. —Ahora hablo más deprisa y las palabras brotan solas—. Me hacían cada vez más fotos y elegían en las que Sam salía cogiéndome del brazo y parecía que me estaba aguantando en pie o en las que yo parecía loca y cabreada con ellos. Dejé de comer, enfermé. Terminaron publicando una noticia diciendo que tenía problemas con las drogas y que mi padre estaba consternado e intentaba meterme en un centro de desintoxicación. —En ese momento me quedo mirando a Theo indignada—. Yo ni me había acercado a las drogas. Bueno, una vez me tomé una galleta de marihuana con Lil y Serena y me pasé la noche entera hecha un ovillo pensando que las palabras eran formas que pretendían aplastarme y que cada vez que Lil y Serena hablaban era un intento de asesinato deliberado, así que eso me amargó cualquier experiencia con las drogas.

Theo carraspea.

—¿Qué pasó después de que saliera esa noticia?

—Gracias a Dios, eso fue antes del auge de las redes sociales, pero me daba miedo que se enteraran en la universidad, que me destrozara la vida, así que fui a buscar a Ripp. —Hice una mueca—. Un gran error. Le supliqué que hablase con los periódicos, que los alejase, que les dijese que ninguna de todas esas historias era cierta. Él no le dio la más mínima importancia. Me dijo que todo pasaría pronto y que no dejara que me afectase. Hasta hizo una broma sobre que por fin estaba demostrando que era hija suya, como si por primera vez hubiera hecho algo que lo hacía sentir orgulloso. Creí que me estaba volviendo loca.

—Puto Ripp —murmura Theo, y solo consigue gustarme más.

—Sí, estaba muy cabreada con él, pero Sam me dijo que no estaba bien tenérselo en cuenta, que no tenía que dejar que la inmadurez de mis sentimientos heridos estropeara mi relación con él.

Me froto la frente con los dedos.

—Pensándolo ahora, fue bastante pesado. Me dijo que iría conmigo a hablar con mi padre, que estaría presente, que yo no tendría que enfrentarme a todo aquello sola…, pero en aquel momento a mí me pareció que me apoyaba. Comimos juntos los tres y Sam estuvo en plena forma, fue encantador con Ripp, rio y se lo ganó hablando de lo mucho que le gustaba su música y lo mucho que lo admiraba. Y ya te puedes imaginar que Ripp estaba encantadísimo. Y yo allí sentada queriendo morirme. No podía, no podía olvidar todo lo que había pasado con mi padre. Le había pedido tan pocas cosas que me parecía cruel que no quisiera ayudarme con lo poco que le costaría. Me hizo sentir abandonada otra vez.

Parpadeo para que no caigan las lágrimas repentinas. Theo murmura unas cuantas palabrotas más por lo bajo y se me acerca un poco más, aunque no creo ni que se haya dado cuenta.

Respiro hondo.

—El día que Sam y yo cortamos, me dijo que Ripp le había ofrecido trabajo como batería de su banda. Me dejó descolocadísima y no entendía por qué tenía que pensárselo siquiera sabiendo lo complicada que era mi relación con mi padre, lo difícil que sería para mí. —Ahí vacilo, porque esta parte de la historia es la que no le he contado a nadie (excepto a Ingrid), ni siquiera a Lil—. Me... me dijo que estaba siendo egoísta, que era su gran oportunidad. Me dijo que no pensaba ser otra persona a la que yo le destrozaba los sueños. No entendía de qué hablaba hasta que lo dijo claro: se refería a mi madre, a que había abandonado su carrera por mí, para protegerme. A que había dejado su sueño y era todo culpa mía.

Theo se pone de pie de pronto.

—Cabrón. —Está enfadado—. Puto cabrón de mierda. ¿De verdad te dijo eso? Pero sabes que es una chorrada, ¿no?

Le dirijo una sonrisa débil.

—Bueno, sé que no es culpa mía haber nacido —digo—, pero Sam solo estaba diciendo algo que yo ya pensaba. Y he ido mucho a terapia, así que no creo que sea culpa mía, pero eso no significa que no me sienta culpable.

—¿Qué? ¿Por qué?

—Bueno, ya sabes, la prensa se volvió loca cuando mi madre y Ripp se divorciaron, con lo de las tres hijas. Creo que, si hubiera seguido en la música, la atención mediática que recibimos habría sido todavía peor. Imagino que ella no quería eso. Y Ripp y ella ya no estaban juntos, así que era una madre soltera. No veo que tuviera más remedio, en realidad. Y todavía me cuesta con la música, oír a mi madre cantar...

La comprensión aparece en sus ojos.

—¿Alguna vez has hablado con ella del tema?

Niego con la cabeza.

—No, tal vez algún día, pero no lo sé...

Theo vuelve a dejarse caer a plomo en el sofá.

—¿Y qué pasó luego?

Hago una mueca.

—Lo creas o no, las cosas empeoraron. Se filtró la noticia de la ruptura. Teníamos a los paparazis en la puerta y sentí que había metido a todo el mundo en mi marrón. Me volvió a afectar a la salud mental. Fue todo... bastante traumático. Que Sam trabajase con Ripp hizo que la gente se interesara todavía más por la historia. Al final mi madre intervino. Terminé contándole todo lo que había pasado. Me había estado esforzando por esconderle lo mal que llevaba las cosas a... Bueno, a todo el mundo. Consiguió que el tío Carl hablase con los periódicos y luego Ava se metió también y empezó a amenazar a cualquiera que se me acercaba con todo tipo de acciones legales. Así fue como descubrimos... —se me revuelve el estómago, un recuerdo de cómo me sentí el día que todo salió a la luz, el día que Ava tuvo que sentarme a la mesa de la cocina y contármelo—... que había sido todo cosa de Sam. Fue quien le habló a la prensa de mí y de quién era mi padre. Les decía dónde íbamos a estar y los ayudaba a preparar las peores fotos, les vendía mentiras sobre mí. Lo hizo todo para publicitarse, para hacerse famoso.

—¿Que hizo qué? —Theo parece aturdido.

—Sí. Todo había sido una gran mentira. Sabía quién era yo desde el principio y tenía muy claro lo que quería. Intenté decírselo a Ripp, pero Sam suavizó las cosas, hizo que pareciera que yo era una adolescente histérica que se había enfadado porque la habían dejado. Mi madre se ofreció a involucrarse, pero la verdad es que cuando Ripp no se tomó en serio mi palabra, me entraron ganas de no saber nada más de él ni de Sam. Que se aguantasen el uno al otro. Total, que Sam consiguió lo que quería y yo me vine aquí corriendo a esconderme y a revolcarme en el fango.

Theo se queda en silencio un largo rato mirándose las manos. El músculo de la mandíbula no deja de contraérsele.

—¿Esa fue la última vez que estuviste aquí con la abuela Mac? —pregunta por fin.

—Sí, y ya sabes lo horrible que fue. —Suspiro—. Pero hasta siendo la peor invitada del mundo porque me rebotaba con ella o porque rondaba por la casa como un fantasma triste, ella me cuidó. Hizo que Lil y Serena subieran e hicieran el ritual conmigo. Lo sabía todo de nuestros juegos de brujas y creo que llegó un momento en el que estaba bastante desesperada. Y la verdad es que aquello me ayudó, fue... catártico. Lanzamos el hechizo y luego lo enterramos aquí en el jardín con el resto de los hechizos que habíamos lanzado. Parecía algo definitivo, trascendental. Lil y Serena pidieron deseos para mí además de maldecir a Sam, todo para que yo hiciera algo que me diera esperanza. Fue la primera vez que empecé a sentirme mejor. Me costó recuperarme: medicación y mucha terapia, pero empezó en ese momento. —Tengo los ojos vidriosos y es hora de dejar que caigan las lágrimas—. Nunca le di las gracias a la abuela Mac por haberlo organizado.

Theo tira de mí para abrazarme y yo me subo a su regazo y dejo que me envuelva.

—Lo siento mucho, Clemmie —me musita hundido en mi pelo—. Siento mucho lo que pasó.

—Fue hace mucho —digo yo hablándole a su clavícula.

Él se limita a estrechar el abrazo.

Nos quedamos así un rato hasta que siento que la tensión empieza a retroceder como la marea por mi cuerpo y me ablando apoyada en él, con la cabeza acurrucada contra la curva de su cuello y rodeándole la cintura con los brazos, con las manos atrapadas entre su espalda y los cojines del sofá. Me acaricia el pelo y mi respiración se ralentiza y, tras unos parpadeos, se me cierran los ojos. Nunca me había sentido tan a salvo, tan cómoda.

Lo siguiente de lo que soy consciente es de que me están llevando como un saco de patatas.

—¡Ah!

Me sacudo y le doy un tortazo a Theo en la cara.

—¡Coño! —exclama intentando no soltarme, y me hunde los dedos con fuerza en la cadera.

—¡Ay! —chillo—. ¡Bájame!

—¿Por qué intentas matarnos a los dos? —dice con un jadeo, y me suelta los pies, que se mueven como las aspas de un molino, en el peldaño de la escalera de arriba del suyo.

Tardo un momento en reorientarme y me agarro de la barandilla antes de lanzarle una mirada asesina.

—¿Por qué me subes en brazos por las escaleras?

—Porque te has dormido. Iba a ser un momento tierno, pero creo que me has roto la nariz —se queja Theo llevándose la mano a su perfecta nariz en busca de daños.

Le miro la cara, que, aparte de tener un tono rosado (no soy un peso pluma por más bíceps que haga uno), está perfecta.

—A la próxima, despiértame y punto —le digo.

—¡Vaya, ojalá lo hubiera pensado! —Se da un manotazo en la frente—. No, espera, que sí que lo he intentado con mucho cuidado ¡y me has gruñido!

—¡Qué va!

Theo se está riendo.

—Que sí. Me has babeado la camiseta y luego me has gruñido y la verdad es que me ha entrado miedo de que empezaras a morderme otra vez, así que, todo caballeroso, he decidido llevarte en brazos a la cama.

—¿Te parece caballeroso sacar a relucir que una mujer te ha babeado la camiseta? —le pregunto volviéndome para subir el resto de las escaleras con él detrás.

—Imagínate que me hubieras roto la nariz, Clemmie —dice desde atrás—. David no volvería a mandarte flores.

—¡Ay, las flores! —Me doy la vuelta—. Tengo que ponerlas en agua.

Ahora estoy en la parte de arriba de las escaleras, pero Theo sigue un peldaño por debajo. Nuestras caras están casi a la misma altura y puedo disfrutar de una vista de su expresión divertida de cerca. Nuestros labios se hallan también casi al mismo nivel y eso es aún más alarmante.

—Las he puesto en agua antes —dice, y yo observo cómo su boca forma cada palabra.

—Ah, qué bien.

Me lamo los labios y algo se enciende en la mirada de Theo.

El momento se alarga, cargado de promesas.

Me aparto para que él pueda subir el último escalón. Lo hace y todo su cuerpo se roza con el mío.

—Bueno —digo, y luego parece que no me sale ninguna otra palabra.

El corazón se me vuelve a acelerar y me golpea el pecho. Todavía no hemos hablado del beso. Todo el tema de Sam ha sido un cortarrollos, claro, pero ¿qué pasa ahora? ¿Lo invito a mi habitación?

Theo da un paso hacia mí acorralándome contra la puerta de mi habitación. «Ay, Dios —grita mi cuerpo—. ¡Va a pasar!».

—Buenas noches, Clemmie —dice en voz baja, se inclina hacia mí y me da un leve beso en la mejilla. Un contacto demasiado breve—. Y feliz cumpleaños.

Luego se gira y se va hacia su cuarto.

—Ah, sí, igualmente —chillo aturullada—. Quiero decir, feliz cumpleaños no, porque no lo es. Tu cumple, digo. Pero buenas noches… igualmente.

Me parece oírlo soltar una risita mientras cierra la puerta. Es evidente que ya no tiene ninguna prisa por quitarme la ropa.

Dejo caer la cabeza contra la puerta y cierro los ojos muerta de vergüenza.

«Impresionante, Clemmie». Parece que los treinta y tres empiezan con muy buen pie.

28

Durante dos días, Theo hace como si no hubiera pasado na-da. No se comporta raro ni distante, en todo caso, está más mono que nunca. La primera mañana, cuando bajo las escaleras, no solo me encuentro las flores que David me mandó en un jarrón, sino que también hay más margaritas en un bote de cristal al lado de mi ordenador. Theo insiste en prepararme la cena él solo y al final no resulta un completo desastre. Le manda un correo a una librería de Alnwick y me pide un paquete lleno de libros infantiles recomendados por ellos.

Pero no dice ni mu de Sam ni del beso.

Y no pasa nada, claro. Yo me lo tomo con filosofía. A ver, compartimos el beso más sensacional de la historia de las bocas humanas y le abrí mi alma y parece haberlo olvidado todo. ¿Y qué? No pasa nada. No voy a dejar que una minucia así me afecte. Por lo menos eso es lo que me digo a mí misma cuando me lavo el pelo con líquido para espuma de baño en lugar de champú, me voy a comprar con un zapato de cada e intento meterme dentro de la nevera hasta chocar con ella cuando Theo entra a la cocina inesperadamente.

¿Afectada yo?

Lo cierto es que ha estado muy ocupado componiendo. He oído la prueba de ello salir amortiguada de la puerta de su habi-tación y, aunque es algo reticente a hablar de ello, me da la im-presión de que se va de aquí con un disco que ya ha tomado forma. Sé que Serena le ha reservado un estudio de grabación en

Los Ángeles para dentro de un par de semanas y que a él le hace ilusión. Y eso es una muy buena noticia para mí porque, a pesar de haber hecho muy poco trabajo, todo el mundo está encantado conmigo. (Excepto David. Él considera que mi trabajo ha sido «aceptable».)

Y yo también tengo muchas cosas con las que mantenerme ocupada estos últimos días, porque, mientras Theo está atareado no hablando de nada de lo que pasó entre nosotros, también lo está no hablando de que solo nos quedan dos días para irnos de Northumberland. En cambio, David sí que habla del tema. Y tiene MUCHO que decir.

Me parece que espera con ansias volver a tener a Theo para él solo y hay una larga lista de cosas que hay que embalar y otra de planes que hay que hacer para trasladar los muebles, el equipamiento y al mismo Theo. Parece que me paso la mitad del día contestando a las llamadas de David, de empresas de transportes y de la aerolínea porque las guitarras de Theo necesitan estar aseguradísimas antes de emprender su camino hacia Los Ángeles.

Por todo eso, tras días de silencio sobre el tema, creo que se me puede perdonar el chillido ridículo que se me escapa de los labios cuando Theo dice sin darle mucha importancia durante la cena:

—Creo que estaría bien hablar de lo que vamos a hacer con lo nuestro cuando nos vayamos de Northumberland.

—¿Qué vamos a hacer con lo nuestro? —consigo decir una vez que el gritito ha terminado.

—Sí, Clemmie. —Parece impaciente—. Nos vamos dentro de dos días. Tendremos que hablar del tema en algún momento.

—¿Qué? —exclamo, y consigo sonar a la vez desconcertada y cabreada, que es como me siento.

—De nosotros —dice Theo señalándonos alternativamente con el tenedor—. Tú y yo, nosotros.

—¿Qué pasa con nosotros?

—A ver, ¿qué creías? —dice alegremente—. ¿Que iba a subirme a un avión y marcharme a Los Ángeles sin haber pensado cuándo volveríamos a vernos?

Como eso era justo lo que creía, decido no abrir la boca.

Theo me mira con el rabillo del ojo y deja el tenedor.

—En realidad hay algo que quiero pedirte. —Parece aturullado y tiene un toque rosado en las mejillas—. Uno de los motivos por los que acepté venir al Reino Unido a componer es que tenía que estar aquí esta semana de todas formas. Lisa se casa.

—¿Tu hermana se casa? —Frunzo el ceño—. ¿Cuándo?

—El sábado.

—¿El sábado? ¿Dentro de cinco días?

David había sido muy reservado en lo relacionado con el vuelo de Theo a Estados Unidos y supongo que ese era el motivo. Tengo un vago recuerdo de que Theo mencionase un evento familiar en la fiesta de Serena.

Él asiente.

—Sí, la fiesta durará cuatro días enteros, del jueves al domingo. Y el domingo por la tarde regreso a Los Ángeles. Me preguntaba… Bueno, pensaba que tal vez… Tenía la esperanza de que pudieras…

—¿Buscarte un hotel? —termino yo la frase—. Me sorprende que David no lo haya hecho todavía. Lo habéis dejado para muy tarde. Un momento… —Lo miro suspicaz—. David sabe que no vuelves directo a Los Ángeles, ¿no? Porque si crees que voy a ayudarte a esconderte de él para poder seguir hinchándote a Maltesers…

—¡Clemmie! —me interrumpe Theo medio riendo y con exasperación en la mirada—. Sí, David sabe que voy a la boda y no, no quiero que me busques un hotel. ¡La leche!

Se pasa una mano por la cara.

—Ay, perdona. Es que como he estado encargándome de un montón de cosas por el estilo esta semana y…

—Estoy intentando pedirte salir —suelta Theo de repente. Me quedo mirándolo. Se aclara la voz, el rubor se incrementa—. Me preguntaba si querrías ser mi acompañante. En la boda de mi hermana. —Debo de tener la boca abierta de par en par, porque, al cabo de un momento, Theo dice con un tono casi malhumorado—: No tienes por qué mirarme así, no es tan raro.

—¿Me estás pidiendo que vaya contigo a la boda de tu hermana? —le repito—. Resulta bastante raro teniendo en cuenta que me besaste hace dos días y luego ¡no has dicho nada al respecto!

—Bueno, tú tampoco. —«¿Eh?»—. Y he esperado, he sido paciente, no te he presionado ni te he metido prisa, he intentado demostrarte cómo me siento. ¿No es así como se hacen los gestos románticos? —añade Theo—. La verdad es que a veces me parece que quieres sabotearme.

Me ahogo al dar un sorbo de agua.

—¿Sabotearte? Pero ¿cómo iba yo a saber nada? La próxima vez prueba a expresarte con palabras.

Me cuesta respirar. La palabra «románticos» me resuena en los oídos.

—Es lo que estoy haciendo ahora. —Theo sonríe, me tiende una servilleta y el equilibrio regresa—. ¿Vienes a la boda conmigo? Por favor.

—Yo... —Vacilo—. No puedo aparecer en la boda de tu hermana sin más. ¿Sabe que llevas acompañante?

—Le pregunté si podía llevar a una cita hace semanas —dice Theo, y el rubor vuelve a sus mejillas—, pero no he tenido el valor de invitarte.

Frunzo el ceño.

—¿Hace cuántas semanas?

Nuestras miradas se encuentran.

—Unas cinco. Después de que me mordieras y me dijeras que querías lamerme el hoyuelo de la mejilla. Esperaba que fueran señales de que no sentías una indiferencia total por mí.

Me sonrojo, dividida entre el bochorno y sea lo que sea el sentimiento cálido que se me expande por el vientre.

—¿Una cita? —repito despacio—. ¿Una cita romántica o de amigos?

—Supongo que, técnicamente, son las dos. —Se encoge de hombros—. Me gusta que seas mi amiga, pero te estoy pidiendo que vengas como algo más. —Vuelve a sonreír—. ¿Lo he dejado lo bastante claro? No quiero que haya ninguna ambigüedad en mis intenciones.

—¿Tus intenciones? —repito, todavía intentando entender lo que está pasando y por qué Theo habla de pronto como el señor Darcy.

Tiende la mano por encima de la mesa y entrelaza los dedos con los míos. Es grande y cálida y el mero contacto me acelera el pulso.

—Quiero que sepas que me alegra que me hablaras de ti y de... —En ese momento duda y una expresión de asco le cruza la cara—. Tu ex —consigue decir—. Porque así entiendo mejor por qué esto te resulta complicado, por qué tenemos que ir despacio, por qué tienes que poder confiar en mí, y que una parte de eso es ser del todo claro y sincero contigo. Así que sí, esas son mis intenciones: llevarte a la boda de mi hermana en plan cita romántica. Quiero que estemos juntos. Si quieres.

Miro nuestras manos.

—Sí que quiero —digo en voz baja—, pero...

—Pregúntamelo, Clemmie —me anima Theo apretándome los dedos—. Sea lo que sea, puedes preguntármelo. No te esconderé nada.

—Es solo que... —Me cuesta encontrar las palabras—. En el pasado creo que yo he sido más... Que tampoco pasa nada, es solo que...

Theo se recuesta en la silla.

—Es por mi «vida sexual intensa», ¿no?

Me alivia oír la nota de humor en su voz.

—Sí —admito.

—Vale. —Se pasa una mano por la barbilla—. Vamos a poner todas las cartas sobre la mesa, ¿vale?

—Vale —digo intentando esconder que la situación me revuelve el estómago mientras por dentro me preparo para lo que viene a continuación.

—Bueno —dice Theo pensativo—, mis primeras relaciones, como sabes, fueron los típicos desastres. Yo era tímido y raro y en aquel momento no me di cuenta de que eso me hacía exactamente igual a cualquier otro adolescente que se hacía el guay en el instituto. Luego, cuando cumplí los dieciocho, hice una audición para The Daze y entré.

—Me parece que te estás saltando un montón de cosas.

—No tantas. —Theo niega con la cabeza—. Era un friki de la música. Estaba en la orquesta del instituto, el coro de la iglesia y todo eso. Me pasaba casi todas las horas de comer escondido en la sala de música diciéndome a mí mismo que transmitía un rollo oscuro y creativo mientras memorizaba la letra de «Tubthumping», de Chumbawamba. Mi profesora se enteró de lo de la audición y nos convenció a un par para que fuéramos. Tengo todo el proceso bastante borroso. La verdad es que estaba tan nervioso que apenas lo recuerdo.

Suspira.

—Con el grupo fue todo muy rápido, y no por ningún tipo de combinación de habilidades y talento. Fue más bien por estar en el lugar adecuado en el momento adecuado y porque los tipos que montaron el grupo tenían muchas tablas. Total, que es cierto que, cuando empezamos, no me porté bien. De pronto era importante. Los hombres y las mujeres se me echaban literalmente encima y empecé a creérmelo. Los titulares que escribieron sobre mí eran casi todos ciertos, pero a mí me daba todo igual. No quería nada serio, ¿por qué no podía estar con una persona diferente cada noche? ¿Por qué no decir que sí a todo? No hería a nadie, no rompía ninguna promesa, porque no las hacía.

Theo hace una mueca.

—No me encanta haber sido esa persona, pero tenía dieciocho años y era un idiota perdido al que habían lanzado a una situación muy loca. Dudo que a la mayoría de las personas adultas les gustara que las juzgasen por quienes eran a los dieciocho, pero a mí me resulta difícil porque me parece que no tengo nada que ver con esa persona. Diez años después tenía veintitantos, pero me sentía como un viejo. Estaba harto de todo, de mí mismo. Empecé a ir al psicólogo y me ayudó mucho. Y un par de años más tarde conocí a una chica, Cyn, y empezamos a salir.

Intento que no se me escape ni un parpadeo de emoción al oír esas palabras.

—Como sabes, estuvimos juntos casi cinco años —continúa— y, durante ese tiempo, fui monógamo, pero empecé a recoger lo sembrado. La prensa me había etiquetado como un vividor, un mujeriego. Un capullo, en pocas palabras. Y en aquel momento no se equivocaban, pero luego no hubo forma de cambiarlo. Cada vez que estaba cerca de otra mujer había fotos nuestras y titulares diciendo que le ponía los cuernos a Cyn y que habíamos roto y luego nos habíamos reconciliado. Era constante. Al final sí que rompimos, aunque no por eso. —Theo parece pensativo un momento y tamborilea con los dedos en la mesa—. O, por lo menos, no del todo por eso. Cyn era genial y confiaba en mí, pero nos habíamos alejado, los dos estábamos ocupados con el trabajo, siempre viajando e intentando conseguir pasar algo de tiempo juntos. Sabíamos que no iba bien, que ninguno de los dos estaba comprometido a largo plazo y que era mejor ser amigos.

—¿Y luego? —pregunto.

—Después, más de lo mismo: más rumores, más historias que me relacionaban con todas las cantantes y actrices que se te puedan ocurrir... Básicamente dejé de salir con gente. ¿Cómo iba a salir con alguien en una situación así? No era un monje, pero casi, aunque por mi reputación y por las cosas que se escriben sobre mí, nadie lo diría. —Se encoge de hombros, pero noto que la despreocupación es forzada—. Dejé de intentar desmentirlo o explicarme. Es más fácil que la gente crea lo que quiera. Al fin y al cabo me lo busqué. Y ahora tengo que vivir con ello.

Recuerdo la expresión que puso la noche de la fiesta de Serena cuando ella le preguntó si tenía que acostarse con todas las personas a las que conocía. Sé que Serena le cae bien, la respeta, y sé que ese comentario le dolió. Lo sé porque lo vi, pero en aquel momento no conocía a Theo como ahora.

—Entonces, cuando dijiste que no habías tenido un rollo de una noche con nadie desde hacía más de diez años... —Se me apaga la voz y las palabras se convierten en pregunta.

—Era cierto. —Aparece el hoyuelo y verlo me hace feliz—. Hasta que una pelirroja entró como un torbellino bebiendo tequila en la habitación en la que me estaba escondiendo en un funeral, me contó que acababa de echarle una antigua maldición a su exnovio y se me insinuó. Estaba perdido desde el principio.

Y sé que cada palabra que sale de su boca es cierta. Ni siquiera antepongo en mi cabeza que «puede que sea tonta por creer lo que dice, pero...». Lo creo sin más.

—Y entonces... —Theo se agarra el pelo en señal de falsa desesperación—. Imagínate: ¡esa mujer de ensueño se va a escondidas! Me deja una nota de tres líneas con un nombre equivocado y desaparece. Algunos dirían que eso fue el karma.

—Puede —coincido, y siento cómo una gran sonrisa bobalicona se apodera de mi cara.

En los labios de Theo hay otra a juego.

—Aunque el destino interviene. Me la vuelvo a encontrar y van a mandarnos seis semanas a solas en medio de la nada. Estoy encantado. —Levanta un dedo—. Pero ¿a que no adivinas qué? Todo su pasado hace que nunca vaya a verme como nada más que un músico asqueroso que la sedujo solo para acostarse con ella, y todo lo que haga para demostrarle lo contrario no hará más que reforzar los argumentos en mi contra. Soy un ligón, me gusta tontear, cada palabra que diga irá con segundas.

—Vaya, qué apuro.

—¡Pues sí! —exclama Theo con seriedad—, porque yo estoy loco por ella. Me atrae más de lo que me ha atraído ninguna otra persona del mundo en toda mi vida, y me siento como si fuera un puto adolescente cachondo. Y, si dejo que se note lo más mínimo, creerá que soy un pervertido. Así que, durante la primera semana, no puedo ni estar en la misma habitación que ella. Es humillante. Cada vez que me toca, creo que me voy a morir. Soy un desastre. Estoy convencido de que la idea de venir ha sido un tremendo error. Me muero de vergüenza de que piense que soy una diva a la que le importa qué marca de agua mineral bebe.

—¡Es que eres una diva!

Ahora me estoy riendo encantada.

—Vale, últimamente he tomado conciencia de que hay cosas que he dado por hechas durante mucho tiempo —acepta—, pero tú me hiciste sentir como si esperases que empezara a tumbar muebles si veía un solo M&M rojo. —Me río todavía más y Theo sonríe—. Total —continúa—, lo importante es que pensaba que la chica esa no estaba interesada, y no pasaba nada. Yo intentaba respetarlo y esconder lo que sentía, pero un día se colocó con unos medicamentos y me dijo de forma gráfica y reiterada lo atraída que se sentía por mí...

—¡No! ¡Qué va!

—¡Sí! —Él se ríe más fuerte—. Cuando volvimos de la excursión a la farmacia. Te desperté y empezaste a balbucear el flujo de conciencia más guarro que he oído en mi vida. Dijiste no sé qué que no entendí sobre aparcar en paralelo y luego diste unos detalles *muy* explícitos sobre lo que te gustaría hacerme, y lo que te gustaría que te hiciera, y luego volviste a dormirte.

—Ay, Dios.

Escondo la cara encendida entre las manos.

—No te avergüences, Clemmie. Ya te dije que se te daría genial escribir *fan fiction* picante. —Me da un codazo suave—. Fue muy sexy, menos por el momento en el que me estornudaste en la mano antes de que pudiera darte un pañuelo.

—No sé ni si te creo.

Miro entre los dedos y Theo tiene una sonrisa maliciosa en la cara.

—Te juro que es verdad, pero lo cierto es que aquello me hizo pensar que tal vez yo también te gustaba a ti. O que tal vez podía llegar a gustarte. —Vuelve a encogerse de hombros—. No lo sé, estaba hecho un lío..., pero no pude seguir manteniendo la distancia después de eso. Porque estando contigo es cuando más me he divertido nunca y, hasta si no vuelve a pasar nada entre nosotros, sentarme en el sofá a ver la tele junto a ti es la mejor parte del día.

Hay una pausa. Bajo la mirada hacia el plato que tengo delante, donde se me ha enfriado la cena. En el fondo sé que hay un montón de cosas más sobre las que deberíamos hablar, una lista de un kilómetro de obstáculos que se interponen entre nosotros y cualquier tipo de relación seria, pero ahora mismo no quiero pensar en eso. Ni siquiera quiero reconocer que existen tales cosas. Así que no lo hago.

—Menudo discurso —digo, un poco sin aliento—. Supongo que después de eso no me queda más remedio que acompañarte a la boda.

—¿En serio?

Dibuja una amplia sonrisa y se pone de pie. Viene a mi lado y me coge la mano. Yo inclino la cabeza para mirarlo. Es tan guapo que duele.

—Sí, en serio. Ya sabes cuánto me gusta comer en las fiestas.

Theo tira de mi mano y me levanta para que estemos de pie pegados. Me rodea la cintura con el brazo, el pulso se me acelera, se me entrecorta la respiración y siento el cuerpo tan agitado que hasta puede que me desmaye de verdad, lo cual solo le daría más argumentos a Theo para decir que intento sabotearlo.

—¿Tenemos una cita? —pregunta con los labios a milímetros de los míos—. ¿Una cita de verdad? —Trago saliva. Asiento—. Por fin.

Suelta una exhalación y su boca baja hasta la mía, suave y dulce. Cuando se aparta al cabo de nada, hago un ruido de protesta. Él levanta una ceja.

—¿Tienes alguna idea sobre cómo deberíamos pasar los dos días que nos quedan aquí?

Le rozo el cuello con los labios y él responde con un gruñido de aprobación.

—Mmm. —Ladeo la cabeza—. Puede que tenga alguna. A ver, ¿cuánto te acuerdas de esos detalles *tan* explícitos?

—Clemmie. —Sonríe—. Me acuerdo de todo.

29

La primera vez no llegamos a la habitación. Ni siquiera a las escaleras. La primera vez es contra la pared de la sala de estar, y es rápido y desesperado, sin ninguna delicadeza. Cuando Theo se hunde en mí, parece que hayamos tenido seis semanas de preliminares dolorosamente lentos y ninguno de nuestros cuerpos está para tonterías.

Él tiene los pantalones desabrochados, y yo, la falda subida hasta la cintura. Quiero que se quite la camiseta, pero no puedo dejar de besarlo el rato suficiente y me conformo con arrugar la tela con el puño y pasear la otra mano por su piel cálida.

Se mete la mano en el bolsillo y saca un condón.

—¿Vas por ahí con condones en los bolsillos de los vaqueros? —le pregunto con las cejas arqueadas.

Él resopla riendo y vuelve a besarme.

—Lil me los dio con una mirada cómplice el otro día cuando se fue.

Me aparto.

—¿Mi hermana te dio condones a escondidas? Qué... Eso es...

—Ya, pero en lugar de molestarnos por ello, vamos a ser agradecidos.

Se aprieta contra mí y suelto un gemido.

—Sí —consigo decir—. Agradecidos. Mucho.

La primera embestida hace que ahogue un grito en su boca. Me pone una mano en el muslo y me levanta más la pierna, apretándola en torno a su cadera mientras arremete contra mí una y otra vez. Cada sensación es demasiado. Noto la piel hipersensible, cada roce es un destello de luz. Cuando sus dedos se sumergen entre nuestros cuerpos, con el menor contacto me rompo, riendo y gritando cosas sin sentido mientras el orgasmo me recorre entera.

Entierra la cara en mi cuello y su ritmo flaquea mientras llega al clímax.

—¡Joder, Clemmie! —exhala contra mi piel sobrecalentada—. Joder.

Nos quedamos quietos un momento respirando con dificultad. Me doy cuenta de que tengo los ojos cerrados y cuando abro los párpados pasa un segundo hasta que enfoco la cara de Theo. Una franja de rosa intenso le tiñe las mejillas y tiene los ojos muy abiertos. Apoya las manos en la pared a ambos lados de mi cara y se inclina hacia delante. Me da suaves besos por el pómulo y baja por la mandíbula.

—Ha sido… un poco más rápido de lo que quería —musita.

Me río y el sonido es agudo y ahogado.

—Creo que ninguno de los dos estaba en situación de alargar las cosas.

Se queja y empuja con la cadera hacia delante, todavía duro dentro de mí. Respondo con un jadeo alentador.

—Vale —dice, y es evidente que trata de reunir un poco de autocontrol—. Para la próxima vamos a intentar llegar al piso de arriba por lo menos. Tengo la intención de tomarme mi tiempo, y hace seis larguísimas semanas que sueño con tenerte en mi cama. O en tu cama. En la cama que sea.

—Lo de la cama me parece bien —coincido con la voz ronca, pero lo rodeo con los brazos y tiro de él para darle un beso largo. Me entretengo y pronto se intensifica y se convierte en un choque de manos y dientes y lenguas.

—A la cama —gruñe Theo al final apartándose de mí y dejando que un aire frío se interponga entre nosotros.

Se deshace del condón y vuelve a abrocharse la cremallera de los vaqueros.

—Te llevaría sobre mi hombro, pero ya aprendí la lección sobre subirte por las escaleras.

Me da la mano y vuelve a besarme una y otra y otra vez. Avanzamos despacio, interrumpiendo cada paso con besos largos y embriagadores, y yo me rozo contra él sin vergüenza, buscando la fricción que mi cuerpo desea. Esta vez llegamos hasta las escaleras, donde termino empujándolo y subiéndome encima de él a horcajadas con los dedos codiciosos enredados en su pelo y su lengua con la mía.

—Para, para —dice, y yo me detengo de golpe—. Clemmie, no podemos hacerlo en las escaleras —añade con severidad—. Somos adultos, estamos a unos pasos de una cama cómoda. Si no nos movemos, me voy a hacer daño en la espalda de verdad y voy a tener rozaduras de la moqueta en sitios innombrables.

Ay, Dios, el Theo severo me pone muchísimo. Mis manitas avariciosas ya lo están buscando por voluntad propia.

Se le oscurece la mirada y de pronto nos estamos volviendo a besar y creo que sí que vamos a hacerlo en las escaleras —a pesar de que él tiene razón y es muy pero que muy incómodo—, porque parece que separarme siquiera un milímetro de su piel no es una opción.

Entonces me pasa una mano por debajo de las piernas y me levanta. Yo me aferro a sus bíceps cuando los músculos se le tensan y «oh, qué brazos, ¡qué brazos!». Y, no sé cómo, nos ha puesto de pie a ambos y antes de que pueda abrir la boca para protestar, me coge de la mano y me arrastra los últimos escalones y prácticamente me lanza desde la puerta de mi habitación —que es la que queda más cerca— a la cama.

—Ropa fuera. Ya —consigue decir quitándose por fin la camiseta.

Me retuerzo para quitarme también la camiseta y el sujetador —la falda y las bragas las he perdido por el camino— y me tumbo, demasiado cachonda para avergonzarme de mi desnudez, demasiado ocupada observando cada centímetro de piel del increíble cuerpo de Theo y la forma en que me mira con un destello perverso en los ojos.

—Esta vez —gruñe— vamos a hacer las cosas *despacio*. —Y recalca la última palabra.

Se me retuercen los dedos de los pies por la gravedad de su voz y él sube a la cama, se pone encima de mí y, ahora que no hay nada entre nosotros, ahora que estamos piel con piel, me parece que voy a morirme de placer.

Y entonces su boca está por todas partes.

—Estoy obsesionado con tu piel —musita Theo, y luego levanta la cabeza y pone mala cara—. Eso ha sonado mal. No lo digo en plan terrorífico como si fuera un asesino en serie. No quiero hacerme un traje con ella...

Me río retorciéndome debajo de él.

—Cállate, rarito.

Theo sonríe, vuelve a darme besos con la boca abierta por el pecho y baja por las costillas.

—Qué suave eres. —Suspira y su aliento flota sobre mí y hace que me estremezca—. Qué suave. Qué bien sabes. Quiero morderte.

—Y dale con el rollito ese de asesino en serie —digo con un suspiro, y él se ríe mientras se recoloca para ponerme los labios entre las piernas y me muerde con suavidad, me roza con los dientes—. Ay, Dios, Theo —jadeo al cabo de un minuto—. Por favor. Por favor. Por favor.

—Joder. Qué. Educada. —Theo termina cada palabra con un beso—. Dime qué quieres, Clemmie. Todo lo que quieres.

Es una tortura perfecta y, cumpliendo su palabra, Theo la alarga, se toma su tiempo hasta que me parece que me voy a volver loca, hasta que soy incapaz de pronunciar palabra y me pongo a hacer sonidos que nunca había hecho. El mundo queda reducido al roce de sus dedos, su boca y, cuando por fin deja que me corra, siento que todos los músculos se me tensan y la espalda se me arquea.

—Joder —susurro. Me oigo el latido del corazón en los oídos—. Joder. Joder.

Theo me atrae hacia él con una sonrisa de satisfacción en la cara para que nos quedemos en un enredo de extremidades sudorosas.

—Ha sido mejor de lo que recordaba, y lo he estado recordando mucho.

—¿En serio? —pregunto con una sonrisa.

Él me pasa el brazo por la cintura y hace que me dé la vuelta y me quede con la espalda pegada a su pecho.

—Sí, en serio —dice en voz baja con los labios pegados a mi oreja—. Pero ¿sabes lo que hace semanas que me atormenta, ahí tumbado al otro lado de la pared?

—¿Qué? —le pregunto sin aliento, pegándome a su erección y sacándole un gemido.

—El vibrador que te mandó Serena. ¿Lo has usado?

—Sí —le digo, y luego añado el resto de la verdad en un susurro—: Pensaba en ti.

Theo me tumba de espaldas y se queda mirándome desde arriba; ahora parece medio salvaje. Los dientes le brillan en una sonrisa feroz.

—A ver, enséñamelo.

Y lo hago.

Pasan horas hasta que bajamos como podemos las escaleras y parece que hayamos sobrevivido (a duras penas) a una especie de tornado sexual.

Estamos en la cocina en mitad de la noche. Yo llevo la camiseta de Theo y preparo huevos revueltos y tostadas.

Theo se apoya en la encimera en pelota picada porque:

—Podríamos haber estado así desde hace semanas, Clemmie. Podríamos haber ido desnudos desde hace semanas. No pienso volver a ponerme ropa nunca más y tú tampoco deberías. De hecho, tendrías que ir desnuda en todo momento desde ya.

—No pienso hacer huevos desnuda —digo con contundencia—. Me parece... antihigiénico e incluso peligroso.

—Bueno, ¿y quién necesita comer? —exclama Theo expansivo, y me pasa un brazo por la cintura y entierra la nariz en mi pelo enredado.

—¡Tú y yo! —resoplo—. Me parece que acabamos de quemar diez mil calorías. Si no comemos algo y nos hidratamos, igual me convierto en polvo.

—Mmm, no queremos eso. —Me da la razón, y coge el plato que le tiendo—. Y me parece que me gusta verte con mi ropa casi tanto como verte desnuda.

Me sonrojo, lo cual es absurdo, dado todo lo que acaba de pasar entre nosotros, pero no puedo evitarlo. Creo que todavía no he asimilado nada.

Comemos en la encimera, casi todo el rato en un silencio cómodo. Queda claro que Theo se da cuenta de que sí que está hambriento porque, cuando se termina su plato, empieza a intentar robarme comida del mío y me veo obligada a amenazarlo con un utensilio de cocina.

—¡Cuidado con dónde apuntas con eso! —grita Theo.

—Otro motivo para ponerse ropa —respondo con una sonrisa dulce.

—No me puedo creer que te estés quejando de mi falta de ropa —suspira Theo, y se pone en pie—. Ya no queda magia. Has tomado mi cuerpo y ya te estás cansando de mí.

Aunque lo dice en tono de broma, lo conozco lo bastante bien como para oír el miedo, mínimo pero real, en el corazón de esas palabras.

Yo también me levanto, le rodeo la cintura con los brazos y lo aprieto con fuerza. Le planto un beso en el pectoral perfecto que tengo delante.

—De verdad creo que nunca podría cansarme de ti, Theo. —Sonrío con los labios pegados a su piel—. Sí, me parece que tienes un cuerpo increíble y que puede que me hayas fastidiado el sexo con los demás para siempre, pero también creo que eres dulce e inteligente y gracioso y que haces muchísimas tonterías. Y puede que eso sea lo que más me guste de ti.

—¿En serio? —Me mira desde arriba y hay una vulnerabilidad en su expresión que hace que se me encoja el corazón.

—¿Que si creo que haces muchas tonterías? —Me pongo de puntillas y le beso la comisura de los labios—. Sí. —Me armo de valor—. Estoy loca por ti. Siento cosas muy grandes.

Cogiéndome de la cintura, me levanta del suelo y da vueltas. Cuando mis pies vuelven a tocar el piso, me estoy riendo y él me atrapa la boca con la suya.

—Está bien sentir cosas muy grandes —susurra—. Venga, volvamos a la cama.

A la mañana siguiente me despierto entre los brazos de Theo. Esta vez nos duchamos juntos. Esta vez nadie se va.

Tercera parte

30

Al cabo de dos días y un número ofensivo de orgasmos, Theo y yo llevamos las últimas cosas que le quedaban a su coche de alta gama. Cuando él insiste en que vaya con él en el coche y le pregunto qué hago con el mío, no me gustan ni su suspiro apenado ni su respuesta de «Quítale el freno de mano y deja que el mar se lo lleve. Ya no da para más».

Por suerte, Petty ha convencido a Lil y a Serena para que vengan a arreglar la casa cuando nos hayamos ido y supervisen la vuelta de todos sus muebles antes de que lleguen los inquilinos para las vacaciones. Estoy segura de que mis hermanas han accedido para espiarnos a Theo y a mí, pero Lil se ha ofrecido a llevar mi coche a Londres, así que no pienso mirarle el diente a ese caballo regalado.

—Bonito chupetón —me saluda Serena con frialdad a una hora indecente de la mañana del jueves—. ¿Cómo eran esos sentimientos de amistad pura que sentías por Theo?

Me pongo roja y tiro de la camiseta en un intento de tapar la marca que tengo al lado de la clavícula. Había acusado a Theo de querer representar en la vida real una fantasía de algún *fanfic* de *Sangre/Deseo* y la verdad es que no lo había negado. Y, para terminar de ser sincera, a mí no me había importado.

—Joder, Clemmie —susurra Lil sorprendida—. Estás... radiante. Te brilla la piel. Creo que estás envuelta en una especie de bruma sexual.

—Eh... Qué asco, ¿no? —Arrugo la nariz—. Por favor, no

vuelvas a decir «bruma sexual», so guarra. Y, bueno, sí, puede que tenga una noticia que daros...

Serena pasa altiva por mi lado.

—Por favor —dice—, lo del sexo lo vimos clarísimo cuando vinimos la semana pasada.

—¿Te has enfadado? —le pregunto nerviosa, y la sigo por la sala de estar ahora vacía.

Me asusta la reacción de Serena, sobre todo teniendo en cuenta que podría acusarme de ser poco profesional, y con toda la razón del mundo.

Ella me mira con los ojos entrecerrados.

—¿Por el trabajo? No. Sea lo que sea lo que haya pasado aquí, Theo ha tenido una especie de epifanía creativa, así que todo ha salido bien. Pero me tuve que enterar por David de que ibas a ir a la boda de su hermana antes de que nos escribieras pidiendo ayuda. Y ahora está bastante claro que estamos irrumpiendo en vuestro nidito de amor. No mola, Clem.

—Eso. —Se suma Lil—. Se supone que tendrías que contarnos estas cosas a nosotras primero. Sabes que te apoyaremos. Somos tus hermanas.

—Ya lo sé. —Suspiro—. Es que...

En ese momento, Theo decide entrar en la habitación y mis hermanas se vuelven hacia él como un solo ente furioso e intimidador salido de la mitología griega, con dos cabezas y unos planes siniestros.

—Theodore —suelta Serena, puro hielo.

—¿Qué tal, S? ¿Qué tal, Lil? —las saluda Theo relajado.

—Ni qué tal ni qué *tol*. —Lil entrecierra los ojos—. Esto no te lo vamos a repetir.

—¿Repetirme el qué?

Theo me mira. Su confusión es evidente.

Es un sentimiento que comparto, pero enseguida se desvanece cuando Serena entra en su espacio personal y le apunta al pecho con una uña pintada de color rojo sangre.

—Si le haces daño a nuestra hermana, de cualquier manera, si eres la causa de que se sienta siquiera un poco mal o que experimente un mínimo temblor de incomodidad, de tu masculinidad solo te quedarán buenos recuerdos.

—¡Serena! —chillo muerta de vergüenza.

—No, Clemmie —dice Lil con la voz calladamente amenazadora—. Ya te han hecho daño demasiadas veces. Tendríamos que haber empezado por esto.

Entonces mira a Theo a los ojos y se pasa un dedo poco a poco por el cuello con la cara convertida en una terrorífica máscara inexpresiva.

—¡Joder, Lil! Es lo más aterrador que he visto en mi vida. ¿Qué os pasa? Tranquilizaos un poco. —Me vuelvo hacia él—. Yo no les he pedido que hicieran esto. No sé nada de esto aparte de que parece un intento horrible de avergonzarme.

—¡Qué cosas! Que tus hermanas te avergüencen delante de tu nuevo... lo que coño sea Theo... —La sonrisa de Serena es como un cuchillo—: No tiene tanta gracia cuando te toca a ti, ¿eh?

—Aquello fue muy diferente —musito—. Y, que yo recuerde, nosotras no amenazamos con mutilar a tu nueva novia.

La expresión terrorífica desaparece del rostro de Lil en un instante y vuelve a ser toda sonrisas.

—Es la cara que le puse a Sophie Ritter en la final del campeonato de tenis sub-16, y seguro que se meó un poco encima.

Theo no parece preocupado, solo divertido, y dice con tranquilidad:

—Nunca haría nada que hiriera a Clemmie. Nunca. Para mí es la persona más importante del mundo.

—Oooh... —Lil junta las manos, rindiéndose enseguida.

—Ya veremos —es la respuesta de Serena, que refuerza con otra mirada asesina—. En fin —vuelve a mirarme a mí—, hemos traído todo lo que nos has pedido.

—Gracias.

Dejo caer los hombros aliviada y acepto la maleta cara de Louis Vuitton que, como es evidente, no es mía.

—No puedes aparecer allí con tus cosas en una bolsa de la compra —dice Serena con un suspiro al ver mi expresión—. La boda es en un hotel de lujo, Clemmie.

—Una bolsa de tela buena de una librería no es una bolsa de la compra —razono—. Y vamos a lo importante: ¿me habéis traído muchas opciones?

—Sí —interviene Lil.

—Gracias. Theo no me ha ayudado en nada a entender cuál será el rollo de la fiesta.

Él se encoge de hombros.

—No sé qué decir. Yo llevo un traje, Lisa lleva un vestido blanco enorme… ¿Qué más debería saber? Ya te he dicho lo que creo que tendrías que llevar.

—No pienso conocer a tu familia con un minivestido de lentejuelas doradas que apenas me tapa las partes.

La mirada de Theo se pasea por mi cara y baja por mi cuerpo.

—Estabas tremenda con ese vestido y, en el momento, no me estaba permitido apreciarlo.

Nuestras miradas se encuentran y siento que se me acelera el pulso y el calor se me acumula en el vientre.

—Voy a vomitar —dice Serena inexpresiva.

—Bruma sexual —susurra Lil abriendo mucho los ojos otra vez.

—No te preocupes —dice Theo, y me acaricia la espalda con suavidad—. Lo que te pongas estará bien. Estarás preciosa.

Serena se ríe por la nariz.

—Decirle a Clemmie que no se preocupe, muy buena esa. —Me dedica una sonrisa burlona—. ¿Te acuerdas de cuando Lil intentó hacer que meditaras?

Suelto un quejido.

—¿Qué pasó? —pregunta Theo con los ojos brillantes.

—Todavía se estresó más. —Lil levanta las manos—. ¿Quién se estresa más meditando?

—Vale, siempre dices eso, pero es que era estresante —insisto—. El tipo dijo que íbamos a empezar a relajar las partes del cuerpo, pero comenzó por la coronilla. ¿Cómo relajas la coronilla? ¡Es imposible! ¿Tenéis todos músculos secretos que yo no conozco? Lo intenté, pero era como si los cables no hicieran contacto y, luego, cuando decidí pasar de eso, ya iba por las rodillas y me había perdido un montón de relajación crucial y no sabía si seguir desde ahí o intentar volver atrás.

Ahora Theo se ríe con mis hermanas y aprieta la cara contra mi cuello. Noto su aliento cálido en la piel.

—Me encantas —dice.

—Me alegro de que os divirtáis, pero no hay nada de raro en estar nerviosa por conocer a la familia de tu... —repaso una lista de posibles palabras y pierdo la confianza—... Theo.

Puede que el tema de la ropa no les parezca un gran problema, pero yo necesito que todo salga bien. Lo que tenemos Theo y yo es tan frágil que el menor error podría llevarnos al desastre. Por lo menos la ropa es algo que puedo controlar y eso me hace sentir que tomo las riendas de la situación.

—Bueno, si te preocupa, lo arreglaremos, pero ya te digo yo que podrías aparecer con una bolsa de basura puesta y la familia de «tu Theo» pensará que eres lo mejor que le ha pasado —dice él con convicción—. ¡Yo he conocido a toda tu familia y les caigo genial!

—Es verdad —apunta Lil con una sonrisa radiante.

—El jurado todavía está deliberando —musita Serena, pero juraría que parece que se está ablandando un poco.

Cuando él le sonríe con afecto, apenas lo mira mal.

—En fin... —Theo me pone un brazo sobre los hombros—. Tenemos que irnos o llegaremos tarde.

—Sí, vale —coincido, y siento que los nervios empiezan a apoderarse de mí.

No es solo conocer a la familia de Theo lo que me asusta, sino que salgamos de nuestra burbuja. Juntos. No tengo ni idea de cómo será eso.

Salir al mundo real significa que tendremos que lidiar con algunas de las muchísimas cosas que he estado intentando ignorar con todas mis fuerzas. Cosas como que Theo vive en otro continente, que es famoso, que millones de personas quieren saber lo que ha desayunado (dos pastelitos industriales, media bolsa de Haribo y tres galletas digestivas con chocolate, porque estas seis semanas han creado un monstruo y quería darse «un último homenaje antes de tener que volver a comer alfalfa») o que no hayamos hablado de nada de todo esto.

—Oigo cómo le estás dando vueltas a todo esto en la cabeza —dice Theo, y me coge la bolsa y sale de casa para lanzarla dentro del coche.

Quiero preguntarle si ha pensado bien en esto, pero me muerdo la lengua. No estoy segura de cuál es la respuesta que quiero oír.

—Irá genial —apunta Lil, y me atrae hacia ella para abrazarme—. Te lo pasarás muy bien.

—Y, si no, puedes mandarnos una batseñal e iremos a por ti —añade Serena, y nos rodea a ambas con los brazos.

Noto que parte de la tensión abandona mi cuerpo. Tienen razón, irá bien. Y, si no, mis hermanas estarán ahí.

—Avísanos cuando lleguéis —grita Lil, y me dice adiós con la mano mientras yo subo al coche con Theo.

—Vale —dice él, se pone las gafas de sol y mete marcha atrás—. Tengo el primer episodio del pódcast de *true crime* que me dijiste o el siguiente capítulo del audiolibro que me estás obligando a escuchar. No pensaba que me engancharía tanto a una novela romántica de la Regencia, pero mira. Es todo tan estirado que resulta sexy.

Me repantigo en el asiento con una sonrisa.

—Lo sabía. Aunque igual podríamos escuchar algo de música. Algo que te guste.

—¿En serio?

Me mira sorprendido, pero parece contento.

—Sí —respondo mientras nos alejamos de la casa que ha sido nuestro refugio estas últimas seis semanas. Tengo el estómago revuelto, pero no dejo que me tiemble la voz—. Puede que sea hora de probar algo nuevo.

31

Estamos a medio camino del hotel cuando me llama Serena.

—Solo quería avisaros de que han venido a curiosear por fuera de la casa con una cámara —dice cuando la he puesto en el manos libres para que Theo la oiga.

—¿Paparazis? —pregunta él, y me mira a los ojos un segundo. Se me hace un nudo en el estómago.

—Eso creo —resopla Serena—. Tenía la pinta reglamentaria de hurón fisgón y el teleobjetivo que tanto les gustan a los tabloides y a los pervertidos.

—Podría ser un observador de aves —digo con esperanza—. Hay muchos pájaros por la zona.

—Pobrecita, qué inocente eres —responde Serena con cierta afectación en la voz—. Me encanta tu optimismo, no lo pierdas nunca.

—Vale, vale, no era un observador de aves, lo pillo —refunfuño.

—Da igual, porque no estáis aquí, ¿no? Ha tenido que conformarse con fotos mías hablándole claro a un repartidor inepto al que Lil le ha tenido que preparar luego una taza de té mientras él prácticamente lloraba en su hombro. Dios, ¿por qué es tan frágil la gente? Estoy rodeada de incompetentes.

—Es tu cruz —dice Theo—. Gracias por avisarnos. Parece que hemos elegido el mejor momento para salir por patas.

—Y que lo digas. Me pregunto si seguirá por ahí fuera —rumia Serena—. Podría rociarlo con la manguera del jardín.

Él sonríe.

—Parece que lo tienes todo controlado. ¿Puedes contárselo también a David?

—Voy —dice Serena, y cuelga.

—¿Estás bien? —me pregunta Theo.

Yo me revuelvo en el asiento.

—Supongo. No me gusta lo poco que ha faltado, pero, como dice Serena, ya estamos fuera de peligro. —Lo observo con detenimiento—. ¿Y tú? ¿Estás bien?

—¿Yo? —Tamborilea con los dedos en el volante—. Claro.

Nos quedamos callados, me mira y suelta una risita breve cuando nuestros ojos se encuentran.

—Vale, me molesta. No me gusta que, por mí, vayan fotógrafos a casa de la abuela Mac, pero hemos evitado el desastre.

—¿Y ahora? ¿Te preocupa que te sigan a la boda?

Siento de nuevo que se me revuelve el estómago al pensarlo.

—Siempre me preocupa cuando se trata de mi familia —explica Theo con una liviandad que estoy segura de que no siente—. Pero no hay motivos para pensar que vaya a haber problemas. Y el hotel tiene seguridad. No es tan vulnerable como la casa. Están más que acostumbrados a tratar con famosos. Todo irá bien.

No tengo claro si me intenta convencer a mí o a sí mismo, pero, cuando me coge la mano y aprieta los labios sobre ella, igual que hizo en mi cumpleaños, procuro ignorar la sensación de opresión que tengo en el pecho.

A pesar del aviso de Serena, yo había subestimado la ubicación de la boda de Lisa. Al cabo de casi cuatro horas avanzamos por un camino de grava con álamos altos, esbeltos y elegantes, que lo guardan a uno y otro lado y forman un dosel de un verde claro e intenso. Los pájaros cantan y la luz cae al suelo moteada.

Cuando por fin llegamos al final del camino, giramos un recodo y el hotel aparece ante nosotros.

—¿Se puede saber qué clase de mansión salida de un libro de Jane Austen es esta? —pregunto deslumbrada.

—Ya… —Theo levanta la vista—. Diría que la usaron en una de las películas de *Orgullo y prejuicio* o algo así. A Lisa le encantan esas cosas.

Es un edificio de ensueño, todo ventanas georgianas, enredaderas y piedra de color miel. Hay un invernadero de hierro forjado anexo a un lado del hotel, parterres rebosantes de rosas espumosas de colores pastel y un jardín con el césped cortado con líneas tan perfectas de verde claro y oscuro que casi me pregunto si habrá salido alguien con una regla y un espray de pintura verde.

Theo para el coche y, cuando salimos, una mujer con un traje negro elegante y tacones de una altura imposible baja repiqueteando por los escalones de la entrada.

—Señor Eliott —dice con amabilidad, y casi consigue mantener un aire de profesionalidad perfecto, pero, cuando Theo sonríe y le tiende la mano, se queda sin respiración por un momento—. Soy Cassandra —continúa—, la gerente del hotel, y lo supervisaré todo este fin de semana. Vamos a asegurarnos de que su hermana y su futuro marido tengan la boda perfecta.

—Eso es lo único que importa. Y, por favor, llámame Theo. —Se vuelve hacia mí, entrelaza la mano con la mía y tira de mí—. Y esta es mi invitada, la doctora Clementine Monroe.

—Hola —digo con timidez, y noto la curiosidad de Cassandra incluso con la naturalidad con la que me saluda.

Lo veo en la forma en que su mirada se queda fija en mí, en cómo hace un inventario rápido de mi persona. La sensación de incomodidad aumenta cuando llegan algunos empleados más: una joven que se lleva el coche y un par de hombres de veintitantos que recogen el equipaje. Estos tres son menos hábiles a la hora de esconder su interés, y la sonrisa de Cassandra se ensancha un poco cuando se sonrojan y tartamudean y lanzan varias miradas con los ojos muy abiertos a Theo y a mí también.

Theo se lo toma todo con filosofía —es evidente que está acostumbrado— y yo intento obligarme a tranquilizarme. Al fin y al cabo no están siendo maleducados ni dando problemas. No es nada malo…, solo raro. De un modo abstracto, sé que Theo es muy famoso, pero estoy tan acostumbrada a pensar en él como «mi Theo» que me chirría darme cuenta de que también pertenece a todas estas personas.

Con una sensación de caída libre, reparo en lo familiar que me resulta todo esto. Las miradas y los murmullos entusiastas ahogados también nos seguían cuando iba con Ripp. Por un momento recuerdo cómo era ir de la mano con él mientras la gente nos observaba, susurraba y se nos iba acercando poco a poco. Me hacía querer salir de mi pellejo y esconderme.

Por suerte, no tengo demasiado tiempo para pensar mucho en eso, porque un cuerpecito diminuto sale por la puerta a mil por hora gritando:

—¡Tíooo Theeeo!

Y en ese momento el ambiente extraño se disipa y la sobrina de cuatro años de Theo se lanza a sus brazos y él se ríe y la hace girar.

—¡Hannah Banana! —gruñe Theo—. ¿Cuándo has crecido tanto?

—Cuando tú no estabas —responde la niña con sinceridad—. He crecido porque solo me has visto por el ordenador y pensarías que era muy pequeña. —Con los dedos le enseña lo pequeña que era la Hannah de la pantalla del ordenador.

—Muy cierto —coincide Theo—. Ven, que te presento a alguien muy especial. Esta es Clemmie.

—Hola, Hannah —la saludo con un breve gesto de la mano.

La niña me mira pensativa.

—¿Por qué es muy especial? —le pregunta a Theo con un tono que indica duda acerca de la afirmación.

—Porque es la mejor contando cuentos —dice Theo—. Y porque lanza hechizos mágicos.

—¿Sí? —A Hannah se le abren los ojos.

Asiento.

—Con mis hermanas, desde que éramos pequeñas.

Ella abre los ojos todavía más mientras contempla la posibilidad de que la bruja decrépita que tiene delante fuera en algún momento una niña.

—Vale. —Asiente—. Entonces voy con ella. —El tono es majestuoso y me tiende las manos y deja caer el cuerpo con la confianza serena de que siempre habrá alguien que la agarre.

Theo se ve obligado a pasármela.

La cojo en brazos y ella se aferra a mí como un koala y aprieta una mejilla cálida contra la mía y me susurra en alto al oído:

—¿Me enseñarás a hacer hechizos?

—¿Qué clase de hechizo quieres hacer? —le pregunto.

La respuesta de Hannah es inmediata:

—Uno que convierta a Oliver en conejo. Creo que un conejo sería más divertido que un hermano.

—Hannah, ¿estás...? ¡Aaah! ¡Theo! ¡Has llegado! —Una mujer bajita de pelo castaño (que debe de ser Lisa) con una criatura (el criticado Oliver) en un portabebés aparece por la puerta y grita hacia atrás—: ¡Mamá! ¡Mamá! ¡Ha llegado Theo!

—¡Teddy!

Sale un grito del hotel y luego otra mujer, elegante y de pelo gris, llega corriendo. La siguen el padre de Theo y el futuro marido de Lisa.

Y de pronto Theo está rodeado de gente que lo abraza y lo besa.

Oliver suelta un quejido de protesta.

—¿Lo ves? —musita Hannah lanzándole una mirada oscura al bebé—. Me dijeron que tener un hermanito sería divertido, pero no hace nada.

—Mmm —le doy la razón—. Los bebés no soy muy útiles que digamos, pero se hacen mayores, ¿sabes?

—Supongo —dice ella con una exhalación.

—¡Mamá, mamá, para! —Theo se ríe mientras ella le llena la cara de besos.

—¡Mi osito de peluche! —lo arrulla—. Qué alto y qué guapo.

Me río por la nariz y él me lanza una mirada.

—¡Mamá...! —se queja avergonzado.

—¿Qué? —Se le abren los ojos cuando le mira bien la cara—. ¡Theodore! A ver si te afeitas. ¿Así vienes a la boda de tu hermana? Pareces un libertino desaliñado.

Me río por la nariz más fuerte. Su madre me mira y sonríe, aunque la sonrisa es más pequeña, más educada.

—Soy Alice y este es mi marido, Hugh.

Tira del padre de Theo para que avance y, cuando este me sonríe, veo que tiene en la mejilla el mismo hoyuelo de rompecorazones que su hijo.

—Encantada de conocerlos.

No puedo darles la mano porque sigo con Hannah en brazos, pero agacho un poco todo el cuerpo y enseguida me doy cuenta de que es algo muy raro.

Theo me pasa una mano por la cintura y le hace cosquillas a Hannah en los pies.

—¿Acabas de hacer una reverencia? —me susurra alegre al oído.

—Cállate, «osito de peluche» —le contesto entre dientes.

—Bueno, bueno. —Lisa da unas palmadas—. Theo, puedes llevar vuestras cosas a la habitación y luego seguro que papá te encuentra algo útil que hacer. Mamá y yo nos llevamos a Clemmie al spa.

—¿Y yo, mami? —pregunta Hannah.

—Tú te vas con el tío Theo —contesta Lisa con calma al tiempo que deja a Oliver en los brazos de su prometido, Rob.

—Puedo enseñarte el vestido de dama de honor —le dice Hannah alegre mientras yo la dejo en el suelo. Le da la mano a Theo y tira de él con impaciencia—. ¿Sabías que las damas de honor son la parte más importante de la boda?

Él se encoge de hombros y me mira con cara de no poder hacer nada y yo tengo un momento de pánico porque me están quitando de un tirón a mi Theo de seguridad mientras intento recordarme a mí misma que soy una adulta funcional capaz de hablar con otras personas en muchas situaciones diferentes.

Lo veo desaparecer dentro del hotel y el brazo de Lisa me rodea los hombros y me aprieta con suavidad.

—Lo mejor de que sea el fin de semana de mi boda es que la gente no deja de perseguirme con alcohol. Vamos a tomarnos una copa, ¿no?

—Me parece bien.

Le dirijo una débil sonrisa.

Al cabo de poco, Lisa, Alice, Cara —una amiga de Lisa— y yo estamos tumbadas en sillones de masaje de cuero blanco dentro de un largo edificio de ladrillo que han reconvertido en spa. Al otro lado de las altas puertas acristaladas, las abejas zumban soñolientas por el jardín victoriano amurallado. Un manto neblinoso de rayos de sol dorados cubre la sala y todo, desde los suelos hasta los muebles, es de un tono claro de blancos y cremas. El efecto termina siendo el de estar flotando en una nube. El aire huele a lavanda, el sillón hurga con delicadeza en los músculos de mi espalda y tengo los pies en remojo en una palangana de agua tibia perfumada con pétalos de rosa flotando.

Me parece que para estar tensa en una situación así hace falta tener unas habilidades especiales, pero a mí se me está dando de maravilla, sobre todo por los tres pares de ojos impacientes que hay puestos en mí.

—Entonces Theo y tú... —Lisa me mira por encima de su copa.

—Sí —digo con un hilo de voz—. Es... reciente.

—Parece encantado contigo. —Las palabras de Alice son despreocupadas, pero noto el acero que esconden—. Debéis de ir en serio para que te traiga a la boda. No nos ha presentado a nadie en muchísimo tiempo.

No sé muy bien cómo responderle.

—Theo es muy importante para mí. —Es por lo que me decanto.

—Eso espero —contesta Alice, y esta vez no esconde tanto los cuchillos—. No es tan duro como la gente cree. No me gustaría ver cómo le rompen el corazón.

—Es que vamos con algo de cuidado, ¿sabes? —Lisa habla con un tono casi de disculpa—. Siendo como es la vida de Theo... Ha habido mucha gente con ganas de aprovecharse de él.

Empiezo a sentir una empatía mucho más profunda por Theo cuando se ha encontrado con mis hermanas.

—Mmm —digo moviendo los dedos de los pies. Me pregunto cuánto les ha contado Theo sobre mi pasado—. Sé un poco del tema. Mi padre es músico.

—Ah, ¿sí? —Alice levanta las cejas.

—¿Lo conocemos? —pregunta Cara distraída mientras se rellena la copa con el vino que se enfría a su lado en una cubeta con hielo.

Hago una mueca.

—Eh... Seguramente. Se llama Ripp.

Nunca sé muy bien cómo presentar a mi padre, pero el nombre de pila suele funcionar y hoy no es una excepción.

Alice se atraganta de un modo espectacular con el prosecco.

—¿Tu padre es Ripp Harris? —consigue graznar por fin.

—¡Joder! —exclama Cara salpicándolo todo con el agua perfumada de los pies—. No está nada mal para ser un señor mayor —añade pensativa.

—¡Cara! —la riñe Lisa.

—¡¿Qué?! —Cara habla arrastrando un poco las palabras—. Es un cumplido. Lo lleva en el ADN. Tiene genes buenorros. De viejo buenorro.

No me encanta oírlo, pero mantengo un silencio estoico e intento mantener la sonrisa fija en los labios.

Lisa se vuelve hacia mí.

—Lo siento mucho, es la parte mala de que te traigan mimosas desde el momento en el que te levantas.

—No pasa nada —digo.

—Sí que pasa —insiste Lisa—, la gente me hace lo mismo con Theo a todas horas y es en plan: «El chaval es mi hermano pequeño, ¿podéis guardaros la lengua en la boca, por favor?».

—Ripp Harris —dice Alice con un tono soñador—. Tenía todos sus discos cuando era adolescente. Lo vi una vez en concierto.

Lisa deja caer la cabeza con un golpe seco contra el sillón y suelta un quejido de sufrimiento. El gesto me recuerda tanto a Theo que la sonrisa que se me dibuja en los labios es sincera.

—¿Alice? —Una mujer con la piel luminosa y una manicura perfecta aparece de detrás de una puerta corredera de mosquitera. Habla en susurros y, por un momento, me entra miedo por si intenta hacerme volver a meditar—. ¿Quiere pasar a la sala de tratamientos?

La madre de Theo se va como flotando y nos deja a Lisa y a mí. Cara está tumbada en su sillón con los ojos cerrados y los resoplidos que suelta de vez en cuando nos indican que no está presente ahora mismo.

—Tu padre es Ripp Harris —dice Lisa negando con la cabeza—. ¿Cómo es eso?

—No tenemos mucha relación, la verdad —le explico—. Pero, bueno…, lo entiendo. Entiendo lo raro que puede ser estar emparentada con alguien así.

Hay un momento fugaz de comprensión mutua entre nosotras, un segundo de reconocimiento.

—Sí —dice Lisa, y suelta una larga exhalación—. Es bastante raro. Cuando tú no eres la famosa, pero eres… la de al lado del famoso. Que no es que no estemos orgullosos de su éxito —añade enseguida—, pero supongo que es bueno que tengas una idea clara de en lo que te estás metiendo. Debo confesarte que cuando Theo me dijo que no eras del mundillo, me preocupé un poco.

—Sí —coincido—, es bastante intenso.

Digo las palabras con facilidad, pero las acompaña una oleada de angustia. Siento la preocupación como si fuera una alimaña que se pasea por debajo de mi piel. Doy otro trago grande de la copa.

—Es muy intenso —dice Lisa—. Cuando Theo entró en la banda, yo estaba en la universidad pasándomelo genial y, de pronto, ¡pum! —Imita una explosión con la mano—. Todo el mundo hablaba de él. Su cara estaba por todas partes. Cuando salíamos, ponían sus canciones. La gente se enteraba de que era mi hermano y querían ser amigos míos, querían saber si podía conseguirles entradas o presentarles a Theo. Fue tan rápido que no pude asimilarlo. —Por un momento parece triste—. Justo estaba empezando a ser una persona adulta independiente y, de pronto, dejé de serlo. Solo era la hermana de Theo. Fue horrible.

—Tuvo que ser difícil —contesto con suavidad.

—Creo que no lo llevé muy bien, la verdad —dice Lisa con un suspiro—. Se lo hice pasar mal a Theo. No pensaba en cómo se sentiría él. Parecía que se lo pasaba genial. Me daba la impresión de que había lanzado una granada en mi vida y luego se había pirado a hacer una gira mundial de estrella del rock. —Se le abren mucho los ojos—. ¡Ay, perdona! Menudo rollo te estoy soltando cuando nos acabamos de conocer.

—No, no, qué va. —Le sonrío—. Lo entiendo, de verdad. No estoy segura de que estemos hechas para aguantar cosas así. —Me echo atrás y cierro los ojos un momento—. Es raro, pero debió de ser más duro para ti. Yo no he conocido otra cosa. El simple hecho de mi nacimiento ya formaba parte del circo de Ripp Harris. Para ti todo era normal… hasta que dejó de serlo. —Cuando abro los ojos, Lisa me está mirando con una empatía que hace que carraspee algo incómoda—. Pero, bueno, como he dicho, Ripp ya no forma parte de mi vida.

—¿Te importa que te pregunte…? —Lisa vacila—. ¿Es por todo lo de la prensa? Sé por experiencia propia lo duro que puede ser. Theo ha hecho todo lo posible para escudarnos, pero los paparazis están locos. Y al principio era todavía peor.

—En parte, supongo, pero sobre todo son cosas de Ripp. Digamos que no está precisamente hecho para la paternidad.

—Entonces no es como Theo. Él sería muy buen padre —dice Lisa, y luego se sonroja—. Madre mía, perdona. No quería decir que Theo y tú deberíais poneros a hacer bebés. —Hace una mueca—. Dios, parezco mi madre. Solo quería decir que Theo es muy buen chico.

Me río, sobre todo porque me siento cómoda con alguien que ha dejado claro que se le da tan bien meter la pata como a mí.

—Theo es buen chico —coincido—. El mejor. La verdad es que me sorprendió lo bueno que es.

Lisa parece complacida.

—Sí, se gana a la gente así, sin que se lo esperen. No me malinterpretes, ha sido una superestrella durante más de la mitad de su vida y a veces puede estar desconectadísimo de la realidad, pero también es muy atento. Supongo que le viene de ser un niño tímido y un friki de la música.

—¿Lo has visto intentar poner una lavadora? —le pregunto.

Lisa suelta una risita.

—Evidentemente no, porque, cuando lo veo, si no tiene a David detrás limpiándole el culo, mi madre se pone a mimar a su hijito. No me digas que lo tiñó todo de rosa.

—Peor: hirvió un suéter precioso de cachemir que seguro que costó más que mi coche. Ahora solo se lo puede poner un Ken.

—Me sorprende que no intentara ponérselo igualmente —dice Lisa riendo por la nariz—. Le encanta llevar esas camisetas apretadísimas para marcar todos los músculos.

Hace una mueca.

—Mmm —convengo, incapaz de esconder mi aprobación.

—¡Qué asco! —Lisa me da una palmada en el brazo—. ¡Clemmie!

Me encojo de hombros.

—¿Qué te voy a decir? Tiene un buen... par de brazos.

—Ahora que pensaba que íbamos a hacernos amigas —bromea Lisa, y siento alegría al oír esas palabras.

Nos quedamos un momento sentadas en un silencio cómodo que solo interrumpe de vez en cuando un ronquido de Cara.

—La verdad es que me parece que Theo se ha sentido muy solo últimamente —empieza a decir Lisa por fin—. Me alegro de que haya encontrado a alguien que lo haga feliz.

—¿No lo veis mucho? —pregunto.

Niega con la cabeza.

—Casi nunca. Nos hace muchas videollamadas y esas cosas para que Hannah sepa quién es, pero está tan ocupado... —Se le apaga la voz—. La última vez que lo vi acababa de quedarme embarazada de Oliver. Ni siquiera sabíamos si podría venir a la boda con la agenda que lleva, así que el que haya venido todo el fin de semana y te haya traído a ti... significa mucho para nosotros.

Frunzo el ceño confundida.

—Me parece imposible que Theo se perdiera esto —le digo—. Por lo que yo sé, planeó todo este viaje para componer el disco porque tenía la boda.

Lisa parece sorprendida.

—¿Sí? No, no lo creo. Hubo un momento en el que no se sabía muy bien si iba a estar en el país o no. —Se mira los pies—. A ver, que no quiero parecer una desagradecida. Mira dónde estamos. No me puedo creer que podamos celebrar la boda aquí y, ya sabes, ha sido todo gracias a él. Creo que, si le hubiera dicho que quería casarme en la luna, habría encontrado el modo de conseguirlo. Pero, si no hubiera podido venir, me habría dejado hecha polvo.

Aunque saber que Theo (o, seamos realistas, David) ha organizado la boda de su hermana me hace derretirme por dentro, hay algo en lo que dice que no me cuadra.

—Pero al final ha venido —dice Lisa en un tono animado—. Y te ha traído a ti. Así que hay mucho que celebrar.

—Desde luego —coincido levantando la copa—. Por ti y por Rob y por una vida de felicidad.

Lisa brinda conmigo.

Cara suelta una especie de ronquido farfullador y luego se levanta de una sacudida.

—¡Uuuh! ¡Vivan los novios, zorras! —dice arrastrando las palabras y levantando la copa antes de volver a caer rendida.

Lisa y yo intercambiamos una mirada. Y luego las dos nos partimos de risa.

Después de eso me resulta mucho más fácil relajarme.

32

Más tarde, cuando me meten en un carro de golf y me dejan en el edificio principal después de un masaje de cuerpo entero que Lisa ha insistido en que me dieran, estoy agradablemente achispada por el espumoso y borrachísima de cuidados corporales. Estoy calentita y maleable, como una masa bien trabajada que han dejado en un alféizar al que le da el sol.

—Theo ha pagado una cantidad absurda de dinero para que tengamos tratamientos ilimitados —me ha dicho Lisa cuando ya llevábamos varias copas y nos habíamos hecho más amigas hablando de todo, desde Ryan Gosling (encantador) hasta nuestro amor por la enseñanza (Lisa es maestra de primaria) pasando por lo sobrevalorados que están los montaditos que sirven a la hora del té («Es que ¿qué soy? ¿Una niña? ¡¿Una muñeca?! Que me den un sándwich de tamaño normal y ya está», había argumentado Lisa agitando los brazos mientras yo siseaba: «Eso. Exacto»).

—Podemos pedir lo que queramos —había dicho señalando todo el spa con una mirada delirante en los ojos—. Es una locura y siento que deberíamos probarlo todo para que le salga a cuenta a Theo. Me han depilado las cejas con hilo, me han teñido las pestañas, me han hecho un *peeling* facial… Mi madre y yo nos hemos dado un baño de sonido esta mañana con una mujer que se llamaba Bellota. —Mira furtivamente a un lado y a otro antes de susurrar—: Y luego una mujer sueca muy musculosa me ha depilado el vello púbico y me ha dejado una forma de corazón. Ha sido un día bastante surrealista.

Una vez que estoy en el edificio principal, me doy cuenta de que no sé adónde voy y también de que solo llevo puesta una bata mullida y unas bragas. En el spa me parecía correcto, pero me encuentro de frente con Cassandra, que lleva su traje de mujer poderosa y sus Manolo Blahnik con un tacón de diez centímetros que repiquetean por el suelo, y admito que siento que mi modelito no es el más apropiado. Y, ahora que lo pienso, no tengo claro dónde ha ido a parar mi ropa.

—Doctora Monroe. —Cassandra sonríe como si mis decisiones sartoriales fueran impecables—. Usted y el señor Eliott se alojan en la suite Campanilla. Puedo pedirle a Caleb que le muestre el camino si quiere.

—Sí, gracias.

Intento sonar como si encajase en este lugar mientras reparo en los preciosos suelos pulidos que parecen un tablero de ajedrez brillante, el revestimiento de madera de las paredes de muy buen gusto y los accesorios de terciopelo, las frondosas palmas en sus macetas y la enorme escalera de madera tallada. Es un lugar maravilloso y Lisa me ha dicho que tienen el hotel entero para ellos hasta el domingo. Esta noche tenemos cena familiar antes de que los invitados empiecen a llegar mañana, luego está el ensayo en la iglesia para la familia y la gran prueba del banquete a la hora de cenar. Todo eso antes de la boda el domingo.

Caleb me guía por las escaleras cubiertas por una gruesa alfombra (sentirla entre los dedos de los pies me lleva a otra pregunta pertinente: «¿Y mis zapatos?») y por un pasillo forrado de un brocado con tonos dorados antes de dejarme delante de una puerta enorme con una discreta placa dorada en la que están grabadas las palabras SUITE CAMPANILLA.

Cuando abro la puerta, me encuentro con la visión no solo de la habitación de hotel más lujosa que he visto en mi vida, sino también de Theo despatarrado en la cama con dosel echándose la siesta. Siento un pinchazo en el corazón por la alegría de volver a verlo tras estar separados solo un par de horas, lo cual hasta yo admito que es pasarse un poco.

—Hola —musita adormilado y contento cuando me subo a la cama a su lado—. Has tardado mil años.

—He estado haciéndome amiga de tu hermana —le digo—. Y he perdido la ropa. Digamos que no es lo que esperaba que pasara cuando me presentaras a tu familia.

Suelta una risa que es a la vez un resoplido.

—Han traído tu ropa y tus zapatos hace un rato. —Me atrae hacia él y se acurruca contra mí, hunde la cara en mi pelo—. Hueles bien —dice con las manos ya de camino al cinturón de mi bata.

—Una mujer llamada Bellota me ha untado de aceite —le digo estirándome como un gato bajo su roce.

Siento que sonríe contra mi cuello.

—Qué suerte tiene la Bellota esa.

Abre la bata y traza un camino descendente con los dedos por mi pecho, que luego se da prisa por volver a recorrer con los labios.

Después, al cabo de varios minutos lánguidos y maravillosos, en una voz picante y divertida, dice:

—¿Esto es… un corazón?

—Tenemos que prepararnos para la cena —le digo más tarde, con la cabeza apoyada en su pecho.

Él me pasa la yema de los dedos por la piel desnuda de los brazos, arriba y abajo, y me encanta sentir la aspereza de las horas y horas de tocar la guitarra acariciándome como si fuera muy valiosa.

—¿No podemos pedir algo del servicio de habitaciones? —protesta él.

Me incorporo apoyándome en el codo y le lanzo una mirada.

—No, no podemos. Han preparado un refinado menú de ocho platos para todos y a tu familia le hace ilusión pasar tiempo contigo.

—Y a mí con ellos —dice Theo enrollándose un largo mechón de pelo mío en el dedo—, pero ningún hombre en su sano juicio querría salir de esta cama teniéndote a ti aquí.

—Es muy buena cama —concuerdo, y me incorporo—, pero me parece que estaría muy bien que pasarais tiempo juntos. —Carraspeo algo incómoda—. De hecho, Lisa ha dicho algo que no he entendido muy bien. Sobre ti y la boda.

—Ah, ¿sí?

Theo sigue jugando con mi pelo, pero enseguida noto que está alerta.

—Sí, me ha contado que hubo un momento en el que parecía que igual no ibas a poder venir, pero a mí tú me dijiste que lo habías organizado todo para estar aquí.

—Ah, eso.

Vuelve a dejarse caer sobre la almohada.

—Sí, eso —digo, y le toco con un dedo el costado—. Ya me lo estás contando.

—No es nada —mascula él—. Solo quería... darle una salida.

—¿Una salida?

Theo suspira.

—Mira, me estoy esforzando mucho por no asustarte y que no salgas corriendo porque sé que esto es nuevo y es un tema delicado, pero a veces formar parte de mi vida no es muy fácil.

—No lo entiendo —digo despacio.

—Sí que lo entiendes. —Theo se pasa la mano por la cara—. Claro que lo entiendes. Cuando estoy yo, las cosas pueden volverse un poco locas. En la boda de Lisa ella debería ser la protagonista. Supongo que quería darle la oportunidad... No sé, quería quitarle la obligación de invitarme, pero sin que fuera raro.

Me quedo callada un rato mientras lo asimilo. No puedo fingir que no sé de qué me habla, es uno de los grandes miedos que tengo acerca de nuestra relación y que no consigo afrontar de cara. Y, aun así, lo que dice no me parece correcto.

—Es que no creo que ella hubiera elegido nunca hacerlo sin ti, Theo —le digo por fin.

—Puede, pero no siempre tiene esa capacidad de elegir cuando las cosas se desbordan y afectan a su vida y quería que pudiera decidir esta vez. —Lo dice con un suspiro y yo pienso en lo que me ha dicho Lisa de cómo se sintió cuando Theo se unió a la banda, de cómo le cambió la vida.

—A veces me resulta más fácil mantener las distancias para que no tengan que lidiar con toda la mierda que me rodea. Mira esta noche, por ejemplo —continúa Theo en un tono triste—. Podría haber tenido aquí a todos sus amigos, tenemos el hotel entero reservado hasta el domingo, pero solo cenamos nosotros porque no quiere... —Gesticula con la mano y añade—: Todo el lío que implica que yo esté aquí, y no la culpo.

Cojo mi almohada y le aporreo la cara.

—¡Ay! —La exclamación de Theo sale amortiguada—. ¿Y eso a qué viene?

—Porque eres tontísimo —digo—. ¿No se te ha ocurrido pensar que en tu familia quieren tenerte para ellos solos esta noche porque no te ven casi nunca? Se alegran muchísimo de que estés aquí. Me lo han dicho tanto tu madre como Lisa. Varias veces. Entre las suaves y educadas amenazas a mi persona si te hago daño.

La almohada sigue sobre su cara.

—Ah —dice él por fin.

Contengo una sonrisa.

—Sí, eso, «ah». Qué tonto eres.

Ahora es él quien me lanza la almohada a mí.

—Deja de llamar tonto a tu novio.

Me quedo quieta.

—¿Acabas de decir que eres mi novio?

Theo pone los ojos en blanco.

—Pues claro, Clemmie. No me digas que tenemos que hablarlo como si fuéramos adolescentes.

—Pues... sí que me parece que es el tipo de cosas sobre las que habría que tener una conversación. No puedes decidir eso sin más.

—¿Sin más? —Theo levanta las cejas—. ¿Que tenemos una relación? Pensaba que eso ya lo habíamos acordado. Nos estamos acostando, ¿no?

—Bueno, sí, pero eso no significa necesariamente que...

—Sí que significa eso —dice con firmeza. Vuelve a hablar con su voz sexy y severa—: No quiero tener que fingir que lo que hay entre nosotros es algo informal. Lo hablamos antes de todo; hablamos de nuestros sentimientos. Los dos somos adultos. Yo estoy comprometido con esto. Estoy contigo. Así que, si tú no sientes lo mismo, por favor, dímelo ya.

Me coge la mano y me mira serio. Siento que todos mis órganos se están reorganizando. Tengo miedo y alegría entremezclados, pero sé que tiene razón: sea lo que sea que esté pasando entre nosotros no es nada informal. Lo que siento por él es demasiado grande para eso.

—No es justo que me obligues a tener esta conversación contigo cuando no llevas nada puesto —me quejo.

Aparece el hoyuelo.

—Tengo que jugar todas mis bazas.

—Yo siento lo mismo —digo con un hilo de voz.

No es la expresión más elocuente de emoción, pero queda claro que cumple su cometido, porque Theo me coloca encima de él y entonces me resulta muchísimo más fácil demostrarle cómo me siento.

Me agacho y tomo sus labios entre los míos, lo beso despacio, con cuidado, como si tuviéramos todo el tiempo del mundo. Él lleva las manos a los lados de mi cara y me atrae más hacia él y me acaricia la lengua con la suya. Hay un gemido de placer y no estoy segura de si ha salido de mí o de él; parece resonar dentro de ambos. El beso es lento y dulce y guarro, todo a la vez. Es un acto de ternura, de posesión, y siento el ya familiar deseo en mi centro, el deseo que parece no tener fin, por muy cerca que estemos, por muchas veces que hagamos esto, como si no pudiera satisfacerlo hasta haber consumido a Theo por completo.

—¿Ahora quién parece una asesina en serie? —dice riendo y mirándome desde abajo cuando intento expresar ese pensamiento de forma algo confusa.

—A mí me había parecido bastante romántico —insisto, y le doy un suave beso más en los labios.

—A ver, si dices que tenemos que estar todo el tiempo pegados y sin ropa, yo lo secundo.

—Qué generoso.

Cuando me aparto, él protesta con un ruido y me toca a mí reírme.

—¡Tenemos que levantarnos! —digo con firmeza escapando de sus extremidades—. Tenemos que prepararnos para la cena. Ya lo hemos hablado, deja de distraerme.

La única respuesta de Theo es llevarse su almohada a la cara y soltar una retahíla de tacos ahogados.

Conforme salgo como puedo de la cama, tengo la oportunidad de echarle un vistazo por fin al resto de la habitación. La cama enorme tiene encima un dosel de un azul muy claro y a sus pies (como a un kilómetro de las almohadas más mullidas del mundo) hay un sofá largo de un terciopelo azul un tanto más oscuro. Está de cara a dos ventanas altas por las que se ve el campo hasta donde se pierde la vista. Hay una chimenea grande de mármol con la leña bien colocada dentro a pesar de que estamos en verano y un par de sillones acogedores delante. Localizo una puerta a un lado y yo me pongo la bata para poder explorar más.

—Madre mía, qué baño —exclamo observando los azulejos blancos relucientes, la bañera honda con borde redondeado, los dos lavabos y la ducha efecto cascada lo bastante grande como para que quepan dentro seis personas. Noto el calor del suelo radiante bajo los pies descalzos—. Cuando me muera, quiero que me entierren en este baño.

—No tengo claro que el baño-tumba cuadre con la estética lujosa del hotel —oigo que comenta Theo.

Cuando vuelvo a salir al dormitorio, me lo encuentro incorporado y con todo el pelo alborotado. Las sábanas blancas y almidonadas se le amontonan a la altura de la cintura. Menudas vistas.

—¿Qué es esto? —Señalo otra puerta negándome a que me distraiga.

Theo bosteza.

—Ah, es el vestidor.

—Ah, claro, «el vestidor» —digo mientras abro la puerta—. Igual que los de las cadenas de hoteles a las que estoy acostumbrada.

Una de las paredes está cubierta de espejos, y las otras, de estanterías y percheros. Hay un tocador de cristal que parece salido de los años veinte. La maleta de Louis Vuitton de Serena está en un rincón, pero han sacado todas mis cosas de dentro y las han organizado. La gente rica es rara. ¿Acaso no les da vergüenza que un desconocido les revuelva las cosas y les doble las bragas cómodas de diario? De varias perchas cuelgan unos portatrajes oscuros.

—¿Todo esto son trajes que te ha mandado David para que te pongas? —le grito—. No sabía que te hiciera falta tener tantas opciones, princesa.

—En realidad, no —dice Theo, que aparece detrás de mí magníficamente desnudo—. Son cosas que te ha mandado David a ti.

—¿A mí?

Frunzo el ceño.

—Ajá. —Theo ya se aleja hacia el dormitorio y yo lo sigo—. Dijiste que te preocupaba no tener nada que ponerte, así que le pedí a David que te mandase algunas cosas cuando organizara lo de mi traje. Así, si Lil no te había metido en la maleta nada que te gustase, tendrías otras opciones.

—¿Lo has organizado tú?

Se encoge de hombros.

—Creo que no me merezco llevarme el mérito, solo se lo mencioné a David. —Me mira. Frunce el ceño—. Dijiste que te estaba estresando y yo no quería que te estresaras. Pero no tienes por qué ponértelos si no te gustan.

—Ah.

Recuerdo lo que me ha dicho esta mañana: «Si te preocupa, lo arreglaremos». Puede que no haya sido un gran esfuerzo por su parte, pero noto un nudo en la garganta al pensar en que no han sido unas palabras vacías para tranquilizarme, sino que ha hecho algo al respecto.

—Gracias.

—No me las des —responde con una sonrisa de satisfacción—. Si por mí fuera, este fin de semana no llevarías nada.

—No sé muy bien cómo quedaría eso en las fotos de familia.

Theo se enrolla una toalla mullida en las caderas.

—¿Qué haces? —le pregunto.

—Ya has oído a mi madre. —Se pasa una mano por la barbilla—. Voy a afeitarme.

—¿V-vas a afeitarte? —repito—. ¿Así? —La mirada se me va a su pecho desnudo y musculado, a su vientre, a la V que le desaparece por debajo de la toalla.

—S-sí —contesta él divertido—. Clemmie, ¿por qué parece que vayas drogada? —Se me acerca y me levanta la barbilla con los dedos—. Tienes las pupilas enormes.

—Va a pasar —susurro como toda respuesta.

—¿Qué va a pasar? —dice él medio riendo.

—¿Puedo mirar? —le pregunto jadeando.

—¿Quieres ver cómo me afeito?

Me entra un escalofrío, no digo nada, solo asiento.

Los ojos le brillan divertidos.

—Claro, rarita. Puedes mirar.

—Deja de llamar rarita a tu novia —digo siguiéndolo, y luego no tengo ocasión de añadir nada más durante un buen rato.

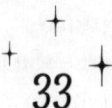

33

Conseguimos no llegar demasiado tarde a la cena y me alegro porque la familia de Theo está encantadísima de verlo. Se sienta delante de mí, entre su madre y su hermana, y Alice no deja de ponerle la mano en el brazo para convencerse de que está ahí de verdad.

Cenamos en el invernadero que hay a un lado del hotel, en el que se celebrarán el ensayo del banquete mañana y la boda el domingo. Ahora mismo somos quince personas sentadas a una mesa larga en el centro del espacio: Rob y Lisa, Alice y Hugh, la madre de Rob, su padre y su madrastra, dos hermanos mayores suyos y sus parejas y también Cara, Sophie —la otra dama de honor de Lisa— y el padrino de Rob y su mujer.

Hannah y Oliver, las sobrinas de Rob y la hija de Sophie están con la cuidadora del hotel para que los adultos puedan disfrutar de los platos preciosos y diminutos de comida que nos sirven maridados con enormes copas de vino.

Ha oscurecido y estamos rodeados de velas. Acompañados por el brillo parpadeante de estas, hablamos y nos reímos y comemos y yo estoy encantada de oír muchas historias de la infancia de Theo. Lisa y Rob llevan juntos desde la universidad, así que, por suerte, todo el mundo presente ha convivido con Theo lo suficiente para no sentirse abrumado por su presencia. Me doy cuenta de que he estado preparándome para lo peor, pero, de momento —dejando de lado la expresión algo paralizada de Sophie—, las cosas han sido tranquilas, normales.

—Madre mía —chilla Lisa después de que yo saque a la conversación la historia que Theo me contó el día que nos conocimos—. ¡Colin el *poltergeist*! ¡Me había olvidado de él!

—Pues yo no —farfulla Theo—. Me cagué de miedo.

—Le desordenaba los cromos de la FIFA cuando dormía y le decía que había sido Colin.

—¡Lisa! —la riñe Alice—. Yo no sabía nada de esto.

—Me decía que era porque Colin había tenido una carrera futbolística frustrada, que se había muerto antes de poder jugar su primer partido con el Manchester United —cuenta Theo.

Rob se atraganta con el vino.

—Qué mala.

Sonríe con admiración y pasa un brazo por el respaldo de la silla de su futura esposa.

—Y luego empezó a dejar balones de fútbol por todos lados. —Theo hace un puchero—. No paraban de aparecer cientos de pelotas.

—¿O sea que era por eso? —dice Hugh indignado—. Pensábamos que los hijos de los vecinos las chutaban por encima de la valla. Tuve una charla con Dominic al respecto. Debió de pensar que me estaba volviendo loco.

Lisa se ríe tan fuerte que se le escapan las lágrimas.

—Fue Cara.

Cara sonríe.

—Las cogía prestadas del armario del gimnasio del cole.

—Empecé a pensar que un día me ahogarían mientras dormía. —Theo suelta un suspiro dramático—. Sigo sin poder ver jugar al United sin tener *flashbacks* traumáticos. Y era mi propia hermana la que me hacía pensar que me estaba volviendo loco, como si estuviera en una película de Hitchcock.

Se estremece.

Ahora se ríe todo el mundo y yo le doy una patadita en el pie por debajo de la mesa. Me sonríe, me guiña un ojo y, por un segundo, me siento como si no hubiéramos salido de nuestra burbuja. Igual la burbuja somos nosotros.

Al día siguiente me paso la mañana explorando el terreno del hotel mientras Theo está con su familia. Me han invitado a ir con ellos, pero me he excusado diciendo que tengo que trabajar para que disfruten de un par de horas solos. Por muy bien que se hayan portado conmigo, sé lo importante que es el poco tiempo que pueden pasar con él.

Theo viene a buscarme cuando sus padres y Lisa se van al ensayo de la ceremonia en la iglesia y paseamos por los jardines de la mano. Hoy hace menos calor y me alegro de poder apoyarme en el costado de Theo.

—Oooh, hay un campo de cróquet —digo mientras vamos por el césped.

—¿No crees que estás llevando demasiado lejos todo el tema ese del romance de la época de la Regencia?

—Esas palabras me suenan a hombre que sabe que va a perder estrepitosamente.

—Pues... me parece que vas a descubrir que el cróquet se me da de maravilla —resopla Theo—. Venga, te lo demuestro.

A continuación se revela que, a pesar de la confianza de ambos, ninguno de los dos sabe jugar al cróquet. Theo se inventa sus propias reglas, que no deja de acusarme de romper, y también un complicado sistema de prendas por el que el partido acaba consistiendo en enrollarnos y ponernos cada vez más cachondos. Ni siquiera consigo fingir estar picada.

—Solo digo —opina Theo mientras volvemos hacia el hotel, al que ya empiezan a llegar algunos de los invitados— que la próxima vez: *strip* cróquet. Piénsalo.

Me preparo para la cena mientras Theo se ducha. Todavía agradezco más la intervención de David, porque Cara me ha dicho que el código de vestimenta de hoy y de mañana es «glamour de alfombra roja» y que el vestido de tarde con estampado de flores que pensaba llevar a la cena no da la talla.

—¡Tú mira este sitio! —Había señalado a nuestro alrededor con incredulidad—. Es donde se casan las estrellas de cine. Ninguno volveremos a pisar un lugar tan fino en nuestra vida, así que los invitados van a tirar la casa por la ventana. Yo he traído un vestido de diseño ceñidísimo que encontré en eBay para esta noche y Lisa me ha dejado elegir el vestido de dama de honor, gracias a Dios. Es elegante de cojones.

La ropa que David me ha preparado sí que está pensada para la ocasión. Cuando abro la cremallera de los portatrajes, me topo con media docena de los vestidos de diseño más bonitos y dolorosamente caros que se puedan imaginar y son todos de mi talla (algo de lo que dudé al ver las etiquetas). Paso los dedos por las cuentas, el tul y las lentejuelas antes de detenerme con un suspiro de felicidad en un vestido de seda de color verde esmeralda oscuro.

A primera vista es engañosamente discreto, sin escote, de manga larga, de cintura ceñida y con una falda que cae como tinta hasta el suelo. Sin embargo, la falda tiene una abertura que me descubre la pierna derecha hasta el muslo cuando me muevo. Es como un ataque sorpresa sexy y me siento como si fuera Angelina Jolie.

El pelo me cae en cascada por la espalda en ondas de sirena, cortesía del tutorial de YouTube que me ha mandado Lil y que luego se ha pasado cuarenta minutos explicándome por videollamada. El rojo del pintalabios que llevo es justo el de la manzana que envenenó a Blancanieves.

Plantada delante del espejo, sé que no he estado más guapa en mi vida. Y no solo es por el vestido, que debe de costar como la fianza de un pisito (aunque estoy segura al cien por cien de que eso ayuda), sino que me brilla la piel (gracias, Bellota) y me resplandecen los ojos, no puedo dejar de sonreír y tengo la postura relajada. Puede que sea la bruma sexual, como lo llamó Lil, pero yo pienso que quizá se deba simplemente a que soy feliz. Hasta la médula.

Cuando estoy lista, vuelvo al dormitorio y me detengo tan de golpe que debería oírse de fondo el ruido de un vinilo que se para.

Theo lleva esmoquin.

Todo mi cuerpo se ha quedado sin aire.

No soy la única que no aparta la mirada del otro. Él se ha

quedado inmóvil a medio ponerse el gemelo de plata. Tiene la boca entreabierta y los ojos como platos.

Lo repaso con la mirada: el pelo oscuro peinado hacia atrás, la cara acabada de afeitar, la chaqueta de esmoquin de un negro inmaculado encima de una buena camisa blanca que se tensa sobre su espalda ancha... La pajarita atada a la perfección es como el lazo de un regalo y me muero por acercarme y deshacérsela, por tirar de esa banda de seda negra hasta que me caiga entre las manos. Casi puedo oír el roce de la tela al tirar de ella para alejársela del cuello y de los botones al abrirse entre mis dedos. Cualquier inmunidad a su atractivo que hubiera podido pensar que había conseguido ha quedado hecha añicos. Está tan bueno que me duelen hasta los dientes.

Me cuesta respirar y noto cómo se me sonrojan las mejillas.

Theo da un paso hacia mí. Se detiene.

—Estás... —Se le apaga la voz rasposa.

—Sí, tú también —consigo contestar yo.

—No puedo tocarte —dice Theo con cuidado—, porque, si lo hago, no voy a ser capaz de parar y no puedo llegar tarde al ensayo del banquete de mi hermana. —Hace una pausa—. ¿No?

Tiene cierta esperanza en la voz que me hace reír.

—Exacto. Están con los canapés y el cóctel en el jardín y ya llegamos tarde. Nos estarán esperando y la gente seguro que se dará cuenta de que no has llegado. Deberíamos irnos.

—Vale. —Suspira—. Pero luego... Luego voy a tener mucho que decir acerca de ese vestido.

—Aquí estaré. —Le sonrío y, de pronto, me entra la timidez.

A Theo le sube y le baja la nuez. No dice nada, se limita a asentir y a tenderme la mano.

Yo entrecruzo los dedos con los suyos y nos dirigimos a la puerta y a la planta de abajo en un silencio tirante que parece que solo se alivia un poco al alejarnos de la cama y acercarnos a la civilización. Para cuando llegamos a la recepción, ya me siento más persona y menos saco de hormonas andante, pero sigo sin mirar a Theo directamente por miedo a terminar subiéndome encima de él delante de su familia y sus amigos.

Hay mucha más gente que antes. Está claro que algunos invitados han llegado en coche después de trabajar y se han instalado en las habitaciones antes de la cena. Llego a ver a Cassandra detrás del mostrador dándoles instrucciones a varios empleados con un gesto elegante de la mano, como si fuera una directora de orquesta virtuosa, en su elemento.

No hay que andar mucho por fuera del hotel hasta el patio donde se están sirviendo las copas previas a la cena. Lisa me ha dicho que esta noche habrá unos cincuenta invitados y que mañana vendrán más o menos las mismas personas a la boda. Nos unimos a ellos andando por los caminos de grava que son un reto para las que llevan tacones de aguja. Yo nunca he conseguido dominar los tacones, así que hoy estoy bastante pagada de mí misma con un par de sandalias planas de color dorado que me compré el verano pasado en el súper. Vale, puede que me costasen doce libras y que sean de plástico, pero no soy yo la que se está hundiendo en un camino como si cruzara el Pantano de Fuego de *La princesa prometida*.

Empiezo a notar las miradas puestas en nosotros, a ver a la gente darse codazos y a oír los susurros. Theo lleva las gafas de sol, pero no son un disfraz milagroso a lo Clark Kent/Superman que lo transforman ante los ojos de los desconocidos. No es sorprendente que siempre me haya gustado más Clark Kent que Superman. Cuando se lo digo a Theo, sonríe.

—Muy típico de ti que te guste el friki guapo.

Asiento intentando ignorar las miradas de interés.

—Es mi tipo.

—Qué suerte tienes entonces de que yo sea un friki guapo y de que me sienten de maravilla las mallas. Así no tienes que elegir, tienes lo mejor de los dos mundos.

—Qué creído te lo tienes, Eliott.

Le doy un golpe con la cadera.

Como era de esperar, mucha gente lo conoce y nos paramos a menudo para que pueda presentarme a amigos y familiares más lejanos. Es amable, simpático, enseguida sonríe, pero ahora que lo conozco mejor sé que no está tan relajado como parece. Veo que cuando sonríe muestra los dientes, pero el hoyuelo no aparece. Siento que me aprieta con la mano, oigo su forma de hablar, con tranquilidad, como una piedra que rebota sobre el agua, y me doy cuenta de que, aunque rezuma encanto y calidez, no se entrega de verdad a todo el mundo. No como se entrega a la gente que de verdad le importa.

—Disculpa.

Una de las invitadas se nos acerca nerviosa. Debe de tener treinta y tantos y lleva un vestido de noche morado que parece de graduación para adultas. Cara no mentía sobre lo elegante que iba a ponerse la gente, esto parece la alfombra roja de los Oscar.

—Siento molestarte —continúa sin aliento—. Espero no ser maleducada, pero soy muy fan. Me preguntaba si te importaría hacerte una foto conmigo.

Theo vuelve a sonreír enseñando los dientes.

—Descuida —dice en un tono alegre—. Gracias por tus palabras. ¿Eres amiga de Lisa?

—Soy compañera de trabajo de Rob —responde la mujer—. Hacen muy buena pareja.

—Sí —coincide Theo.

—Me encanta tu vestido —le digo yo—. ¿Quieres que os tome yo la foto?

—Ah, sí, gracias.

Me tiende el teléfono y hago la foto. Theo parece salido de las páginas de la revista GQ y la mujer dibuja una sonrisa amplia e incrédula cuando él le rodea los hombros con el brazo.

Cuando vuelve a darme las gracias y se aleja con una expresión aturdida, comprendo que se ha abierto la veda y hay un pequeño grupo de personas que rodean a Theo algo incómodas mientras cada una reúne el valor de acercársele.

Todas las veces, Theo parece sorprendido, encantado y muy contento de conocer a la persona, pero yo le noto la tensión en la mandíbula, veo que los ojos se le van hacia donde una fotógrafa profesional les está haciendo fotos a Lisa y Rob, que no saben lo que está pasando. El alivio que siente cuando ve que no le está robando sin querer el protagonismo a ella es evidente.

—¿Quieres salir en la foto? —me pregunta un chico joven en un momento dado, y me doy cuenta de que está intentando descubrir si soy alguien a quien vale la pena conocer.

Al fin y al cabo he venido con Theo.

—Ah, no —digo algo incómoda—, esta noche solo soy la fotógrafa.

—Creo que puede ser la de *Juego de tronos* —oigo que le dice a su amigo cuando se alejan corriendo, y ahogo una risa casi histérica.

—¿Estás bien? —me pregunta Theo en voz baja con la mano descansando en la parte baja de mi espalda—. Sé que estas cosas agobian...

Levanto la vista hacia él y veo que tiene una arruga de preocupación entre las cejas.

—Estoy bien —digo, y es casi la verdad.

Veo lo importante que es para estas personas conocerlo y el cuidado que le pone él a darles algo que las hará felices. Volverán a casa y les contarán a sus amigos: «No te lo vas a creer, conocí a Theo Eliott de verdad y fue supermajo».

Me trae recuerdos de estar con Ripp y con Sam que no me hacen sentir muy bien que digamos, pero soy consciente de que es distinto. Theo no vive para estas interacciones como ellos dos y vuelve los ojos hacia mí a menudo, midiendo, comprobando cómo estoy. Percibo que, cuando estaba en esas situaciones con mi padre, siempre me parecía que él deseaba que desapareciera, que yo no existía para él porque cada fan que conocía era la persona más importante de la sala... después de él, claro. Con Theo no me siento así.

Con Theo yo soy la persona más importante de cualquier sala.

—Sobre todo me interesa hacerme con unos cuantos canapés antes de que vuelen —respondo poniéndome una mano en la barriga—. Estoy muerta de hambre.

Theo sonríe y luego insiste en que localicemos a todos y cada uno de los camareros para probar y comparar cada bocadito. Cuando le digo que prefiero las tartaletas de setas a las tartas de queso con limón en miniatura, me dice que se me ha ido la olla y me llena la boca con otro trocito de tarta de queso. Me estoy medio riendo y medio ahogando cuando veo que la fotógrafa de la boda ha capturado el momento.

—Qué monos —comenta, y sonríe antes de marcharse.

—Pues sí —dice Theo sonriendo, me rodea con el brazo y me da un beso en la sien.

Yo cierro los ojos preocupada por si ve todo mi corazón en ellos.

34

No tardamos mucho en pasar a la cena. Nos sentamos con la familia de Theo y noto que me relajo a medida que va desapareciendo la sensación de estar expuesta. Después de cenar, Lisa se cambia de sitio con Theo para estar a mi lado. Está guapísima con su largo vestido rosa de lentejuelas.

Han quitado los platos, pero la gente se ha quedado remoloneando con los cafés y las copas. Hay una banda que ha tocado versiones tranquilas y jazzísticas de canciones durante la cena, pero que ahora pasa a tocar algo más animado. Cara empieza a tirar de la gente para que bailen.

—Si esto es el ensayo, me muero de ganas de ver cómo lo dejan todo para mañana —le digo a Lisa.

—Sé que es exagerado, pero parecía una locura que todos nuestros amigos no aprovecharan el hotel al máximo.

—No es exagerado. Toda esta gente os quiere y están emocionadísimos por celebrar vuestro amor. Se nota en el ambiente, es muy bonito.

—Me alegro mucho de que estés aquí —dice Lisa, y me aprieta la mano.

Le devuelvo el gesto.

—Yo también —contesto con sinceridad.

Más tarde me paseo por fuera para refrescarme un poco, apretándome las manos contra las mejillas rosadas y calientes. Se ha hecho de noche y han salido las estrellas, esparcidas por un cielo negro de terciopelo: es como si los haces de luz de la bola de discoteca de dentro se multiplicasen hasta el infinito.

Hay unas cuantas personas fuera fumando y vapeando y yo levanto la mano para saludarlos antes de alejarme más por los terrenos de la finca, lejos del ruido y las luces, solo un momento, para recuperar el aliento.

Siguiendo por uno de los caminos de grava hay un seto cortado en forma de arco y, al otro lado, un jardín privado pequeño con un banco de piedra. Me siento con un suspiro agradecido. Unos setos altos cercan el jardín y noto cómo se me relajan los hombros. Estar aquí es divertido, pero hay mucha gente, y se nota todavía más después de la soledad de las últimas seis semanas.

Oigo el crujido de otra persona andando por el camino y no me pregunto ni por un momento quién puede ser, estoy segura de que se trata de Theo; la única persona a la que quiero ver ahora mismo. Lo he dejado sentado al lado de su madre con Oliver durmiendo en su regazo y la cara sonrosada y feliz.

—Aquí estás —dice entrando en mi escondite.

—Aquí estoy. No tenías por qué preocuparte por mí, estabas a gusto con tu madre.

Se acerca a paso tranquilo con las manos en los bolsillos.

—Se ha llevado a Oliver y a Hannah a la cama —dice sentándose a mi lado—. ¡Buena suerte! El bebé por fin se ha dormido. Hannah sigue a tope.

Echa la cabeza hacia atrás y cierra los ojos un momento.

—Eso es porque no dejabas de pasarle todos esos dulces que se supone que son detalles para dar mañana a los invitados.

Se le curva la boca.

—Para eso están los tíos.

—¿Para darle cuerda a los niños y luego dejar que otra persona se pelee con ellos para ponerles el pijama?

—Exacto —asiente—. Toda la diversión y ninguna responsabilidad. Cuando sea padre será diferente, así que habrá que aprovechar.

La imagen de Theo con un bebé pequeño con un hoyuelo en

la mejilla me deja sin riego sanguíneo en el cerebro un momento. Puede que tenga que agacharme y poner la cabeza entre las piernas para que baje la sangre.

—Entonces ¿quieres hijos? —le pregunto en un tono relajado. O eso intento, pero está claro que la pregunta me sale demasiado aguda como para parecer relajada.

—Sí, creo que sí —dice con la cara todavía hacia arriba, sin mirarme.

—Lisa piensa que serás muy buen padre.

Ahoga una risa y hace una mueca.

—Ay, perdona. Pensaba que sería mi madre la que intentaría de forma no muy sutil dar argumentos para que le den más nietos.

—Pues fue en el contexto de una conversación sobre Ripp.

—Ufff, no sé si eso lo arregla.

Me coge la mano y me da un beso en la palma. Yo cierro los dedos como si quisiera guardarlo para siempre.

—Me lo estoy pasando bien —digo—. Me gusta mucho tu familia.

—A ellos les encantas. —Ahora se vuelve hacia mí y le brillan los ojos, donde también hay estrellas—. Lisa ya me ha dicho que, si lo dejamos, se quedará contigo en lugar de conmigo. Mis padres quieren saber si vendrás por Navidad.

Siento un pinchazo en el corazón.

—Faltan casi seis meses para Navidad.

—Ya —dice Theo con un suspiro, y parece triste.

Nos quedamos callados un rato.

—Nunca había hecho planes con nadie —dice Theo en voz baja—, pero contigo me entran ganas de comprarme un planificador quinquenal y escribir tu nombre en todas las páginas.

Me río y el sonido brilla y se dispersa en la oscuridad.

—Te quiero —suelto, porque, llegados a este punto, no decirlo cuesta mucho más que hacerlo.

Me siento como si me hubiera tragado el sol e intentara escondérselo a todo el mundo, incluida yo.

Pero ya no.

Theo suelta una pequeña exhalación, un sonido de alivio. Me sienta en su regazo a horcajadas, me rodea con los brazos y me besa al lado de la oreja.

—Clemmie, estoy enamoradísimo de ti —susurra.

Luego me besa donde se nota el pulso en mi cuello, en la comisura de los labios, en la ceja y en el cuello otra vez. Son roces suaves y dulces de sus labios con mi piel que me hacen sentir querida, incluso si a la vez hacen que se me acelere el corazón. Para cuando nuestras bocas se encuentran, los dos respiramos con dificultad. Mis labios se abren bajo los suyos y me pone una mano en la pantorrilla y sube por la rodilla hasta la parte de arriba de la raja de la falda con un agarre cálido e intenso. Yo levanto la mano y le tiro de la pajarita, que se desata en mis dedos justo como me lo había imaginado.

—¿Crees que a Lisa le sabrá mal que nos saltemos lo que queda del banquete? —le pregunto con voz áspera.

—La verdad es que Rob y ella se han escabullido hace veinte minutos —musita, y me roza el interior del muslo con el pulgar de un modo que me hace tomar aire de repente—. Y la verdad es que creo que me merezco una medalla por haber aparecido siquiera teniendo en cuenta cómo estás con este vestido.

—Es un vestido muy bonito —jadeo cuando sus dedos se acercan más al borde de mi ropa interior.

—Pues sí —coincide Theo con buenas maneras—. Vamos a quitártelo.

35

—Ven a Los Ángeles —dice Theo más tarde cuando estamos entrelazados en la cama.

Mi vestido verde está tirado en el suelo y su esmoquin repartido por varias paradas interesantes que hemos hecho.

Me da un vuelco el corazón.

—No puedo. —Me aparto un poco de él—. No puedo ir detrás de ti. Tengo que poner orden en mi vida. Tengo que ponerme en serio a buscar trabajo, hablar con quien sea que pueda ayudarme. Igual hacer de ayudante a la docencia.

—No hace falta que vengas el domingo —dice Theo volviendo a atraerme hacia él—. Ven en una semana o dos, de visita.

—Entonces estarás grabando —contesto pegada a su pecho.

—Quiero que estés ahí.

—¿Cómo puede funcionar esto? —Lo susurro porque no tengo ganas de decir las palabras en voz alta—. Si vivimos a más de ocho mil kilómetros.

Es una de las preguntas que he tenido demasiado miedo de formular, pero se nos ha acabado el tiempo. Theo se va en un jet privado en menos de veinticuatro horas. Me temo que hacer esa pregunta es quitar la espoleta de una granada de mano emocional, pero él no se inmuta.

—Funcionará porque haremos que funcione —dice con calma—. Nos veremos tanto como podamos y cuando tengas claro lo que quieres hacer y dónde vas a vivir, yo viviré ahí también.

Me apoyo sobre un codo para incorporarme.

—¿Qué? —pregunto sobresaltada.

—Perdona, ¿es demasiado pronto para hablar de vivir juntos? —Theo se gira para quedarse tumbado de espaldas y se da una palmada en la frente—. Dios, es que contigo no puedo parar, pero podemos ir más despacio. No tenemos por qué hablar de eso todavía. No tenemos por qué hablar de eso en absoluto si no estás lista. —Ahora está divagando un poco nervioso.

—No es eso. —Niego con la cabeza mientras pienso—. Bueno, no es solo eso porque, sí, es pronto, pero hace semanas que vivimos juntos y la verdad es que me da algo de miedo que eso se haya acabado…

Se incorpora con una expresión esperanzada.

—¿En serio? Entonces ¿podemos hablarlo?

—Sí, podemos hablarlo. —Frunzo el ceño—. Pero ¿qué querías decir con lo de vivir donde yo viva? ¿No querrías que yo fuera a Los Ángeles?

—A ver, claro que sí, si tú quisieras. —Se encoge de hombros—. Pero si decides que quieres enseñar o lo que sea, no tendrás mucha capacidad de elección, ¿no? Mientras tenga acceso a un aeropuerto, puedo vivir donde sea.

—Pero… ¿eso no será…? —Vacilo insegura—. Quiero decir, ¿no será una gran molestia? Tienes una vida en Los Ángeles. No puedes abandonarla.

Ahora le toca a Theo fruncir el ceño.

—Estás haciendo lo que hace mi familia —dice al final, y parece molesto—. Esperando muy poco de mí. En primer lugar, cualquier molestia es relativa porque, y no quiero parecer un capullo rematado, vivo bastante holgado y puedo permitirme gastar tiempo y dinero en viajar. Pero, en segundo lugar y más importante, ¿por qué crees que no iba a tomarme molestias por ti? ¿Por qué no iba a renunciar a cosas? ¿Por qué no iba a ser yo el que hiciera el mayor sacrificio? Por ti vale la pena tomarse cualquier molestia, Clemmie.

—Ah —consigo soltar.

—Sí —dice—. Y tienes suerte de que no te tire la almohada por decir eso.

Me río y me dejo caer sobre su pecho con el alivio corriéndome por las venas.

—La verdad es que sí que pareces un capullo rematado. —Me río por la nariz—. «Bastante holgado», sí.

Theo responde haciéndome cosquillas hasta que le pido clemencia.

—¿Y todo eso en qué situación nos deja de momento? —le pregunto cuando me he recuperado.

—Igual puedes venir a Los Ángeles de visita en un par de semanas y, cuando el disco esté terminado, yo vengo a Londres y ahí ya pensamos un plan —propone Theo, como si viajar al otro lado del mundo no fuera nada.

Suspiro.

—Por desgracia, no podemos vivir en una casita a la orilla del mar como dos ratoncitos. Íbamos a tener que volver al mundo real en algún momento.

Me mira triste.

—Me ha encantado vivir en esa casa contigo.

—Bueno, entiendo que eres un hombre con recursos. Seguro que Petty te hará un descuento siempre que quieras viajar al pasado.

—Seis semanas todos los veranos. Dile que lo anote en el calendario.

—Para ser alguien que no suele hacer planes, se te está empezando a dar la mar de bien.

—Me gusta cómo se ve el futuro desde aquí.

—A mí también.

—Y supongo que, cuando no estemos juntos, tendrá que haber un montón de sexo telefónico —dice Theo pensativo—. No lo he hecho desde que aparecieron las videollamadas.

—Bueno, está bien que las parejas prueben cosas nuevas juntos —contesto.

—Hablando de cosas nuevas. —Se le oscurecen los ojos—. Todos esos espejos del vestidor me han dado un par de ideas...

—Cuéntame.

A la mañana siguiente abro los ojos cuando acaban de dar las diez y obligo a mi cuerpo adolorido a levantarse y meterse en la ducha mientras Theo sigue durmiendo. Todas estas noches de sexo espectacular despierta hasta las tantas empiezan a pasarme factura. Y no me quejo..., excepto porque hoy tendré que volver a ponerme un vestido sin escote gracias al continuo interés de Theo por mis clavículas.

Hace un día precioso para una boda, con el cielo azul y las nubes de azúcar. Voy descalza hacia el vestidor y me sonrojo al ver las huellas en los espejos. Tendré que limpiarlos antes de que llegue la gente de la limpieza o no podré volver a mirar a Cassandra a la cara.

Me peino el pelo mojado en el tocador y luego vuelvo sin hacer ruido a despertar a Theo.

—Son casi las once —le digo apartándome cuando intenta tirar de mí para que me quede en la cama—. Solo falta una hora y media para la boda. Nos hemos dormido.

—¿Cuánto rato puede llevarnos vestirnos? —musita Theo adormilado sin soltar el cinturón de mi bata—. ¿Cinco, diez minutos? Eso nos deja unos ochenta minutos largos sin nada que hacer. Y yo puedo hacer muchas cosas en ese tiempo.

—Ya lo sé. —Me río—. Pero, aunque tú puedas estar listo en diez minutos, me temo que al resto de los mortales tal vez nos lleve más.

—Ya estás increíblemente guapa así —insiste.

—Ya, bueno, como no voy a aparecer en la boda de tu hermana en bata y con el pelo mojado, quedaremos en que no estamos de acuerdo en eso. —Voy hacia mi lado de la cama y desconecto el móvil del cargador—. Joder —digo con los ojos muy abiertos—, tengo once llamadas perdidas de Serena.

Theo emite un sonido de preocupación, pero yo ya la estoy llamando.

—¿Clemmie? —Serena parece enfadada.

—Sí, hola, ¿estás bien?

Suelta una larga exhalación.

—Claro que estoy bien. ¿Estás bien tú?

—Eh... Sí, estoy bien —digo, y miro a Theo desconcertada. Él se encoge de hombros.

—Estoy con Theo, hoy es la boda.

—Ay, Dios —dice ella aturdida—. ¿No lo sabéis? ¿Cómo es posible que no lo sepáis?

—¿Saber el qué? —Se me acelera el corazón—. ¿Qué ha pasado? ¿Está todo el mundo bien?

Oigo algunos ruidos sordos y unos murmullos y Serena se aleja de donde sea que está. Cuando su voz me llega a través de la línea es suave y dulce. Por eso sé que algo va muy mal.

—Vale, Clemmie, no te asustes —dice con un tono tranquilizador.

—¡Nunca empieces una conversación así! —exclamo—. Ahora estoy muy asustada.

Serena hace un ruido de exasperación y me da un poco de rabia.

—A ver —dice—, no es nada por lo que entrar en pánico, pero hay algunas... fotos circulando por ahí.

—¿Unas fotos? —Ahora no puedo estar más perdida—. ¿Unas fotos de qué?

—Unas fotos de Theo y tuyas. Las han publicado en internet esta mañana y la noticia ha despegado un poco. Se supone que las personas que trabajan en relaciones públicas aquí deberían de haberse puesto en contacto ya con Theo.

—Theo acaba de despertarse —le digo, y pongo el teléfono en manos libres para que él pueda oírla.

—Vale, no necesito esos detalles. —Serena vuelve a respirar hondo; me parece que es una especie de ejercicio de relajación para tranquilizarse, pero a mí me da ganas de chillar—. Está bien que os haya localizado. Pensamos que puede haber algunos fotógrafos esperando fuera del hotel y estamos algo preocupados por si alguno intenta colarse con los invitados.

—¿Fotógrafos? —repito perpleja—. ¿Te refieres a paparazis? ¿Aquí? ¿En la boda?

Miro a Theo, que aprieta las sábanas con las manos en puños.

—Sí. Por Theo y por ti. Por las fotos.

—Vale —digo despacio intentando sonar calmada por Theo—. Bueno, supongo que iban a enterarse de lo nuestro en algún momento, pero no pensaba que fueran a venir aquí... —Se me apaga la voz.

—Tiene que haber otra razón—señala Theo con la voz ronca—. No se molestarían si fuera algo tan inofensivo. No es una boda de famosos. ¿Qué es lo que no nos estás diciendo, Serena?

—No es solo porque estéis juntos. —La voz de Serena vuelve a ser dulce y sé que no me va a hacer ninguna gracia lo que diga a continuación—. Es que las fotos son bastante... Eeeh... Lascivas.

—¿Lascivas? —Me río por la nariz incrédula—. Creo que no habías usado esa palabra en tu vida. ¿De qué hablas?

—Coño, Clemmie, ¡que son fotos muy cachondas! —suelta mi hermana.

Está claro que la pizca de paciencia que le quedaba se ha agotado.

Theo casi se cae de la cama.

—¿Qué quieres decir? —grazno.

—Eh... Tú asegúrate de que habláis con la seguridad del hotel enseguida. Yo estoy aquí en unas reuniones de las que no me puedo escapar, pero te llamaré en cuanto pueda. Y dile a Theo que tiene que contestar al puto móvil. Todo irá bien, ¿vale? Te lo prometo.

Cuelga, pero la ansiedad de su voz me deja una sensación fría que se me va extendiendo por el pecho.

En cuanto ha colgado, escribo el nombre de Theo en el buscador y los artículos aparecen al momento.

«Theo Eliott y la hija de Ripp pillados en un achuchón ardiente», clama el primer titular. Entro al enlace y ahí están las fotos.

—Madre mía —susurro sintiendo que me quedo blanca.

—¿Qué pasa? —pregunta Theo con la voz tensa.

Se inclina para mirar la pantalla del móvil.

—Son fotos de nosotros anoche. —Las palabras me salen planas y vacías—. De cuando estuvimos en el jardín.

Las fotos están un poco borrosas, pero se ve lo suficiente. Estoy a horcajadas sobre Theo en el banco y él me está manoseando. En otra imagen tengo la cabeza echada hacia atrás y mi cara es toda placer; Theo tiene los labios en mi cuello. En otra nos estamos besando y me levanta la falda con la mano y yo lo rodeo con la pierna desnuda. Hay más, todas son imágenes claras de un momento íntimo. En algunas de ellas han colocado un emoji de forma estratégica para censurar parte de la imagen, lo cual hace que parezcan todavía más explícitas.

La que me sienta como un golpe en todo el pecho ni siquiera es una de las «lascivas»: es una de Theo cogiéndome la cara entre las manos y mirándome con estrellitas en los ojos porque acabo de decirle que lo quiero. Ese momento era nuestro y siento que alguien nos lo ha robado.

No me extraña que la prensa esté aquí. El corazón me late a toda prisa y tengo la mente inundada de recuerdos de mis encuentros previos con esa gente. Los flashes de las cámaras, las palabras crueles y sarcásticas, la vulnerabilidad intensa, tener que ver mentiras impresas sin tener ningún tipo de control sobre ellas. El miedo, el pánico... Está todo ahí esperando dentro de mí como un volcán durmiente a punto de estallar.

Pero no es solo eso. Es el día de la boda de Lisa. Y se lo voy a arruinar. Es culpa mía. Miro a Theo y pienso que la expresión acongojada de su cara debe de ser un reflejo de la mía.

—Joder.

Theo suelta aire entre dientes y sale de la cama para coger su teléfono. Se va en silencio al vestidor y cierra la puerta de golpe al entrar. Los sonidos salen amortiguados, pero oigo que ya está hablando con David.

—... tú asegúrate de que contamos con un montón más de seguridad, ya. No pienso dejar que unos paparazis se cuelen en la boda de mi hermana, David. ¿Cómo ha podido pasar esto?

Me quedo donde estoy, sentada en el borde de la cama, y sigo leyendo. Han citado a quien fuera que sacó las fotos: «La ha traído a la boda de su hermana y está claro que van en serio. No se han quitado las manos de encima en todo el rato».

Hay algunas diferencias grandes desde la última vez que me vi en el ojo público: ahora las noticias solo son relevantes veinticuatro horas y todo el mundo puede participar.

«QUIÉN ES LA PUTA FEA ESTA?» es el primer comentario, de alguien llamado LaChicaDeTheo42.

«Por favor, pero si se aburrirá de ella dentro de una semana —dice otro—. Ni siquiera es guapa».

«Todos sabemos que Theo y Cyn están hechos el uno para el otro! #Thyn» tiene más de dos mil me gusta y sigue subiendo.

La retahíla de comentarios de completos desconocidos va creciendo más y más y los siento como un peso físico que me aplasta. No debería seguir leyendo, pero lo hago y paso una página y otra de insultos.

Mi móvil empieza sonar como un loco por todas las notificaciones que me llegan. Han encontrado mis redes sociales y, aunque todas las cuentas que tengo son privadas, es evidente que alguien le ha dado acceso a la prensa y empiezo a ver que aparecen fotos de mi Instagram. Es otra pequeña traición, otro momento de preguntarme quién es esa persona de la que no me puedo fiar. Tengo unas siete mil solicitudes de seguimiento y parece que todo el mundo con el que me he topado alguna vez en la vida me está hablando para ver cómo estoy, lo cual estaría bien si el interés no fuera tan rabioso.

Está claro ya que las fotos están por todas partes y la mayoría de los artículos que las acompañan se refieren a mí como «la hija de Ripp, Clementine Harris». Parece que las viejas historias no terminaron de desaparecer nunca, porque veo que me describen una y otra vez como una «fiestera problemática» que «había desaparecido del ojo público para buscar ayuda». Hasta se especula que Theo y yo nos hemos conocido en un centro de desintoxicación. El estómago empieza a revolvérseme más deprisa.

Veo una foto nueva, una en la que estoy envuelta con un abrigo negro toda despeinada y con aspecto asustado levantando la mano para protegerme del flash de una cámara. Es la foto en la que estoy saliendo del hotel de Theo el día después del funeral, cuando los paparazis estaban esperando fuera. El titular que hay arriba dice: «Theo Eliott y Clementine Harris, la cronología: todo lo que sabemos sobre su relación hasta ahora».

Llaman a la puerta y me levanto para abrirla. Lisa está al otro lado con el pelo recogido en un moño y una bata de satén blanca que lleva la palabra NOVIA estampada en el bolsillo. Está pálida.

—Madre mía, Clemmie. —Se le llenan los ojos de lágrimas que amenazan con estropearle el maquillaje—. ¡Lo siento mucho!

—No tienes que pedir disculpas por nada —exclamo enseguida, tirando de ella para que entre—. Soy yo la que lo siente. Es todo culpa mía.

—Es que no me puedo creer que alguien de nuestra boda, alguien a quien conozco, haya sido capaz de hacer algo así, vender fotografías vuestras…

—Podría haber sido cualquiera, Lisa —le digo inexpresiva, queriendo tranquilizarla—. Alguien que trabaja en el hotel, o con uno de los proveedores… Cualquiera podría haber hecho las fotos. Tampoco es que Theo y yo estuviéramos encerrados en una habitación.

—¿Tú crees? —Lisa parece destrozada—. Me da náuseas no saber en quién confiar. No me puedo creer que esto esté pasando. Y encima hoy.

Theo sale del vestidor y lleva vaqueros y una camiseta. Camina a grandes zancadas hacia su hermana y la coge entre sus brazos.

—Voy a encargarme de todo —le dice tenso—. Tengo a David coordinándose con la seguridad del hotel ahora mismo y vamos a traer a más hombres como precaución.

—¿Más seguridad? —Lisa parece sorprendida—. ¿Por qué?

La mirada de Theo busca la mía por encima de la cabeza de Lisa.

—Para curarnos en salud —dice en un tono despreocupado—. No queremos más fotógrafos molestando a tus invitados y menos en el día más importante de tu vida. Y, hablando de eso, ¿tú no deberías estar preparándote? ¿O es que piensas llegar tarde como buena dama que se precie?

—Solo quería venir a ver cómo estabais —dice Lisa dando un paso atrás para poder escrutar la cara de Theo—. Para asegurarme de que los dos estabais bien.

—Estamos bien —dice Theo—, pero voy a bajar un momento y tener una charla con Cassandra antes de cambiarme.

—Tiene suerte de solo tener que ponerse un traje y punto —digo mecánicamente.

Theo y yo intercambiamos otra mirada y noto que está aliviado de que, como él, mi prioridad ahora mismo sea asegurarme de que Lisa está bien.

Lisa suelta una risita diluida.

—Es verdad —dice—, yo llevo ya tres horas preparándome.

—Vale. —Theo le pasa un brazo por los hombros y la guía hacia la puerta—. Pues vamos a asegurarnos de que te vuelves a sentar en el tocador para que Rob no piense que estás en plan *Novia a la fuga*.

Sigue parloteando cuando los dos salen de la habitación. Me lanza una mirada preocupada y yo tenso la boca de una forma que recuerda vagamente a una sonrisa. Si la mueca de su cara es una indicación de algo, no he triunfado con mi gesto.

Cuando se cierra la puerta, me quedo plantada, petrificada, durante un rato. Hay una pregunta que no deja de rondarme la cabeza: «¿Qué vamos a hacer ahora?».

36

Vuelve a sonarme el teléfono y esta vez es una videollamada. Como los Vengadores, las madres se han reunido, aunque su base es la mesa de la cocina. Todas llevan la misma expresión en la cara, una mezcla perfecta de preocupación y furia.

—¿Cómo estás? —pregunta Ava con voz empática—. Serena nos ha puesto al día de todo.

—Estoy... —Ladeo la cabeza intentando que mis pensamientos y emociones se asienten—. Creo que ahora mismo estoy sobrepasada. Todo esto me parece como un *flashback* malo de lo que pasó la última vez. Ver las fotos... Tengo mucha adrenalina. Estoy... Todavía estoy temblando.

—Lo entiendo, pero esta vez no es lo mismo, ¿vale? —La voz de Ava es firme.

—Sabía que si Theo y yo estábamos juntos al final tendríamos que lidiar con la prensa. —Me siento en el sofá azul—. No quería pensarlo, pero lo sabía. Lo que no sabía era que sería... así. —Señalo a mi alrededor.

—Por lo que nos ha dicho Serena es la tormenta perfecta. —Ava está tranquila—. Un día con pocas noticias, la reciente ausencia de Theo en prensa, las historias que han circulado sobre que estaba en un centro de desintoxicación, tu padre, las fotos...

Ahí hago una mueca y mi madre coge el teléfono. Su cara queda de pronto muy cerca de la cámara.

—Cariño, no te preocupes por las fotos. Todas nos hemos

emocionado en algún momento y la verdad es que estáis guapísimos los dos, parecéis salidos de una pintura prerrafaelita.

—¡Mamá! —me quejo—. No puedes decir esas cosas sobre fotos mías enrollándome con mi novio.

—Es solo sexo, Clementine —dice ella con placidez—. Lo practica todo el mundo.

—No en una columna del *Daily Mail*.

—Tu madre tiene razón —interviene Petty, volviendo a entrar en el plano—. Son muy Dante Gabriel Rossetti, aunque menos fúnebres, claro. El vestido verde que llevabas... —Suspira y pone ojos soñadores—. Me parece que es tendencia en Twitter.

—Los vestidos verdes dan mucha fuerza, sí —coincide Ava.

—¿Y con el pelo pelirrojo? —Petty finge un desmayo—. ¡Ni me hables!

—Creo que ninguna de las tres entiende la magnitud de todo esto —salto—. Para empezar, intento encontrar trabajo. —Noto cómo aumenta la histeria en mi interior—. Y ahora esas fotos están por ahí. Yo medio desnuda con las manos de un cantante famoso por debajo de la falda. ¿Quién va a contratarme ahora?

—A ver, tampoco es que tengas una cuenta de OnlyFans —dice mi madre alegremente—. ¡Han invadido tu privacidad! Y no digo que tener una cuenta de OnlyFans sea nada de lo que avergonzarse...

Cierro los ojos, no muy segura de querer que me distraiga de la crisis que estoy viviendo el conocimiento profundo que tiene mi madre sobre OnlyFans.

—Creo que eso da igual.

—Pues haremos que quiten las fotos —dice Ava.

—¿Cómo? —le pregunto.

Aprieta los labios.

—Todavía no he concretado los detalles, pero lo haremos.

—Es que no me puedo creer que esté volviendo a pasar todo esto —digo por fin—. Esas fotos mías por ahí... Sé que ya no tengo diecisiete años, pero me siento exactamente igual. Indefensa. Violada. No puedo soportarlo.

Me cae una lágrima por la mejilla.

Oigo un ruido en la puerta y, cuando levanto la vista, veo a Theo ahí plantado. Supongo que habrá oído lo que he dicho, porque parece como si acabara de tragarse una cuchilla oxidada.

—Hola —le digo flojito.

—Hola.

Intenta sonreír, pero no lo consigue del todo. Está tenso como un arco.

—Estoy con las madres al teléfono —le digo, y levanto la pantalla para que puedan saludarse.

Los ojos de Theo me examinan la cara ansiosos y es fácil ver la preocupación que hay en ellos.

—He hablado con la gente de relaciones públicas y creen que ahora mismo no deberíamos hacer ningún comentario —dice, y luego duda—. Pero hay un par de novedades.

No me gusta cómo suena eso.

—¿Qué novedades?

Él carraspea.

—Eh, bueno, está esto…

Rodea el sofá y me tiende su móvil. Nuestros dedos se tocan y él, que suele tener las manos calientes, las tiene frías como el hielo.

Miro la pantalla.

—«El matrimonio secreto de Theo Eliott» —leo en voz alta—. ¿Qué es esto?

—Tú sigue leyendo.

Pone cara de estar pasándolo mal.

—Por Dios. —Voy bajando por el artículo—. Es de locos.

Hay dos fotos en la publicación, las dos tomadas en la playa de Northumberland. En la primera, Theo y yo estamos enfrascados en una conversación en la orilla del mar. En la segunda, nos alejamos de la cámara de la mano. Tengo muy claro cuándo fue. Otro de nuestros momentos privados divulgado por ahí para que lo vea la gente.

—«Lo vi con ella hace unas semanas —leo en voz alta—.

Presentó a Clementine como su esposa. Parecían muy enamorados».

Theo cambia de postura incómodo.

—¡Es esa chica que nos paró en la playa! —exclamo—. No menciona que también le dijiste que no eras Theo Eliott. Joder.

—Sí, por desgracia se han hecho eco un par de páginas. —Theo se frota la cara con las manos—. No creo que termine teniendo mucha importancia. Es por lo menos la tercera vez que han creído que me había casado en secreto.

—¿Un polígamo clandestino? ¿Dónde guardas a todas tus esposas secretas? —le pregunto.

—En la buhardilla.

Theo dibuja una débil sonrisa y, cuando se la devuelvo, es el primer momento de calma que siento en esta tormenta.

—Lo que no entiendo es cómo han descubierto lo de Ripp tan deprisa. —Theo frunce el ceño—. No te has presentado a nadie como Clementine Harris. Y no hay nada en internet que os relacione.

—Se lo conté a tu hermana y a tu madre, en el spa —digo despacio—, pero ellas no…

Theo niega con la cabeza.

—Imposible. No. —Lo piensa durante un momento—. ¿No estaba también Cara?

—Sí. —Me entran náuseas—. ¿Tú crees que haría algo así? Es la mejor amiga de Lisa.

—No. —Theo suspira y se pasa una mano por el pelo—. Bueno, creo que no, pero sí que creo que podría irse de la lengua sobre lo de tu padre con cualquiera que quisiera escucharla.

«Sí —pienso—, eso lo veo».

—¿Y lo otro? —pregunto.

—¿El qué?

—Me has dicho que había un par de novedades. La primera es que nos han casado…

—*Mazel tov* —interviene Petty desde del teléfono.

Casi me había olvidado de que teníamos público.

—¿Cuál es la otra? —vuelvo a preguntar ignorándola.

La contracción de los músculos de la mandíbula es una señal de que Theo está enfadado.

—Es… —Se le apaga la voz y respira para calmarse.

Aprieta el puño a un lado del cuerpo. Cuando habla, es deprisa y con un tono casi profesional:

—Al parecer, uno de los periodistas más diligentes ha escarbado en tu pasado… con Sam.

—¿Sam?

Ahí está, el golpe final que termina de desestabilizarme.

Theo asiente y hasta la forma de asentir delata su rabia: un movimiento brusco de barbilla.

—Han reaparecido un par de fotos de cuando tenías diecisiete años.

Me sobresalto y el dolor que veo en la cara de Theo es horrible.

—Parece que Sam ha dado una entrevista… o por lo menos le ha hecho un par de comentarios a algún periodista.

—¿Una entrevista? —digo de forma inexpresiva—. ¿Sobre mí?

—Todavía no dispongo de los detalles —responde Theo en un tono glaciar—, pero tengo a gente averiguándolo.

—Puto desgraciado —dice la voz de Ava que sale del teléfono.

—Nada que añadir. —Theo se dirige a ella—. Iba a hacer una videollamada con mis abogados y me preguntaba si querrías unirte, Ava.

No oigo la respuesta de Ava, demasiado distraída por la oleada de dolor que me empantana. Es como lo que sentí en casa de la abuela Mac, pero peor. No es solo un recuerdo de lo que ocurrió, sino como si volviera a pasar todo otra vez, como si toda esa agonía e inseguridad volvieran con la misma fuerza. Noto que me ha aplastado.

—Está cabreado por la llamada —digo vacía—. Querrá vengarse de mí. Dirá cosas…

—Oye. —Theo se agacha a mi lado y me coge la cara entre

las manos para que lo mire. Me centro en esos ojos salpicados de dorado—. No hiciste nada malo. Y no va a decirle nada a nadie, ¿vale? Yo me encargaré.

Parece tan seguro de sí mismo que rebaja un poco el pánico que me invade el cuerpo.

—Vale —consigo contestar.

—Vamos a dejar que os preparéis para la boda —dice Ava—. Theo, mándame los detalles de la llamada, ¿vale?

—Sí —confirma Theo, y nos despedimos.

Un silencio pesado llena la habitación.

—¿Qué deberíamos hacer? —digo por fin—. ¿Nos vamos? Creo que tendría que irme a casa.

Theo niega con la cabeza.

—Yo creo que eso empeoraría las cosas… Hay gente apostada fuera y, si nos vamos pronto o incluso si tú te vas sola, puede que la bola se haga más grande. Además creo que Lisa me mataría. —Suelta un gruñido grave—. No me lo puedo creer. No me puedo creer que me las haya arreglado para traerle este puto circo a su puerta el día más importante de su vida.

—No has sido tú —repongo desolada—. Si no fuera por mí y la relación con Ripp…

—No, Clemmie. —Theo me da la mano—. Es todo por mí. No puedo… —Sea lo que sea lo que iba a decir se ve interrumpido por el tono estridente de su móvil—. Son los abogados —dice mirando la pantalla—. Voy a hablar con ellos mientras tú te preparas. Iremos a la ceremonia y nos escaparemos pronto del banquete. Luego te llevaré a casa en coche, ¿vale?

—Vale —accedo con un hilo de voz.

Vuelvo al vestidor, me pongo el vestido —uno de tul lleno de bordados, de cuello alto, sin mangas y con la espalda descubierta que hace apenas una hora tenía muchas ganas de ponerme— con indiferencia mecánica. Me peino, pero no tengo tiempo de hacerme mucho más que una trenza larga.

Me veo la cara en el espejo, pálida y contraída. La mujer deslumbrante de ayer ha desaparecido y no hay cantidad posible de colorete que me la devuelva. Llaman a la puerta y aparece Theo.

¿Cuándo hemos empezado a llamar a la puerta? Está yendo con cuidado conmigo y yo no tengo fuerzas para mirarlo a los ojos por el miedo a lo que veré.

—¿Estás lista? —me pregunta.

Se ha puesto otro traje, esta vez azul con solapas negras. Está tan guapo como siempre, pero se ve la tensión en toda su figura.

Me pongo de pie.

—Sí.

—Estás preciosa —dice en voz baja.

—Tú también. —Consigo dirigirle una pequeña sonrisa. Hay una pausa—. Esto va a ser horrible, ¿no?

Se le endurece todavía más la expresión.

—Todo irá bien.

Me da la mano y me aprieta los dedos solo un momento antes de soltarme y luego nos dirigimos a la boda.

Lisa y Rob se casan en la pequeña capilla que hay en los terrenos del hotel y que una vez formó parte de la enorme finca que pertenecía a una especie de señor Darcy de la vida real. Los pájaros cantan, las campanas de la iglesia suenan y el sonido atraviesa el aire perfumado de jazmín. Es todo tan bonito que parece una broma. ¿Cómo puede seguir el mundo como si nada hubiera pasado?

Al acercarnos a la iglesia, la sensación de cosquilleo se me extiende por el cuerpo. Las cabezas se vuelven para mirarnos. Empiezan los susurros. Es diferente de ayer. Nadie parece querer mirarme a la cara, pero siento el peso de su interés igualmente. Todos han visto las fotos. Cómo no. Todos los presentes han visto lo que Theo y yo hicimos anoche.

Recuerdo cómo me sentí la última vez, cuando los periódicos publicaron artículos sobre que me drogaba y luego tuve que aparecer en público. Las amigas de la universidad me contemplaban con una especie de fascinación maliciosa, los desconocidos me miraban dos veces por la calle y su curiosidad reptaba por mi cuerpo como un contacto no deseado.

Finjo una sonrisa, pero siento que tengo ganas de vomitar en uno de los parterres perfectamente cuidados. Y la sensación no hace más que aumentar cuando nos unimos a la madre de Theo dentro de la iglesia.

Los ojos de Alice delatan su preocupación cuando nos saluda. Parpadeo fuerte cuando me pregunta si estoy bien. Me parece horrible que tenga que lidiar con esto el día de la boda de Lisa, que yo haya traído todo este drama a su familia. Tampoco me gusta pensar que debe de haber visto las fotos de Theo y mías… No todo el mundo tiene la misma actitud abierta de Dee Monroe respecto a esas cosas.

—Hoy no va sobre nosotros —dice Theo, y yo asiento para mostrar mi acuerdo—. Centrémonos en Lisa y Rob.

—Puedo preocuparme por mis dos hijos a la vez, Teddy —responde Alice—. Soy tu madre.

—Siento mucho que haya pasado esto, Alice —consigo decir.

Ella frunce el ceño.

—No es culpa tuya. Son los buitres esos otra vez. ¿De verdad están esperando fuera del hotel? Me entran ganas de salir ahí y decirles cuatro cosas.

—Estarían encantados —dice Theo con una pequeña sonrisa—. Ya me imagino los titulares: «La madre de Theo Eliott monta en cólera».

—He estado dando clases de taekwondo en la sala de usos múltiples del pueblo —murmura Alice con cierta oscuridad en la voz—. Podría hacerles daño.

—Vamos a ahorrarnos los honorarios de los abogados, estamos por encima de eso —dice Theo—. Que les partas la cara a lo *Karate Kid* será el plan B.

—Vale —refunfuña Alice—, pero no dejes que te afecte, ¿me oyes? Nadie te culpa de esto.

Theo no dice nada, se limita a asentir con tirantez. Sé que no está de acuerdo y, por la expresión derrotada de Alice, diría que ella también lo sabe.

La ceremonia es corta pero bonita. Hannah avanza a grandes zancadas por el pasillo con un vestido de tul de los colores del arcoíris y unas alas de hada y se para a medio camino para saludar a su vecino y preguntarle por qué no han traído al perro. Luego les toca a Cara y a Sophie, que llevan vestidos lenceros lisos azul marino y de espalda muy baja y que van, como Cara había prometido, «elegantes de cojones». Por fin, Lisa flota hacia el altar del brazo de Hugh con un vestido de seda blanca con vuelo.

El drama de la mañana se funde y desaparece por un instante. Alice, Theo y yo nos emocionamos, pero no tanto como Rob, que llora a moco tendido, como si fuera un bebé. Oliver, que sí que es un bebé, está sujeto al pecho del padrino y lleva un pelele que imita un esmoquin. Parece muy poco interesado por nada que no sea la flor que Rob lleva en el ojal, la cual está desesperado por coger con el único propósito de llevársela a la boca.

—¿Ves? —me susurra Hannah al oído en voz bastante alta desde nuestra posición en el primer banco—. Los bebés son muy tontos. ¿Por qué no puedo tener un hámster en lugar de un hermano?

Cuando el pastor declara a Rob y Lisa marido y mujer, todos volvemos a salir a la luz del sol y los regamos con un confeti hecho con pétalos de rosa que huele muy bien. Lisa me abraza como si nos conociéramos desde hace años y yo le devuelvo el abrazo mientras me escuecen los ojos.

—¿Estás volviendo a llorar? —me pregunta Hannah suspicaz.

—No.

—¡Que sí! Todos los mayores están llorando.

—Yo no estoy llorando, Hannah Banana —dice Theo.

—Qué curioso que te hayas vuelto a poner las gafas de sol —musito mientras me seco con cuidado los ojos para que no se me corra el maquillaje.

Aparece una camarera con una bandeja de plata y yo cojo agradecida una copa de champán helado. La verdad es que no me creo que haya llegado hasta este momento del día sin beber nada fuerte.

—¿Es ya hora del helado? —pregunta Hannah con las prioridades claras; es evidente que preocuparse por adultos que lloran no es de las más importantes.

—Cuando nos hayan hecho las fotos —dice Rob cogiéndola en brazos—. Así no te habrás ensuciado todavía ese vestido precioso.

—¡Papi, que no soy un bebé! —chilla Hannah mientras él se la lleva entre los invitados que se pasean y beben.

—Van a tener un hada malhumorada en todas las fotos —comenta Alice con cariño.

—Me pregunto si harán esas alas en mi talla —digo—, me gusta el modelito.

Theo está tenso y no deja de observar a la gente, pero, con el paso de la tarde, queda claro que la seguridad ha hecho bien su trabajo fuera. No hay nadie por ahí que no tenga que estar. Las miradas de reojo y los susurros continúan, pero, como Theo y yo apenas nos tocamos en todo el día, por lo menos no tienen más munición. Me encojo un poco con cada flash de una cámara y no sé si alguien se habrá dado cuenta antes, pero en las bodas las hay por todas partes.

Superamos la comida y los discursos, que pasan volando, y me duelen las mejillas del esfuerzo de estar sonriendo en todo momento como si no pasara nada malo.

Llega el baile de los novios y Lisa y Rob se mecen por la pista dando la impresión de estar encantados con todas las decisiones que han tomado en la vida. Y, cuando Alice y Hugh se les suman, Theo entrelaza los dedos con los míos y nosotros bailamos también. Me aprieta la cintura con la mano, que noto cálida a través de la tela del vestido, y me descubro aferrándome a la solapa de su chaqueta con tanta fuerza que se me ponen los nudillos blancos. No decimos nada, solo nos mecemos con suavidad al ritmo de la música. Quiero enterrar la cara en su pecho y llorar.

Hay más bailes, un «Come On Eileen» estridente y lleno de piruetas, un intento dolorosamente sincero y solo un poquito desincronizado de «Single Ladies» y hasta tocan una canción vieja de The Daze, que Theo sufre con deportividad mientras Lisa se parte de risa y lo señala con el dedo.

Por fin, Theo aparece a mi lado y dice las palabras que más deseo escuchar:

—Ya podemos irnos.

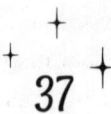

37

Alice llora al despedirse de Theo con un abrazo y sé muy bien cómo se siente.

Él no dice nada cuando nos alejamos en coche del hotel. Los fotógrafos por fin se han dispersado, puede que asustados por la seguridad o esperando que nos quedásemos una noche más escondidos en el hotel. Theo y yo no hemos hablado de por qué nos vamos pronto ni de lo que pasará cuando lleguemos a casa de mi madre.

En lugar de hablar, Theo deja que suene un audiolibro, pero la encantadora historia de amor que nos lee un actor apuesto no consigue distraerme. A medida que aumentan los kilómetros, también crece la sensación de pesadumbre del coche, pero no consigo descubrir qué puedo hacer para disiparla. Estoy agotada. Tengo los pensamientos dispersos como metralla. No consigo aferrarme a ninguno lo bastante como para desentrañarlo. No soy capaz de procesar nada de lo que ha pasado en las últimas doce horas.

Supongo que no debería sorprenderme, pero lo cierto es que no estoy en absoluto preparada para los fotógrafos que nos esperan delante de la verja de casa de mi madre.

—Joder —dice Theo conciso apretando el volante.

Cuatro o cinco rodean el coche mientras esperamos que la verja se abra al principio del camino. Saltan los flashes fuera de la ventana y yo me llevo la mano a los ojos. Se me escapa un ruido de angustia. Gritan, pero no consigo distinguir las palabras.

Pánico. Las manos me hormiguean, me quedo sin respiración, vuelvo a tener diecisiete años.

—No pasa nada —dice Theo tenso—. No pasa nada. Todo irá bien.

Lo dice una y otra vez, como un mantra, pero yo no le puedo contestar, parece que no puedo hablar, y la verja se abre por fin.

Salimos disparados por el camino y nos alejamos de ellos y yo cierro los ojos, por cuyas comisuras se me escapan las lágrimas.

El coche se detiene. Theo apaga el motor. El silencio repentino es una espada de Damocles.

Theo recuesta la cabeza en el asiento. Cierra los ojos un momento.

—Tengo que irme —dice por fin—. He pedido que me cambien el vuelo a esta noche.

—¿Te vas? —le pregunto, y, aunque me lo esperaba, me duele tanto que me encojo—. ¿Ahora?

—Si me voy, pararán —dice en voz baja. Deja que las palabras floten en el aire un momento. Una verdad horrorosa—. Tengo un plan. Voy a volver a Los Ángeles y dejar que me hagan fotos. Creo que eso hará que te dejen en paz enseguida.

—¿Que te hagan fotos? —repito.

Theo traga saliva.

—Con Cyn. Ya lo hemos hecho como favor otras veces. No tenemos más que ir juntos y la gente da por hecho que hemos vuelto. Los artículos se escriben solos.

—Ah —digo en un tono vacío—. Qué amable.

—Clemmie —suspira mi nombre—. No quiero que sea un malentendido dramático, ¿vale? Es solo un paso de un plan práctico. Te estoy avisando porque quiero que sepas que será mentira, una escenita. Cyn es solo mi amiga. No quiero que pienses ni por un segundo que quiero estar con alguien que no seas tú.

—Entonces ¿por qué te vas? —Las palabras se tambalean al salirme de la boca.

Tiende una mano y me aparta un mechón de pelo de la cara con un movimiento tierno.

—Porque he sido egoísta contigo —dice—. Sabía que tenías reservas respecto a estas cosas y deseaba tanto tenerte que no les he dado la importancia que merecían, no he hablado sobre ello, no he hecho lo suficiente para protegerte. Te dije que entendía que necesitaras ir despacio y... te he metido a la fuerza en una relación. Y no ha sido justo.

Se mira las manos y la voz le sale ronca.

—Normalmente soy bastante egoísta, pero no puedo ser el motivo de tu dolor, Clemmie. No puedo ser la razón por la que revivas tu peor trauma. Ver esas fotos tuyas de cuando tenías diecisiete años casi me rompe el corazón. Eras tan joven... Y, sabiendo por lo que pasaste, cómo te trataron... He oído lo que has dicho esta mañana y te he visto la cara cuando hemos pasado ahora al lado de las cámaras. —Hace una mueca y toma aire de golpe—. Nunca se me olvidará esa imagen. Y ha sido todo por mí. Creo que, si eres sincera de verdad, dirás que esto no es lo que quieres.

—Claro que no es lo que quiero —digo intentando con todas mis fuerzas no llorar—, pero eso no significa que no te quiera a ti.

La sonrisa de Theo es la más triste de la historia de las sonrisas.

—Pero yo soy esto. Ese es el problema.

Estoy demasiado agitada como para saber qué contestar. Todo pasa muy deprisa. Hace unas horas estábamos felices. Sé que quiero a Theo, pero esta situación es lo que más temo. Lo peor es que tiene razón. Sabía desde el principio que no podía tener nada con él precisamente por esto. ¿Cómo voy a vivir así? Pero ¿cómo voy a dejarlo marchar?

—Es demasiado —digo desesperada—. Es demasiado como para pensarlo. No consigo entender nada. Me sobrepasa. Necesito que me des un momento para recuperar el aliento.

—Ya lo sé —dice él—. Es demasiado, pero yo me iba a ir de todos modos, así que... démonos espacio.

—¿Démonos espacio?

Me duele solo pensarlo.

—Creo que es lo mejor —dice Theo—. Para los dos.

Entonces se inclina hacia mí y me da un beso en la mejilla. Hace un ruido grave y gutural y tengo que esforzarme al máximo por no atraerlo hacia mí y besarlo hasta que me prometa que no se irá.

En lugar de eso, abro la puerta del coche y bajo. Cojo la maleta del asiento de atrás. Apática, observo cómo se aleja hasta que el coche cruza la verja, donde vuelven a saltar los flashes. Lo sigo con la mirada hasta que Theo Eliott ha desaparecido del todo y solo entonces, de pie, sola y en la oscuridad, me permito llorar.

La puerta de casa se abre de golpe.

Sale corriendo en un torbellino de Armani (Serena) y extensiones del pelo lila (Lil) y termino atrapada entre las dos, envuelta en sus brazos, otra vez en tierra firme.

—Estáis aquí —exhalo.

—Pues claro que estamos aquí. —Serena parece furiosa.

—¿A quién tenemos que maldecir primero? —pregunta Lil.

Cuarta parte

38

Han pasado cuatro semanas desde que Theo se fue a Los Ángeles. Eso son casi setecientas horas de silencio y ocho mil kilómetros entre nosotros. Que no es que lleve la cuenta ni nada.

He experimentado todas las emociones. Todas. Len y yo estuvimos juntos cuatro años y nuestra ruptura no fue nada comparado con el dolor de perder a Theo. Al cabo de cuatro semanas todavía siento como si alguien intentase sacarme el corazón del pecho con una cuchara.

No sé cómo, Theo consiguió que retirasen nuestras fotos de la mayoría de las páginas. Es internet, así que nada desaparece nunca del todo, pero las webs de noticias más importantes las quitaron. Tampoco sé lo que dijo Sam, pero nunca llegó a publicarse. No sé cómo lo ha conseguido Theo, pero sospecho que implica mucho dinero cambiando de manos.

Como predijo él, todo el mundo perdió el interés en cuanto aparecieron sus fotos con Cyn. Me dije a mí misma que no las miraría, pero lo hice, claro, y cuando lo vi con el brazo reposando sobre sus hombros delicados mientras ella lo miraba con una sonrisa radiante y una mano en el bolsillo trasero de sus vaqueros, me pasé diez minutos largos gritando con la cara enterrada en la almohada.

Hacían muy buena pareja. Perfecta. Y aunque Theo me dijo de forma muy clara que solo se trataba de un montaje, resultaba demasiado fácil imaginarme que era real. Lo empeoraba el hecho de pensar que, en otras circunstancias, Cynthie podría haberme caído bien. Tenía algo en la cara, en la voz seca que recuerdo haber oído por el móvil, que me hacía pensar que podríamos ser amigas. Por desgracia, una parte de mí deseaba atropellarla porque le había puesto la mano en el culo a Theo y esos no parecían muy buenos cimientos para una amistad.

Las noticias que tengo de Theo me han llegado a través de tres fuentes y me he aferrado a esas migajas como una ardilla laboriosa que acumula bellotas para el invierno. La primera es una llamada de Lisa el día después de volver de la boda.

—Clemmie, lo siento mucho. —Oigo la tristeza en su voz—. No me puedo creer que se haya ido. No me puedo creer que haya pasado nada de esto.

—No es culpa tuya —le digo, y la voz me sale tranquila, vacía. Ya lo he llorado todo—. Solo me sabe mal que haya pasado cuando ha pasado. La boda era algo muy especial y Rob y tú os merecíais el día perfecto. —Y luego después de un silencio—: ¿Has hablado con Theo?

Parece que al final todavía me queda alguna lágrima dentro, porque se me acumulan en los ojos cuando digo su nombre.

—Está destrozado, Clemmie —responde Lisa enseguida—. Nunca lo había oído así. Yo... —Vacila y luego añade en voz baja—: Por favor, no pierdas la fe en él.

—Creo que ha sido él el que ha perdido la fe en mí —contesto con tristeza.

Y después de eso no hay mucho más que decir.

La segunda noticia me llega al cabo de cuatro días y viene, inesperadamente, en forma de un correo de David.

Clementine:
El señor Eliott ha solicitado algo llamado «singing hen» y no encuentro información respecto a qué podría ser aparte de varios vídeos inquietantes de YouTube de gallinas cantando. ¿Me lo podrías aclarar?

David

Estimado David:

Creo que puede tratarse de una «singing hinny», que es un tipo de tortita de Northumberland. Una especie de panecillo con pasas. Mi abuela Mac las preparaba. Adjunto el enlace de la receta.

Clemmie

P. D.: ¿Cómo está?

Clementine:

Esta receta contiene grandes cantidades de mantequilla y manteca, por lo que no termino de entender cuándo habría tenido la oportunidad de probarla el señor Eliott, dado su estricto plan nutricional.

David

P. D.: Nunca me atrevería a hablar de la vida personal de mi empleador, ni me toca a mí juzgar su estado emocional. Dicho esto, está pidiendo bollería extraña, se niega a salir de casa y ha desarrollado una obsesión preocupante por una serie sensiblera de vampiros para adolescentes. Dejaré que saques tus propias conclusiones.

Aunque sea extraño, es tranquilizador saber que Theo está tan triste como yo y que está claro que piensa en mí. Me alivia un poco la sensación de que me he inventado todo lo que pasó entre nosotros.

Me pregunto si David le preparará *singing hinnies* y si Theo se las comerá acordándose de cuando yo las preparé en la cocina de la abuela Mac para que el olor dulce impregnase el ambiente y sentirme más cerca de ella. O de que se quemó la boca porque fue demasiado impaciente y se metió una entera cuando la saqué de la plancha y me culpó a mí por haberla calentado demasiado cuando me reí de él. Pensarlo hace que me duela el pecho.

La otra persona que me habla de Theo es Serena. Dos semanas después de la conversación con David me dice que se ha encerrado en el estudio de grabación y se ha consagrado al trabajo. Los de la discográfica están encantados. Mi hermana, como es comprensible, no sabe muy bien qué le parece todo esto. Por una parte, ha entregado el disco inentregable y, por otra, a su hermana le han roto el corazón. Dice mucho de cuánto me quiere que tenga cualquier tipo de reparo al respecto, porque basa su personalidad de forma bastante sincera en una villana de Disney con el corazón de hielo y sus jefes quieren montarle una fiesta en la calle.

Yo he decidido seguir el ejemplo de Theo y también he estado trabajando. He terminado el borrador de mi libro infantil (sí, he llegado al punto en el que ya puedo llamarlo libro) y la verdad es que me encanta cómo ha salido. Se lo envío por correo a Serena y Lil, que me mandan su flujo de conciencia mientras van leyendo.

Serena
Siempre supe que alguien escribiría un libro sobre mí en algún momento

Lil
Madre mía! Estoy obsesionada ya. La abuela es la abuela Mac, no? Me encanta lo malhumorada que es
Me ha salido un ronquido cuando Maree le prende fuego al cobertizo. Algo muy Serena

Serena
El fuego no llegó a nada y fue un accidente y no se ha podido demostrar nunca nada. Si insistís en seguir hablando del tema, puedo daros el número de mi abogado
Es brutal. Las niñas rabiosas son lo más

Lil
Nooo. Acabo de llegar a lo de la sirena. Me había olvidado de los sándwiches de crema de cacahuete. Me duele el corazón

Serena
Jajajajajaja! Maree es una jefaza. Me encanta

Lil
Todo el mundo sabe que Sass es el mejor personaje. Ojalá hubiéramos lanzado un hechizo para llenarme el pelo de rayos de luna. Os imagináis que tuviera PELO DE LUNA? Sería imparable. Clemmie, qué cabecita tienes. Es PRECIOSO. Somos unas hermanas brujas muy poderosas

Serena
Estoy de acuerdo. Tienes que publicar esto enseguida para que otras jóvenes puedan aprender de mí/Maree
Estamos formando las mentes del futuro!!!

Quiero mandarles el manuscrito a tres o cuatro agentes a los que creo que les puede gustar. Tal vez. Solo tengo que repasarlo un poco más y reunir algo más de valor. En mi estado actual de debacle emocional, trabajar en el libro me ha parecido un salvavidas. Es el primer trabajo que hago desde hace mucho que me hace sentir bien.

No he tocado el libro académico ni he mandado solicitudes de trabajo. No sé cómo asimilar que no quiero hacer ni una cosa ni la otra. Estoy muy cansada de ello, de su naturaleza precaria. Estoy cansada de esforzarme tanto durante tanto tiempo y no haber conseguido nada. No soy capaz de reunir ni una pizca de entusiasmo, ni una chispa de ilusión.

Y eso empeora con el final del verano a la vuelta de la esquina y el saber que tengo que pensar algún plan. No puedo seguir ignorando el problema, porque —me parece a mí— tener un trabajo y un lugar donde vivir son tareas básicas de adulta en las que no debería estar fracasando a los treinta y tres años. He dedicado toda mi vida adulta al mundo académico y he terminado así: en pijama en casa de mi madre con una crisis existencial.

—Si tienes algo de tiempo libre, me vendría bien un poco de ayuda con el trabajo —dice mi madre entrando a la cocina para ponerse una taza de café—. Estamos organizando una gran recaudación de fondos y tengo demasiado trabajo ahora que Sandy está de baja por maternidad.

—¿Para qué es el dinero? —le pregunto.

—Es para un programa que tenemos en marcha en el que ofrecemos terapia musical a refugiados y niños desplazados —explica mi madre distraída mientras rebusca en la lata de galletas vacía. (Sí, estoy comiendo para no sentir).

—Vaya, suena interesante.

Levanto la cabeza.

—Ajá. Lo que pasa es que necesito ayuda en la parte de la organización. Los proveedores me están dando muchos dolores de cabeza con sus exigencias.

—Claro, me encantaría ayudar —le digo—. Pero cuéntame más sobre el programa.

Mi madre me mira sorprendida.

—¿En serio?

—Sí, en serio. —Me río—. ¿Por qué se te hace tan raro?

—No es eso. —Niega con la cabeza—. Es que... nunca me ha parecido que te interesase mi trabajo.

Una oleada de culpa me inunda.

—No es que no me interese. Es que... bueno, es complicado, supongo.

Mi madre retira una silla frente a mí.

—¿Qué tiene de complicado?

Frunce el ceño.

Podría esquivar esta conversación, pero la verdad es que, desde que le conté a Theo lo que me había dicho Sam, había estado pensando en ello.

—Yo... —Respiro hondo—. Siempre me he sentido culpable respecto a tu trabajo, así que he evitado hablar sobre él —digo incómoda—. Y me doy cuenta de que es una mierda por mi parte.

—¿Culpable? ¿Se puede saber por qué ibas a sentirte culpable?

—Porque tuviste que abandonar tu sueño por mí. —Saco las palabras como puedo, sabiendo que es el momento de soltarlas—. Dejaste la música porque te quedaste embarazada y sé que eso no es culpa mía, pero siempre me he sentido mal.

344

La cara de mi madre es la representación exacta de la estupefacción. Ojos muy abiertos, boca de par en par.

—Eh... ¿qué? —Niega con la cabeza—. ¿Crees que dejé de cantar porque me quedé embarazada?

Ahora me toca a mí fruncir el ceño.

—Pues sí. Dejaste de cantar cuando me tuviste porque la prensa nos perseguía y me estabas criando sola. Justo en el momento en el que ibas a triunfar.

Se lo estoy explicando, pero me resulta extraño. Esto no es ninguna novedad para ella.

Mi madre tamborilea con los dedos en la mesa y mira a lo lejos un momento. Pasan tantas cosas en su cara que no tengo ni idea de cómo se siente.

—Clemmie —exhala por fin—, ojalá me hubieras hablado de esto hace mucho tiempo.

—Ya sabes lo bien que se me da evitar cualquier cosa que me haga sentir incómoda.

Sonríe con tristeza.

—Lo sé. Eres muy buena a la hora de guardarte las cosas dentro. Soy tu madre y no tenía ni idea de que cargabas con ese peso. —Me da la mano y me la aprieta desde el otro extremo de la mesa—. Escúchame. Te quiero con todo mi corazón, pero no dejé de hacer música por ti. No abandoné mi sueño. Simplemente me di cuenta de que no era mi sueño, así que lo dejé.

—¿Que... qué? —consigo soltar.

Mi madre resopla.

—A ver, no es que me encantase lo de la prensa y habría sido todo más difícil con un bebé, pero los músicos tienen hijos. Nada de eso me habría parado si hubiera sido lo que quería, siempre que tú también fueras feliz. Sin embargo, después de que saliera el primer disco, me quedé destrozada. Me había pasado años pensando que sería todo lo que siempre había querido y luego no me gustó nada. Me sentía aislada y aborrecía toda la política que implicaba trabajar con una gran discográfica. A tu padre le encantaba todo eso, estaba hecho para el mundillo, pero yo no. No era lo que quería.

Estoy anonadada.

—El trabajo que hago ahora —dice mi madre, y las comisuras de los labios se le elevan para formar una sonrisa— es mi sueño. Es el trabajo de mi vida. No querría hacer otra cosa. Es solo que tardé un poco en descubrirlo. A veces tienes que arriesgarte, desviarte por un camino que no habías visto venir, para terminar en tu lugar.

Parpadeo incrédula. Socorro, estoy teniendo demasiadas epifanías a la vez. Me siento como si alguien me hubiera bajado una actualización de software al cerebro.

—Entonces ¿no querías ser cantante? —pregunto, y las palabras me salen toscas.

—Qué va —dice mi madre con firmeza—. Y te diré más: las últimas personas a las que les permitiría tomar una decisión por mí son esos hombrecillos de mierda con sus cámaras. —Hace una pausa midiendo sus palabras—. Sé que lo que te pasó cuando eras adolescente fue muy doloroso, cariño, y, si pudiera haberte protegido de eso, lo habría hecho, pero no puedes permitir que otras personas que no tienen ningún derecho sobre ti te controlen a ti y controlen tu felicidad. No puedes dejar que decidan por ti.

—Te refieres a Theo —digo en tono inexpresivo—, pero pareces Sam. Eso era lo que decía para que siguiera con él, que no podíamos dejar de vivir nuestras vidas por culpa de la prensa.

—La diferencia es que Sam intentaba manipularte para conseguir lo que quería —responde mi madre—. Las palabras son las correctas, pero él las usaba para controlarte. No puedes renunciar a vivir tu vida por culpa de la prensa, una vida que podría estar llena de alegría y amor. Sé que es complicado que deje de importarte lo que dicen y hacen... —En ese momento hace una pausa para mirarme a los ojos y asegurarse de que tiene toda mi atención, de que la estoy escuchando—. Créeme, lo sé, pero, en algún momento, tienes que dejar de intentar controlar lo que los demás piensan de ti si eso se interpone en tu felicidad.

Permito que las palabras me calen, noto cómo aflojan un poquito el nudo que tengo dentro. No son palabras mágicas que solucionan el problema, pero me ayudan; me dan espacio para respirar, para pensar en otros caminos.

—Además —añade mi madre sin darle importancia, pero a mí no me engaña—, creo que, más que en las palabras de Sam, deberías centrarte en las acciones de Theo. Se llevó a la prensa, habló directamente con sus abogados y amenazó a todo el mundo con acciones legales. Parecía un poseso, haciendo todo lo que había que hacer para que retiraran las fotos. Nada que ver con Sam, el muy falso. Ni con tu padre, ya que estamos, que tiene la profundidad emocional de un sándwich de queso. Ripp es un hombre poco cuidadoso, Clemmie, pero no malo. No pretende defraudar a nadie, es que simplemente no piensa.

Me lanza otra mirada con sus ojos pequeños y brillantes.

—No es que la historia se esté repitiendo. Que tengan el mismo trabajo no quiere decir que sean iguales. Theo no se parece a ninguno de ellos y la verdad es que creo que te lo ha demostrado.

Me muerdo el labio.

—Lo que pasa es que no sé si estoy lista para comprobar esa teoría —confieso—. Me da la impresión de que me estaría poniendo en una situación muy… vulnerable.

Mi madre se ríe y me aprieta la mano.

—Cariño, tengo malas noticias. Enamorarte siempre es ponerte en una situación vulnerable. Incluso cuando no es de un músico famoso.

—Ufff. —Dejo caer la cabeza sobre las manos—. ¿Por qué es todo tan difícil?

—No lo sé —dice mi madre—, pero me parece que para eso creó Dios a los psicólogos.

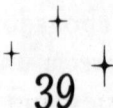

39

Pasa otra semana antes del acontecimiento del año: el Lil-Fest.

Ha sido otra semana sin saber nada de Theo. Después de la conversación que tuve con mi madre, he empezado a preguntarme si tal vez él estará esperando a que lo busque yo. Al fin y al cabo dijo que no quería ser egoísta ni meterme en nada a la fuerza. ¿Es posible que quiera que yo sea la que decida?

Una vez que me viene el pensamiento a la cabeza, me parece evidente. Me he pasado semanas dando por sentado que la falta de comunicación por parte de Theo significaba que no deseaba estar conmigo, que estaba intentando decirme que se había acabado, pero, si ignoro la voz potentísima de mis inseguridades, si dejo de compararlo con personas con las que no tiene nada en común, no me parece cierto.

Theo ha sido claro conmigo desde el principio. Antes de que fuéramos nada, incluso cuando lo llamaba por el nombre equivocado, me hizo saber qué intenciones tenía. Y no ha flaqueado. Me dijo que quería estar conmigo una y otra vez. Me lo dijo con palabras y me lo demostró de mil formas diferentes. Sé que le importo como sé qué día de la semana es.

Solo tengo que decidir lo que quiero yo.

Cuando veo a Ingrid, le cuento lo que me dijo mi madre y nos quedamos en un silencio pensativo un buen rato. Es un silencio más suave de lo normal, un silencio que no es como un bisturí, sino como respirar hondo.

—Creo que me da miedo no ser lo bastante buena —le digo

por fin—, fracasar, no ser suficiente, decepcionar a la gente. Incluso a personas a las que no conozco. Incluso a quienes comentan en internet desde el anonimato. Pero sobre todo a personas a las que quiero.

—¿Qué crees que pasará si no eres lo bastante buena? —me pregunta Ingrid.

—Que se marcharán.

La respuesta es inmediata, firme.

Ingrid baja la cabeza y siento el cosquilleo de haberlo hecho bien en terapia, incluso cuando me doy cuenta de que ese es parte del problema.

—Theo se ha marchado —digo, metiendo el dedo en la llaga que tengo en el corazón—. Lo ha hecho por motivos nobles, lo sé. Racionalmente lo entiendo. Pero se ha marchado. Y me duele.

—Eso me parece algo que deberías decirle a él —apunta Ingrid—. Me parece algo que él querría saber.

Esas palabras me han estado rondando la cabeza. ¿Querría saberlo Theo? Puede. Siempre se ha mostrado interesado en las cosas que me pasan por la cabeza. (La verdad es que eso se queda corto, porque una vez me dijo que quería «meterse en mi cerebro y leerlo como si fuera un libro», a lo cual le respondí que eso era bonito y de psicópata a partes iguales).

Todo eso me deja con mucho sobre lo que angustiarme, pero, por hoy, intento apartar el resto de las cosas a un lado. Hoy es el día de Lil.

El Lil-Fest empezó en su decimosexto cumpleaños y no ha hecho más que crecer en tamaño y nivel de producción con cada año que pasa. Lo celebramos en el prado que hay detrás de casa de las madres el último fin de semana de agosto y, por eso, siempre ha marcado el agridulce final del verano.

El primer Lil-Fest fueron Lil y unos cuantos amigos suyos tocando en un «escenario» que, en realidad, eran unas marcas de yeso sobre la hierba, mientras los demás nos rebozábamos en purpurina y bebíamos sidra barata algo tibia.

A medida que iban creciendo los círculos personales y profesionales de Lil y Serena, lo hacía también el Lil-Fest. Ahora hay un escenario de verdad con altavoces enormes y un cartel con los grupos que están por la zona en ese momento y quieren venir a pasar el rato —algunos, nombres muy conocidos; y otros, artistas emergentes—, varios puestos de comida ambulantes y normalmente unos doscientos asistentes.

Los árboles están llenos de lucecitas y atrapasueños hechos a mano y este año uno de los amigos de Lil hará sesiones de yoga en una yurta pequeña que ha aparecido de la noche a la mañana. Todavía nos rebozamos en purpurina, pero hemos cambiado la sidra barata por IPA ecológica y combinados que se sirven en tarros de mermelada. Algunos años lo celebramos bajo la lluvia y en el barro (lo cual Lil asegura que es más auténtico). Hoy no llueve y hace algo de calor, pero se ven unas cuantas nubes amenazadoras en el horizonte.

Dada mi aversión a la música en directo, muchos años me he pasado todo lo que podía del Lil-Fest en la cocina o incluso me he escapado a mi habitación, pero este año puede que incluso me acerque al escenario y escuche a algunos de los grupos. Ha sido un verano largo y han cambiado muchas cosas.

A última hora de la tarde estoy sentada en un templete que hay cerca del estanque observando cómo desfilan los invitados desde la otra punta de la casa hacia el prado donde está montado el escenario mientras pienso en animarme y unirme a ellos. Mis hermanas aparecen a mi lado. Serena lleva una corona de girasoles en la mano y me la pone en la cabeza. Lil me tiende unas alas de hada. Cuando le hablé de las de Hannah, las pidió para todas en tamaño adulto para hoy. Las de Serena son negras y puntiagudas y la hacen parecer una novia vampiro y ese es el único motivo por el que ha aceptado llevarlas.

—Buena asistencia este año —digo entrecerrando los ojos para mirar al gentío que va creciendo mientras una joven con una guitarra canta melancólicamente ante el micrófono—. ¿Vas a tocar?

Lil tiene las mejillas sonrosadas. También se ha puesto una corona de girasoles, pero algo torcida.

—Sí. Y creo que pronto, porque me estoy bebiendo estos

cócteles rosas que ha preparado Ava y saben a zumo, pero hacen que todo esté un poco...

Junta el pulgar y el índice pensativa y yo no tengo ni idea de lo que se supone que significa ese gesto.

—Ya está borracha —traduce Serena.

—¿Dónde están Bee y Henry? —pregunto.

—Bee está trabajando, pero puede que venga más tarde —dice Serena con una indiferencia muy practicada, y Lil y yo intercambiamos una mirada divertida.

—Henry también vendrá luego —dice Lil—. Estoy casi segura de que va a pedirme matrimonio esta noche.

—¡¿Qué?! —chillamos Serena y yo al unísono.

—Sí, ¿a que es bonito?

Lil está resplandeciente, de pronto angelical como iluminada por el amor, aunque creo que en realidad es solo el sol reflejado en la purpurina que se ha puesto. Eso y las alas.

—Encontré el anillo la semana pasada. Se le da fatal guardar secretos —dice con cariño—. Y esta mañana estaba nerviosísimo. Ojalá me lo hubiera pedido ya, así habría terminado con su sufrimiento.

—¿Vas a decirle que sí? —pregunta Serena aturdida.

—Pues claro. —Lil está calmada—. Es mi gran amor. Lo tengo claro desde el momento en el que nos conocimos. Justo como deseé.

Serena carraspea de forma exagerada.

—Qué bien —digo, y las palabras salen anegadas de lágrimas—. Me alegro mucho por ti, Lil. Henry es muy mono y te quiere mucho.

—Ya —responde Lil de lo más segura, y una arruga de preocupación aparece y desaparece en su frente—. Y hablando de grandes amores...

—Sí, yo también lo he estado pensando —la interrumpo—. «Un gran amor, del que es incondicional y sincero, con su alma gemela». Eso fue lo que dijiste, ¿no?

—Sí.

Lil asiente mientras Serena finge arcadas.

—Tuve una epifanía el otro día en la psicóloga —anuncio sonriendo ante el recuerdo—. Bueno, he tenido muchísimas últimamente, pero el otro día me di cuenta de que, pase lo que pase, hay algo con lo que puedo contar: ya tengo ese amor. Tengo a mis almas gemelas, a las que estarán ahí sea como sea, que me quieren sin condiciones. Sois vosotras. Siempre habéis estado ahí sin que hiciera falta pedir ningún deseo.

Hay un silencio estupefacto durante unos segundos en los que mis hermanas se me quedan mirando y entonces Lil emite una especie de quejido y se lanza sobre mí para rodearme el cuello con los brazos. Sus lágrimas cálidas me caen sobre la piel.

—Te quiero, dulce Clementine —susurra.

—En serio —resopla Serena intentando evitar el contacto visual—, qué dramáticas sois.

Pero no puede esconder que sorbe un poco por la nariz y Lil y yo la atrapamos en un abrazo largo y —gracias a los tres pares de alas de hada— incómodo.

Cuando nos soltamos, Lil parece decidida.

—Creo que las tres tenemos que hablar de Theo.

Esas palabras me hacen dar un respingo.

—Pensaba que íbamos a esperar —responde Serena mirándola con mala cara.

Mis ojos van de una a la otra.

—¿Qué tramáis vosotras dos? —pregunto.

Serena continúa lanzándole una mirada asesina a Lil, que no parece arrepentida.

—Tenemos algo que decirte —dice Serena despacio—, pero no estoy segura de que sea el momento.

—Eso no suena para nada siniestro... —me quejo—. Ahora me lo tenéis que decir.

—Puede esperar —responde Serena con firmeza.

—No.

—Pfff, vale... —Serena prácticamente patalea el suelo, pero entonces la interrumpe Lil.

—Joder —suelta Lil mirando a mi espalda.

Serena entrecierra los ojos al ver lo que Lil ya había observado.

—¿Tú lo sabías? —le pregunta.

—No, no, claro que no —exclama Lil mientras yo me doy la vuelta.

Andando por el jardín hacia nosotras, todo sonrisas, viene Ripp Harris.

Y detrás de él está Sam.

—¡Mi Lily! —dice Ripp cogiendo a Lil por los hombros y besándola en la mejilla—. Feliz cumpleaños, preciosa mía.

—¿Qué haces aquí, papá? —consigue preguntar Lil dirigiendo la mirada hacia mí.

—¡Hemos venido a tocar en el Lil-Fest! —contesta Ripp con una sonrisa—. Dicen que es el concierto más esperado de la zona. Tu madre me mandó una invitación hace mil y estábamos por aquí, así que se me ha ocurrido darte una sorpresa. El resto del grupo llegará pronto.

Creo que Petty le manda a Ripp una invitación todos los años. Esta es la primera vez que se ha dignado a aparecer. Cómo no.

No puedo apartar la vista de Sam, que mira a todos lados excepto hacia mí.

—¿Qué coño haces, papá? —dice Serena apretando los dientes.

La sonrisa de Ripp flaquea y lleva la confusión escrita en grande en la frente.

—¿Qué? —pregunta—. ¿Qué pasa?

—¿Cómo apareces aquí con él? —pregunta Lil con los brazos en jarras.

—¿Qué haces aquí, Sam? —quiero saber.

El ceño fruncido de Ripp se intensifica.

Sam levanta la vista hasta mirarme a los ojos y le veo la expresión calculadora antes de que se ponga la máscara de encanto.

—Clemmie, hace ya mucho tiempo de todo eso. No éramos más que unos críos, ¿no te parece que es hora ya de pasar página? —Mira a Ripp y suspira con fuerza para comunicarle una vaga sensación de exasperación.

—Ah, sí, es verdad —dice Ripp riendo, y se relaja—, que

hace muchos años salíais. Venga, Clementine, si yo me preocupase por toparme con una ex en cualquier sitio, no saldría de casa. —Se ríe más fuerte y Sam se le une.

En un instante, el foco concentrado de toda mi rabia pasa a mi padre.

—Tú no tienes derecho a meterte en esto, Ripp. Tú fuiste el que contrataste al hombre que me rompió el corazón y que parece que ahora se está esforzando al máximo por hacerme daño. Pregúntale quién ha dado putas entrevistas hablando de mí hace unas semanas.

—Tenéis que marcharos los dos, papá —dice Lil con palabras firmes.

—Ahora mismo —añade Serena.

—¿De qué hablas? —pregunta Ripp. Ya no sonríe. Su mirada pasa de mí a Sam y de Sam a mí—. ¿Qué entrevistas?

—¿Por qué no se lo preguntas? —escupo.

—Ya basta. —Ahora Sam parece cabreado y viene hacia mí. Tiende una mano para cogerme el brazo.

Creo que quiere alejarme para que esta conversación tenga lugar en un sitio mucho menos público.

Sin embargo, no tiene ocasión, porque, de pronto, una voz muy familiar grita:

—¡No te atrevas a tocarla!

40

Nos volvemos todos de golpe y, ahí, avanzando por el jardín a grandes zancadas y con cara de muy pocos amigos, está Theo. Y no tengo tiempo de procesar nada excepto el subidón dulce e intenso de alegría que me atraviesa al verlo, antes de que llegue y aparte la mano de Sam de mi brazo y le dé un puñetazo en toda la cara. Sam cae hacia atrás directo al estanque con un gran chapoteo.

Hay un momento de silencio aturdido.

—¡Ah! ¡JODER! —chilla Theo dando saltos—. Creo que me he roto la mano. ¡Dios! Ayyy. —Se agarra la mano con la que le ha pegado a Sam y coge aire entre dientes adolorido—. Coño, qué daño.

Hay un millón de cosas que quiero decirle, pero, cuando abro la boca, lo único que me sale es:

—¿Es la primera vez que le das un puñetazo a alguien? Creo que se supone que tienes que poner el pulgar por fuera.

Theo me mira con exasperación.

—Sí, gracias, *Street Fighter*. No sabía que eras tan experta. ¿Cuándo habría tenido que pegarle yo a alguien?

—No lo sé, ¿en el colegio?

—¿A qué tipo de colegio fuiste tú?

—Tendrías que haberle dado una patada en los huevos —dice Serena mientras se mira las uñas—. Así no te haces daño en los nudillos.

Sam se encoge solo de pensarlo desde donde está, todavía en

el agua quejándose, y Ripp va a sacarlo del estanque con cara de no entender nada.

Theo y yo nos miramos un segundo.

—¿Qué haces aquí? —pregunto.

Me recorre con la mirada como si se muriera de sed y yo fuera un enorme vaso de agua.

—Tengo un bolo mañana en Londres. Y hoy unas cosas de prensa —dice, y siento cómo mi cuerpo se desplaza hacia él—. No iba a venir, pero no me he podido aguantar. Tengo que hablar contigo, voy...

—¡Vas a tener noticias de mis abogados, colega! —chilla Sam recordándome de pronto que no estamos solos.

Theo, con la cara cerca de la mía (¿cómo está ya tan cerca?), parece tan sorprendido como yo al darse cuenta de que el resto del mundo no se ha desvanecido, sino que, de hecho, nos miran con interés mis hermanas, mi padre y mi exnovio, que va chorreando agua del estanque y se agarra la nariz con sangre goteándole por la parte delantera de la camisa.

La rabia se enciende en los ojos de Theo y vuelve su cuerpo alto para quedarse entre Sam y yo. Me llega un rastro de su olor limpio, salado y cítrico y las rodillas se me aflojan, es patético.

—No soy tu colega —gruñe—. Y te mereces una paliza por cómo has tratado a Clemmie.

—Eso —dice Serena con un brillo sanguinario en los ojos.

—Nadie le va a dar una paliza a nadie —resoplo tirando del brazo de Theo. Aflora el cabreo y lo miro con ojos entrecerrados—. No me hace falta que te presentes aquí tras desaparecer un mes y vayas dando puñetazos por mí. Si alguien tiene derecho a partirle la cara a Sam, esa soy yo.

—Toda la razón del mundo —grita Sam—. Un momento... ¿qué?

Me vuelvo hacia él.

—Y pensaba que te había dicho ya que lo nuestro se había terminado, Sam. ¿No te lo dejé lo bastante claro la última vez que hablamos?

—¡Voy a denunciaros a todos! —farfulla Sam lanzándole

una mirada oscura a Theo—. Creo que tu novio me ha roto la nariz.

—No es mi novio —digo, y Theo se estremece.

—¿Puede explicarme alguien lo que está pasando? —Ripp ahora tiene un aire decidido, con una dureza en la mirada que no le había visto nunca.

—Ese desgraciado dijo un montón de mentiras a la prensa sobre tu hija cuando tenía diecisiete años, luego le mintió a ella y la usó para aparecer en los periódicos y conseguir un trabajo contigo —dice Theo con frialdad, abarcando a Ripp también en su ira—. Eso es lo que pasó. Y tú no hiciste nada para protegerla.

—Yo no sabía nada —brama Ripp.

—No digas eso. Te lo conté. —Me cruzo de brazos—. No me creíste. Te reíste de lo que te dije.

Algo parecido a la vergüenza le atraviesa la cara a Ripp. Se vuelve hacia Sam.

—¿Es eso cierto?

—Claro que no —responde Sam con voz pastosa todavía agarrándose la nariz—, no sé por qué no puede superar una ruptura de hace quince años. Ya me conoces, Ripp, no soy esa clase de tío. —Se vuelve hacia mí—. Mira, Clementine, sé que te hice daño cuando corté contigo y lo siento, pero tienes que olvidar ya esta venganza tan infantil.

—¿Qué acabas de decir? —Suelto una risa dura e incrédula.

—Yo lo mato —mascula Theo lanzándose hacia delante.

—Ponte a la cola, chaval —dice Lil apretando los dientes y con la expresión siniestra de asesina en la cara.

Serena tiene que rodearle la cintura con un brazo y aguantarla para que no le arranque los ojos con las uñas.

—¡Estás muerto, psicópata! —chilla Lil con los dedos como garras.

—Disculpad —dice una voz nueva interrumpiendo ese momento muy de *reality*—, ¿es un mal momento?

Todo el mundo se queda parado.

—Esto no puede estar pasando —exhalo mientras cierro los ojos.

Cuando los abro, me encuentro a Len rondando por ahí con un transportín.

—¿Qué haces tú aquí ahora? —me quejo dejando caer la cabeza en las manos.

Igual esto es una especie de pesadilla inducida por un queso en mal estado y, si me esfuerzo lo suficiente, consigo despertarme.

—Hola, Leonard. —Los ojos de Serena brillan peligrosamente—. ¿Qué tal lo llevas ahí abajo? ¿Has tenido algún... problemilla?

—¿Q-qué? —Len parece horrorizado mientras Lil se parte de risa—. Eh... Tu madre me ha dicho que te encontraría aquí —dice incómodo volviéndose hacia mí e ignorando a mis hermanas. Se pasa una mano por el pelo rubio. Tiene la cara más delgada y lleva gafas nuevas—. No sabía que había una fiesta.

Len siempre tenía excusas para evitar el Lil-Fest. Consideraba que mi familia era «excéntrica» y lo decía a menudo y con un tono que dejaba muy claro que se trataba de algo muuuy malo.

—¿Tú eres Len? —pregunta Theo incrédulo y se vuelve hacia él, grande y furioso, con la sangre todavía alterada por la confrontación con Sam.

Len aparta la mirada y da un paso atrás y luego vuelve a mirar a Theo con sorpresa.

—¿Eres... Theo Eliott?

—Soy tu peor pesadilla —ruge Theo.

Es una frase objetivamente tronchante, así que creo que nadie puede culparme cuando me parto de risa. Len me mira con recelo, como si fuera una lunática. La mirada de Theo se dirige a mí todavía enfadada, pero entonces, a regañadientes, se echa a reír también.

—No me puedo creer que hayas dicho eso —digo todavía riendo—. «Soy tu peor pesadilla». Vale, Christian Bale. Qué tío tan duro.

—Soy un tío duro —insiste él—. ¡Acabo de darle un puñetazo a Sam!

—Sí, y hay un montón de testigos. —Parece que Sam ha

conseguido contener el flujo de sangre, pero su nariz no tiene buena pinta.

No da la impresión de que nadie tenga prisa por ofrecerle ningún tipo de primeros auxilios, ni siquiera una toalla.

—No sé —dice Serena como pensando en voz alta—, lo único que he visto yo ha sido que te has caído tú solo en el estanque y has aterrizado sobre tu cara.

—Sí, yo igual —se suma Lil con una sonrisa dulce—. Qué patoso.

—Clemmie, tengo que hablar contigo —dice Len nervioso.

—No, el que tiene que hablar contigo soy yo —insiste Theo.

—Yo también tengo que hablar contigo —dice Ripp, y una parte de mí se pregunta si no puede soportar sentirse excluido.

—Eh... ¡¿hola?! —exclama Sam—. ¿Nadie piensa ayudarme? Creo que habría que llamar a una ambulancia.

—Sí, para que te lleve a la llorería —musita Lil, encantada con su broma.

Yo vuelvo a cerrar los ojos con fuerza. Respiro hondo. No sé qué clase de broma de mal gusto me está gastando el universo, pero supongo que la única forma de salir de esta pesadilla es seguir adelante.

—Vale —digo por fin señalando a Len—. Tú primero, ¿qué quieres?

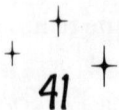

41

—Eh, es... —Len señala el transportín—. Es el gato. He pensado que igual querías recuperarlo.

—¿Has traído a Atún? —exclamo, corro hacia el transportín y miro dentro para ver la cara malhumorada familiar del gato que adopté en un refugio y que me devuelve la mirada con una desaprobación silenciosa.

—Es que resulta que él y Jenny no se llevan muy bien —balbucea Len—. En fin, si te lo quedas, yo me voy ya. Te dejo con tu... —Su mirada pasa de la figura empapada y la cara rota de Sam a la expresión amenazadora de Theo y, por fin, a mi corona de flores y mis alas de hada moradas y centelleantes—: Fiesta.

—¿Puedes llevarte a Atún y dejárselo a mi madre? —le pido.

Y, con un suspiro agobiado y una mirada cautelosa dirigida al grupo, coge el transportín del suelo.

—Vale —responde—, pero, Clementine... —repasa con la mirada el grupo una vez más, y añade—: Como amigo, de verdad me parece que deberías replantearte muy seriamente tus decisiones vitales.

—Me importa una puta mierda lo que pienses, Len —respondo—, pero tienes razón, tengo que replantearme mis decisiones. No me puedo creer que decidiera perder cuatro años de mi vida con un hombre con la personalidad de un trozo de pan revenido porque me daba demasiado miedo sentir algo. Puedes irte.

Y con eso se cierra el capítulo de Len. Hasta nunca.

42

—Uno menos —suspiro—, me faltan dos. —Me vuelvo hacia Theo—. ¿Te importa esperarme en mi habitación? Tengo que arreglar este desastre.

Theo vacila, parece que está a punto de decir algo, pero luego asiente.

—Claro, te espero.

—Theo… —empieza a decir Serena, pero él levanta la mano con una expresión de acero en el rostro.

—Te espero —repite en un tono firme que no está abierto a debate.

Es EL tono firme, ese que siento por todo el cuerpo, y el chillido que suelta Lil me dice que no soy la única vulnerable a sus efectos. Y, con eso, Theo se aleja altivo.

Me vuelvo despacio para quedarme mirando a Sam. Me recuerda a ese momento de las películas en el que el héroe se enfrenta al malo malísimo. Lo que pasa es que el hombre que tengo delante no es el malo de mi historia, eso sería darle demasiada importancia. Ahí de pie, temblando empapado, con su pelo antes hábilmente despeinado y ahora pegado a su frente y la expresión de un niño pequeño a punto de tener un berrinche, parece lo que es: patético.

—Sam, lo que hiciste hace años… —Respiro hondo, lista para escupir las cosas que he querido decir desde hace mucho—. La verdad es que me pareció que rompías algo en mi interior. Me hiciste tanto daño que me llevó muchísimo tiempo superarlo. Y no porque fueras especial ni porque nuestra relación fuera tan maravillosa, sino porque tus actos fueron tan egoístas, tan innecesariamente crueles, que sigo sin ser capaz de procesar cómo podías mirarte después en el espejo. ¿Por qué lo hiciste? ¿Por qué me vendiste así a la prensa? ¿Fue todo una gran mentira?

Por fin tiene la decencia de parecer avergonzado.

—Clemmie, no —contesta incómodo, y levanta la mano para apartarse el pelo mojado de la cara—. No fue así, te equivocas en todo.

—¿Quieres decir que no vendiste historias sobre mí a la prensa ni orquestaste situaciones para que me sacasen fotos? —le pregunto.

Su mirada corre a posarse en Ripp, que está ahí de pie como una estatua.

—Es todo un gran malentendido —explica Sam nervioso—. Puede que echase mano de algunos contactos cuando estaba intentando levantar el grupo de la nada, pero no se trataba de ti, Clemmie. Me horrorizó tanto como a ti cuando centraron la atención en ti, pero, ya sabes lo que dicen: toda publicidad es buena, ¿no? —Me dedica una sonrisa que imagino que tendría que ser encantadora—. Lo nuestro fue real, ¡lo que sentía por ti era real! No sabía lo que iba a pasar. Solo se me fue un poco de las manos.

A medida que las palabras salen de su boca me doy cuenta de lo poco que me importan. Ya me da igual por qué Sam hizo lo que hizo o cómo quiere justificarse las cosas a sí mismo. Ni siquiera me importa si nuestra relación fue una mentira o si en algún momento sintió algo por mí de verdad. Durante mucho tiempo pensé que eran cosas importantes, que entender los porqués y los cómos me ayudaría a arreglar algo que estaba roto dentro de mí. Ahora me doy cuenta de que Sam no me rompió. Me hizo daño y yo me protegí a mí misma como mejor supe: haciéndome todo lo pequeña que pude.

Durante los últimos meses he tenido que lidiar con muchas cosas: dejarlo con Len, perder la casa y el trabajo, conocer a Theo, ir a Northumberland y verme obligada a enfrentarme a los fantasmas que tenía allí, conocer la verdad sobre las decisiones de mi madre, volver a lidiar con la prensa… Y cada una de ellas ha sido como una grieta en la coraza protectora que me había construido y ha dejado entrar la luz. Ha sido complicado y doloroso, pero las cosas han cambiado. Yo he cambiado.

—Creo que, si lo hablamos —continúa Sam, que está claro que siente que vuelve a estar en terreno seguro—, podría explicártelo. Nunca quise hacerte daño.

—Sam —lo interrumpo—, no quiero oírlo. El pasado pasado está, pero hace unas semanas estabas volviendo a hablar con la prensa sobre mí. Así que basta. Esto se ha acabado. No eres bienvenido aquí. —Doy un paso hacia él. Al parecer estoy cerrando muchas heridas en diez minutos—. Y, si vuelvo a verte o a saber algo de ti, seré yo la que vaya a la prensa. El mundo ha cambiado y creo que a la gente le interesaría mucho oír mi versión de los hechos. Lo digo en serio. Vete y no vuelvas.

43

Serena y Lil deciden seguir a Sam y asegurarse de que se marcha de verdad, pero, tras ver su cara cuando le he hecho la amenaza final, no creo que sepamos nada de él nunca más. Ripp y yo nos quedamos solos.

Hay un silencio incomodísimo.

—¿Y bien? —digo por fin con un suspiro—. ¿Qué quieres, Ripp? Por si no te has dado cuenta, tengo muchos frentes abiertos ahora mismo.

Ripp carraspea.

—L-lo siento —dice.

Espero, pero parece que eso era todo.

—Ya. ¿Qué sientes exactamente?

Se lleva una mano a la nuca.

—Eh… ¿Todo lo que pasó con Sam? —Lo dice como si fuera una pregunta—. Está claro que voy a despedirlo.

Me lo quedo mirando.

—¿Ahora vas a despedirlo?

—A ver, la verdad, Clemmie, es que estaba pensando en echarlo de todas formas. Ya no es tan bueno como era. —Me guiña un ojo con complicidad, como si estuviéramos en el mismo equipo—. Y ahora que me he enterado de lo que pasó… no puedo hacer otra cosa, ¿no?

Bueno, supongo que eso por lo menos explica por qué de pronto Sam quería ponerse en contacto conmigo y pedirme salir. La última vez le funcionó muy bien. Qué poco original es el muy capullo.

—¿O sea, que ahora que te conviene, me crees y vas a deshacerte de él? —Suelto una risa sin que me haga gracia—. Muchas gracias, Ripp. El padre del año una vez más.

Algo se le refleja en los ojos y no sé si es rabia o dolor, pero me da igual.

Tras otro momento de silencio, vuelve a hablar.

—Supongo que me lo merezco —dice en voz baja—. Sé que no he sido un buen padre para vosotras, pero quiero intentar mejorar. Tus hermanas me están dando una oportunidad, ¿por qué tú no puedes?

—Porque ya te he dado oportunidades —contesto con calma—. Muchísimas. Y me has decepcionado una y otra vez. Me has roto el corazón. Me has hecho sentir que había algo imposible de querer en mí que tenía que arreglar. Puede que seas mi padre, Ripp, pero no te debo nada.

Casi oigo a Ingrid animándome. Bueno, ella nunca demostraría tanta emoción, pero puede que por lo menos asintiese un poco.

Ripp parece aturdido.

—Mira —dice con la voz temblorosa—, lo siento mucho, Clemmie. Nunca he querido hacerte sentir así. No es un reflejo de lo que siento yo. Yo te quiero. Os quiero a las tres. —Respira hondo y se frota la frente—. La muerte de Carl ha sido... un toque de atención. He tomado conciencia de algunos aspectos sobre mí mismo y sobre mi vida, cosas que no me gustan. Me arrepiento de cosas. De muchas. Y quiero enmendarlas. Es cierto que no me debes nada, pero no quiero dejar las cosas así hasta que sea demasiado tarde. No quiero que me odies.

Suspiro.

—No te odio, Ripp. Puede que en algún momento te haya odiado, pero ya no, la verdad.

Y es cierto. Cuando miro a Ripp ahora, veo a un hombre imperfecto que ha tomado unas cuantas decisiones de mierda, pero eso no quiere decir que tenga que hacer concesiones por él ni absolverlo de la culpa de haberme hecho daño.

—Es solo que me parece que no me interesa que formes parte de mi vida.

Espero que proteste, pero no lo hace. Se limita a asentir. De pronto parece más viejo, más pequeño.

—Aunque no pueda ser tu padre —dice poco a poco—, puedo seguir apoyándote. Si necesitas algo. Si quieres hablar. Sea cual sea la relación que quieras tener conmigo, la quiero. La que tú quieras, Clemmie.

Vacilo, porque esto me ha descolocado un poco. Es de una sensibilidad sorprendente y muy poco propio de él. Hace que me detenga un momento. Pensaba que tenía muy claro cómo era Ripp Harris. Aunque es cierto que parece que me equivocaba en muchas de las cosas que pensaba.

—Sin presión —dice levantando las manos.

Por fin, asiento.

—Vale, no te prometo nada, pero me lo pensaré. Igual podemos… hablar.

Se deshincha delante de mí y, en lugar de lanzarme su clásica sonrisa radiante, me mira directamente a los ojos.

—Tienes mi teléfono. —Y entonces algo se le ilumina en la expresión—. Pero, bueno, es mejor que te deje. ¡Hay un joven en tu dormitorio y a las estrellas del rock no nos gusta que nos hagan esperar!

Me guiña un ojo, se da la vuelta y se aleja paseando. Yo suspiro. Supongo que el camino de Ripp hacia la madurez emocional será lento. Vuelvo la mirada hacia la casa. Ver cómo se va Ripp es fácil, pero no sé si tengo fuerzas para volver a ver marcharse a Theo.

Para cuando empiezo a subir las escaleras para ir a hablar con Theo la cabeza me da vueltas por el latigazo cervical de emociones de la última hora de mi vida.

Cuando llego a la puerta de mi habitación, vacilo un instante y llamo.

—¿Clemmie? —Sale la voz de Theo, y yo apoyo la cabeza en la puerta un momento para disfrutar del sonido de su voz ronca y aterciopelada llamándome—. Creo que no hace falta que llames a la puerta de tu propia habitación.

Giro el picaporte y Theo está de pie al lado del escritorio mirando la estantería. Sostiene *El club de las canguro* en la mano como si se tratara de una especie de reliquia valiosísima. No se me escapa que este es el lugar en el que empezó lo nuestro. Me resulta raro volver a verlo en esta habitación.

—Hola —digo, y me preocupa que pueda notar el anhelo en mi voz.

—Hola —responde en voz baja dejando el libro.

Ahora que tengo la oportunidad de observarlo bien, me doy cuenta de que tiene ojeras. Parte del bronceado de su piel ha desaparecido. Me repasa la cara con la mirada estudiándome con la misma intensidad con la que lo hago yo. Me pregunto qué ve cuando me mira. ¿Ve lo duras que han sido estas últimas cinco semanas? Por cómo descienden las comisuras de sus labios, creo que sí.

—Theo, sea lo que sea esto… —empiezo a decir.

Por la habitación resuena una vibración grave y persistente y me lleva un rato darme cuenta de que se trata de su teléfono, que debe de llevar en el bolsillo. La vibración para, pero vuelve a empezar enseguida.

—¿Tienes que cogerlo? —pregunto.

Theo parece triste.

—Sí. La verdad es que sí. Debería estar de camino a una entrevista. Ya llego tarde. La gente está empezando a… molestarse.

—¿Está David al otro lado de esa llamada? —suspiro horrorizada, como si pudieran estar escuchándonos en secreto, lo cual, conociendo a David, es preocupantemente plausible.

Llega una voz grave desde la parte baja de las escaleras.

—¿Señor Eliott? Señor Eliott, tenemos que irnos ya.

—¿Quién es ese? —pregunto.

—Mi conductor, Steve. David le ha dicho que me lleve a rastras si hace falta para que lleguemos a la hora al estudio de televisión. Estaba a punto de poner una barricada en la puerta. Intentaría pelearme con él, pero tiene una cara mucho más dura que la de Sam.

—¿Qué haces aquí, Theo? —le pregunto.

—Pues, si te digo la verdad, íbamos por la M40 y, antes de darme cuenta, estaba dándole indicaciones a Steve para venir hacia aquí. Sé que te dije que te daría espacio, pero...

—Eso no fue lo que pasó —lo interrumpo, y, aunque no me tiembla la voz, está llena de rabia—. Te fuiste.

Traga saliva. Asiente.

—Lo sé. En aquel momento pensaba que era lo mejor que podía hacer.

Me froto los ojos.

—No me diste tiempo de aclarar lo que sentía. No me diste una oportunidad. Me dijiste que me habías arrastrado a una relación, pero irte fue otra forma de actuar sin tener en cuenta lo que yo quería.

—Lo sé —repite Theo.

—¡Deja de darme la razón! —salto—. Así me pones muy difícil pelearme contigo.

Resopla una especie de carcajada contenida seguida de un suspiro.

—Lo siento. Siento haberme marchado. Siento darte la razón. No tendría que haberme ido así. Lo he pasado fatal desde entonces. Lisa me gritó mucho y me hizo la agudísima observación de que abandonar a la gente para protegerla no es la forma más sana de lidiar con las cosas. Llevo años haciéndoselo a mi familia. En aquel momento, de verdad pensaba que te estaba cuidando, pero... puede que me estuviera protegiendo a mí mismo. Toda la mierda que he traído a la relación... Supongo que me fui antes de que pudieras darte cuenta de que no valía la pena hacer todo ese esfuerzo por mí, antes de que tú me dejaras a mí.

Estoy en un punto entre la risa y el llanto cuando le digo:

—Parece que los dos hemos hablado con nuestros psicólogos.

La sombra de una sonrisa.

—He ido mucho al mío, incluso más de lo que es normal en Los Ángeles.

—Mira. —Suspiro—. Sea lo que sea esto, que hayas aparecido hoy… No puedo lidiar con ello ahora mismo. Me siento como si me hubieran metido el corazón y el cerebro en una licuadora. Acabo de enfrentarme a mis exnovios y a mi padre. No estoy en un momento en el que pueda hablar de esto…

El teléfono vuelve a vibrar.

—Y menos con una cuenta atrás en marcha —termino de decir sin ocultar mi molestia.

—Lo entiendo. —Asiente y se mete las manos en los bolsillos—. No tendría que haberte abordado así. No ha estado bien.

El teléfono vibra de nuevo.

—¡Por Dios, contesta! —exclamo.

Con un gruñido de frustración, Theo obedece.

—¿Diga? —dice sucinto, con los ojos clavados en mí—. Lo sé.

Hay una pausa. Y, aunque no puedo oír las palabras de David, sí que le oigo el tono de voz. No es muy tranquilo.

—Lo sé, David. —Theo se pellizca el puente de la nariz—. Sí, me parece que es un ejemplo excelente de mis prioridades. Tú fuiste el que me dijo que debería…

Fuera cual fuera el interesante final de esa frase no lo llego a conocer porque lo cortan unos chillidos indignados.

—Estoy de acuerdo en que el momento podría haber sido mejor —responde Theo con calma al cabo de poco—, pero la situación en la que nos encontramos es la que es. Diles que voy de camino. Solo tendrán que retrasarlo un poco. ¡Ah! Y… —Ahí Theo vacila y abre y cierra la mano derecha con una mueca—. ¿Puedes hacer que vaya un médico por allí? Porque me parece que me he hecho daño en el pulgar. Creo que no me lo he roto.

Los chillidos han cesado, pero el silencio gélido al otro lado de la línea suena el doble de fuerte. Por fin, oigo que David dice algo.

—Sí, gracias —replica Theo mordaz—, soy consciente de que tocar la guitarra requiere el uso del pulgar, por eso te pido que llames a un médico. Tú déjate de aspavientos, ya me voy.

Y, con eso, cuelga la llamada y se frota la cara con la mano que no tiene rota.

—Lo siento mucho, Clemmie. Me voy, pero ya sabes dónde estoy. Cuando estés lista para hablar… O, mejor dicho, si en algún momento quieres hablar, ahí estaré. No pienso irme a ninguna parte. —Vacila—. Bueno, me voy ahora literalmente, pero no me marcho. —Emite un ruido incómodo—. ¿Cómo se me puede dar tan mal esto?

Vuelve a vibrarle el teléfono, pero lo ignora durante otro largo rato mirándome a los ojos.

—¿Señor Eliott? —La voz de fuera ahora se oye más cerca y unas pisadas resuenan por las escaleras.

Theo suelta un profundo suspiro de frustración y, entonces, como si no pudiera evitarlo, se inclina hacia delante y pone la frente contra la mía con los ojos cerrados solo un segundo mientras nuestras respiraciones se mezclan. Es un roce ligerísimo, un punto de contacto minúsculo entre nosotros, pero lo siento hasta en los dedos de los pies. Mi cuerpo está teniendo una especie de crisis y mi cerebro va justo detrás.

Luego se aparta de mí soltando un taco en voz baja.

—Hablamos luego, ¿vale? —me dice—. Quiero decir, que espero que hablemos luego. Si tú quieres.

—Me lo pensaré —respondo.

Asiente.

Y tras eso se va corriendo por el pasillo.

—Vale, ya voy, ya voy. —Oigo que dice.

—Señor Eliott, va a hacer que me despidan —se queja el conductor—. Me ha prometido que solo serían cinco minutos y de eso hace una hora. Me han dicho que lo ate de pies y manos y lo meta en el maletero…

—Lo siento mucho, Steve, pero por lo menos te he dejado el audiolibro para que te haga compañía. Ya te he dicho que te gustaría.

—Sí, es verdad. Acabo de llegar a la parte en la que el duque le pide matrimonio…

Oigo que se va apagando el sonido de sus voces y me tiro en la cama.

—¿Qué coño ha sido eso? —le pregunto a la habitación vacía.

—Eso es justo lo que queremos saber nosotras —suena de pronto la voz de Lil.

Me vuelvo y la veo a ella y a Serena en la puerta. Lil lleva a un contrariado Atún en brazos.

—En serio, Clemmie —se suma Serena—. ¿Qué coño está pasando?

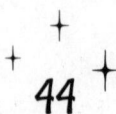

44

El día siguiente hay otro acontecimiento familiar anual de sobra conocido: la resaca del Lil-Fest. Y la noche anterior fue una locura. Después de decirles a mis hermanas que no tenía ganas de hablar más de mis sentimientos, que quería bajar y beber y bailar hasta no sentir ni los pies ni la cara ni nada, las dos habían aceptado sabiamente dejar la conversación pendiente.

Cuando, al cabo de media hora, Henry le pidió matrimonio a Lil en el escenario, nuestro destino estaba sellado. Brindamos por la feliz pareja hasta estar todas radiantes por el champán y, en lugar de regodearme en el fango del desastre emocional que había tenido lugar esa tarde, decidí alegrarme por mi hermana y pasarme lo que quedaba de noche celebrando su compromiso.

Ahora es más de mediodía y mi cuerpo se está quejando de esa decisión. Consigo obligar a mis ojos a abrirse y me doy cuenta de que estoy tumbada bocabajo en la cama. Atún me examina con una benevolencia altiva desde su posición hecho un ovillo encima de mi ropa para lavar.

Cuando intento darme la vuelta, algo se interpone en mi camino y tardo un vergonzoso rato en darme cuenta de que llevo alas de hada por encima del pijama.

La puerta de mi cuarto se abre de golpe y yo me encojo de dolor.

—Me cago en mi vida —se queja Serena desde el lindar—, creo que me voy a morir.

—Bienvenida al club —grazno—. ¿Por qué llevo puestas estas alas estúpidas?

Serena se ríe, pero enseguida se agarra la barriga.

—Insististe en que querías dormir con ellas puestas —dice al cabo de poco—. No sé por qué. En el momento parecía que tenía sentido.

Se mete en la cama a mi lado.

—¿Por qué nos hacemos esto a nosotras mismas todos los años? —me lamento.

—Porque somos tontas. —La voz de Serena sale amortiguada porque tiene la cara hundida en la almohada.

—¿Qué hicimos anoche? —Llega la voz temblorosa de Lil desde la puerta—. Me siento como si me hubieran atropellado.

Se acerca para unírsenos y se acurruca en posición fetal a los pies de la cama.

—¿Qué haces tú aquí? —le pregunto—. ¿No tendrías que estar con tu prometido?

—Henry lleva horas despierto. Al parecer se ha ido a hacer una excursión. —Lil se estremece.

—No me puedo creer que vayas a casarte con ese psicópata —musita Serena.

—Traigo té y panecillos —canturrea mi madre al entrar en el cuarto con una bandeja.

Esto también es tradición y todas nos quejamos y gruñimos mientras, con cuidado, bebemos té e intentamos no vomitar los panecillos.

—No podemos seguir así —digo—. Nos hacemos mayores. Ahora las resacas duran como una semana.

—Pero fue una buena noche. —Lil hace una mueca—. Creo.

—Legendaria —coincido—. Nuestra hermanita se casa.

—Aunque pienso de verdad que el matrimonio es una institución caduca y patriarcal, me alegro por ti, Lil —dice Serena pensativa—. Henry es bastante buen tío.

—Se ha ofrecido a hacerle a Serena un vestidor a medida —me explica Lil.

—Ah, supongo que necesita más espacio, ahora que su

NOVIA se deja cosas en su piso —apunto, y esbozo una sonrisa pícara.

—Si tuviera fuerza para levantar la almohada, te daría en la cara con ella —masculla Serena—. Y ahora, por favor, callad para que pueda morir en paz.

Nos pasamos todo el día en la cama y, después de dormir un poco más y comernos la comida del McDonald's que nos trae Henry («Ya les he dicho que eras un buen tío, Henry», dice Serena), nos hemos recuperado lo suficiente como para estar sentadas en mi cama discutiendo.

—Solo digo que Ryan Gosling fue una elección muy básica —dice Serena—. No es que sea el actor famoso más original del que enamorarse como adolescente, ¿no crees? Me parece que habría sido más constructivo para tu personalidad hacer una elección menos… obvia.

—Dice la mujer con los pósters de Britney Spears —mascullo.

—Britney es una visionaria —resopla Serena.

—Señoras, señoras —interrumpe Lil antes de que Serena pueda lanzarse a su discurso de superfán de Britney—, no nos peleemos. Me gustaría recordaros que hay algo en lo que podemos estar de acuerdo. Hay una película que nos une a todas. Una película de la que salió una miríada de amores. El clásico de 1999: *La momia*.

—Aaah, sí —coincido enfática.

—Es verdad —reconoce Serena.

—A todas las personas que salen en esa película les daba —apunta Lil, y se deja caer sobre mi almohada.

—Deberíamos verla ahora mismo —digo—. Si algo puede curarme es Brendan Fraser con esa ropa de explorador de época.

—Sssí —sisea Lil.

Cojo el portátil y, cuando lo enciendo, aparece una notificación. Tengo un correo de David.

Estimada Clementine:

Como sabes, me tomo mis responsabilidades muy en serio. Sería muy poco profesional por mi parte involucrarme en la vida personal del señor Eliott, y nunca se me pasaría por la cabeza. Los documentos que adjunto son unas inofensivas facturas para que las revises. Si fueran cualquier otra cosa, no puedo más que disculparme por un desafortunado error de copia. Espero que te tomes tu tiempo para valorar estas facturas con atención. Me parece que son bastante especiales.

Mis mejores deseos,

David

—Me acaba de llegar un correo rarísimo —digo, y se lo leo en voz alta a mis hermanas—. No tengo ni idea de qué me habla. ¿Unas facturas especiales? —Clico en el archivo adjunto, una carpeta ZIP—. Si ni siquiera son documentos, son archivos de audio —digo mirando la pantalla.

Lil emite un chillidito.

Intercepto una mirada furtiva entre mis hermanas.

—¿Qué ha sido eso? —pregunto suspicaz—. ¿Vosotras sabéis algo?

—No... —dice Serena despacio—, pero si fueran lo que creo que son deberías escucharlas.

Entonces, por fin, lo entiendo.

—Ah. —Un estremecimiento me recorre la columna—. Es el disco, ¿no?

—Pues —duda Serena—diría que no.

—¿Por qué estáis todos tan crípticos? ¿Qué pasa? ¿Sabíais que Theo estaba aquí?

Lil cede primero.

—Sabíamos que tenía un concierto en Londres esta noche. Íbamos a decírtelo ayer.

—¿Sabíais que vendría? —pregunto con los ojos muy abiertos—. ¿Sabíais que David iba a mandarme esto?

—¡No! —interviene Serena—. Theo no tendría que haber venido. Se suponía que tenía que estar en el puto *One Show* anunciando el disco nuevo y terminó llegando tardísimo y sentándose al final del sofá apretado al lado de un tío que sale en *Love Island*. El que desapareciera así en combate volvió loco a todo el mundo en la oficina. Puse el teléfono en silencio en cuanto apareció. Ya no puedo lidiar más con las tonterías de Theo. Se acabó, me lavo las manos.

—Pero, sobre la música… —empieza a decir Lil, y se le va apagando la voz.

Mira a Serena y las dos parecen tener una conversación tensa solo con las cejas.

—Iba a darte una copia yo —dice Serena por fin de mala gana—. Aunque podrían haberme echado a la calle —añade lanzándole una mirada asesina a Lil.

—¿Lo has escuchado? —pregunto.

Serena pone los ojos en blanco.

—Pues claro que lo he escuchado, Clemmie. ¿Qué pregunta es esa? Si sabes cómo producir un disco sin escucharlo, por favor, dímelo. Hemos firmado con una rana de dibujos animados de YouTube y me gustaría librarme de oír el disco.

—Tu trabajo es asqueroso —murmura Lil—. ¿Qué hay de la integridad artística?

—Ganar dinero no es delito. ¿Y si bajas de tu torre de marfil y dejas que la gente disfrute de las cosas? —salta Serena—. No tiene por qué ser tan complicado.

—¡Parad! —grito—. ¡No es el momento!

Mis hermanas parecen arrepentidas durante unos treinta segundos antes de empezar a lanzarse miradas asesinas cuando creen que no las veo.

—¿Y tú? —Me giro hacia Lil, volviendo al tema—: ¿Has escuchado el disco?

Lil aparta la mirada de la mía.

—No todo.

—Y no es el disco —repite Serena.

—No entiendo nada.

—A ver, Clemmie —dice Serena con aire despreocupado—, en lugar de preguntarnos, ¿por qué no lo escuchamos? Y luego ya lo hablamos.

Enseguida siento como si fuera a vomitar. Quiero escucharlo. Pues claro. Pero también tengo miedo, porque la combinación de Theo y música es una amenaza nuclear para mi seguridad emocional. Sé que David no me lo habría pasado y mis hermanas no estarían comportándose como unas chaladas si no tuviera algo que ver conmigo y ¿cómo voy a estar preparada para eso?

—Clemmie. —Lil me sujeta la barbilla entre sus manos—. Tienes que escucharlo. Confía en nosotras. Dale al *play*.

Lo hago.

Al instante, la habitación se llena de una canción que reconozco: es la que Theo me tocó, la que dije que era bonita, pero ahora es mucho más que eso. Sale de los altavoces, exuberante y preciosa. Ya no es solo Theo con la guitarra, sino toda una banda, una orquesta, tal vez, porque oigo cuerdas, suaves y románticas. Es sobrecogedor, pero no tanto como cuando entra la voz de Theo.

Esa voz.

Esa voz áspera y sensual que me quema por dentro como un buen whisky y termina dispersándose convertida en calidez y suavidad. Y la canción que canta… es sobre mí.

La conocí en un funeral,
por suerte no creo en las señales, aunque no lo creáis.
Desde el momento en que la vi,
ella es todo lo que hay.
Oh, my darling,
Oh, my darling.

No dice mi nombre, no hace falta. Se queda flotando en el aire, en la rima por acabar. No dice mi nombre, pero parece que me lo susurre sobre la piel.

—Ay, Dios —digo con un hilo de voz.

—Joder —se suma Lil con voz áspera.

—Pues sí. —Serena parece resignada.

Tras la primera canción, creo que tal vez haya una tregua, pero no. Todas las demás son preciosas y van sobre mí. Cientos de pequeñas bromas internas se entretejen en las letras, referencias a conchas, a etiquetadoras, a vestidos verdes, a nubes de azúcar asadas en una hoguera, a islas mágicas y a botes de cristal llenos de margaritas.

Cuando empieza un tema que suena diferente a los anteriores, no dulce ni delicado, sino con un rugido palpitante de bajo y el chillido estridente de una guitarra eléctrica, siento que se me encogen los dedos de los pies. La música crece. La voz de Theo suena grave y retorcida. La canción entera es un acto meticuloso de seducción.

—¿Cómo se llama esta? —le pregunto a Serena.

—«Asesino en serie» —dice ella, y levanta las cejas cuando reprimo una carcajada—. Y no quiero saber por qué.

—Si era así, no sé cómo conseguía salir de la cama ninguno de los dos. —Lil tiene los ojos muy abiertos.

—Sí, era así —digo distante, con todas las terminaciones nerviosas de mi cuerpo respondiendo a la música.

—Bruma sexual —musita Lil asombrada.

La canción termina, pero todavía hay más.

—¿Acaba de hacer una broma sobre «La comadre de Bath»? —pregunto en un momento pasmada.

Aparte de las referencias a la literatura medieval desconocida, hay una canción que estoy segura al noventa y nueve coma nueve por ciento de que trata sobre nuestra pareja favorita de *Sangre/Deseo*.

Vuelvo a sorprenderme cuando, en lugar de Theo, empieza a cantar otra voz. Me giro con los ojos como platos hacia Lil, que se limita a asentir. Es la canción que empezaron a componer en Northumberland y Theo se hace a un lado para dejar brillar a Lil. Su voz es dulce y onírica y la de Theo parece un eco suave que le hace la armonía, las dos se combinan en algo mágico con el único acompañamiento de la guitarra de él.

Fatídicas, desenfrenadas, porfiadas, feroces,
sal en el aire, risa infantil en nuestras voces.
Estrellas en el pelo, sonrisas encantadas,
escribir nuestros nombres en arena plateada.
Tres hermanas bailan de manos dadas.

Nos quedamos las tres abrazándonos mientras la música se eleva en la habitación. Hasta parece que Serena y Lil, que está claro que la han oído antes, se han quedado sin palabras. Es una expresión tierna y perfecta de nuestra relación. Oigo a Lil en la letra, noto cómo se entrelazan nuestras historias a nuestro alrededor, la historia de quiénes somos, de quiénes hemos sido en la vida de las otras. Siento una oleada de amor por ellas que amenaza con hundirme y no me puedo creer que Theo haya dejado espacio para esto —para un tributo a mis hermanas, a mis almas gemelas— en lo que es, básicamente, nuestra historia. La perfección de algo así me deja muda.

Después solo queda una canción. No tengo nada claro que mi corazón pueda aguantar más, pero Theo canta sobre sufrimiento y errores. Termino de perder la poca compostura que me quedaba.

Si quieren, pueden decir que estoy maldito
pero, si tuviera tres deseos,
los tres serían poder estar contigo.
Contigo.
Contigo.
Contigo.

Y se le rompe la voz en la última nota. Y yo también me rompo. Lloro como no había llorado nunca, con fuertes sollozos atroces que son, a la vez, dulces y dolorosos. Me tumbo con la cabeza en el regazo de Lil y Serena me acaricia la espalda. Me siento limpia, ligera.

Es una carta de amor perfecta. Y la ha escrito solo para mí.

—Me conoce —digo aturdida—. Me conoce de arriba abajo.

—Coño, Clemmie —interviene Serena frotándose los ojos con el dorso de la mano—. Si no te casas con ese hombre, tendré que hacerlo yo.

—No te preocupes. —Suelto una risa lacrimosa—. Lo haré.

—Menos mal —suspira Serena—. Se me daría como el culo ser hetero.

—Pero no entiendo nada —digo—. ¿Por qué decís que no es el disco si está claro que sí?

Serena y Lil intercambian otra mirada.

—¡Parad de miraros así! —salto—. Dejad de manipularme. Decidme qué pasa.

—Estas son las canciones que no han entrado en el disco —dice Serena por fin—. Grabó un montón de canciones y decidió no publicar estas.

Frunzo el ceño.

—¿Hay más canciones?

Serena asiente.

—Es algo normal. A veces los músicos componen un montón y no todo encaja en el disco.

—Y las otras canciones… ¿van sobre mí?

—No. —Serena ladea la cabeza—. Bueno, hay algunas genéricas sobre mal de amores. La mayoría son de otros compositores. Theo las eligió de nuestro catálogo.

—Eso no tiene ningún sentido —digo—. Theo compone su propia música, es muy importante para él.

—Mmm. —Serena se limita a hacer un ruido poco comprometedor.

—Todavía hay algo que no me estáis diciendo —insisto, y miro a Lil, que levanta las manos en señal silenciosa de rendición—. ¿Por qué iba a usar Theo las canciones de otra persona teniendo estas? Que no es que yo sepa mucho de música, pero… Madre mía… Son increíbles, ¿no?

—Sí. —Se da prisa por contestar Lil.

—Sí. —Coincide Serena.

—Entonces… —Se me apaga la voz—. ¿El álbum definitivo es mejor que este?

Serena vacila.

—Está bien —dice—. Cumple de sobra con las expectativas. Los fans estarán contentos. La discográfica está contenta.

—¡Pero Theo quería que fuera muy especial! —exclamo frustrada—. Estaba muy disgustado con el disco anterior. Sabía que podía sacar algo mejor, algo genial. Lleva años trabajando en esto.

Y me estáis diciendo que no piensa usarlo porque… ¡Ah! —La verdad por fin se deja ver—. No va a usarlo porque las canciones son sobre nosotros. Porque están llenas de nosotros. Porque sabe que quiero privacidad.

Mis hermanas se revuelven incómodas.

—Creo que no somos quiénes para decir lo que le pasa por la cabeza a Theo —termina diciendo Lil—. Deberías hablarlo con él.

Y me cuadra que todo el mundo se esté esforzando tanto por no presionarme. Aunque los esté matando, todos dejarían pasar algo tan bonito para no ponerme en una situación en la que me sienta expuesta.

—Joder —resoplo.

—¿Qué vas a hacer? —pregunta Lil mientras busca algo con lo que sonarse la nariz.

—Supongo que tendré que ir a por él —digo—. ¿Me dejas el coche?

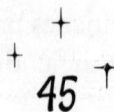

45

Se ofrecen a venir conmigo, pero tengo que hacerlo sola.

—Da un concierto pequeño, secreto, en Shepherd's Bush para celebrar el anuncio del disco —me dice Serena mientras me quito el pijama sucio e intento que mi cara de resaca parezca presentable.

—Qué orgullosa estoy de ti. —Lil me da un achuchón cuando estamos en la puerta de casa—. Te mereces un final feliz.

—Creo que todas nos lo merecemos —contesto.

—Os estáis volviendo a poner demasiado blandengues —se queja Serena—. ¿Podemos acabar con esto para que pueda irme a la cocina a comerme un sándwich de beicon? Debo de tener una resaca descomunal para haber soportado todas estas... —agita la mano en el aire y añade—: Emociones.

—Vale. —Respiro hondo y tintineo las llaves del coche de Lil (no pienso arriesgarme a coger el mío para un trayecto tan importante)—. Habrá una entrada para mí en la puerta, ¿no?

Serena asiente.

—Sí, todo arreglado, pero vete ya si quieres llegar a tiempo para hablar con él antes del concierto. Empieza dentro de... —Se mira el reloj—: Una hora.

Me subo al coche nerviosa y a tope de adrenalina. No es el plan más práctico, pero me da igual. Después de cinco semanas de dolorosa agonía, estoy lista.

¿Estoy cagada de miedo? Sí. ¿Voy a jugarme el corazón de todos modos?

Pues claro.

Porque quiero a Theo Eliott y, ahora mismo, lo elijo a él antes que al miedo. Elijo una vida caótica, bonita y complicada antes que una sin riesgos pero infeliz. Ver a Sam y a Len ayer me hizo darme más cuenta todavía de cuánto había empequeñecido mi mundo, de lo pequeña que me había hecho durante tanto tiempo. Este verano ha sido un despertar. Esta vez no le permito ganar al miedo que lleva tanto tiempo controlándome.

El corazón me late con fuerza y enciendo la radio. Suena una canción que no conozco, pero que es pegadiza y alegre y le subo el volumen más y más y más, bajo las ventanillas y bailo mientras conduzco.

Al cabo de casi una hora, paro el coche en el aparcamiento de Shepherd's Bush y corro hacia la sala de conciertos. Theo se subirá al escenario en pocos minutos, pero todavía hay gente en la calle. Serena me ha dicho que la noticia del concierto de Theo se ha filtrado hace unas horas y que se ha montado bastante barullo por las entradas. Se ve que un montón de personas que no las han podido comprar han venido de todos modos.

Me abro paso entre la gente hacia la taquilla, donde un hombre de expresión exhausta intenta rechazar oleada tras oleada de fans entusiastas.

—Disculpe —le digo, y luego lo vuelvo a intentar, porque, para sorpresa de nadie, no parece interesado en hacerme caso—. Disculpe. ¡DISCULPE!

Por fin se vuelve hacia mí con el gesto sombrío y yo me inclino hacia delante y bajo la voz.

—Mi hermana, Serena Ojo-Harris, ha organizado que recoja una entrada aquí.

—No quedan entradas para el concierto de esta noche —dice el hombre con el tono cansado y robótico de alguien que ha tenido que repetirse mucho.

—Eh, no, ya lo sé. Pero... mi hermana es de EMC, la discográfica. ¿Puede que estén a mi nombre? Clemmie. Clemmie Monroe.

El hombre me lanza otra mirada severa y se cruza de brazos.

—Mira, guapa, he oído de todo esta noche, así que ni lo intentes. No quedan entradas. Ninguna. Por favor, desaloja.

—Eh, nosotras… Nosotras también estamos con la discográfica —dice ahogando un grito una chica joven, y me aparta bruscamente a un lado—. Esta es la mánager de Theo Eliott. —Señala a su amiga, que parece tener unos dieciséis años, pero intenta aparentar ser una mánager musical que lo ha visto todo en este mundo.

—He dicho que os larguéis antes de que llame a seguridad —suelta el hombre de la taquilla.

—Bueno, por lo menos lo hemos intentado —me dice la chica como para consolarme—. Igual sale al terminar y firma autógrafos.

Yo me quedo quieta un momento hasta que me aparta la siguiente oleada de fans esperanzadas. Joder. Vuelvo a la calle y saco el teléfono para llamar a Serena. Cuando me encuentro con una amenazadora pantalla en negro me doy cuenta de que en algún momento del trayecto se me ha acabado la batería. He salido con tanta prisa que no me he parado a comprobar si necesitaba cargarla. Madre mía, ¿qué hago ahora? Si ya ni me acuerdo de memoria del número de nadie.

Me froto la frente. Bueno, vale, puedo hacerlo. Estoy haciendo un gran gesto romántico, no me pienso dejar disuadir.

Ese pensamiento me reconforta durante cinco segundos, hasta que reparo en que no tengo muchas opciones. ¿Igual puedo colarme? No es un comportamiento muy mío, pero soy la nueva yo: ¡valiente! ¡Atrevida! ¡Con una misión que cumplir por amor!

Doblo la esquina del edificio disimulando. Me meto las manos en los bolsillos y, por algún motivo, me pongo a masticar un chicle imaginario. Miro las paredes de hormigón cubiertas de grafitis como si fuera una humilde estudiante de arquitectura fascinada por la calidad del trabajo de construcción. Cuando me pongo a tararear la banda sonora de *Misión imposible* por lo bajini, me doy cuenta de que puede que no esté haciendo el papel de delincuente furtiva tan bien como pensaba.

Además, no soy ni de lejos la única persona a la que se le ha ocurrido este plan. Hay montones de personas apiñadas en ese lado del edificio contenidas por un pequeño ejército de seguratas muy serios con trajes negros.

Vuelvo a mirar el teléfono por si hubiera resucitado milagrosamente. Nada. Sin ningún otro plan, regreso a la parte de delante de la sala, me siento en el borde de la acera y me miro las manos.

«Da igual. Puedo llamarlo más tarde. No es que sea la única oportunidad que tengo de decirle cómo me siento». Aunque el pensamiento es lógico, siento un vacío en el estómago. No es solo que quiera estar con Theo, sino que quería demostrárselo. Quería hacer algo que hiciera que lo comprendiera. Se suponía que la entrada de Serena tenía que abrirme paso hasta el *backstage* y Theo tenía que saber que iba a estar en el concierto, aplaudiéndole. Lejos de mi zona de confort, pero orgullosa de él y de su trabajo.

«Eso puedo decírselo —me recuerdo a mí misma—. Puedo hacer que lo entienda».

Entonces oigo una voz familiar.

—… y luego veremos dónde nos lleva la noche.

Un par de zapatos carísimos desgastados de fábrica salen del coche que se ha detenido delante de mí y yo levanto la cabeza encontrándome con la última persona a la que esperaba ver.

Me quedo boquiabierta.

—¿Ripp?

Mi padre baja la mirada hacia donde estoy sentada en la acera y frunce el ceño.

—¿Clemmie? ¿Qué haces ahí?

La rubia despampanante de veintitantos años que va aferrada a él hace un puchero.

—Ripp… —lloriquea—, pensaba que íbamos a ver el concierto.

—Ahora vamos. —Ripp se desembaraza de ella y tiende una mano para ayudarme a levantarme—. ¿Qué haces aquí fuera sentada en el suelo?

—Ha habido un error con las entradas. No he podido pasar —le explico a mi padre intentando ignorar las miradas asesinas de la mujer con la que ha venido.

—Ah, no, eso sí que no. —Él chasquea la lengua—. ¿Por qué no entras conmigo?

—¿Tienes una entrada? —le pregunto.

Levanta las cejas.

—Soy Ripp Harris, no me hace falta entrada. Les pido que te dejen pasar y punto.

Yo suelto una risa burlona y vuelvo a mirar a su acompañante. Ripp sigue mi mirada. Por un momento me parece que va a proponerme que entremos los tres, pero está claro que intenta que vaya bien esto de ser mi padre.

—Lo siento, cariño. —Ripp se vuelve hacia ella—. Parece que tengo una oferta mejor. Quedamos otra noche, ¿vale?

Esta vez es ella la que se queda boquiabierta.

—Pero ¿qué me estás contando? —exclama.

—Tengo que pasar la noche con mi mejor chica.

Ripp me dedica una sonrisa encantadora y creo que en su universo esto es una forma de ser buen padre, elegirme a mí en lugar de quedarse con una mujer a la que le saco diez años. Supongo que está renunciando a un polvo por mí. Aunque no quiero pensar en eso.

—¡No me puedo creer que me estés haciendo esto, Ripp! ¡Hemos terminado! —dice la rubia, temblando de rabia.

—Venga, no te pongas así, Carlie... —intenta tranquilizarla Ripp.

—Me llamo Marley —gruñe ella.

—Pues claro —coincide Ripp—. Toma —le dice al tiempo que mete la mano en el bolsillo para sacar la cartera y, de esta, un fajo gordo de billetes—. ¿Por qué no llamas a las chicas y salís de juerga? Pago yo. Te lo mereces, y no tiene sentido negarle a Londres la oportunidad de verte así de guapa con ese vestido, ¿no crees? Te llamo por la mañana.

La expresión de Marley se suaviza cuando le quita el dinero de la mano.

—Vale —dice ella lanzándome otra mirada fulminante (supongo que es justo, aunque me da a mí que es mi padre el que se la merece)—. Pero te llevará mucho tiempo compensármelo, Ripp.

—Ya sabes cuánto me gusta compensarte las cosas.

Él le da un beso en la mejilla y ella suelta una risita. Me parece que vuelvo a tener resaca.

Una vez que se ha deshecho de Marley, Ripp vuelve toda su atención hacia mí.

—¿Vamos? —pregunta.

Se pasea hasta la puerta de artistas, donde los hombres que llevan traje siguen conteniendo a la gente. Hay algo en su forma de moverse que hace que la muchedumbre se abra a su paso y oigo que alguien susurra:

—Joder, ¿es Ripp Harris?

—¡Hola, Tony! —exclama Ripp mientras se acerca a uno de los hombres de aspecto malhumorado y se deshace en sonrisas.

Otra sonrisa aparece a modo de respuesta en la cara de Tony.

—Señor Harris —brama desde una altura de algo más de dos metros—, no sabía que lo veríamos esta noche.

—Bueno, Tony, técnicamente no estamos en la lista, pero pasaba por aquí con mi hija. —Me señala—. Es amiga de Theo, así que hemos pensado que podríamos dejarnos caer por aquí y darle una sorpresa.

—¿No están en la lista? —Tony frunce el ceño.

—Se supone que yo sí que estoy en la lista —digo algo desesperada—. Me llamo Clemmie. Mi hermana es Serena Ojo-Harris, trabaja para EMC.

Tony levanta la tableta que lleva en la mano y repasa la pantalla.

—Lo siento, no está aquí.

Ripp ha estado distraído firmando un autógrafo.

—No pasa nada, Tony. Puede entrar conmigo, ¿no?

La mirada de Tony pasa alternativamente de mi padre a mí mientras más gente empuja hacia delante. Empiezan a saltar los flashes de las cámaras de los móviles.

—Sí, sin problema, señor Harris —dice Tony—. Si va con usted, no pasa nada.

Bueno, pues parece que voy a llevar a mi padre casi desaparecido conmigo a hacer un gran gesto romántico. Es oficialmente la experiencia más extraña de mi vida, así que supongo que esto cuadra.

—Gracias, Tony. Dale recuerdos a Roberta y a los niños, ¿vale? —canturrea Ripp animado cuando pasamos por su lado y entramos a un pasillo mal iluminado—. Vale —dice frotándose las manos y olfateando el aire como si fuera un sabueso—. Sígueme.

Empezamos a recorrer los pasillos, pasamos al lado de camerinos y lo que parece una sala de espera en la que varios hombres y mujeres trajeados y aburridos escriben en el móvil.

La música alta llena el ambiente y se me cae el alma a los pies cuando me doy cuenta de que Theo ya se ha subido al escenario.

—Llegamos tarde, ya ha empezado. Será mejor que busquemos un lugar donde esperar a que termine —digo nerviosa.

—No seas tonta —contesta Ripp, que ahora parece entusiasmado.

Conozco esa mirada. La emoción de estar en un concierto, el sonido de la música en directo, el olor a sudor y cerveza… Está en su elemento.

—¿No quieres ver lo que es capaz de hacer? Sígueme.

Y, como Alicia con el Conejo Blanco, decido seguirlo por la madriguera. Total, tampoco puede ser mucho más raro todo esto. A medida que nos vamos acercando al escenario, la música suena más fuerte.

Varios miembros del equipo técnico pasan corriendo, ocupados, y la mitad de ellos saludan a Ripp. Supongo que es una cara conocida por aquí.

—Me cuelo a ver unos cuantos conciertos cuando estoy en Londres —me aclara Ripp, que me ha leído la mente—. Me gusta ver a las nuevas generaciones. A veces encuentro a alguien a quien le podemos ofrecer un puesto de telonero para darlo a conocer.

Es una industria complicada. —Niega con la cabeza—. Y esta sala es muy pequeña para que toque alguien como Theo Eliott, pero parece que el público es bueno.

Tiene razón. Ya oigo a la gente rugir con aprobación.

—Ripp, deja que te haga una pregunta. —Le pongo la mano en el brazo y le tiro un poco de la manga.

Él se detiene de pronto.

—Claro, chiquilla, dispara.

—Ponte que has compuesto un disco…, lo mejor que has hecho nunca, y trata sobre mamá o, no lo sé, sobre la mujer a la que quieres, y tiene un montón de detalles privados sobre vuestra relación, ¿tú lo publicarías?

La frente de Ripp se arruga, está confundido.

—No entiendo la pregunta.

Me río.

—Tranquilo, creo que ya la has contestado.

Subimos unas escaleras y, de pronto, ahí estamos, a un lado del escenario.

Y ahí está él. Theo. Lleva una chaqueta de seda roja y nada debajo. Y pantalones a juego. Mece una guitarra de color azul cielo a la altura de las caderas con la correa pasada por el cuello. Los dedos le bailan por los trastes y los anillos de plata centellean bajo los focos. Lleva las puntas del pelo oscuro empapadas de sudor cuando se lo aparta de los ojos.

Mantiene un gesto intenso mientras canturrea al micro y baja los párpados cuando su preciosa voz grave llena el ambiente. No soy capaz de asimilarlo. Es Theo y, a la vez, no. Para de cantar un momento y deja que el público le cante a él con una sonrisa en la cara. Nadie puede apartar la mirada.

—Vaya —susurro.

—Sí. —Ripp asiente a poca distancia detrás de mí—. El chaval tiene talento.

—Pues sí —coincido mirando lo fascinada que está la gente, y, en lugar de sentir náuseas, me siento orgullosa.

De repente cambian las luces del escenario y Theo dirige la mirada hacia nosotros. Me doy cuenta un segundo tarde de que, desde su localización, estoy plantada en medio de la entrada al escenario e iluminada por un foco.

—Joder.

Me quema con la mirada y trago saliva. Levanto una mano en un saludo débil.

A Theo le caen las manos de la guitarra y deja de cantar. Para de golpe. Hay un momento de discordancia caótica y el resto de la banda intenta descubrir qué pasa, pero él se queda ahí con los ojos fijos en mí, y poco a poco, los demás también dejan de tocar.

La sala entera, llena de dos mil personas, se queda en silencio.

Me late el corazón con tanta fuerza que pienso que voy a descubrir lo que es morirse de vergüenza. Ya está. Es el fin. Le he fastidiado el concierto a Theo. Si esto no me mata, Serena lo hará seguro.

Empiezan algunas conversaciones incómodas entre el público, un cuchicheo confundido. ¿Será parte del espectáculo? Sé que no me ven, pero me sigo sintiendo expuesta.

—Disculpad, gente —dice Theo por el micrófono—. Enseguida vuelvo.

Entonces desconecta la guitarra, la coloca en el pie que tiene detrás y sale del escenario a grandes zancadas, directo hacia mí como un atractivo misil sin camiseta.

—Joder —vuelvo a soltar con un chillido.

—Clemmie —dice sin aliento cuando llega a mi lado.

—Theo, pero ¿qué haces? —Le tiro del brazo aterrada—. No puedes irte del escenario en pleno concierto. ¡Vuelve a salir!

—¿Qué haces aquí? —me pregunta él con suavidad, ignorándome.

—¡Podemos hablarlo luego! —susurro—. ¡Ve!

Sonríe y se cruza de brazos.

—No me voy a ninguna parte hasta que no me digas por qué has venido.

Le lanzo una mirada desesperada a Ripp y él sonríe.

—No te preocupes, yo me encargo de esto.

Y sale con aire despreocupado al escenario.

—Hola, Londres —ronronea por el micro, y el público estupefacto ve lo que está pasando y se vuelve loco—. He oído que mi colega Theo daba una fiesta con sus dos mil amigos más cercanos... —El público chilla encantado con este maravilloso giro de los acontecimientos—. Y, mientras él se ocupa de unos asuntos, me preguntaba si me dejaríais tocar unas canciones. Hace tiempo que no actúo para un público tan guapo.

Y entonces coge la guitarra de Theo, la rasguea un par de veces y se lanza a tocar uno de sus temas más famosos. El resto de la banda comparte una breve mirada de «¿qué coño está pasando?» y se lanza a acompañarlo con arrojo. Enseguida la sala se llena con el sonido de dos mil personas cantando una canción que la *Rolling Stone* clasificó en el número uno de las quinientas mejores de la historia.

Pero, claro, de todo esto apenas me doy cuenta, porque estoy demasiado ocupada mirando fijamente a Theo, que me hace arder con la intensidad descamisada de un ángel caído.

—¿Qué haces aquí, Clemmie? —vuelve a preguntar con voz tranquila.

—¡He venido porque te quiero, imbécil! —gruño, y lo empujo golpeándole el pecho con las palmas de las manos—. Tenía que ser un gesto romántico, pero se te ha ido la cabeza. Me...

Theo, como el muro de músculos que es, no se inmuta. En lugar de eso me rodea la muñeca con los dedos, tira de mí para que nuestros cuerpos se toquen, agacha la cabeza y aprieta sus labios contra los míos interrumpiéndome a media diatriba.

Fuegos artificiales.

Se disparan fuegos artificiales en mi torrente sanguíneo, me saltan chispas de la piel, de todos los sitios donde me toca. Somos un riesgo para la seguridad. Vamos a reducir el edificio a cenizas.

Al final me aparto.

—Sigo enfadada contigo —le digo.

Él suelta una exhalación lenta y larga.

—Lo sé.

—He escuchado el disco, el de verdad.

—¿Cómo...? —Se sobresalta—. ¿Te lo ha pasado Serena? Le dejé bien claro...

—No ha sido ella —lo corto—. Tengo mis fuentes, pero no pienso revelarlas.

—No quería que lo escucharas, aún no. No quería que sintieras que yo, o cualquier otra persona, te estaba presionando para que dieras permiso para publicarlo. He hecho otra cosa para la discográfica. Entiendo perfectamente por qué esas canciones no deberían salir y que las oyera nadie más. Necesitaba crearlas, pero solo para ti, para nosotros.

—Eres imbécil —le digo.

—¿Qué?

—Ya me has oído. Que compongas una obra de arte preciosa sobre nosotros no es lo mismo que nuestras vidas privadas inunden los tabloides. Si no sacas esas canciones, sería… —Busco las palabras adecuadas—: Sería un sacrilegio, Theo.

—Creo que no lo entiendes. —Me pone una mano en la mejilla—. Si esas canciones se publican —continúa—, la gente las diseccionará, escribirán sobre ellas, analizarán las letras y publicarán artículos.

Lo miro a los ojos.

—Pues que lo hagan.

Nos quedamos ahí mirándonos un momento.

—Te quiero —exhala Theo, y entrelaza los dedos con los míos.

—Y yo a ti.

El beso que compartimos en ese momento es de cuento de hadas, de final feliz. Es suave y dulce y está lleno de promesas que sé que los dos cumpliremos.

—Te he echado muchísimo de menos —dice él.

—Creo que ya no quiero trabajar en el mundo académico —suelto.

Theo se me queda mirando, pero no da otra muestra de estar preocupado por el cambio de tema.

—Vale —dice retirándome con delicadeza el pelo de la cara.

—Me ha hecho infeliz durante demasiado tiempo —le digo—, pero pensaba que tenía que seguir insistiendo porque ya me había esforzado mucho. No quería ser de las que se rinden porque las cosas se ponen difíciles. Pensaba que era demasiado tarde para cambiar de opinión. No quería ser una treintañera y no tener ni idea de lo que quiero hacer con mi vida… —Se me apaga la voz.

—¿Y ahora? —pregunta Theo con suavidad.

Suelto una exhalación profunda.

—Ahora creo que puede que no esté tan mal no tenerlo todo claro. Ahora creo que puede que no necesite demostrarle nada a nadie… Igual me limito a intentar… ser feliz.

—A mí también me gustaría que fueras feliz —dice Theo, y me envuelve en sus brazos, apoya la barbilla en mi coronilla y me da uno de esos abrazos perfectos—. Quiero que seas feliz más que nada en el mundo. Incluso más de lo que quiero que David deje de obligarme a comer kale.

Me aprieto contra él, me aferro con fuerza un segundo más y luego me aparto.

—Lo que me haría feliz ahora mismo es que terminaras el concierto.

—Concedido. —Me besa la nariz—. Pero, cuando termine, nos vamos juntos de aquí, ¿vale?

—Vale. —Sonrío—. Pero solo porque estás tan guapo con ese traje que me has enredado la cabeza.

Me besa de nuevo con tal intensidad que las rodillas se me vuelven agua. Me sujeta. Sonríe.

—Hasta ahora —me promete.

—Hasta ahora —convengo.

Theo se sigue riendo cuando vuelve saltando al escenario y se une a Ripp en las últimas estrofas de la canción que está cantando. Parece que mi padre no tiene ningún problema improvisando para el público, que aplaude y da patadas al suelo para mostrar su agrado.

—Ripp Harris, señoras y señores —dice, animando a que la gente aplauda cuando Ripp hace una reverencia.

Mi padre aparece a mi lado, jadeando y más contento que un niño con zapatos nuevos.

—¿Habéis arreglado las cosas? —me pregunta.

—Sí. —Choco el hombro contra el suyo—. Gracias.

—No hay de qué. Qué buen concierto. —De repente se le agudiza la mirada—. ¿Crees que tu Theo tendrá disponible un hueco para un invitado en la próxima gira?

—Siempre se lo puedes preguntar a él —digo con ligereza, convencida de cuál será la respuesta de mi novio.

—Vale, vale —dice Theo colocándose detrás del micrófono con la guitarra otra vez—. Bueno, como puede que algunos sepáis, ayer anunciamos mi nuevo disco y había pensado que igual podía haceros un avance de uno de los temas, ¿qué os parece?

El público se vuelve loco. Theo rasga la guitarra. Vuelve los ojos hacia mí y la voz se le agrava cuando dice:

—Esta es para la mujer a la que quiero. Se llama «Oh, My Darling».

Y, mientras toca, no siento miedo ni me veo abrumada. Siento que estoy en casa.

Epílogo

Nueve meses después

—Supongo que no debería sorprenderme que tu novio intente llevársete de aquí antes de hora —suspira Serena—, pero me gustaría que fuera un poco más sutil.

—No sé de qué me hablas —digo desde mi posición, colgando cabeza abajo sobre el hombro de Theo.

—Tampoco es la boda, S —se queja Theo—. Y llevo toda la semana en Los Ángeles. ¿Tú has visto a Clemmie con este vestido?

—Deja a mi hermana en el suelo, degenerado —insiste Serena, y, con un suspiro, él me pone los pies en el piso.

Que nuestros cuerpos se rocen al bajar es solo un extra del que disfrutamos los dos.

—Pensaba que estaría más relajada ahora que ha salido el disco —le susurro a Theo mientras me recoloco el escote del vestido rosa, que, a decir verdad, es bastante generoso. Parece que, una vez más, el deseo de unas tetas grandes ha estado haciendo su trabajo.

—No se quedará contenta hasta que hayamos arrasado en los Grammy —dice Theo distraído por las vistas que tiene de mi vestido y nada disgustado por la situación.

—Cosa que va a pasar. —Serena se echa el pelo hacia atrás con satisfacción—. ¿Multiplatino en dos meses? Es mi mejor trabajo hasta la fecha.

—Me parece que yo también he tenido algo que ver —protesta Theo con la mano colocada en mi nuca de una forma que me hace suspirar de placer.

Es evidente que Serena lo oye porque levanta un dedo amenazador.

—A ver si sois capaces de seguir con la ropa interior puesta durante lo que queda del ensayo del banquete.

Estamos en una cabaña ecológica de lujo en el campo de Cornualles, donde mañana Lil y Henry se casarán en el bosque bajo una jupá que Henry ha construido con sus propias manos.

Theo tenía un concierto anoche, así que solo ha podido venir en avión para llegar justo antes de la boda. Después nos iremos en coche a Northumberland seis semanas. Yo estoy en pleno proceso de corrección del libro, que se publicará el año que viene, y, cumpliendo con su palabra, Theo ha alquilado la casa de la abuela Mac durante las mismas seis semanas que el año pasado.

A David no le hace demasiada gracia la situación, sobre todo porque Theo le ha dado las seis semanas de vacaciones pagadas y su sufrido marido se lo lleva a rastras a las Bahamas. David describió la coyuntura como vivir una pesadilla, pero Theo insistió en que sería bueno para él. Nos hemos comprometido a dar señales de vida tres veces a la semana. Theo tiene muchas ganas de pasar cuarenta y dos días de acceso sin restricciones a esas rosquillas que vienen acompañadas de un botecito con queso para mojar. Este hombre tiene el paladar de un niño de cinco años.

También está contento porque una de las semanas ha alquilado una casa cerca para que se quede su familia. Sé que les va a encantar. Hannah está especialmente emocionada por visitar el lugar en el que ocurrieron nuestras aventuras brujescas. Cuando la conoció, Serena enseguida supo que había encontrado una persona afín y Lil comentó: «Su magia es muy intensa». Hannah quedó encantada, aunque, de momento, Oliver sigue siendo humano.

Por suerte, últimamente tengo unos horarios flexibles. Estoy trabajando a la vez de correctora autónoma y para la organización de mi madre para financiar mi pequeña incursión editorial y tener un salario decente. En otoño empezaré a dar clases de escritura creativa a niños del proyecto de mi madre y Lisa será mi glamurosa ayudante. Sigo sin tenerlo todo claro, pero estoy disfrutando de lo que hago y eso es lo que de verdad importa.

Y el hecho de poder pasar seis semanas en mi lugar favorito con mi novio devastadoramente guapo, bueno, gracioso y tontísimo es todo un extra.

—Pensaba que tú eras la santa patrona y guardiana del sexo del bueno —le señalo a Serena.

—¡Lo soy! —recalca ella—. Solo digo que tengamos un poco de clase. Una hora, dos como máximo, para celebrar que nuestra hermana se casa y luego podéis poneros las botas, que parecéis adolescentes.

—Si queréis iros a follar, a mí me parece bien —dice Lil acercándose con una sonrisa radiante—. De hecho, Henry y yo podemos indicaros dónde hay un armario de toallas y sábanas muy útil.

—Os juro que la próxima vez que hagamos un hechizo voy a pedir diez millones de libras. —Serena da un trago de champán—. Que os paséis el día haciéndolo como conejos demuestra que llevamos la magia en la sangre.

—¿Y tú no? —le pregunto levantando las cejas y mirando hacia Bee, que se ríe con nuestro padre.

Serena y Bee están yendo despacio, no demasiado en serio, porque les va bien a ambas, pero eso no significa que la relación no esté haciendo asquerosamente feliz a mi hermana.

—Bueno, pues yo estoy contentísimo con vuestras habilidades mágicas. —Theo tira de mí y me da un beso en la coronilla cuando me recuesto contra él—. Eso sí, después de aquel artículo sobre Sam, confieso que cada vez me sabe peor por Len. No os andáis con chiquitas cuando se trata de maldecir a alguien.

Sonrío. Hace unos meses, Sam apareció en la prensa. De hecho, salieron a la luz algunas historias después de que Ripp lo echara de la banda, sobre todo acerca de lo insoportable y capullo que es, pero también hubo un artículo —uno condenatorio en el que varias de sus exnovias hablaban de la mediocridad de las relaciones sexuales con él— que fue bastante entretenido de leer.

—Se lo merecen los dos —dice Lil—. Con nuestra hermana no se mete nadie.

—Brindo por eso. —Serena levanta la copa.

—Por las Hermanas Fatídicas —digo—. Hermanas, almas gemelas, mejores amigas.

Hacemos chinchín y damos un sorbo de champán. Lil se lleva a Serena para hablar con una amiga suya y nos guiña un ojo a Theo y a mí mientras se aleja.

—¿Tu hermana acaba de tramar un plan para dejarnos solos? —me pregunta Theo al oído.

—Mmm, eso parece —digo—. ¿Cómo ves lo de que vayamos a buscar el armario ese?

—Iría donde fuera contigo, Clementine Monroe.

—Buena respuesta —susurro tirándole del cuello hacia abajo para poder besarlo como quiero.

Como si él fuera todos mis deseos hechos realidad.

Capítulo extra
Theo

Conduciendo por este camino estrecho hacia ninguna parte me veo obligado a preguntarme, de nuevo, qué coño estoy haciendo. La idea de pasarme seis semanas en el culo del mundo intentando componer el disco que lleva años siendo mi cruz ya era lo bastante mala, pero ahora… ahora estará ella. Clementine.

Me aferro con más fuerza al volante y aprieto el botón para subir el volumen de la música que llena el coche. Igual ahoga mi monólogo interior y el patético anhelo con el que llevo semanas. Mientras el bajo retumba por los altavoces tan fuerte que noto cómo me vibra el asiento, me digo a mí mismo con mucha firmeza que todo irá bien, que voy a ser totalmente profesional.

Da igual que la mujer misteriosa con la que pasé la mejor noche de mi vida me esté esperando al final de este interminable viaje. Da igual que no tenga ni el más mínimo interés por mí mientras que yo llevo un enamoramiento de esos que destrozan por dentro a un chico de trece años. No puedo tenerla. Y no pasa nada. Me parece perfecto.

La música se corta de pronto cuando me suena el teléfono a través del *bluetooth* y aparece el nombre de Cynthie en la pantalla.

—Hola —digo al aceptar la llamada.

—¿Y bien? —pregunta ella sin preámbulos.

—Todavía no he llegado. Creo que estoy como a diez minutos.

—Parece que estés todo tembloroso —señala, y a mí me parece de bastante mal gusto lo encantada que está con todo esto.

—No estoy tembloroso —repongo—. Estoy bien. Más que bien. Bien.

—Madre mía, Theo —responde Cynthie riendo—. Cuando empiezas a soltar la palabra «bien» a diestro y siniestro, me parece que los dos sabemos que lo que menos estás es bien. Cuánto estoy disfrutando de esto.

—Sí, eso lo has dejado bastante claro —refunfuño.

—Es que es muy poco propio de ti que te cuelgues así de una chica —continúa Cyn como si no le hubiera dicho nada—. Y no recuerdo cuándo fue la última vez que alguien te rechazó.

—¡Oye! Que tú cortaste conmigo —le digo.

Cynthie hace un sonido como para quitarle importancia a lo que he dicho.

—Eso fue hace años, y no hagas como si no hubiera sido de mutuo acuerdo. Si es que no me puedo creer que tú y yo saliéramos… Pero, bueno, lo importante es que esto es bueno para ti. Pensabas que ibas a ir y desarmarla con tu encanto de Theo Eliott y ¿qué ha pasado?

—Me parece que dijo que no pensaba pasar seis semanas encerrada conmigo en una casa, y luego aceptó de mala gana siempre que fuéramos totalmente profesionales.

Hago una mueca al acordarme.

Cynthie vuelve a reírse. A veces me pregunto por qué considero a esta mujer mi mejor amiga.

—Me he enamorado de ella ya —dice ahora Cyn.

—Sí. —Exhalo—. Joder, no me extraña.

Se oye un ruido de fondo y ella suspira.

—Bueno, me están llamando para que vuelva a plató. Llámame luego, ¿vale? Y, Theo, recuerda, tienes la oportunidad de demostrarle que no eres un putón ególatra. Intenta portarte normal.

—Normal —musito cuando cuelga—. Claro.

El GPS me lleva por un montón de caminos serpenteantes, cada uno más estrecho que el anterior y, por fin, llego a la casa.

El coche de Clemmie está en el camino de acceso y lo observo con recelo. Conducir esa chatarra oxidada no puede ser seguro. Intento no regodearme en un *flashback* vívido de la última vez que estuve en ese coche, cuando lo conduje desde el funeral de Carl a mi hotel con los dedos entrelazados con los de Clemmie y con un hormigueo de anticipación por todo el cuerpo… Sí, mejor no pensar en eso.

El edificio no parece especialmente bonito desde donde estoy. Se ve un muro gris amenazador salpicado de ventanas de tamaños diferentes. Aunque supongo que el otro lado del edificio dará al mar, así que tal vez por dentro esté mejor.

Salgo del coche y me estiro. Me siento como si llevara días viajando. Con la diferencia horaria entre Los Ángeles y el Reino Unido ya debe de ser… ¿mañana? Socorro, el *jet lag* este será divertido.

Me dirijo a la puerta, respiro hondo y llamo con unos golpecitos. Seguramente he convertido todo esto en algo que no es en mi cabeza. Seguro que no es para tanto. Es una persona más. Pero me gustaría no estar tan nervioso.

Los nervios no hacen más que aumentar y yo me quedo ahí esperando. Vuelvo a llamar, esta vez más fuerte. Sigo sin respuesta. Me saco el móvil del bolsillo y aprieto la marcación rápida para llamar a mi ayudante, David.

Me contesta al primer tono, puede que incluso antes de que suene. La eficiencia despiadada de David es legendaria.

—¿Qué ha pasado? —me pregunta—. ¿Qué ha hecho ya?

—No ha hecho nada —le digo—. No me abre la puerta. Sabe que vengo, ¿no?

David resopla.

—Le mandé un correo, pero, con el cambio de planes y la diferencia horaria, es posible que todavía no haya mirado la bandeja de entrada.

Lo dice como si hablara de un delito capital, como si él mirase el correo a cualquier hora del día y de la noche. La verdad es que lo hace y de pronto me doy cuenta de que es imposible que este hombre duerma. ¿Mi ayudante es un vampiro?

—Llama más fuerte —me dice—. Voy a llamarla yo por teléfono.

Golpeo la puerta una vez más, sintiéndome idiota. De repente oigo un ruido sordo dentro y la voz de Clemmie me llega con su magia algo ronca.

—Dios, ya voy, ya voy.

«Es una persona más —me recuerdo a mí mismo—. Una persona más, una humana normal más».

Abre la puerta de golpe.

«Joder».

Estoy metido en un buen lío.

Delante de mí, con un pijama lleno de perritos vestidos de Papá Noel, el pelo rojo alborotado y los ojos muy abiertos por la sorpresa, Clementine Monroe es la cosa más bonita que he visto en mi vida. Me siento como si acabaran de darme una patada en el pecho. Me duele el corazón de verdad. ¿Igual es algún tipo de emergencia médica? Me preocupa que caerme de rodillas en el umbral de la puerta al verla no sea el rollo de tío normal que Cynthie esperaba.

—¡Ah! —dice Clemmie.

Joder, qué mona es. El sol de la mañana le ilumina la cara y está radiante, resplandeciente como una pintura del Renacimiento. Tengo la cabeza llena de poesía y me alegro mucho de llevar puestas las gafas de sol, porque, si no, estoy seguro de que ella habría podido vérmelo en los ojos.

—No me contesta al teléfono —me dice la voz irritada de David al oído, y es una distracción que agradezco.

—Ya está, David. Está aquí. Ya puedo entrar —le respondo.

Y agradezco muchísimo también que la voz no me tiemble porque no tenía muy claro que fuera a ser así.

—Me sigue pareciendo un tremendo error —refunfuña David.

—Sí, ya has dejado muy claro lo que piensas al respecto, gracias. Hablamos después.

—¡Que a Clementine no se le olvide el kale! —lo oigo gritar desesperado cuando cuelgo la llamada antes de que vuelva a arrancarse.

Qué bien. Va a atormentarme con su obsesión con el kale incluso desde el otro lado del océano.

Clemmie sigue sin apartar la mirada de mí y está monísima. Toda abrigada y adormilada y lo único que quiero es tenerla entre mis brazos y besarla hasta que no pueda más. Tiene una boca increíble; suave, de labios gruesos, perfectamente rosada...

«¡Para!», me grita mi cerebro. Las palabras de Cynthie me resuenan en los oídos. «Normal». Puedo ser normal. Obligo a mi boca a sonreír y miro a Clemmie por encima de las gafas.

—Bonito pijama —le digo.

¿«Bonito pijama»? ¿Cuándo he dicho yo algo así en mi vida? ¿Qué me está pasando?

Clemmie se pasa la mano por el pelo y yo me quedo distraído un momento por el recuerdo de envolver el puño con esas ondas de un dorado rojizo.

—¿Qué haces aquí? —me pregunta.

La hostilidad del tono me devuelve de golpe al presente, ese en el que estoy saludando a mi compañera de trabajo temporal y no mirándola con lascivia ni teniendo *flashbacks* gráficos de la noche que pasamos juntos en la cama. Una noche más perfecta imposible.

—¿En medio de la nada? —contesto, y esta vez las palabras me salen como si me hubiera quedado sin aliento—. Ni puta idea, pregúntaselo a tu hermana.

—Quiero decir —resopla Clemmie— que qué haces aquí tan pronto. No te esperaba hasta la tarde. Además, ¿qué hora es?

Me miro el reloj y hago una mueca intentando calcular la diferencia horaria.

—Casi las siete.

—¡¿De la mañana?!

Parece tan horrorizada que tengo que aguantarme la risa.

—No eres de las que les gusta levantarse temprano —digo en lugar de reírme—. Lo entiendo. Yo acabo de llegar de Los Ángeles, así que para mí es casi medianoche.

—¿De... Los Ángeles? —Clemmie frunce todavía más el ceño—. Pensaba que David me había dicho que venías en coche desde Londres. ¿Cómo has llegado aquí?

Ahora me siento todavía más capullo. Clemmie no sabía que iba a venir temprano.

—Cambio de planes. He venido volando. —Cuando todavía sigue con cara de confundida, añado—: A Edimburgo, Clemmie. Y luego he cogido un coche de alquiler.

Señalo con algo de incomodidad el vehículo, aparcado al lado del suyo.

De pronto todo me parece incómodo. Me quito las gafas solo para tener algo que hacer con las manos.

—¡Pasa! —dice Clemmie. Luego, consigue dibujar una sonrisa, y añade—: ¿Necesitas ayuda con las maletas?

Niego con la cabeza.

—Ya vendré luego y las sacaré del maletero.

—Vale.

Se aparta aguantando la puerta para que entre y, cuando paso por su lado, mi cuerpo roza el suyo y me quedo en blanco. Huele increíble —al perfume ese sexy que lleva— y me entran unas ganas terribles de empujarla contra la pared y quitarle el pijama de dibujitos.

—No está nada mal —consigo soltar, aunque apenas si soy capaz de centrarme en el lugar en el que estoy.

Resulta que no me había preparado mentalmente lo suficiente. No puedo pasarme seis semanas en un espacio cerrado con esta mujer. Igual me muero.

—Sí, Petty ha hecho muy buen trabajo con la reforma. —En sus labios se dibuja una leve sonrisa—. Es la madre de Lil.

Yo asiento como un tonto y ella se pone a enseñarme la casa, empezando por el despacho convertido en gimnasio. Me esfuerzo mucho por no mirarla y mis ojos terminan en un montón de cajas amontonadas contra la pared.

—Todavía no he tenido tiempo de desempaquetar todas las cosas que ha mandado David —se da prisa por decir Clemmie—. Lo siento. Llegué tarde ayer. Tuve problemas con el coche.

¡Ya sabía yo que ese trasto no era seguro! ¿Por qué me nace el instinto de tener a esta mujer entre algodones y protegerla de la más mínima molestia?

Ay, Dios, creo que es lo mismo que le pasa a David conmigo. Ese pensamiento me da bajón. Me doy cuenta de que no he dicho nada desde hace un rato y me obligo a emitir una especie de gruñido de hombre de las cavernas.

—¡Vale! —dice Clemmie alegremente—. Y por aquí...

No termina la frase porque se tropieza con una máquina del gimnasio y cae hacia mí. Y lo único que puedo pensar yo es que si me pone las manos encima voy a hacer algo de un ridículo espantoso, como caer arrodillado ante ella. De modo que me aparto y me choco contra un juego de mancuernas. Ella me lanza una mirada rara. Por lo menos el dolor me distrae.

A continuación pasamos a la cocina.

—Me temo que todavía no he podido encontrar todas las cosas de la última lista que me mandó David —dice Clemmie con un tono nervioso—. Y es evidente que tengo que desempaquetar todas las cajas. Hay un montón de entregas de paquetes programadas para esta mañana y luego iré a Newcastle. Total, que hay agua con gas en la nevera... —Vacila—. Pero me temo que la marca es la que había en el súper del pueblo y hay fruta y huevos y pan y queso. La cafetera llega hoy y David ha preparado una entrega a domicilio semanal de verduras ecológicas. Siento que no esté ya todo en su sitio...

Observo horrorizado cómo se va poniendo nerviosa. Voy a matar a David. Voy a ir directo a asesinarlo. Tengo que convencer a esta mujer de que no soy un follador narcisista. Que piense que estoy a punto de tener una rabieta por la marca concreta de agua mineral con gas que hay en casa no es lo que quería, la verdad. Me mira como si fuera a ponerme a tirar botellas de agua de marca blanca contra la pared.

—Está bien —consigo decir.

—¿Tienes hambre? —pregunta—. Podría prepararte un sándwich de queso. O una taza de té. No he desenterrado todavía las almendras, pero tengo leche normal.

Me gustaría que la tierra se abriera y me tragara entero.

—Estoy bien —digo desesperado—. Creo que me gustaría irme a mi habitación, si te parece.

—Ah, claro —acepta deprisa.

¿Demasiado deprisa? ¿Estoy siendo raro? ¿Qué hago normalmente con las manos? ¿Por qué las tengo ahí colgando a los lados del cuerpo? Me pongo una en la cadera. No. Eso me parece todavía más raro.

—Te enseño la planta de arriba —continúa Clemmie, y, por suerte, parece no enterarse de las dificultades que tengo con mis manos cárnicas colganderas.

Subimos y Clemmie duda ante la primera puerta. Está entreabierta y veo la cama deshecha de la que la acabo de hacer que se levante. Las sábanas enmarañadas.

—Bueno, pues esta es mi habitación —dice, y parece nerviosa—. Por si necesitas algo. Que no es que vayas a necesitar nada de mi habitación, pero por si me necesitas a mí. No necesitarme en ese sentido, pero si necesitas que haga algo por ti y no me encuentras abajo, aquí estaré.

Tortura. Esto es una tortura. Y todavía empeora.

—Y esta es tu habitación.

Y abre la puerta de AL LADO DE LA SUYA.

Quiero decir, que está mi cama contra una pared y al otro lado de esta se encuentra la suya. Voy a volverme loco.

Intento no mirar la cama y mi mirada se posa en un tarro de cristal en el que hay unas flores. Toda la habitación está muy bien, pero enseguida sé que eso lo ha hecho ella, que las ha puesto ahí para que sea más acogedora. Vuelven los dolores punzantes en el pecho.

—Sé que seguramente no es a lo que estás acostumbrado… —empieza a decir Clemmie desde la puerta, y su inseguridad vuelve a atravesarme.

¿Qué pensará de mí?

—Está genial —contesto intentando parecer educado y profesional.

—Vale. —Da un paso atrás, todavía con cara de preocupada—. Pues ya sabes dónde encontrarme. Y saldré hacia Newcastle dentro de un rato, así que, si necesitas algo más, dímelo.

—Estoy bien —digo yo con brusquedad—, gracias.

Y entonces cierro la puerta y me apoyo contra ella y suelto una exhalación lenta de alivio. Oigo sus pasos que se alejan por el pasillo.

Saco el teléfono del bolsillo. Llamo a Cyn y me salta el contestador.

—Soy yo —digo, y soy plenamente consciente de que tengo voz de hombre destrozado—. He pensado que te gustaría saber... que estoy bien jodido.

Agradecimientos

No puedo seguir dedicándole mis libros a la misma persona (aunque seguro que ella no opinaría lo mismo), pero, si este libro pertenece a alguien es a mi agente, Louise Lamont. Estoy agradecidísima de tener a una agente y a una amiga que me apoya con tanta decisión. Durante años, Louise me ha dicho que era capaz escribir una comedia romántica para adultos y supongo que tenía razón. ¿Habrá manifestado que este libro esté ahora en vuestras manos? No me extrañaría.

Gracias a Molly Crawford, el Tom Hanks de mi Meg Ryan. Trabajar contigo ha sido una alegría enorme y todo lo que has luchado por este libro me ha cambiado la vida de verdad. Estoy muy contenta de que este sea solo el principio de muchas y excelentes aventuras llenas de tropos. Gracias a Sabah Khan, fundadora del club de fans de Theo Eliott, y a Mina Asaam, que ha hecho brillar este libro. Gracias a Sara-Jade Virtue por ser una animadora tan apasionada cuando me hacía falta una y a Sarah Jeffcoate, Genevieve Barratt y Harriett Collins, que han creído con mucha fuerza en Clemmie y Theo (y en mí) desde el principio. Os estoy muy agradecida.

Un millón de gracias a Melanie Iglesias Pérez. Desde la primera reunión he estado emocionada por la oportunidad de que trabajemos juntas. ¡Y gracias a Elizabeth Hitti por hacer mi vida mucho más fácil y organizada! Unirme al equipo de Atria ha sido un sueño desde el principio. Me muero de ganas de abrazaros en persona.

Como soy la persona más afortunada del mundo, no tengo una sino dos cubiertas perfectas para este libro. Gracias a Pip Watkins y Jimmy Iacobelli por vuestro precioso y brillante trabajo.

Hace falta un pueblo entero para escribir un libro y mi pueblo ganaría siempre el primer puesto al mejor presentado. Estoy escribiendo estos agradecimientos bastante pronto, así que me alegra mucho contar con una página de créditos para incluir a todo el mundo que se ha esforzado por *Tres deseos y una maldición* y que, por una vez, no se me olvide a nadie. Os estoy agradecida a todos, de verdad, de corazón. Muchas gracias por ayudarme a crear el libro que tenéis en las manos. Lo que habéis hecho lo es todo para mí.

Gracias a Jess Mileo, que me dio la mano y me mantuvo cuerda y me hizo sentir poderosísima. ¡Te lo agradezco!

Muchísimas gracias a todo el equipo de ILA, que van encaminados a ayudarme a dominar el mundo. Vuestra pasión y entusiasmo por este libro en su fase inicial fueron importantísimos para mí. Nunca lo olvidaré. Gracias por el champán y por presentarme al perrito malhumorado de la oficina que meteré en un libro en cuanto pueda.

Gracias a todas las editoriales que me publican por el mundo y a mis traductores. Vuestras palabras amables y comentarios entusiastas me han hecho sentir la mujer más afortunada del planeta. Poder trabajar con todos vosotros es un privilegio y no me puedo creer que mis palabras vayan a traducirse a tantas lenguas distintas.

Gracias a mis primeras lectoras, Keris Stainton, LucyPowrie, Lauren James y Sarra Manning, todas ellas escritoras a las que admiro muchísimo. Vuestro apoyo y vuestros mensajes entusiastas hicieron que fuera mucho más fácil lidiar con este proceso aterrador.

Gracias, como siempre, a mis amigos y familiares, que me han aguantado mientras escribía libros, una tarea que, por lo general, es muy desagradecida. ¡Por eso aprovecho esta oportunidad para mostrarles mi gratitud! Por supuesto, un enorme gracias a Paul y Bea, sin vosotros no hay libros. Os quiero tanto que me da vergüenza y todo.

Y, por último, gracias a mis lectoras, a las de siempre y a las nuevas. A las maravillosas, leales y amabilísimas lectoras que han estado conmigo desde el principio, gracias por vuestro apoyo. Gracias por recomendar mis libros, por leerlos con vuestras madres/hijas/hermanas/abuelas. Vuestras historias y mensajes me han hecho muy feliz. Y a mis lectoras nuevas: ¡hola! Encantadísima de conoceros. Creo que vamos a pasarlo muy bien juntas.

Gracias a todas las personas de Simon & Schuster UK que han ayudado a publicar *Tres deseos y una maldición*.

Edición
Molly Crawford
Mina Asaam
Gail Hallett

Producción y procesos
Karin Seifried
Mike Messam
Isabelle Gray

Corrección de estilo
Federica Leonardis

Corrección ortotipográfica
Victoria Denne

Diseño
Pip Watkins

Administración y contratos
Maria Mamouna
Isabel Ireland

Meshach Yeboah
Keely Day

Ventas
Madeline Allan
Heather Hogan
Jonny Kennedy
Lydia McCallum
Dominic Brendon
Mathew Watterson
Katie Sormaz
Rachel Bazan
Robyn Ware
Rich Hawton

Marketing
Genevieve Barratt
Sarah Jeffcoate

Publicidad
Sabah Khan
Harriett Collins